KB040533

지금도
나를 가르치는
아이

이 도서의 국립중앙도서관 출판시도서목록(CIP)은 e-CIP홈페이지(http://www.nl.go.kr/ecip)에서 이용하실 수 있습니다.

지금도 나를 가르치는 아이

2013년 1월 25일 펴냄
2015년 1월 15일 3쇄 펴냄

ⓒ 황금성, 2013

글쓴이 | 황금성
그린이 | 황해뜨리
펴낸곳 | 도서출판 단비
펴낸이 | 김준연
편집 | 최유정
등록 | 2003년 3월 24일(제10-2603호)
주소 | 경기도 고양시 일산서구 일중로 30 505동 404호(일산동, 산들마을)
전화 | 02-322-0268
팩스 | 02-322-0271
전자우편 | rainwelcome@hanmail.net
ISBN 978-89-967987-7-4 03810

지금도 나를 가르치는 아이

아버지 황금성 쓰고 아들 황해뜨리 그리다

단비
danbi

차례

조그마한 내 꿈 하나

거꾸로 가는 세상

여는 글

아침 일찍 마당에 서니 제법 바람이 쌀쌀하다. 대나무 숲 사이로 바람 따라 새 떼들이 푸드득 날아오른다. 아, 자유로운 생명이여. 너희들은 어디에도 갇혀 지내지 않으니 부럽구나. 저 새 떼를 보니 문득 20여 년 전 서산 해미중, 부여 은산중학교에서 만났던 많은 아이들이 떠오른다. 가난한 살림에서도 웃음을 잃지 않고, 뚝 떨어진 시험 점수에 기죽지 않고 씩씩하게 잘 놀았다. 먹을 거 있으면 쫙 펼쳐 놓고 시원스레 나누어 먹었다. 시시한 일로 싸워 눈물 뚝뚝 흘리다가도 금방 가슴 내밀며 뛰놀았다. 울퉁불퉁 못생기고 자랑할 게 없지만 길들여지지 않은 야성이 살아 있고 인정이 많아 늘 따뜻했다. 어머니가 경제 사정으로 곁을 떠나도 원망 대신 기도를 했다. 교실에서 만난 우리는 서로에게 기댈 언덕이 되고 가만히 바라만 보아도 기분 좋았다. 같이 어디론가 떠나는 길동무들이었다. 가만가만 지껄이는 아이들 말 한 마디를 들을 때마다 괜스레 웃음꽃이 피고 나날이 힘들었던 난 툭툭 털고 일어났다. 선생인 내가 아이들에게 뭘 가르쳤는가? 오히려 배웠다. 어리숙해 보였던 아이들은 우직한 산이고 푸르른 나무였다. 어쩌면 세상을 이어 가는 생명 줄이었다.

아이들 삶은 내게 큰 울림이고 희망이었다. 그 아이들이 새 떼가 되어 내 앞에 나타난 걸까. 팍팍하게 살아가는 나를 위로하려는 걸까. 지금도 어디선가 서로 그리워하며 살아가겠지.

그때 아이들을 떠올리며 난 새로운 꿈을 꾸었다. 소박하게 생각하고 단순하게 살았던 아이들처럼 나도 이웃들과 어울려 잘 살아갈 수 있을까. 가진 것을 나누고 기뻐하며 지낼 수 있을까. 햇볕 가득한 마당에서 푸성귀 키우고 이웃들과 공동 텃밭에서 막걸리 한잔 걸치며 땀 흘려 일하고 싶었다. 마침내 4년 전 산너울마을을 만들고 꿈꾼 대로 살아가고 있다. 뒷산에서 땀 흘려 나무하고 산바람 쐬니 여기가 평화 가득한 무릉도원이었다. 저마다 읽을 책을 내놓으니 멋진 도서관이 생기고 엘피 레코드 음반을 모으니 여유 있게 귀한 음악도 듣는다. 이담에 누구라도 "아, 이런 살기 좋은 마을을 만든 이들이 있어 참 고맙다."는 말을 한다면 내 꿈은 헛되지 않겠지.

이 험한 세상 어느 구석에서 살든지 제 몫을 다하며 지낼 아이들, '지금도 나를 가르치는 아이들'이 그리워 불러 본다.

"애들아, 고맙다."

책 끝에 귀한 글을 써 주신 〈글과 그림〉의 조용명 선생님과 꼼꼼하게 책을 엮으신 최유정 선생님, 고맙습니다. 정성껏 예쁜 그림을 그린 해뜨리와 멋진 사진을 찍은 바람이 그리고 늘 곁에서 든든하게 버팀목이 되어 준 아내 계순옥, 고맙다.

2013. 1. 15 황금성

지금도
나를 가르치는
아이

정현에게

　지난번 장날, 수박 팔러 나온 너를 보고 얼마나 반가웠는지 몰라. 어머니와 같이 수박 10여 덩이가 담긴 작은 손수레를 앞에 두고, 오가는 이들에게 팔다가 나를 만났지. 조금은 겸연쩍어하다가는 환한 웃음으로 반긴 너의 당당한 모습과, 나를 보자마자 선뜻 수박 몇 덩이를 거저 주시려는 어머니의 넉넉한 마음 씀씀이는 지금도 눈에 선해. 대학 시험에 떨어진 후 아무 소식이 없기에 궁금했는데, 시커멓게 햇볕에 그을린 일꾼의 모습으로 내 앞에 나타나다니……. 잠깐이었지만 네가 한 말. 꼭 두새벽 세상이 잠든 때에 들녘에 나가 하루 종일 일에 파묻혀 지내다 지친 몸으로 집에 오시는 늙은 부모님 곁을 함께 지켜야겠다는 것과, 부모님이 농부임을 부끄러워했던 네가 정작 부모님 기대와는 달리 대학을 못 들어가고 곰곰 지난날을 돌이켜 보니 과연 왜 공부를 했던가? 무엇을 배웠는가? 이런 자식을 키우려 그토록 피눈물 나는 고생을 부모님은 말없이 하셨는가를 생각하며 마음에 걸리는 게 한두 가지가 아니라던 네 말. 가르치는 사람으로 네 앞에 자신 있게 서서 말하던 게, 오히려 두

팔 걷어붙이고 농촌을 지키고 있는 너에게 부끄러운 생각마저 드는구나. 한겨울에도 40도를 웃도는 비닐하우스 안에서 가쁜 숨을 몰아쉬며 가꾼 수박을 그야말로 맛과 모양을 손으로 만든다는 말처럼 수십 번 손을 거쳐 키워 팔려고 하면, 너무나도 억울하고 눈물만 날 뿐이라는 네 말. 일 년 내내 뼈 빠지게 가꾸고 키운 농작물을 내다 팔 때 뇌면 어심없이 돈 몇 푼 들고 마을로 들이닥치는 중간상인들의 숫자 놀음에 또 한 번 일만 하는 사람으로 겪는 허탈감에 빠지고……. 그러고는 다시 때가 되면 또 다른 씨를 뿌리고 생명을 일구는, 하늘 같은 아버지 어머니를 이제는 부끄러워하는 게 아니라 힘닿는 대로 지켜 드리고 모시기로 했다는 네 말. 그대로 내 가슴에 박히어 두고두고 나를 가르치는구나. 어서 다시 교단에 서서 아이들과 신 나게 수업하시길 빈다며, 이제는 선생인 나를 걱정해 주니, 그래 나는 너 같은 제자들 고운 마음을 먹고 살아간다.

여름방학이 되면 마을별로 돌아가며 너희들 집에 찾아가던 일이 삼삼하게 떠오르는구나. 영철이는 내가 좋아하는 막걸리 한 병을, 주희는 막걸리 안주에는 그저 오이밖에 없다며 방금 밭에서 따 온 오이와 고추장 단지를 들고 오기도 하고, 지들 먹을 수박 몇 통 따 오고 해서 마을 한가운데 느티나무 아래에서 날 저무는 줄 모르고, 사는 이야기하고 놀던 그때 생각나니? 논에서 밭에서 일하시다, 모인 우리들을 위해 몇 어머니들께서 상치며 된장국이며 한 상 차려 오셔서 우리는 얼마나 신 나게 먹고 놀았던지. 그리고 그때 우리가 말한 것처럼 맨날 우릴 야단만

치시는 분들로만 알았던 부모님들이 이토록 우리를 아껴 주시고 사랑해 주시는 걸 또 새삼스럽게 느끼곤 했지. 우리 애는 공부 쪼금 떨어지지만 집에서 일만큼은 장정 몫을 튼실히 잘한다며 칭찬을 하시던지, 니들의 어깨가 으쓱했지. 그랬어, 너희는 언제 어디서라도 집안의 기둥 일꾼들이었지. 시험 점수 몇 점으로 이러니저러니 말을 들었지만 너희는 진짜 사람으로 일을 꿋꿋하게 하며 살아가는 작은 농부들이었지. 지금 그 친구들은 어디서들 무얼 하며 지내고 있을까? 언제 한 번 놀러 오라는 네 말마따나 다시 우리 옛 친구들, 이번 방학 때 한번 만나자. 내가 니들이 사는 마을로 갈게. 곰곰 생각하니 지금에서야 니들에게 할 말을 할 수 있을 것 같고 진짜 선생으로 진짜 수업을 하고 싶기도 해. 또, 흙을 사랑하고 생명을 귀히 여기는 농부들의 고귀한 삶을 너희들이 이어 가고 있으니 이제는 내가 배울 차례야. 배울 것을 제대로 배워야 선생 노릇을 제대로 할 수가 있지.

정현아, 장날, 비 오듯 줄줄 흐르는 땀을 쓱 훔쳐 내는 너의 그을린 팔뚝 잡고 우리 그때 중학 시절 모였던 느티나무 아래서 팔씨름을 해 보자꾸나. 교육 노동자인 나와 농부인 네가 팔을 걸고 힘을 쓰는 거다. 우리가 꿈꾸던 참세상을 앞당기고 일구는 참일꾼으로 다시 만나는 거야.

그럼, 건강하기 바라며, 좋은 소식 기다릴게.

(1992년 6월)

영수와 현중이 이야기

영수야,

엊그제 네가 어머니와 학생과 사무실에 들어설 때, 널 보고 난 참 깜짝 놀랐어. 너무나도 태연한 표정으로, 아니 생글거리는 웃음마저 보이며 들어서는데 널 보는 내 가슴은 뭔가 서늘한 느낌마저 들었어. 네가 집을 무작정 뛰쳐나갔다고 허겁지겁 학교로 달려와 눈물짓던 어머니의 애타는 모습이 너와 마구 겹쳐 보였던 거야. 우리 아이는 그런 아이가 아닌데 그놈의 친구를 잘못 사귀어 그렇다고. 우리 아이만은 믿어 달라고 사정사정하던 어머니를 비웃기라도 하듯 너는 여러 아이들을 데리고 며칠 동안 집을 나갔던 거지.

나와 따로 마주 앉아 그동안 있었던 얘기를 하면서 너는 아주 당당하게 그랬지. 학교를 그만 다니겠다고. 아무 데나 내 맘대로 가서 내가 하고 싶은 일이나 하며 살고 싶다고 말야. 그냥 지금 상태에서 벗어나고 싶다고. 네가 그런 말을 술술 하고 있을 때, 난 네 얼굴을 가만히 보면서 네 속마음도 읽어 보았지.

네가 집 나가기 전 있었던 일을 생각하면 속이 상해. 네 친구를 마구 때렸던 일 말야. 네 앞자리에서 공중전화 하던 아이가 조금 오래 했다고 전화 끝내고 나오는 걸 불러서 다짜고짜 때렸지. 그 아이도 처음에는 그냥 맞다가 도저히 참고 있을 수 없어 같이 치고받았다지. 나중에 맞은 아이에게 물어보니 자기는 이곳이 객지인 데다 자취하는 처지이고 너는 여기 동네 토박이라, 괜스레 시비 붙다가는 나중에 보복당할까 봐 처음엔 그냥 맞았다는 거야. 덩치가 작은 너도 그때는 아마 너와 동네에서 휩쓸려 다니는 다른 아이들을 믿고 너보다 덩치가 큰 아이를 때릴 수 있었던 거지. 그런데 그러고 그냥 말았으면 좋았을걸. 네가 싸울 때 그 아이한테 거꾸로 몇 대 더 맞았다고, 그걸 되갚으려고 너와 싸운 아이 집(자취 집)에 조금 있다가 다시 찾아갔다며. 그것도 혼자가 아니라 너와 노는 아이들 네 명과 같이. 집 근처 공터로 데려가 주먹질을 했을 뿐 아니라 허리띠와 라이터로 온몸을 때리고 심지어는 돌로 이마를 몇 번 찍었다며? 그 아이는 몇 대를 맞았는지 모를 정도로 맞고 집으로 돌아와서는 그냥 퍼져 버렸대.

　다음 날 아침, 온몸이 쑤시고 걷지도 못해 자취방에서 한 걸음도 나오지 못했어. 착실하던 아이가 연락도 없이 결석을 해서 담임선생은 '전날이 일요일이라 본집에 가서 무슨 일이 있었나' 알아보려고 부모에게 연락한 거야. 그래서 부모님이 부리나케 아들이 사는 자취집으로 가 보니 온몸에 멍이 들고 상처투성이로 누워 있었던 거야. 하늘이 무너져 내리고 앞이 깜깜하셨겠지. '착한 아들이 무엇 때문에 이 지경으로 있는가.'

하고. 미음 쑤어 먹이고 씻기고는, 부모님은 속이 상해 아들을 데리고 학교에 겨우 나온 거야. 그때 너는 교실에서 아무 일 없는 것처럼 수업하고 있었고. 담임선생이 할 얘기가 있다고 따로 널 부르니, 넌 낌새를 알아차리고 같이 때린 아이들과 잽싸게 내뺐고 서울 쪽으로 떠났지. 갑자기 없어진 너희들 때문에 부모님들은 날마다 학교에 와 발을 동동거리며 마음 졸이셨어. 돌아온 뒤, 집 나가 지낸 얘기를 들어 보니 너희들도 어지간히 고생이 많았더라.

네 명이 무작정 장항선을 탔고 천안에서 내려 이리저리 떠돌아다니다 여인숙에서 하루 잤다고 했지. 다음 날 서울로 갔다지? 돈은 떨어지고 배는 고프고, 낯선 곳에서 어디 일자리가 있나? 기웃거리고 돌아다니다가 날이 저물었지. 힘이 들고 지쳐 더 이상 견딜 수 없어 집에 가자는 아이, 아주 집을 떠난 셈 치고 직장을 잡자는 아이도 있어 모두 다 의견이 달라 각자 뿔뿔이 헤어졌다지. 나중에 안 일이지만 하나같이 잘 곳이 없어 영등포역, 부천역, 역곡역에 있는 계단에서 신문지를 깔고 덮고 잤다고 했지. 왜 따뜻한 네 집 두고 그 고생을 한 거야? 그때 아마 어머니들은 집에서 너네들 걱정하느라 이부자리도 못 펴고 뜬눈으로 밤을 지새우셨을 거야. 너희들이 마음을 고쳐먹고 하나, 둘 둥지 떠난 새들이 다시 돌아오듯이 돌아와서 다행이야. 같은 학교 친구를 때린 것이 사실 아주 큰일이기도 했지만, 혹시 이번 일로 혼나거나 징계받을 것이 두려워 학교를 안 다니겠다는 것이라면 그것도 너에게는 아주 큰일이야. 앞으로 맘을 고쳐먹고 학교에 잘 다녔으면 좋겠다. 벌받을 일이 있으면 달게 받아야지, 그게 어디 피할 일이냐?

　요즘 들어서 학교에는 여러 일들이 왜 그렇게 많은지 정신 차릴 틈이 없더라. 외국 사람이나 연예인 흉내를 내고 머리를 노랗게 물들인 아이가 우리 학교 전체 학생의 10퍼센트인 150명쯤 되더라. 너도 물들였던데 그게 그렇게 좋으냐? 머리색이 까만 게 안 좋아 보이니? 앞머리만 길게 기르는 건 또 뭘까? 아무리 개성시대라고는 하지만 있는 그대로를 억지로 바꾼다는 게 더 문제가 아닐까? 길을 가다가도 누가 쳐다보기만 하면 가서 시비 걸고 때리고, 옷을 건방지게 입고 다닌다고 때리고, 지나가는 아이를 세워 돈 있냐고 물어봐서 없다고 하면 뒤지고, 그래서 돈이 나오면 거짓말했다고 때리고는 돈을 다 뺏는 아이들이 한둘이 아니야. 무서워서 길을 나다닐 수 없고 학교 다니기 싫다는 말이 나올 만도 하겠어.

　엊그제는 옆 반 아이들 네 명이 밤에 여기저기 돌아다니면서 오토바이를 네 대나 훔쳤어. 한 대씩 나눠 타고 신 나게 돌아다닐 셈으로 말야. 그러다 휘발유가 다 떨어지면 오토바이를 아무 데나 버리고 갔다는 거야. 결국 걸려서 경찰서에 끌려갔지. 그 아이 어머니가 면회를 가서 아들을 보고는 땅바닥에 그냥 풀썩 주저앉아 엉엉 우셨대. 무슨 말이 필요하겠어? 가난 속에서도 어떻게든 공부를 시켜 의젓한 사람으로 키우고 싶었던 자기의 작은 소망이 무너져서 그러셨겠지. 지금도 오토바이 사고로 우리 학교 아이들 9명이나 병원에 입원하고 있는 거 너도 알고 있지? 아무리 부모가 말리고 교사가 타지 말라고 해도 요리조리 도망 다니면서 곡예하듯 타고 다니는 너희들에게 앞으로 다가올 운명은 무엇일까?

이제는 담배가 문제가 아니야. 본드, 부탄가스에 취해 사는 아이들이 부쩍 늘어나 참 큰일이야. 넌 그런 일이 없다고 해서 다행이지만, 여러 날 전에 또 9명이 경찰에 걸려들었어. 뭐든지 일이 터지고 나서 너희들은 후회하곤 하지. 친구가 꼬드길 때 아무 생각 없이 따라 해서 이런 일이 하루가 멀다고 일어나는 거야. 가스를 마시면 환상을 볼 수 있고 세상이 아름답게 보인다는 말에 호기심으로 가스를 마셨다는 거야. 여러 날 구속되었다가 풀려나긴 했지만 날마다 경찰서에, 교도소에, 법원을 들락거리면서 부모님들은 또 얼마나 맘이 아프셨을까?

영수야,

이런 모든 일들을 곰곰이 들여다보면 한 가지 떠오르는 게 있어. 그건 자기 삶에 대해 진지하지 않고 꼭 무언가에 취해 자기를 아무 데나 내동댕이치는 것 같다는 거야. 편하게 지내려고만 해. 아주 작은 집안일이라도 정성 들여 하지 않고 놀고먹으려는 마음뿐이라는 거야. 그러니 늘 모든 일이 따분하고 귀찮게만 느껴지는 거야. 자기와 함께 살아가는 부모나 친구, 교사에게 믿음을 주고 사랑을 받으려면 힘들더라도 땀 흘려 부지런히 일하고 진정으로 애써야 하는 거야. 공부도 그렇고.

네 옆 반에 있는 현중이가 지난 방학 때 부모님 일을 도우며 지낸 이야기를 해 줄 테니 들어 볼래? 앞으로 네가 어떤 마음을 가지고 다부지게 살아가야 할 것인지 곰곰이 생각했으면 좋겠어.

"방학하니깐 아버지가 부르셔요. 너도 이제 일할 만큼 컸으니 아버지하고 바다에 나가자구요. 그래서 열흘 간 오징어 잡으러 따라다녔어요. 오후 4시에 장항을 떠나 5시간쯤 나가면 중국 바다가 나와요. 가는 동안에는 오징어 잡는 기계를 손보고 오징어 담을 그릇을 챙기기도 하고요. 졸리면 그때 잠깐 눈을 붙여요. 온통 사방이 깜깜하고 큰 물결이 일고 세찬 바닷바람만이 몰아치는 그 시간은 온통 무서움만이 있고 긴장이 되지요. 아버지 말씀이 물살이 셀 때는 배가 넘어가는 때도 있다는 거예요. 바람이 잘 때까지는 어떤 일도 할 수가 없지요. 밤 9시쯤 되면 오징어 낚시 기계를 바다에 슬슬 풀어 놓지요. 달이 환하게 뜬 날은 오징어가 안 잡혀요. 배 주위로 모이질 않는대요. 20미터쯤 되는 배 위에 수백 촉 되는 전등을 60여 개 환하게 켜지요.

어둠 천지에 외로이 뜬 배, 전등을 환하게 켜 놓은 배 주위로 서서히 오징어들이 모여들지요. 기계 소리만이 크게 덜커덩 덜커덩거리는 바다 위로 어디선가 갈매기들이 20~30마리가 떼 지어 몰려오지요. 오징어가 있는 곳에는 어김없이 갈매기가 모인대요. 처음에는 우리를 경계하는 듯 멀찌감치 있다가 배 위에서 오징어 창자를 바다로 내버리면 그때 가까이 모여들면서 일일이 주워 먹기도 하죠. 배 둘레에 모인 오징어를 물속에서 직접 잡아먹기도 하고요. 바다에서 만나는 유일한 친구죠. 잡은 오징어를 얼음이 담긴 상자에 쟁겨 놓는 일이 가장 힘들고 바쁘죠. 우리 배에는 7명이 탔는데 다들 열심히 일을 하죠. 남들이 고이 잠든 한밤중에 일하는 사람들이라 나름대로 집안 사정들이 다 있더라구요. 사업이 망해 온 아저씨, 집이 어려워 돈 벌어 공부하겠다는 형도 있고요. 집에 있는 부인이 아저씨보고 돈 벌어 와야 살 수 있다고 해서 배 탄 아저씨도 있어요. 바다에 늘어놓은 낚시 기계를 올리기 전, 배고프면 라면도 끓이고 오징어 잡은 것을 바로 회 쳐 먹기도 하고 볶아 먹기도 하지요.

다음 날 새벽 4시쯤 되어서 기계를 거둬들입니다. 많이 잡힐 때는 큰 오징어 10마리로 한 상자씩 만드는데, 한 500상자 되게 잡습니다. 10시에 태안에 있는 안흥항에 내리면 조금씩 사러 온 사람들에게 팔기도 하고 너무 값이 싸게 매겨지면 바로 수협으로 몽땅 넘겨요. 조금이라도 더 받으려고 옥신각신하지요. 어떻게 해서 잡은 건데요. 점심때가 되어 다 팔면 그때야 밥을 맛있게 먹지요. 몸을 씻고 눈 좀 붙였다가 4시쯤 다시 바다로 나가죠. 이렇게 열흘쯤 바다에 나갔어요. 안 나가는 날은 서울로, 군산으로 고장 난 배 부품을 사러 다녔어요. 말로만 듣던 뱃일을 하면서 아버지가 선장으로 일하시는 게 얼마나 늠름하고 자랑스럽던지 존경스러웠어요. 일이란 게 힘들지만 할 때는 최선을 다해야 한다는 것과 일을 해야 보람이 있다는 것도 새삼 깨닫게 되었고요. 생각보다는 일을 썩 잘했다며 월급으로 한 달 쳐서 70만원을 주셨어요. 내가 스스로 일을 해 그만한 큰 돈을 처음 만졌는데 너무너무 좋았어요. 어머니께 40만 원을 쓰라고 드리고 나머지는 책도 사고 디스켓도 사고 저금을 했어요. 가장 신 나고 보람 있는 방학을 보낸 것 같아요."

(1995년 6월)

내가 만난 아이, 준형이

준형이는 이제 3학년으로, 넉 달 후에는 현장 실습을 나간다. 기름때가 쩐 실습복을 입고 기계 앞에서 땀 흘리며 일하는 모습을 보면 마음 든든하다. 또래 중에서 누구보다도 몸 고생, 마음고생을 많이 했기에 학교를 떠나서도 잘 지낼 것이다.

작년 9월쯤인가, 느닷없이 경찰이 학교에 와서 준형이를 데려갔다. 며칠 전에 경찰이 와서 한 설문 조사에서 준형이가 남에게 피해를 준 일이 써 있었다고 했다. 거의 6개월 전에 게임방에서 있던 일 때문이다. 마침내 준형이는 구속되어 61일 동안 교도소에서 살게 되었고, 시간이 흘러 흘러 엊그제 집행유예로 풀려나왔다. 그렇게 덩치 좋고 튼실하던 아이가 두 달 사이에 눈에 띄게 말라 보였다. 잘못을 저지른 아이를 앞에 두고 수사관처럼 꼬치꼬치 캐묻고 징계하는 학생부 일이 맘에 들진 않았지만, 마주 앉아 여러 속 얘기를 듣다 보니 아이들의 삶에 대해 새삼 많이 알게 되었다.

가만히 아이들이 살아가는 얘기를 들으면 참 기막힌 일이 많다. 우리 학교 아이들 중 부모 어느 한 분이라도 없는 아이들이 308명이고 소년 가장은 15명이나 된다. 전체 학생의 16%쯤 된다. 다들 먹고살기가 버거워 아이들에게 관심 가질 여유가 없으니 아이들은 떠돌게 된다. 부모 없이 혼자 살아가는 아이는 오죽할까? 아이들은 어른들의 삶, 꼭 그만큼 복잡하고 힘겹게 살아간다. 아이들이 어떻게 그런 어려운 조건에서 살아가나 싶어 눈물이 날 지경이다. 그래도 꿋꿋하게 살아가는 아이들을 보면 대견스럽고, 잘못해서 벌받는 아이들을 보면 별 뾰족한 대책이 없어 애가 탄다. 징계받는 아이와 마주 앉아 있노라면, 마치 그 아이가 거울이 되고 어른인 내가 거기에 나를 비춰 보는 것 같다. 어른 때문에 아이들이 아픔을 겪는다. 잘잘못을 가리는 일보다 먼저 아이들의 흔들리는 마음을 헤아리고 따뜻하게 품어 주어야 하지 않을까. 맺힌 응어리가 어떻게든 풀려야 아이들도 아이다운 생각을 하면서 아이답게 잘 살아갈 수 있을 텐데…….

준형이네도 힘겨운 살림에다가 부모마저 부부 싸움으로 헤어져, 아버지가 나가서 따로 살게 되었다. 어머니는 공장에서 밤늦게까지 일하고 오시니, 어린 삼남매가 자기들끼리 살림을 도맡아 했다. 그러니 아이들도 저마다 다 따로였다. 저녁에 밤거리를 떠돌고 그러다 처지가 비슷한 친구들을 사귀었다. 여럿이서 어울려 다니다가 서너 차례 지나가는 중학생들 돈을 빼앗아 그걸로 술도 마시고 담배도 사 피웠다. 입이 열 개라도 할 말이 없는 법, 준형이는 구속되고 어머니는 하던 일을 다 내려놓고 여러 날 학교에 와서 울며 사정을 했다. 자기가 못난 탓에 아들이 못

된 짓을 했으니 벌을 자기가 받아야 한다는 어머니, 하루 벌어 먹고사는 처지라 어찌 변호사 살 돈이 있냐고 한숨짓는다. 어찌 할 바를 모르고 울고만 있는 어머니는 바로 우리 모든 아이들의 어머니였다. 친구 사이에서도 착하고 의리 있는 아이로 알려진 준형이는 구속되어 두 달을 살면서 훌쩍 마음이 큰 것 같다. 이번에 겪은 일을 잊지 않고 더 나은 생활을 하기 위해서라도 고생한 것을 글로 써 보라고 했더니, 몇 날 애써서 끔찍했던 지난 이야기를 글로 써 보여 주었다. 앞으로 어머니에게 귀한 아들로 살겠다고 다짐하는 준형이를 보면서, 또 다른 아이들이 마음을 잡지 못하고 헤매고 있는 걸 생각하면 교사로서 마음이 아프다.

"이젠 어머니 얼굴을 웃음으로 주름지게 하고 싶다."
처음 경찰서에 끌려갈 때는 미처 교도소에 수감될 줄 몰랐다. 경찰서에서 조서를 꾸밀 때 내가 지은 죄는 있지만 그 죄를 두세 배로 불려 가면서 강압적으로 말하는 형사들에게 그게 아니라고 했지만, 얻어터지는 건 나였다. 너무 억울하고 분통이 터져 있을 때 날 담당한 형사가 말했다. 이런 건 아무것도 아니라고. 그저 너의 죄를 일깨워 주고 반성하게 하고 싶어서 이러는 것이라고……. 1초라도 빨리 경찰서에서 나가고 싶어 난 그런 사탕발림에 넘어갔다. 그래서 충분히 부정할 수 있는 것도 그랬다고 말하고 그날 경찰서에서 나올 수 있었다. 부모님과 금요일 9시까지 경찰서에 다시 오라고 했다.
금요일 날 어머니와 경찰서에 갔는데 그때만 해도 어머니와 갔기 때문에 '설마 들어가진 않겠지' 하고 생각했다. 경찰서 안에서 한 형사가 ○○, ○○, ○○, ○○를 부르곤 나와 몇 후배들은 부르지 않았다. 불렀던 친구들에겐 다신 사고 치지 말라는 얘기를 하곤 그대로 집으로 돌아가게 했다. 그리고 방범과 최 형사가 넌 오늘 여기 있어야 한다고 말했다. 검사의 전화를 기다려야 한다고 했다. 검사의 전화만 받으면 난 집에 갈 수 있다고 했다. 밤 열한 시쯤 되자 전화가 왔다. 그 전화를 받고 난 곧바로 유치장에 끌려갔다. 마치 동물원에 온 것 같아서 너무나도 황당했다. 의경에게 기합을 받고 신체 특성 검사를 받았다. 그러곤 철창에 갇혀 버렸다. 너무 황당하고 미쳐 버릴 것만 같았다. 그날은 뜬눈으로 보내고 날이 밝자, 어머니가 오셨다. 날 보시더니 한없이 우셨다. 내가 이렇게 속 썩이지 않아도 어머니는 힘이 드는 일이 많이 있었다. 그런 식으로 3일 정도가 되자 날 담당하던 형사가 왔다. 날 보더니 웃으며 "너 왜 여기 있냐?"고 말할 때 솔직히 죽이고 싶었다. 난 속으로 "너, 나가서 보자."고 했다.

11월 1일 홍성으로 넘어갔다. 포승줄과 수갑에 묶여 이감하는 차를 타기 위해 밖으로 나갔다. 처음 달려오는 사람이 어머니인데 변함없이 울고 계셨다. 몇 친구들이 왔다. 난 아직도 그때 이감되던 날, 어머니의 모습을 생각하며 지난날을 생각하곤 한다.

홍성에 도착해 '비둘기장(교도소에 닿은 뒤 배방되기 전까지 있었던 곳)'에 4시간 정도 있었다. 또 차를 타고 교도소로 직행했다. 교도소에 처음 도착하자 시끄러운 음악 소리와 함께 시끌벅적했다. 교도관이 이름과 주소를 확인하고 나는 후배 성희와 함께 교통 방으로 들어가게 됐다. 그 안에는 아저씨 세 분이 계셨다. 그 아저씨들도 오늘 들어왔다고 했다. 거기 미결수 방이 없다. 방이 정해지면 배방된다고 한 아저씨가 말했다.

미결수 방에선 편했다. 생각보다 시비 거는 놈도 없었고 행동도 자유롭게 했다. 경험이 있어 보이는 아저씨가 말했다. 절대로 이 안에서는 야긋야긋해야 한다고, 또 다른 방에 가게 되면 절대로 문지방을 밟지 말라고 충고해 주셨다. 그 안에서의 하루가 너무 길었다. 난 친구들과 최 형사를 원망했다.

다음 날 아침 난 배방되었다. 1사 5방으로 배방되었다. 뒤늦게 알게 되었지만 소년수 방 중에 그 방이 제일 괴롭고 힘든 방이라고 했다. 난 아저씨가 문지방을 밟지 말라고 했던 충고가 생각나, 일부러 소리가 날 정도로 쿵하고 문지방을 밟고 들어갔다. 그랬더니 27살짜리하고 23살짜리 덩치들이 한 놈을 망보게 시키고 날 늘씬 두들겨 팼다. 그것도 허벅지, 목, 가슴, 발목, 뒤통수, 옆구리…… 표가 안 나는 곳만 골라서 팼다. 그렇게 패 대고 한 놈이 말했다. "지금은 이 정도로 해 두고 밤에 보자." 미치도록 괴로웠다. 덤비고 싶었지만 난 혼자다. 그리고 그놈들은 나보다 덩치가 더 큰 여러 놈이었다. 덤벼 봤자 결과는 뻔했다. 밤에도 수없이 당했다. 잠을 재우지 않았다.

첫날 어머니께서 면회를 오셨다. 난 마구 울었다. 나 언제까지 여기 있어야 하느냐, 언제 나가느냐고, 엄마도 우시면서 조금만 참으면 나올 수 있다고 나를 달래셨다. 그러곤 "나는 뭐, 널 여기 두고 속이 편할 줄 아느냐?" 하시며 우셨다. 그런 식으로 면회를 끝내고 방에 다시 들어갔다. 익숙해

지지 않아 시간이 안 갔다. 책이 읽고 싶었다. 그래서 책을 읽었다. 그날은 괜히 책을 빼앗기고 하루 종일 책으로 맞았다. 맞는 것은 괜찮다. 하지만 고문으로 괴롭히는 건 정말로 참기 어려웠다. 치약을 콧구멍에 끼고 꽉 짜질 않나, 대야의 물을 다 마시라고 하질 않나, 마가린과 고추장을 섞어 그걸 먹으라고 하질 않나. 그런 것이 너무나도 힘들었다. 하루는 잠을 자는데 발가락이 너무 아파서 새벽에 깨었는데 누군가 발가락에 피가 통하지 않도록 실로 꽁꽁 묶어 놨다. 그렇게까지 했는데도 참았다.

또 엄마께서 면회를 오셨다. 힘드신 건 사실이지만 엄마께서 아파 보였다. 그래서 그런 내색을 하지 않고 엄마의 걱정을 조금이나마 덜어 주었다. 그런 식으로 20일 정도 되었다. 나와 별 차이 없이 들어왔던 아이가 너무 힘든 나머지 교도관에게 자백하게 되었다. 그래서 그 아인 다른 방으로 전방 가고 괴롭히던 놈들은 독방으로 가게 되었다. 그리 신이 나진 않았지만 그놈들이 없어지니까 마음이 후련해졌다. 그런데 그날 밤 취침에 이르러 잠을 자는데 어떤 미친 자식이 ○○한 걸 한 아이에게 먹으라고 강요했다. 그 아인 싫다고 울먹이며 반항하자 그 미친 자식이 ○○한 걸 그 아이 얼굴에다 문질러 버렸다. 난 차마 그걸 보고 참지 못해, 주먹으로 그 자식 뒤통수를 후려갈겼다. 순식간에 방 안이 엉망이 되어 버렸다. 방이 갑자기 소란해지자 간수 서너 명이 달려왔다. 나와 싸웠던 강혁이란 놈과 관수실에 끌려가 간수들에게 한없이 몽둥이로 맞았다. 그렇게 되면서 그 놈은 다른 방에 전방 가고 난 계속 그 방에 남게 되었다. 방에 들어가자 모두 조용히 앉아 있었다. 18명이란 인원에서 15명으로 줄었다. 잠깐 플라

스틱 거울을 보니 입술 주위와 눈 주위가 조금 다쳤다. 그렇게 소란을 피우고 나니 이젠 오래 살았다고 한 놈도 그렇게 시비 걸지 않고 해서 견딜 만했다.

다음 날 난 또 다시 가슴을 졸여야만 했다. 나와 싸웠던 놈의 친구가 1사 5방으로 전방 온다고 했다. 교도소는 원래 공범은 같은 방에 두질 않는다고 한다. 그래서 그놈이 가는 대신 공범인 다른 놈이 온다고 했다. 마치 하늘이 무너지는 것 같았다. 그렇게 되자 갑자기 조용했던 놈이 "넌 이제 죽었다. 너, 전방 오는 애가 어떤 애인 줄 아냐?"고 겁을 주었다. "까짓 것, 그것도 사람인데 해 보면 해 보는 거지. 뭐." 하고 그놈을 기다렸다.

하얀 얼굴에 어울리지 않은 여드름에다 뚱뚱한 놈이 왔다. 감옥에서 오래 있던 놈처럼 보이는 놈이 철문을 열고 들어왔다. 들어오자마자 "김준형이 누구야?" 하고 말했다. 나는 "전데요. 왜요?" 하고 대답했다. "내가 왜 왔는지 알지? 넌 오늘부터 행복 끝, 불행 시작이다. 니까짓 것이 ○○이를 깔라고 해? 두고 봐. 넌 여기서 두 발로 못 걸어 나갈 줄 알어. 알았어?" 하고 협박조로 말했다. 그놈은 짬밥수대로 역시 그 안에서만은 대통령 부럽지 않은 대우를 받았다. 아니꼬워도 그런가 보다 하고, 시비를 걸어도 그럭저럭 어영부영 잘 넘어갔다. 그놈이 말은 그렇게 했어도 전에 있던 놈들보다는 좀 덜했다. 하루하루 하는 일 없이 보내는 시간이 너무나도 아까웠다. 학교에선 그렇게도 싫던 책이 읽고 싶어졌다. 하지만 볼 수 없었다. 이런저런 생각으로 시간을 보냈다. 생각을 많이 했는데 생각할수록 어머니에게 너무 죄송스럽고 식구들에게 너무 미안했다. 그리고 친구들도 원망하지 않고 친구 모두를 대신해 내가 죄를 받는다 생각하니 마음이 든든했다. 종종 내 미래를 생각해 보았다. 까마득한 미래지만 내가 개척해 나가며 살 궁리도 하고 지난날 좋았던 추억들도 생각하고 주로 이런 생각으로 하루하루 시간을 보냈다.

어느 날 형과 형수 될 누나가 함께 면회를 와 주었다. 형은 나에겐 항상 강해 보이려 했지만, 형도 별 수 없었다. 형수도 우셨다. 모두 미안한 사람들이었다. 엄마 어디 가셨냐고 물어보니까, 형이 말했다. 나 때문에 변호사를 알아보러 다니신다고 했다.

그렇게 면회를 마치고 다시 방으로 들어갔다. 점검을 받았다. 점검은 인원수를 세기 위한 구호 외침이었다. 면회 마치고 들어온 지 얼마 안 돼서 다른 생각에 빠져들어 번호를 늦게 받았다. 그러니까 그 자식이 날 구석에 몰더니 내 발목을 뒤꿈치로 밟았다. 너무 아팠다. 그래도 꾹 참았다. 들어간 지 30일 정도 되었다. 어느 날 그 자식이 나보고 여자 친구 있냐고 물었다. 없다고 했다. 여동생이 있냐고 물었다. 나에겐 여동생이 하나 있었다. 있다고 말했다. 그럼 니 동생이라도 펜벗이나 하게 주소나 알려 달라고 했다. 난 말했다. 왜 그러는지는 모르지만 그 앤 아직 너무 어리고 그런 덴 관심이 없다고 했다. 그러자 막 화를 내면서 심한 욕을 하며 니가 날 우습게 본다며 내 옆구리를 발로 찼다. 언뜻 우리 가족을 몰살시킨다는 욕 섞인 말이 들렸다. 참을 수 없었다. 화가 치밀어 올라 그 자리에서 그 자식을 늘씬 두들겨 팼다. 평소엔 말리지 않았던 방 애들이 그날은 날 말렸다. 알고 보니 그 자식은 아무것도 아니었다. 그놈의 죄명은 폭력이었다. 집행유

예 기간에 성폭력으로 5년형을 선고받은, 말 그대로 인간 쓰레기였다. 그러자 그 자식도 나에겐 꼼짝 못하였다. 그런 식으로 일주일 정도 지나자 나와 싸웠던 놈은 대전으로 이감되었다. 방 안은 말 그대로 썰렁했다. 그 뒤로 건드리는 놈도 없었고, 책도 마음대로 읽을 수가 있었다. 무엇보다도 생각을 많이 할 수 있어서 좋았다. 구형 날짜가 잡히고 구형받기 전 방 안 사람들이 한복과 고무신을 닦아 주었다. 고마웠다. 그리고 인간에게는 따뜻한 정이 있다는 것을 알았다.

구형 날 엄마와 이모가 오셨다. 구형 1년 6개월 선고받고 다시 감옥으로 돌아갔다. 방 사람들과 구형 애길 하고 있는데 엄마와 이모가 면회 오셨다. 이모가 너무 걱정하지 말라고 했다. 어머니가 옆에서 이모 말을 거들어 주었다. 다치신 몸으로 오신 것만으로도 고마운데 날 위로하시려 했다. 너무너무 죄송스러웠다. 앞으로 선고까지 14일 남았다. 그때 모든 게 결정된다는 이모 말에 난 긴장하며 감옥 생활을 했다. 그런 조바심에 난 더 많은 생각을 하게 되었다. 이 기간 동안 내가 지은 죄 그리고 날 생각해 주는 모든 사람을 생각하며, 하루를 생각으로 시작해 생각으로 끝마쳤다. 이젠 더 이상 방 안에는 건드리는 사람도 없었고 간섭하는 사람도 없어서 좋았다. 구형을 받고 선고 날짜를 기다리자니 시간이 너무나 안 갔다. 내가 조금 짜증 나는 얼굴을 하자 그 안에서 제일 나이가 많으신 봉사(교도소에 복역하고 있는 모범수 가운데 교도관 보조로 일하는 사람) 한 분이 말씀하셨다. "구형을 받으니까 시간이 안 가지. 그럴 땐 마음을 편히 갖고 어머니 생각을 하여라. 그러면 짜증이 조금 가시고 시간이 빨리 갈

거야." 어머니 생각을 해 봤자 너무 죄송스러운 것밖에 없었다. 솔직히 들어온 건 나지만 어머니가 더 고생을 하셨다. 나가게 되면 진짜 어머니에게 효도만 하면서 살아야겠다는 생각을 했다.

시간은 그럭저럭 어영부영 갔다. 하루가 지나고 또 하루를 알리는 종소리가 울렸다. 매번 들었지만 유난히 그 종소리가 싫었다. 배식을 위해 아침 일찍 세면을 하고 먹기 좋게 손으로 김치를 자르고 마가린과 고추장을 다듬으며 사람들은 아침을 준비했다. 배식을 끝내고 조금 앉아 있자 어머니가 면회 오셨다. 부시시한 모습이 밤잠을 제대로 주무시지 못하셨나 보다. "곧 있으면 크리스마스인데 그 안에 나오면 좋으련만……." "저도 그러고 싶지만 내가 지은 죗값을 치르고 있는 중이라서……." 그런 대로 어른스럽게 말했다. 어머니는 우시면서 "그래, 이왕 고생하는 거. 우리 조금만 더 고생하자……." 하고 말하시며 면회를 끝마쳤다.

크리스마스이브 날 하늘에선 눈이 내렸다. 마냥 좋던 날씨가 갑자기 눈이 내리자 약이 오르기도 하고 우습기도 하였다. 배식이 뜨자 얼른 받았는데 그날은 눈이 부시게 하얀 쌀밥이었다. 밖에 있을 땐 그렇게 하찮게 여긴 쌀밥이 여기 사람들 모두를 행복하게 했다. 배식을 마치고 어머니가 또 면회를 오셨다. 난 어머니에게 오늘 왜 왔냐고 큰일 난 듯이 말했다. 어머닌 우리 아들 보러 왔다며 웃으시며 말했다. 면회를 와서 처음 웃는 웃음이었다. 난 사실 그날만큼은 우리 식구들과 함께 보내길 원하고 있었다.

그런 식으로 14일이란 시간이 다 흐르고 드디어 선고를 앞둔 하루였다.

낮에 시간을 다 보내고 취침 시간에 이르자 봉사님이 내일 재판 잘 받으라며 좋은 얘기를 많이 해 주셨다. 그날은 일찍 자고 아침이 밝기를 기다렸다. 잠이 잘 오지는 않지만 그래도 자야만 마음이 편했다. 아침이 밝고 하루를 알리는 기상 종소리가 울렸다. 아침을 거르고 있는데 출장을 알리는 교도관이 왔다. 방 사람들이 재판 잘 받고 오라며 큰 소리로 박수를 쳐 주었다. 수갑과 포승줄로 무장을 한 후 이감하는 차를 탔다. 20분쯤 가자 법원에 도착하고 대인수부터 소년수 이렇게 차례로 재판을 받았다. 문득 뒤를 보니 어머니와 친구들이 와 있었다. 대인수가 끝나고 소년수 재판이 시작되고 여러 지역에서 온 소년들이 차례로 재판을 받았다. 3명 중 1명이 소년부 송치가 되었다. 갑자기 "김준형!" 하고 판사가 불렀다. 심장이 멈추는 것같이 떨렸다. 제발이란 말을 속으로 반복하며 피고석에 올랐다. 판사가 내 사건 내용을 말할 때 주위는 조용했다. 관대한 처벌이란 말과 함께 징역 1년에 집행유예 8개월을 선고해 주었다. 뛸 듯이 기뻤다. 다시 수갑과 포승줄에 온몸을 감고 이감 차에 오르려는 순간, 엄마가 달려오며 "아! 오늘 나오지?" 하시며 기쁨의 눈물을 흘리셨다. 친구들도 같이 와서 기다린다고 했다. 다시 교도소로 돌아가 저녁이 되길 기다렸다. 그 안에서 사람들이 축하한다며 어깨를 토닥거려 주고 다신 들어오지 말라고 하셨다. 막상 나가려고 하니 그래도 아쉬웠다.

　저녁이 되자 간수가 날 불렀다. 이젠 나가는구나. 일어났다. 그러자 방안 사람들이 다시 크게 박수를 쳐 주었다. 난 그동안 고마웠다는 인사를 하고 미련 없이 그 자릴 떴다. 관수실에서 옷을 갈아입고 몇 사람들과 함께 교도소 철문을 나왔다. 쭉 뻗어 있는 큰길을 따라 나가니 어머니와 동네 아저씨 두 분이 마중 나오셨다. 엄만 지금까지 오늘처럼 기쁜 날이 없다며 울먹이셨다. 그때처럼 식구들과 모든 사람이 그렇게 소중한 줄을 몰랐다. 지금도 그렇다. 내가 만약 그런 고생을 하지 않았다면 난 지금도 정신 못 차리고 사회에 물의를 일으키며 살았을 것이다. 교도소 생활이 힘들고, 갈 곳은 못 되지만 좋은 경험으로 삼고 이제부터 사회에 꼭 필요한 인간이 되고 싶다. 이제부턴 어머니 얼굴을 웃음으로 주름지게 하고 싶다. 어머니, 건강하시고 오래오래 사세요.

(1996년 4월)

편지로 만난 아이들

동현이

별난 편지 한 통이 왔다. 내가 사는 주소와는 달리 간단하게 쓴 주소
에다 내 이름이 겉봉에 씌어 있는데 한참이나 돌고 돌다 어찌어찌해서
아주 늦게야 받았다. 보낸 사람이 강원도 철원에 사는 상병 이동현이라,
어디서 많이 듣던 이름인데……. 아하, 앤 옛날 제잔데, 그럼 군에 가 보
낸 편지인가?

역시 그랬다.

"이미 스승의 날은 지나갔지만 선생님 생각이 문득 나서 편지를 씁니
다. 선생님께서 저에게 가르쳐 주신 모든 것을 지금도 간직하고 있습니
다……."

삐뚤삐뚤 가까스로 몇 줄 쓴 걸 보니, 공부하고는 일찌감치 담을 쌓고

지내던 우리 반 꾀돌이 동현이가 생각났다. 벌써 8년이나 흘렀나? 똘망똘망한 눈, 도톰한 볼때기, 장난기 가득한 웃음이며 얼굴, 세수를 잘 하지 않아 꾀죄죄한 모습이어서 별명을 각시탈이라고 했지. 딸만 내리 다섯을 낳다가 얻은 아들이라 그런지 귀염 받고 커서 뭐든 자기 멋대로 하려고 했다. 청소 당번이 되어도 몰래 도망가기 일쑤였고.

그러던 네가 이렇게 어른이 되어 불쑥 내 앞에 나타났구나. 그것도 네 말대로 문득 말이야. 문득? 짧지 않은 시간이 흘렀는데 내 생각이 났다니, 정신이 번쩍 든다. 그래, 잊지 않고 누군가를 그리워하거나 보고 싶어 하는 건 아름답지. 지금도? 내가 뭘 가르쳤는데 너는 모든 것을 아직도 간직하고 있다는 걸까?

반가워서 답장을 단숨에 써 보냈더니 동현이가 글을 또 써 보냈다.

"선생님, 죄송합니다. 지난번 편지한 것은 스승의날이라고 부대에서 반강제로 쓰라고 해서, 성의 없이 적다가 시간이 없어 그냥 마무리하고, 선생님 주소도 몰라 대충 엉터리로 아무거나 적어서 보냈는데, 전 그 편지가 선생님 손에 들어갈 줄은 꿈에도 생각 못 했습니다. 너무너무 기쁩니다. 반갑습니다……."

아, 그랬구나. 그래, 역시 너답다. 넌 그럴 수 있는 놈이었지. 어쩜 옛날 살던 그 모양, 그 방식으로 지금도 꼭 그렇게 사니? 그때도 넌 늘 엉뚱했지. 모든 걸 찬찬하게 꾸리며 지내지도 않았고 누구에게건 눈치 보지 않고 네 생각대로 당당하게 살던 게 생각나. 고집스럽게 아이들하고도 꽤 나 싸웠고 말썽도 많이 피웠던 네가 의젓하게 글을 써 보내니 누구보다 반가웠다. 아무려면 어떠냐? 우리 사이라는 것이 잊고 지내다가도 어느 날 문득, 불쑥 생각나 가슴 한켠에서 되살아날 수 있다면 그게 사는 정 이고 사는 기쁨 아니겠냐?

아무튼 이렇게 해서 끈이 다시 이어져 여러 번 글이 오갔다. 요즘 푸 른 산도 보고 밤엔 별도 보고, 비가 오면 빗방울도 한없이 보고 있다며 휴가 가는 날, 만나서 막걸리를 거나하게 마시자는 동현이를 얼른 보고 싶다.

영철이

며칠 전, 4년 동안 갇혀 살던 감옥을 나왔으니 얼마나 시원하고 홀가 분할까? 친구들과 서해안 만리포 해수욕장에 놀러 갔다가 그 동네 아 이들과 패싸움이 붙어 뒤엉켜 싸웠다지. 신 나게 얻어맞았는 데도 객지 인지라 넌 오히려 때린 사람으로 몰려 끌려갔어. 재판을 해서 실형이 떨 어졌고, 다행스럽게도 처음이라 집행유예로 풀려났다고 했지. 그렇게 한 여섯 달쯤 지내다가, 어느 날 포장마차에서 술 마시다 옆 사람과 또 싸 워 넌 다시 경찰서에 끌려갔어. 그 바람에 먼젓번 사건으로 남은 집행유 예 기간과 이번 것이 덤터기가 되어 4년 중형을 받고 감옥에 갔다는 걸,

네 친구들이 우리 집에 놀러 와 얘기해서 알게 되었어.

그래서 곧바로 나는 너에게 편지를 했지. 아마 그때 한 얘기가 대충 이랬어. 감옥 안에서라도 몸땡이를 꾸준히 움직이며 운동하고 건강을 지키고, 자주 틈을 내어 어머니에게 글을 올리라고 말야. 막내둥이를 감옥에 두고 어찌 이부자리를 깔고 주무시겠냐고.

"선생님, 생각지도 안 했던 선생님에게서 글을 받아 보고 이 못난 놈, 기쁜 마음보다 부끄러움이 한발 앞섭니다. 어느 때는 참된 인간이 되어 가는 것 같으면서도 어느 때는 참된 인간보다 더 교활하고 더 이기적인 인간이 되어 가는 것만 같습니다."

꼼꼼하게 정성을 담아 보내온 네 글을 보고 나도 참 많은 걸 생각했다. 부여 은산 장날이면 늘 시장 한켠에서 과일 몇 광주리를 놓고 장사하시던 네 어머니 모습이 생각나. 학교 공부가 끝나면 넌 곧바로 장터로 갔지. 어머니 옆에 앉아 과일 파는 일을 거들던 네가 생각나. 이런 어머니를 두고 원치 않는 감옥에 들어가 앉아 있으니 네 마음이 얼마나 괴로웠겠냐.

"선생님, 이렇게 비가 많이 오는 날이면 항상 걱정이 앞서고 어찌할지도 모르고 허겁지겁 며칠 동안을 뜬눈으로 밤을 지새곤 한답니다. 어머니의 소중함과 어머니의 자식 사랑을 새삼스레 마음속 깊숙한 곳까지 뼈저리

게 느끼곤 합니다."

어느 때는 감옥 안에서 책을 읽고 느낀 소감을 적어 보내기도 했지. 너 자신을 올바로 알기 위해 몸부림치는 것 같더라.

"선생님, 《무궁화꽃이 피었습니다》를 읽고 제가 느낀 것은 조국과 민족을 아낌없이 사랑해야 한다는 것이었고 제 가슴에 와 닿았습니다. 특히 일본에 대해 우리 한민족이 자비로써 대했다는 것이 내 마음에 들었고 우리 대한민국이 어느 강대국보다 강해질 수 있을 것 같은 느낌이 확 들었고요. 우리들의 노력이 많이 필요하겠지만 나 혼자만이 잘살겠다는 생각을 버리고 온 국민이 하나로 뭉쳐야 할 시기가 지금이라고 생각합니다."

"선생님, 이젠 이곳에서 지낼 남은 생활보다는 밖에 나가서 무얼 하면서 지낼까가 더욱 걱정입니다. 무엇인지 모르게 자꾸 어렵다는 생각이 제 가슴을 압박해 오는 게 걱정입니다. 잘 적응해 나갈지 말입니다."

이렇게 영철이는 모든 게 막히고 자유롭지 못한 곳에서도 마음을 열고 여러 얘기를 솔직하고 자유롭게 글로 써 보냈다. 보내온 글을 볼 적마다 나는 오히려 영철이한테 많은 것을 배우게 되었다. 밖에 있는 친구가 마침내 스스로 독립하여 가게를 연다는 소식을 듣게 되면, "꼭 동참하고 싶은데 제 처지가 이래서 조금 애처롭습니다. 제 몫까지 선생님께서 축하해 주십시오." 하고 나에게 부탁도 했다. 밖에서 있는 일이니 밖에서 서로들 잘 오고 가라는 말이겠지. 이제 4년 만기가 되어 자유로운 몸이 되었다. 지금은 서울 어딘가에 있는 조그만 공장에서 땀 흘리고 일한다는 소식을 영철이 어머니에게서 들었다.

영철아, 네가 나에게 쓴 많은 글처럼 힘차게 살아라. 네 말대로 어디서건 아무리 힘들고 어려워도 어디 감옥 안만 하겠냐? 네가 나에게 토하듯 한 여러 말을 나도 내 마음 한구석에 꼭 심어 놓고 살겠다.

태광이

중학 3학년 때 공고로 진학한다는 너를 두고, 네 부모님은 외아들이니 인문고로 꼭 보내겠다고 해서 넌 마음고생을 참 많이 했지. 결국 인문고인 부여고를 일 년 다니다 그만두고 어느 날 중학교로 날 찾아왔지. 어쩌면 좋으냐고. 한참 의논한 다음 넌 직업훈련원에 가게 되었고 자동차 정비 교육을 받았지. 가끔 어려운 일이 있을 때마다 편지를 쓰면서 네 맘을 다스리고 다시 의지를 다졌지. 네가 참 대견하고 믿음직했어. 일 년을 잘 다녔고 넌 청주에 있는 작은 카센터에 들어가 4년 동안 기름밥 먹으면서 열심히 배우며 일했지. 마침내 올봄에는 작지만 네가 운영하는 카센터를 차렸다며? 아주 장해. 네 삶을 스스로 또, 멋지게 꾸려 나가니 그 이상 더 멋진 삶이 또 어디 있을까.

참, 널 생각하면 난 잊지 못하는 일이 있지. 언젠가 겨울 어느 날, 카센터에서 같이 일하는 선배 형하고 우리 집에 놀러 온 일 말야. 네가 가끔 내 얘기를 그 선배에게 한 모양이지. 날 보고 싶어 한다며 같이 왔다고 소개했지. 한참 둘러앉아 술을 주거니 받거니 하다가 그 선배가 불쑥 내게 이랬지.

"선생님, 부탁이 있어 왔습니다. 제가 얼마 후 결혼을 하는데 주례를 꼭 좀 해 주십시오."

이러면서 자기가 살아온 얘기를 자세히 했지. 태어날 때 아버지가 이미 돌아가셨기에 얼굴도 못 본 유복자여서, 이름도 유복이라 지었다며 간곡하게 말을 했어.

"아니, 내 나이 사십도 안 되었는데 무슨 주례를 할 수 있어?"

나는 숨을 몰아쉬며 말도 안 되는 말을 그만하라고 했더니 막무가내다. 태광이 선생님이면 자기 선생님이기도 하니깐 무조건 믿고 왔다는 거다. 가난한 노동자 제자 하나, 또 둔 셈 치고 꼭 해 달란다. 말을 조곤조곤 하는 걸 들으니, 어릴 때 가난하게 살아온 내 모습 같았기에 거절하기가 어려웠다. 그러마, 했다. 일을 저지르기로 했다.

그해 겨울 성탄절 날, 청주 큰 예식장에서 식을 치렀다. 식을 어떻게 시작하고 끝냈는지 잘 모른다. 머리가 허연 할아버지, 할머니들 그리고 나이 지긋한 분들이 식장에 가득하고 신랑, 신부가 내 앞으로 걸어 들어올 때는 숨이 멎는 듯했다. 주례자가 신랑, 신부에게 말을 해 주는 시간이 되어, 나는 어젯밤 밤새 잠 못 자고 끙끙거리다 하얀 종이에 가득 써

온 것을 용기를 내어 쭐밋 쭐밋거리며 읽었다. 그때 한참 힘들여 읽고 있는데 앞에 선 신랑, 신부가 힐끗 나를 올려다보며 걱정스런 표정을 지었다. 흠찔, 등골이 쐈, 했다. 침은 쩍쩍 마르고 이마에는 땀이 줄줄 흘렀다. 아마도 덜덜거리는 내 몸이며 손을 본 모양이었다. 벌렁거리는 가슴도 보았을 것이다. 마치 깨끗한 사람들을 앞에 두고 오히려 내가 심판을 받는 것 같았다.

시간은 흘러 신랑, 신부는 식장을 빠져나가고 난 그제야 정신이 들었다. 태광이가 나에게 다가와서, "선생님, 아주 말씀 잘하시던데요." 한다. 그 말을 듣고는 또 얼굴이 얼마나 후끈 달아오르던지.

지금도 가끔 유복이가 안부 묻는 전화를 한다. 전화가 올 때마다 난 그때 결혼식장에서 유복이에게 한 말처럼, 내가 지금 그렇게 살고 있는가를 곰곰이 되새겨 본다.

(1996년 8월)

형진이

벌써 열흘째? 형진이 자리가 텅 비어 있다. 어머니도 아이가 어디로 갔는지 몰라 학교에 와서 애끓는 말만 한다. 어떻게든 찾아야겠는데……. 안 되겠다. 이렇게 무작정 기다리고만 있으면 뭐가 되나? 오기만을 기다리기엔 답답하다. 내가 어떻게든 찾아 나서자. 수업을 오후로 밀어 놓고 서천 어딘가에서 빙빙 돌아다닐 형진이를 찾아야겠다. 서천 시내에서 누군가 보았다는 소문을 들었단다. 형진이 어머니가 일하는 서천 읍내 미용실로 가서 어머니를 만났다. 형진이에 대한 이야기를 자세하게 들었다. 중학 2학년까지 아무런 문제도 없이 줄곧 반에서 2~3등을 했던 아이가 변하기 시작한 것은 아버지 사고 때문이었다. 오토바이 사고로 머리를 심하게 다쳐, 정상으로 돌아오기가 어려운 지경이 되었고, 아직도 정신병원에 입원해 있단다. 어린 나이에 큰 충격을 받았는가, 그 뒤로 학교를 서너 날씩 빠지면서 근처에 노는 아이들과 휩쓸리기 시작했다.

어머니 얘기를 자세히 듣고는 바로 형진이와 친하게 지내는 한 선배 아이를 찾아 ㅈ공고로 갔다. 작년까지 내가 근무했던 학교라 서천에서 노는 아이들을 대충 알고 있었다. 김 아무개라는 그 선배 아이를 내가 잘 안다. 만나면 뭔가 소식을 알 수 있을 것 같기에 갔다. 불러 상담실에 마주 앉았다. 형진이 소식을 물으니 펄쩍 뛴다. 요즘 만난 적이 없다고. 조금 더 가까이 다가가 손을 잡았다.

"왜, 너는 이렇게 학교에 잘 다니고 후배는 학교에도 못 가게 하냐? 형진이 어머니가 속이 상해 병이 다 났는데, 네가 할 수 있는 일이 뭐냐? 작년 1년 동안 나와 공부한 너니깐 날 잘 알지 않냐? 형진이를 만나게 해 줘라."

고개 숙이고 잠자코 듣던 아이가 고개를 들고 눈을 반짝인다. 전화를 하겠단다. 어디론가 전화를 하더니, 나를 바꿔 준다. 죄송하다는 형진이 목소리가 풀이 죽었지만 참 반가웠다.

"형진아, 아침밥 먹었냐? 안 먹었다구? 그럼 어디서 만날까? 우주 오락실에서? 그래, 10분 뒤에 보자."

약속 장소에 갔다. 11시인데도 오락실 안이 꽉 찼다. 아니, 초등학생부터 중·고등학생까지 바글바글했다. 이 시간이면 당연히 학교에서 공부할 시간인데, 여기서 이러고들 있으니 기가 막혔다. 떠도는 아이들도 문제지만 이런 아이들을 상대로 지금 돈벌이를 하고 있는 어른들이 더 미웠다. 주인아저씨의 싸늘한 눈초리를 받으며 같이 나왔다. 열흘 동안 집 밖으로 나돌았으니 얼굴이 쪽 마른 것 같다. 우선 먹자. 식당에 들어가 김치찌개를 시켜 놓으니 후딱 먹어치운다. 저렇게 허겁지겁 먹는 걸 보니 고생이 얼마나 심했을까? 뭐부터 말해야 할지 몰랐다. 아마 내가 뭘 말할지도 다 알겠지. 길게 얘기할 것도 사실 없다. 다만 쳐다보며 반가워 할 뿐이다. 조금씩 털어놓는 얘기들은, 형진이가 여러 날 밖에서 지내면서 느낀 것들이었다. 말하면서 때론 분노하다가도, 또 속으로 삭이기도 하면서 이어졌다. 어른들이 저질러 놓은 여러 상황과 조건들에 맞게 살아가라는 요구에 견디지 못하고, 결국 거기서 벗어나려고 했던 몸짓이었다. 얘기 끝에 집이 그리웠고 어머니가 보고 싶었다고 한다. 반 친구들 소식도 빠뜨리지 않고 물으니 그게 또 좋았다. 다들 기다린다고 하니 씩 웃는다. 내일 학교에 가겠단다. 어깨를 두드리니 얼굴이 환해진다.

"그래, 잘 생각했다. 그럼, 아주 내가 있는 김에 지금 어머니를 만나서 화해할래? 내가 같이 있어 줄게. 열흘 전 대판 싸우고 나왔으니 혼자 다시 집에 들어가려면 쑥스럽고 좀 뭣하겠네?" 들더니 그냥 이따 이것저것 정리할 것도 하고 집에 들어가겠단다. "그럼, 이따 집에 가면 나한테 전화해라." 그리고 학교로 돌아왔다. 그날 밤 10시쯤 전화가 왔다. 밝은 목소리로 집에 왔다며, 내일 학교에서 보겠단다. 이어 어머니를 바꿔 주었는데, 연실 고맙다는 말이었다. 다들 제자리로 돌아온 순간이었다. 긴 터널을 지나고 햇살을 쪼이는 기분이었다. 아버지의 뜻하지 않은 사고, 어머니는 생계를 꾸려 가느라 낮밤 없이 바쁘시니, 어린 나이 때부터 혼자 나날을 살아가기가 얼마나 힘들었을까?

다음 날, 머쓱한 모습으로 자기 책상 자리에 앉아 있는 형진이를 보니, 괜스레 웃음이 나왔다. 형진이도 나를 보더니 반갑게 인사한다. 아, 이런 거구나. 이래서 아이들이 크는 거고, 이래서 선생 노릇이 만만찮은 거구나. 모두가 다 뭔가와 싸우고 이긴 것 같다. 한때나마 조급하게 마음 졸인 내가 부끄러웠다. 기다리면 될 것을……. 힘들었지만, 내가 교사로 살아 있음을 스스로 확인한 하루였다.

(1997년 7월)

학부모님께 (편지글 모음)

교사와 부모를 잇는 다리

10년 만에 담임을 맡았다. 오랜만이라 맘도 설레었지만 걱정이 이만저만 아니었다. 그래도 내가 담임을 안 맡을 때에는 다른 사람들에게 그랬다. 아이들을 맡는 교사는 이렇게 저렇게 해야 한다고, 땀내 나게 아이들과 뒹굴며 지내야 한다고 입에 침이 마르도록 얘기했는데 이를 어떻게 하지? 늘 얘기하던 처지였는데 이제 내가 그 일을 해야 한다니 눈앞이 캄캄하였다. 앞일을 생각하고, 늘 조심스럽게 얘기해야 하는데 이제 그 화살이 나에게 왔다. 더구나, 요즘 아이들이 어디 만만한 아이들인가? 너무나 빨리 바뀌고 쉽게 어른처럼 생각하고, 커 버린 아이들을 어떻게 이해하고 대할 것인가? 적어도 이런 아이들을 푹 껴안을 수 있는 넓은 마음 그릇을 가지지도 못한 내가 어찌 담임 일을 할 수 있을까? 정말 자신이 없었다. 이런 마음으로 40명 아이들과 살림을 시작했다.

먼저 할 일은 아이들을 올바르게 아는 일이었다. 아이들을 키우는 부모님들과 가까워야, 이런저런 아이 얘기를 들을 수 있기에 편지를 보내기로 했다. 한 달에 한 번, 아이들이 학교에서 어떻게 지내는가에 대해 얘기를 했다. 담임을 맡은 교사가 어떤 생각을 갖고, 날마다 아이들을 만나고 가르치는가에 대해 자세히 써 보냈다. 부모님에게 부탁하는 말도 썼다. 이렇게 한 번 두 번 편지를 보내니, 부모님들이 참 좋아했다. 미덥잖게 생각하던 홍산농공고에 아이들을 보내고 나서, 걱정하던 분들이 고맙다고 전화해 주었다. 그러면서 자연스럽게 자기 아이가 집에서 지내는 얘기, 아이 때문에 속 썩는 얘기를 술술 했다. 집에 한번 오라는 부모님들이 있어 일곱 집을 찾아갔다. 서너 시간 마주 앉아 얘기하니, 거기에서 아이에 대한 많은 것을 알 수 있었다. 아이들도 좋아하는 분위기였다. 아이 방에 들어가 책상에도 앉아 보고, 방 정리한 것도 보았다. 학교에서 알 수 없었던 것을 알게 되니, 아이들을 새롭게 다시 만나는 느낌이었다.

달마다 보내니, 기다리는 부모님도 있었다. 편지를 여러 번 되풀이 읽으며, 소중하게 여기고 잘 간직한다는 분도 있었다. 자기 아이 친구들 소식을 들으며, 자기 아이의 삶에 대해 깊이 생각하는 계기가 되었고, 상담하는 부모님도 있었다.

지금까지 8차례 편지를 보냈다. 이제 길에서 처음 만나 인사하는 부모님도 나를 아주 오래 전부터 알고 있는 사이인 것처럼 다정스럽게 대했다. 나도 기분이 참 좋았다. 길에서라도 자연스럽게 아이 얘기를 하게 되었다. 잘하는 일보다 못하는 일을 더 많이 얘기하는 부모님에게, 나는 잘하고 있는 일을 더 많이 얘기했다. 환해지는 부모님 얼굴을 보는 것도 큰 기쁨이었다. 이렇게 부모님과 친해지니, 아이들도 내 말에 귀를 잘 기울였고, 잘 따랐다. 아이들은 자기 삶에서 고칠 일이 있으면 한 번 더 생각하고, 고치려고 애를 썼다.

편지는 아이를 가운데 두고, 교사와 부모를 잇는 다리가 되었다. 일 년을 보내면서 다리 놓는 일, 편지 쓰는 일을 잘한 것 같다. 솔직하게 마음을 담아 정성껏 쓰면, 학부모나 교사 모두 마음도 일구고 움직일 수 있다. 글을 잘 쓰고 못 쓰는 문제가 아니다. 교사가 작은 마음 그릇을 그대로 보이니, 친근하게 다가서는 부모님들이 참 많다. 우리가 만나는 아이들은 앞날을 이끌어 갈 귀한 사람들이다. 하늘처럼 귀하게 대할 사람들이다.

l.

부모님께

안녕하신지요?

처음으로 인사드립니다. 저는 요번에 토목과 1학년 담임을 맡은 교사 황금성입니다. 직접 찾아뵙고 인사드려야 하는데 여러 형편이 어려워 이렇게 글로 대신하려고 합니다. 저는 나이가 43세이고 올해로 교사 노릇을 한 지가 16년째입니다. 부여읍 동남리에 살고 있으며 결혼해 아들

둘을 두고 있습니다.

우리 아이들이 홍산농공고에 들어선 지도 벌써 2주가 지났네요. 아이들이 어느덧 불쑥 커서 고등학교에 다니니 참 대견스럽지요? 아침마다 두툼한 책가방을 메고 나서는 우리 아이들은, 저마다 나름대로 자기 생각을 가지고 '하루하루 어떻게 잘 지낼까?' 하고 고민하면서 지냅니다. 때로는 학교생활에 잘 적응하지 못해서 '정말 학교라도 잘 다녔으면!' 하고 바라는 아이들도 있지요. 아침마다 아이를 학교에 보내려고 마음 쓰고 아파하시는 부모님도 계시다는 것을 잘 알고 있습니다. 이제 앞으로 차차 나아지겠지요.

지난 2주 동안 저는 아이들 한 명 한 명 불러다 마주 앉아서는 여러 이야기를 나누었습니다. 집이 어떠냐? 아버지와 이야기는 많이 하는 편이냐? 집에서 네가 하는 일은 무엇이냐? 식구는 누구누구냐? 어머니가 너에게 가장 많이 하는 말이 무어냐? 집에서 힘든 때는 언제냐? 학교생활에서 가장 즐거운 때가 언제냐? 괴롭히는 친구들은 있느냐? 너, 이다음에 꿈이 뭐냐? 따위를 물으며 아이들 마음을 헤아려 보았습니다. 유난히 맑은 눈을 가지고 있는 우리 아이들이 얼마나 귀하고 사랑스러워 보이는지, 저는 내내 가슴이 두근거렸습니다. '이렇게 착하고 순한 아이들이 아직도 있구나?' 하고 많이 놀랐습니다. 우리 아이들이 처음 이 세상에 태어났을 때 부모님들께서는 얼마나 기뻐하셨습니까? 생글거리는 웃음이며 발버둥치는 모습 하나하나가 다 귀하고 예뻤지요? 아마 지금도 그때 그 마음으로 아이들을 바라보시고, 앞으로도 아이들이 잘 지낼 거라는 기대를 하고 계시리라 믿습니다. 그만큼 아이들이 귀하고 사랑스러우니까요.

그런데요, 부모님, 우리 홍산농공고에 들어온 아이들은 거의 다 학교 성적이 조금 뒤떨어져 늘 꾸중을 듣고 큰 아이들이에요. 그래서 공부 얘기만 나오면 주눅이 들고 자신을 잃고, 하는 일마다 의욕을 잃은 경우가 참 많은 걸 알았습니다. 세상 살아가는 일이 성적으로만 되는 게 아닌데도, 늘 그것만으로만 우리 어른들이 아이들을 대하고 평가해서 여러 문제들이 뜻밖에 많이 생겼지요. 집이나 학교에서 꾸준히 요구하는 공부를 스스로 챙기지 못하고 하지 않아서 점점 더 뒤떨어졌지요. 그러니까 이런 것에 적응을 빨리 못 했다고나 할까요?

가만히 아이들과 얘기하면서 속사정을 들어 보니 마음에 쌓인 얘기가 참 많더군요. 하고 싶은 일도 많고요. 세상에 태어날 때 한 가지씩 재능과 소질을 타고났다는 사실이 아주 실감 나더군요. 제각기 제 빛깔을 가지고 잘 크고, 앞으로도 넉넉하게 잘 살아가겠지요. 앞으로 두고두고 아이들과 많이 얘기를 할 생각입니다.

맺힌 것을 잘만 풀어 주면 아이들은 스스로 뭐든지 할 수 있고 얼마든지 자기 일을 스스로 잘할 거라고 믿습니다. 저는 앞으로 담임을 맡아 아이들이 학교를 스스로 잘 다니고, 자기 생각을 분명히 가지고 자기 앞날을 위해 공부할 줄 알며 체면도 차릴 줄 알도록 키우겠습니다.

아이를 학교에 보내면서 여러 기대를 하실 텐데 아무쪼록 그 기대를 늘 마음에 가지시고 담임교사인 저와 마음을 모으고 함께 이루어 가지요. 저는 아이들을 참 좋아합니다. 아이들을 위하는 일이라면 힘껏 하겠습니다. 혹, 아이 문제로 하실 말씀이 있으시면 언제라도 전화해 주십시오. 늘 기다리겠습니다.

(집: 0463-33-○○○○, 학교: 0463-836-○○○○)

그럼, 오늘은 이만 줄입니다. 안녕히 계십시오.

1997. 3. 16
황금성 올림

2.

부모님께

지난번 처음 글을 드린 지 벌써 한 달이 훌쩍 넘었네요.

잘 지내셨어요? 저는 잘 지냅니다. 아이들을 아침에 잠깐 보고는, 뭐가 그리 바쁜지, 어느 때는 아이 얼굴 한번 제대로 못 보고 금방 저녁이 됩니다. 종례 마치고 환한 얼굴로 돌아가는 아이들 뒷모습을 보고 있으면 참 미안한 마음이 많이 들어요. 그래도 저 아이들이 학교라는 곳에 와 하루 종일 뭔가를 생각하고 배울 텐데, 뭘 얼마나들 배우고 깨우치는가, 또 나는 저 아이들에게 꼭 도움이 되고 필요한 사람인가, 되돌아봅니다.

지난 한 달 동안 우리 반 아이들과 지낸 일을 생각나는 대로 말씀드리겠습니다.

3월 19일 교실 뒤 게시판에 아이들이 읽을 만한 시나 신문 글을 붙여 놓았습니다. 우리 반에 담배 피우는 아이들이 십여 명이나 되기에 "나는 왜 어른이 되어도 담배를 피우지 않는가?"에 대해, 제가 겪은 일을 말해 주었습니다.

3월 20일 우리 반 급훈을 "친구를 내 몸처럼"으로 정했습니다. 친구와 학급, 자신을 위해 한 가지씩 날마다 할 일을 찾아 하자고 했습니다. 오토바이를 타다 다친 옆 반 아이 이야기를 해 주었습니다. (우리 반도 3명이나 탑니다.)

3월 22일 상연이가 신발장과 서랍장에다 붙일 번호표를 스스로 컴퓨터로 쳐서 만들어 와 붙였기에 칭찬해 주었습니다. 학교 오가는 길에 아이들이 때와 장소 안 가리고 담배를 피워 학교로 항의 전화가 와서, 우리만이라도 그러지 말자고 했습니다.

3월 25일 아이들이 자기 삶에 대해 깊이 생각하고 잘 이끌어 가게 하기 위해 "글쓰기 공책"을 하나씩 준비하였는데 일주일마다 한 편씩 쓰기로 했습니다. 나중에 아이들 글을 모아 학급 문집을 펴내려고 합니다. 자기 생각을 분명하고 야무지게 하는 아이들이 참 많더군요.

3월 28일 연무대공고에서 김재천이란 아이가 전학을 와서 우리 모두 반갑게 맞이하였습니다. 성완이는 재수해서 들어온 아이인데 자주 학교를 빠져, 어머니가 학교에 오셔서 상담하셨습니다. 효광이는 놀다가 허리가 뻐끗했다고 해서 제가 수지침을 놓아 주었습니다. 한결 나아졌답니다.

3월 31일 아이들이 8시 30분까지 학교에 와서 아침 자습을 해야 하는데, 지각을 하도 많이 해서 회의를 하니 벌금을 내자고 하더군요. 제가 말렸지요. 돈으로 해결하는 게 좋지 않다고요. 차차 나아지겠지요. 아침마다 깨우시는 부모님은 저에게 전화해 주세요. 따로 또 얘기하겠습니다.

4월 1일 교련과 수학 시간에 우리 반이 많이 떠든다고 지적을 받아 앞으로 잘하자고 다짐했습니다. 아이들이 교복을 학교 규정대로 입지 않고 아무거나 입는 아이들이 여러 명 있어, 제가 날마다 그냥 지나치지는 않고 슬쩍 지적합니다. 집에서도 잘 챙겨 주세요.

4월 7일 우리 반 아이들 몇 명이서 부여 시내 어느 술집에 들어가 술을 먹다가 경찰에게 걸려 학교로 연락이 왔습니다. 그 사건으로, 요즘 날마다 반성문도 쓰면서 저와 상담하고 있는데 너무 걱정하시진 마세요. 아이들이 떨어진 명예를 되찾으려고 많이 애씁니다.

4월 8일 학교 행사로 폐품을 가져오기로 했는데 정말 믿기지 않을 정도로 단 한 명도 안 가져왔습니다. 모두 다 가져오는 걸 잊은 거지요. 알고도 귀찮아서 안 가져오기도 했고요. 할 일을 자주 잊는 우리 아이들에게 잘 챙기도록 하겠고, 잊는 버릇을 고쳐 주려고 애쓰겠습니다.

4월 11일 준희가 감기로 못 오고 12명이 감기나 몸살로 앓고 있어 건강을 스스로 잘 지켜야 함을 강조하고, 날마다 이 닦고 자기 전 몸을 씻기로 약속했습니다.

4월 12일 영달이가 며칠 학교 못 오다가 오늘 나와, 반 친구들이 반갑게 맞이했고요. 누구나 살아가면서 힘든 때가 있으니 혼자 고민하지 말고 담임과 의논해 해결하자고 했습니다.

4월 14일 성구가 감기, 몸살로 병원 갔다가 늦게 학교 왔습니다.

4월 16일 재천이가 교복이 찢어져 세탁소에 맡기고, 사복을 입고 왔다고 하기에, 지금 당장 찾아 입고 오라고 했습니다. 그랬더니 집에 가서 교복을 입고 왔습니다. 무리한 방법이지만 학교 다니면서 지켜야 할 것을 분명 반 친구들에게 알릴 필요가 있어서 그랬습니다.

4월 17일 학급에 물컵이 필요해서 혹시 집에 안 쓰는 컵이 있으면 가져오라고 했더니, 충복이가 자원해 예쁜 컵 두 개를 가져와 잘 쓰고 있습니다.

4월 18일 북한동포들이 굶고 있다는 신문기사를 보여 주었더니 아이들이 회의를 해서, 모금하기로 정했습니다. 4월 24일까지 10,100원을 모금했기에 내일쯤 적십자사로 보내려고 합니다. 아이들 마음이 참 곱고 대견스러웠습니다.

4월 19일 관혁이가 며칠 학교를 안 나오다가 마음을 잡고 학교에 나와 모두들 기뻐했습니다. 관혁이도 따뜻하게 반겨 주는 친구들이 고마웠다고 합니다.

4월 21일 영수가 감기로 아파 조퇴해야겠다고 해서 보냈습니다. 나중에 쓴 글을 보니 영수는 중학 때 결석을 자주 했는데 고등학교에 들어

와서는 절대 학교는 안 빠지기로 했다면서, 오늘도 억지로 꾹 참고 왔다고 했습니다. 든든한 우리 아이들입니다.

4월 23일 협진이가 여러 날 아파 못 왔는데 어젯밤 저에게 전화했더군요. 내일 꼭 나오겠다고요. 호성이가 학급에서 쓸 편지봉투를 자기 용돈을 아껴 600원 들여 사 왔습니다. 남을 위해 자기가 가진 것을 조금이라도 나누는 마음은 아주 귀하고 큰마음이라고 말해 주었습니다. 급훈대로 실천한 것이지요.

우리 반 아이들과 함께 지낸 한 달이었습니다. 같이 마음을 나누고 뒹구는 동안 훌쩍 한 달이 지났습니다. 이젠 아이들 눈빛만 봐도 어느 정도 아이들 마음을 읽을 수 있습니다. 눈에 뜨이게 아이들은 커 갑니다. 마음 씀씀이가 비록 세련되지는 못하지만 그게 그렇게 큰 문제는 아니지요. 마음 꼴이 제대로 자리 잡으면 이다음에 커서 자기 일을 스스로, 다 잘해 나가겠지요. 넉넉한 마음으로 아이들을 바라보면 참 귀한 보물들이고 재주꾼들입니다. 마치 화사한 꽃을 피우기 위해, 꽃봉오리 모습으로 잠시 웅크리고 있는 게 아닐까요? 조금 더 가까이에서 아이들 얘기를 귀담아 들어 주시고 믿어 주시길 바랍니다. 뭘 생각하고 고민하고 있는지를 어느 날, 가만히 한번 물어봐 주세요, 아마 반갑게 자기 마음을 활짝 열 것입니다. 아이들 숨결을 느껴 보시면 또 다른 모습을 한 아이들을 볼 수 있을 것입니다.

이제 5월입니다. 언제 가까운 날, 훌쩍 한번 찾아뵙겠습니다. 만나 뵈

오면 저도 드릴 말이 많을 것이고 부모님께서도 저에게 하실 말씀이 많을 것입니다. 우리 아이들을 위한 일이라면, 우리가 만나는 때가 빠르면 빠를수록 좋겠지요.

따뜻한 봄날, 늘 건강하시고 보람찬 나날이 이어지시길 바라며 이만 줄입니다.

1997. 4. 25
황금성 올림

3.

부모님께

그동안 잘 지내셨지요? 주변 산들이 온통 푸르고, 들판에도 모내기한 곳도 있어 온천지가 다 푸른 세상입니다. 이런 푸르름을 보면 온몸에 힘이 솟고, 나른했던 몸도 다시 살아나는 듯한 느낌이 듭니다. 5월은 학교에서나 집에서나 다들 바쁜 때입니다. 일 년 농사를 시작하는 때이기도 하고, 뭔가 올해에 꾸려야 할 일들을 다시 점검하는 때이기도 하구요. 아이들과 만난 지도 석 달째 들어서네요. 서로들 이제는 어느 정도 알게 되어 아침에 만나면 반갑고, 저녁에 헤어질 때는 아쉽고 그렇습니다. 지난번, 두 번째 글을 드린 다음에 있었던 일을 되돌아보겠습니다.

4월 29일부터 5월 1일까지 사흘간 중간고사를 보았습니다. 고등학교에 들어와 처음 보는 시험이라서 그런지, 나름대로 꼼꼼하게 시험 준비를 했더군요. 시험 서너 날 앞서서 시험공부 계획을 세우라고 하고 점검해 보았더니, 생각보다는 아주, 잘 계획을 세워 공부를 하더군요. 중학 때보다 더 열심히 공부하는 아이들이 많았습니다. 아예 포기하고 안 하는 아이들도 있었고요. 성적이 나와 표를 보냅니다. 아이들 나름대로 자기 점수에 대해 분석도 하고 대책도 마련하더군요. 다들 다음에는 시험 준비를 잘하겠다고 했습니다. 따뜻한 격려 말씀을 많이 해 주세요.

5월 8일은 대청댐으로 버스를 타고 봄 소풍을 갔지요. 우리 금강 상류에 있는 댐으로, 말로만 듣던 엄청난 시설을 둘러보았어요. 물이 우리에게 얼마나 소중한가도 깨닫게 되었지요. 오던 길에, 대전 유성에 있는 화폐박물관에도 들러 보았습니다. 각 나라 화폐도 보고 우리나라 돈의 역사도 한눈에 보았어요. 오랜 시간 버스를 탔지만 버스 안에서 모처럼 돌려 가며 노래도 부르고 노니 아주 새로웠고, 새롭게 아이들을 알 수가 있었습니다. 이번 소풍을 준비하는데, 처음에는 멀미해서 가기 싫다는 아이, 뭐 할 일이 있어 못 간다는 아이, 버스 타는 게 싫다는 아이, 혼자 있고 싶다는 아이, 해서 10명이 안 간다고 했지요. 한 명 한 명 따로 만나서 마음도 도닥거리고, 하고 싶은 얘기 다 하게 하고서는 설득했지요. 결국 다 가게 되어 기뻤습니다. 역시 아이들은 아이들이고, 저도 뭐든지 참고 기다리면, 더디지만 다 이루어진다는 걸 또 알게 되었어요. 먹을 것을 서로 나누어 먹는 모습도 좋았고, 모처럼 먼 길을 가면서 이런저런 얘기꽃을 피우는 모습들이 좋았구요. 참, 그날은 어버이날인데도 아침에 김밥을 싸 주시느라 힘드셨죠? 어떻게 날짜를 잡다 보니 그렇게 되었어요. 나중에 아이들에게 물어보니 어머니, 아버지께 올바로 인사드린 아이가 많지 않더군요. 작은 일 하나라도 소홀히 하는 아이들이 되지 않도록 가르치겠습니다.

5월 15일은 스승의 날이었습니다. 아이들이 정성을 모아 제 가슴에 꽃을 달아 주었습니다. 아주 고맙더군요. 그런데 저는 사실 우리 부모님들께, 제가 오히려 꽃을 달아 드리고 싶었습니다. 부모님들이 아이들을 온몸으로 아끼고 키우시는 진짜 스승이시니까요. 부모님들처럼 참사랑을 주는 교사로 살도록 애쓰겠습니다.

5월 20일에는 체육대회를 했습니다. 토목과 대표로 축구, 농구, 배구, 줄다리기하는 아이들을 보니 참 대견스러웠습니다. 최선을 다하며 뻘뻘 땀 흘리는 모습이 좋았구요. 그동안 눈에 띄지 않았던 아이들이 놀라울 정도로 재주꾼들이었습니다. 특히 농구 종목에서 뛰던 병영이와 규태는 꼭 프로 농구 선수들같이 여러 멋진 기술을 보이기까지 했습니다. 공을 잘 차지는 못하고 헛발질을 많이 한 두환이도 있었지만, 악착같이 이를 악물고 온몸으로 차고 막는 모습을 보니 달리 보이더라구요. 지치지 않고 포기하지 않는 아이들은 역시 놀라운 재주와 능력을 가진 보물들이었습니다.

5월 26일부터 28일까지는 야영을 갑니다. 정든 집을 떠나 스스로 친구들과 어울려 살아가는 시간이지요. 조금 걱정은 되시지요? 걱정하지 마세요. 아마 집에서 먹는 것보다 더 알지고 푸짐히 해 먹고 재미있게 놀다 갈 겁니다. 아이들끼리 몸과 마음을 뒤섞고 뒹굴 때 정이 새록새록 쌓이고 커지는 것이지요. 먹을 음식을 정하고 각자 준비물을 챙기는 걸 보니 대단하던데요. 누가 가르쳐 주지도 않은 건데, 잘하더라구요. 둘째 날, 부모님께 편지도 쓰게 하려구요. 집을 떠나야 집이 좋고 부모님이 소중한 분이라는 걸 깊이 알게 될 거고요. 우리 반 영수는 때늦게 수두를 이틀 전부터 앓아 못 가게 되었고, 재천이는 임파선염을 앓아 얼굴이 많이 부어 밥도 잘 못 먹는 형편이라 같이 못 가게 되었습니다. 빨리 나아 학교에 나오게 되길 마음으로 빕니다.

아이들과 만난 지 석 달쯤 되었는데 그동안 우리 반에서 5명이 학교를 다니지 못하고 그만두었습니다. 마음이 안타까웠지만 어쩔 수 없었습니다. 형선이는 입학식 때부터 나오지 않아 얼굴도 못 보고 떠났고, 성완이는 어머니의 간절한 뜻도 버린 채 돈 벌러 인천으로 떠났고, 상일이는 학교생활이 그냥 싫어 자기 맘대로 지내려는 버릇 때문인지, 같이 가출하여 어디선가에서 돈 벌고 있다고 합니다. 이렇게 떠난 아이들은 어디서 어떻게든 살아가겠지요. 그러나 어린 나이에 겪지 않아도 될 일을 겪고, 고생할 걸 생각하면 잠자리가 편치 않습니다. 우리 아이들은 아이들대로 생각을 하며 지내지요. 그게 때론 자기 혼자 생각하고 무슨 일이건 결정할 때 문제가 생기지요. 그래서 저는 아이들과 아주 가까이에서 얘기를 듣습니다. 도움이 되는 어른이 되어야 하니까요. 마음을 이해하면 문제를 풀 길이 생기니까요.

요즘 시간을 내서 우리 반 아이들 집을 찾아갑니다. 저에게 오라고 전화를 주셔서 가기도 하고 어느 때는 전화를 드리고 가기도 합니다. 지금까지 5명 아이 부모님을 뵈었습니다. 뵙고 나니 제가 아이들 보는 눈이 밝아지더군요. 아이들이 그동안 무엇 때문에 어려웠고 고민하면서 지냈는가도 새로 많이 알게 되었습니다. 아이들 눈도 더 반짝 빛나고요. 우리가 만나면 아이들이 새 기운을 가지게 되더군요. 부모님께서는 다들 바쁘시기 때문에 제가 아이들과 어느 날, 불쑥 뵈러 가겠습니다. 미리 전화를 주시면 더 좋고요. 학교로 직접 오시면 더 좋습니다.

늘 건강하시고 기쁜 나날을 보내시길 빕니다.

1997. 5. 25

황금성 올림

4.

부모님께

그동안 잘 지내셨는지요? 하늘이 뚫어진 것처럼 그렇게 비가 퍼붓더니 이젠 잠잠하네요. 이번 비로 피해는 없는지요. 학교에서 공부하다가, 억세게 바람 불고 비가 많이 내리면 아이들이 웅성거리며 창밖을 근심스럽게 내다봅니다. 이 비와 바람에 하우스가 어찌 되지는 않나, 뒤란 물먹은 벽은 허물어지지 않나, 집에 가는 다리는 또 물 넘쳐 못 건너지는 않나, 하는 마음이겠고, 이 장대비를 맞고 집에 갈 일이 큰일이라 걱정하는 마음들이 뒤섞여 있겠지요.

듬직한 아이들과 철부지 아이들 틈에서 지낸 지가 벌써 한 학기가 다 갔습니다. 3월 입학식 할 때, 어리벙벙 눈을 휘둥그레 뜨고 있던 아이들이었는데, 이젠 제법 의젓합니다. 5개월 동안 한 교실에서 식구로 어울려 지내면서 참 여러 일이 있었지요. 돌아보니 다 아름답고 귀한 시간이었지만, 곰곰이 저 자신을 돌아보니 뚜렷하게 한 일도 없는 것 같고, 온통 부끄러운 일만 떠오릅니다. 더 잘할걸. 이번 여름방학 때, 다부지게 교사가 가져야 할 마음과 할 일을 잘 챙겨 보려고 합니다.

한 학기 동안 저는 사실 아이들에게 "혼"을 다 빼앗겼습니다. 10년 만에 하는 담임이라 기대 반 걱정 반으로 맡았지요. 우리 아이들과 별일 없이 잘 지낸다는 것이 만만찮은 일이라는 것을 미리 각오는 했지만 생각보다 참 어려웠습니다. 왜 다들 옳다고 생각하는 일이 잘 이루어지지 않을까요? 아이들이 기대하는 욕구와 제가 바라는 이상이 삐그덕거렸지요. 저는 아이들에게, 아이들은 저에게 실망도 많이 하였지요. 아마 기대하는 만큼 실망이 컸나 봅니다.

아침에 8시 30분까지 와라, 하고는 아이들이 읽을 책을 준비해서 가 보면, 15명 아이들 자리가 횅 비어 있습니다. 요즈음 우리가 지내는 여러 생활 이야기를 글로 써 보자, 하고 글쓰기 공책을 가져오라고 하면 10명밖에 가져오지 않습니다. 아이들에게 읽어 줄 좋은 글을 가져간 저는 닭 쫓던 개처럼 허탈하지요. 9시까지 오지 않는 거지요. 아이들에게 줄 내 마음은 있는데 받을 아이들이 없을 때, 우리 교사들은 입에 침이 쩍쩍 마르지요. 교복을 규정대로 잘 입고 다니자고 하면, 꼭 서너 명이 울긋불긋한 옷을 떡 입고 옵니다. 머리를 예쁘게 깎고 다니자고 하면, 깎지는 않고 무스를 더 바르고 오기도 합니다. 왜 그러냐 하면 이유도 날마다 같아요. 날마다 뭐가 묻어 빨았다고 하고, 머리는 미장원에서 이렇게 했다고 해요.

이런 아이들과 날마다 살았지요. 어떻든 이런 아이들을 내 품에 안아야 아이들이 학교에 잘 오려고 할 것이고, 정성껏 품다 보면 아이들 마음이 스르르 녹아내릴 것이고, 그러면 조금씩 바른 아이들이 될 것이니까요. 그런데, 이런 내 마음은 아이들에게 잘 먹혀들지 않았습니다. 듣기는 잘 들어도 몸은 이리저리 휘청거리고 살더라구요. 그러니 오히려 차분한 아이들이 날이 갈수록 뒤뚱거리기도 하고, 공부하려고 책을 편 아이들이 거꾸로 떠드는 아이들에게서 눈총도 받으니까요.

담배 피우는 아이들은 여전히 담배연기 속에서 살고, 술을 입에 댄 아이들은 툭하면 우리 어른들이 하듯 이런저런 일을 이유로 술을 밥 먹듯이 하고요. 얼마 전 조사를 해 봤어요. 지금 솔직하게 담배 피는 아이들은 손들어 보라고 했더니 15명이 들었어요. 제가 알기로 담배 피우는 5~6명은 아예 손도 들지 않았으니, 사실 20명 이상이 늘 담배를 피웁니다. 술은 그 이상 되고요. 술 담배를 가까이하면 마음도 몸도 나빠지고 흐려지는데, 이를 어찌해야 할지 모르겠습니다. 어느 학부모가 오셨기에 그 집 아이가 담배 피운다고 하니 깜짝 놀라시더라고요. 아니, 절대로 우리 아이는 그렇지 않다고요.

　우리 아이들이 지금 사정이 이렇습니다. 저 혼자 고민하지만 뾰족한 수가 없습니다. 아이들 마음을 움직이는 여러 노력만이 "길"이지요. 아이들에게 더 좋은 시간을 가정이나 학급에서 마련하는 것입니다. 관심만이 문제를 풀 수 있지요. 가방 없이 다니는 아이들이 있는데, 보는 대로 집에서도 학교에서도 챙기는 수밖에 없지요. 언제 아이들 가방 속을 한번 보세요. 먼지가 가득합니다. 아예 갈아입을 옷이나 신발만 넣고 다니는 아이도 있어요. 어느 때는 실습 시간에 쓰는 공구를 몇 개씩 가지고 다녀 혹 아이들과 싸우다 무슨 일이 생길까 봐 가슴이 서늘합니다. 운동화를 신고 다녀야 하는데 구두 신고 오는 아이, 덥다고 슬리퍼나 빨간 조리 신고 오는 철없는 아이도 있고요. 빨지 않아 아주 까만 신도 많고요.

　점심시간에 도시락을 싸 와야 하는데, 그냥 덜렁덜렁 오는 아이들이 많아요. 라면을 많이 사 먹습니다. 그래서 장이 나빠져 설사하는 아이들이 많습니다. 청소 시간에도 도망가는 아이들이 많지요. 힘 약하고 착한 아이들 덕으로 사는 아이들이 많아요. 휴지를 자기 책상 밑에 아무렇게나 버리는 아이들. 점심시간 후에 교실에 가 보면 온통 쓰레기장이 되어 있어도 누구도 잘 치우지 않습니다. 친구들에게 돈을 아무 때나 빌리고 갚지 않는 아이들, 체면 안 차리는 아이들을 어찌할 것인가?

　요즈음 학기말 시험을 치르고 있는데, 정당하지 못하게 커닝을 하는 아이들이 있어요. 오늘 아침 어제 그제 이틀 동안 양심에 비추어 떳떳하게 시험 본 아이들은 손들라고 했지요. 몇 명만 들었어요. 속이 '쫙' 했어요. 시험 보는 날이면 칠판에 이런 글을 써 놨어요. "학식은 사회의 등불, 양심은 민족의 소금" 이건 25년 전 제가 다녔던 인천 제물포고등학교 교훈인데, 시험 때마다 아이들 양심을 믿고 무감독 시험을 치렀거든요. 그래서 우리 아이들에게 누구보다 자신에 대해 떳떳하자고 호소했는데 이렇게 엉터리로 시험을 보더라구요.

하루 일을 마치고 집에 오면 그대로 쓰러집니다. 아이들에게 나는 무엇 하는 사람인가? 하는 생각에 어느 때는 깊은 고민에 빠지기도 했습니다. 이런 일에 대해 매로 다스리면서 일을 매듭짓는 방법도 있겠지요. 여러 번 아이들에게 매를 대 보았지요. 아끼는 마음으로요. 그런데요, 그게 어디 매로 해결되는 문제인가요? 잘 안 되더라구요. 이미 매로 길들여 있는 것 같았습니다. 아이들보고 종아리 걷으라고 하면 그때부터 이미 아이들과 나는 틈이 생길 것이고 틈이 자라 벽이 되고, 마주 앉으면 솔직하게 서로 마음을 열고 진실한 얘기를 하기 어려워지지요.

학부모님, 여러 가지 어려운 얘기를 드렸는데 다 아시는 얘기지요? 제가 이렇게 어렵다는 걸 솔직하게 말씀드리고 싶었습니다. 그래야 저도 속이 시원하니까요. 이런 처지에서 이제라도 할 수 있는 일이 무엇인지를 잘 따져 보고, 꼭 해야 할 일도 정해서 2학기 때 열심히 해 보려고 합니다. 우리 아이들에게 실망도 했지만, 그래도 저는 크게 절망은 않습니다. 오히려 제가 거두고 일구어야 할 일이라고 여깁니다. 지켜봐 주시기 바랍니다.

요즈음 학교 폭력 문제, 교사 촌지 문제로 학교 안이나 밖이나 너무나 시끄럽습니다. 믿을 게 없다는 말이 맞지요. 어쩜 아픈 종기가 원래 있었는데 이제야 "아야" 하는 꼴이지요. 모든 게 사람답지 못한 일이고 모습이지요. 이런 소식을 들으면서 제가 교사인 게 너무나도 부끄럽습니다. 정말이지 아무나 교사 노릇 하는 게 아닌데요. 하늘과 땅을 두고 깨끗한 사람만이 아이들 앞에 서서, "너희들은 세상을 이렇게 보고 저렇게 살아라." 하고 말할 수 있겠지요. 교사 스스로 먼저 자신을 잘 다스려야 함을 저는 잘 알고 있습니다. 믿고 아이들을 맡겨 주세요. 또 부모님께서도 학교에서 일어나는 모든 일들이 진지하게 내 아이 문제라고 여기시고 저와 함께 머리를 맞대고 매듭을 풀어 나가지요.

1997년 충남에 있는 실업계 졸업생 13,500명 중 4,100여 명이 4년제 대학과 전문대에 진학하였습니다. 단순 기능보다 고등 기술 인력을 필요로 하는 사회 분위기 탓이지요. 실업 교육이 점점 대학 교육과 연결되어 이루어지는 추세입니다. 꿈과 희망을 가지고 앞날을 준비하는 우리 아이들로 키우기 위해 애쓰겠습니다. '방학 때 아이들이 어떻게 지냈으면 좋겠는가?'에 대한 것은 다음번, 학기말 성적표를 보내 드릴 때 부모님께 부탁드리겠습니다. 지난 한 학기 동안 관심을 가지고 아이를 학교에 잘 보내 주셔서 고맙습니다.

1997. 7. 9
황금성 올림

5.

부모님께

잘 지내시는지요? 저는 방학이라 집에서 잘 지냅니다. 날마다 만났던 아이들을 못 보니, 그렇게 말썽 피우던 아이들이었는데도 이내 궁금하고 보고도 싶네요. 아이들은 잘들 지내나요? 뭐 하면서 지내나요? 집에 앉아 가만히 아이들 생각을 해 봅니다. 몇 해 전과는 아주 달리 아이들이 참 많이 변한 것 같습니다. 뭘 생각하는지도 알 수 없고, '어떻게 이해하고 함께 지낼 것인가?'를 두고 저는 그동안 여러 날을 고민하며 지냈습니다.

이제 방학이라 아이들 곁을 떠나 있으면서 생각을 정리해 보았습니다. 우리 아이들은 지금 스스로 혼돈에 빠져 있는 것 같습니다. 지금 뭘, 어떻게 해야 좋을지를 모르는 것 같고, 또 뭘 하겠다고 마음먹다가도 그게 힘들면 주저앉아 버리곤 하지요. 자기 스스로 삶을 귀하게 여기는 마음이 적어요. 무슨 일을 하더라도 멀리 내다보고 하는 것이 아니라 당장 편한 것을 먼저 생각하고 선택하는 편이고요. 자기가 원하는 일이면 누가 뭐래도 하려고 하지요. 그게 옳든 그르든 상관없이.

요즘은 아이들이 공부를 잘하고 못하고가 문제인 세상은 아닌 것 같아요. 학교를 안 가겠다든지 집을 나가겠다든지 하지 않으면 다행이라는 분들도 있으니까요. 아이들 스스로 자기 삶의 뿌리를 인정하지 않고, 언제라도 쑥 뽑아 던질 태세를 가진 아이들이 많습니다. 자포자기하며 되는대로 살아 가는 아이들이 많아지는 이때, 마음을 가다듬고 우리 아이들을 챙길 때가 아닌가 생각합니다.

우리 어른들이 아이들을 생각할 때 늘 예전을 생각하지요. 그러나 아이들은 끊임없이 변했습니다. 우리 어른이 좀 더 사랑스런 눈으로, 넉넉한 마음으로 아이들을 품을 때입니다. 온 삶을 걸고 아이들을 보살필 때이지요. 무슨 생각으로 살아가는가, 고민하는가? 아주 가까이에서 귀 기울여 들어 주고, 외로운 아이들 마음을 도닥거려 주어야 할 때입니다. 결과만 가지고 나무라시면, 아이들은 말문을 막고 늘 튀는 행동으로 자기 마음을 나타냅니다. 왜 그런가? 원인을 찾아 해결하려는 넉넉함이 필요합니다. 이제는 살아가시는 일이 힘드시더라도, 시간을 내어 아이들에 대해 시간도 배려해야 하고, 아이들 마음과 뜻을 올바로 펴 나갈 수 있도록 도와주셔야 합니다.

우리 아이들이 꿋꿋한 마음을 가지고 힘차게 살아가는 데에는, 부모님과 우리 교사에 대해 분명한 믿음을 가질 수 있게 해야지요. 이제는 그 믿음을 주기 위한 노력을 우리 어른들이 여러 갈래에서 해야 할 듯합니다.

요즈음 뉴스에서도 많이 나오는 얘기인데, 우리 아이들이 담배 술, 본드, 가스, 약물, 성 중독증, 무기력증 같은 것에 둘러싸여 있습니다. 이건 개인의 문제 이상으로 사회 전체의 문제이기에 우리 아이 개개인에게만 책임을 물을 수가 없지요. 먼저 해야 할 일은 내 아이만이라도 그런 두꺼운 껍질을 벗겨 내 주는 일이겠지요. 우리 어른들이 깨끗하고 절실한 마음으로 해내야 할 때이지요.

부모님, 방학 중 해 주셨으면 하는 일 두 가지를 부탁드립니다. 하나는, 아이와 마주 앉아 보세요. 지금 살아가는 얘기, 앞으로 어떤 마음으로 어떤 일을 하며 살아가겠다는 얘기, 지금 고민하고 있는 얘기, 친구에 대한 얘기를 진지하게 들어 주세요. 또 궁금한 것을 물어보세요. 서로 마음을 툭 터놓고 얘기를 하시면 아이들이 아주 좋아합니다. 그게 꼭 할 일이라면 이틀이고 사흘이고 해야 하지 않을까요? 꼭 해 보시길 바랍니다. 생각보다 아주 쑥 큰 아들임을 알게 될 것입니다. 자연법칙처럼, 모든 일은 물처럼 막힘없이 흘러야 해결되니까요. 이러면 큰 낭패를 피할 수 있습니다. '우리 아이는 문제가 없다'고 하는 분도 저녁나절 마주 앉아 여러 살아가는 얘기를 나눠 보시면 아주 새로운 아들을 만날 것입니다.

또 하나는, 아이 생활이 너무 늘어지지 않게 자고 일어나는 문제를 챙겨 주시고, 집에서 일할 거리를 마련해 주세요. 세상 일이 거저 되는 게 없다는 것을 일깨워 주시는 뜻에서라도 꼭 일을 시키세요. 땀 흘려 일해 본 아이 마음이 든든하니까요. 도무지 말을 해도 듣지 않으면 정말 정색을 하고 부모와 자식 간에 꼭 해야 할 말을 해서 잃었던 믿음을 되찾아야 할 것입니다. 우리 아이들은 이런 시간을 무조건 외면할 것 같지만 꼭 그렇지만은 않습니다. 오히려 집에서 자기가 할 일이 있을 때, 그 일을 이루려는 의지도 가지게 되고, 또 일을 하는 기쁨과 살아가는 보람을 느끼기도 하니까요.

부모님, 방학 내내 몸 건강하시길 바라며 이만 줄입니다. 아이 문제로 할 말씀이 있으시면 언제라도 전화해 주세요.

1997. 7. 25
황금성 올림

6.

부모님께

수업을 하다 창밖을 보니 참 아름다우네요. 파란 하늘 색깔이 시원스럽네요. 들판을 가득 메운 누런 벼들이 바람에 마구 출렁입니다. 바람결을 따라 이리저리 흔들리는 모습이 그대로 자유를 느끼게 하고, 마음이 푸근해지며 자연의 신비를 보는 듯합니다.

오랜만에 글을 씁니다. 여름방학을 마치고 바로 글을 쓰려고 했는데 여러 사정이 생겨 온통 거기에 마음이 쓰여서 그랬습니다. 날마다 만나는 우리 아이들을 이제는 어느 정도 알게 되고 정도 많이 들었는데도, 2학기 되어 만나니 또 새롭기도 하고 낯설기도 했습니다. 방학 동안 쑥 커버린 아이들이라 그랬나 봅니다. 몸도 크고 마음도 이미 어른이 다 되었더군요. 무슨 말 한 마디 하더라도 이 말을 듣고 어찌 생각할까? 혹 내 뜻과는 다르게 오해하지는 않을까? 이런 정도까지 세심하게 신경 쓰기도 하였습니다. 두 아이가 무슨 일로 싸우더라도 두 아이 말을 자세하게 들고, 아이 스스로 잘잘못을 가리도록 하니 그게 뒤탈 없이 잘 풀리기도 했습니다. 이런 제 생각이 때로는 아이들에게는 아주 느슨하게 보여 제 말보다 훨씬 앞서서 살아가기도 했습니다.

9월 초, 뜻하지 않은 일이 생겼습니다. 늘 온순하고 착하기만 한 용성이가 밤 9시쯤, 잘 타지도 못하는 오토바이를 빌려 타고 가다가 지나가던 할머니를 치었습니다. 한 달 넘게 사경을 헤매던 할머니는 결국 돌아가시고 용성이는 구속되었습니다. 창살 안에 갇힌 용성이를 보고, 저는 참 마음이 많이 아팠습니다. 일을 당한 부모님 마음에 비하면 아무것도 아니겠지요. 한 번 실수가 가족 모두에게 고통을 주고, 자기 앞날이 어찌 펼쳐질지 도무지 깜깜한 처지가 되었습니다. 우리 반 아이들 모두 걱정하는 마음으로, 용성이에게 정성을 다해 편지글을 써서 보내기도 했습니다. 어서 풀려나 함께 공부하자, 우리 모두 앞으로 오토바이는 타지 말자, 우리가 할 공부를 만나면 더 열심히 하자고 하더군요.

그런데 아이들은 여전히 아이들인가 봐요. 용성이가 그렇게 고생을 하고 있는데도 또 재천이가 오토바이를 타다가 굴러떨어져 팔이 부러진 거예요. 병원에 가 보니, 팔에 붕대를 둘둘 감고 자고 있더군요. 잠이 깰까 봐 옆에서 지켜보다가 그냥 나왔습니다. 얼마나 딱해 보이던지……. 왜 그렇게 타지 말라는 걸 기 쓰고 탈까요? 심각하게 얘기할 때만 듣는 척하나 봐요. 또 얼마 지나니깐 기섭이가 팔이 부러졌어요. 저한테는 놀다가 다쳤다고 해서 그런 줄 알았는데 나중에 들통 났습니다.

선배 오토바이를 타다가 사고 났는데, 오토바이가 부서져 고치는 데 15만원가량 돈이 든다고, 돈이 걱정되어 이틀째 학교를 나오지 않고 있습니다. 이런 고민이 있을 때, 저하고라도 머리 맞대고 의논했으면 좋으련만, 자기들끼리 얘기하고 말기에 이런 일이 생기는군요. 날마다 아이들에게 주의를 주지만, 학교 끝나고 어찌 지내는지 알지 못해 역부족을 느낍니다. 부모님께서 자기 아들만이라도 자주 얘기를 하셔서 어떻게든 큰일이 나지 않도록 해 주시면 고맙겠습니다.

개학해서는 우리 반 아이들이 많이 아팠습니다. 상연이가 자전거 사고로 팔이 부러지고, 용문이가 가끔 머리가 아프다고 이틀 빠지고, 준희도 팔이 부러져 보름 이상을 고생하였고, 두호도 머리가 아파 여러 날 결석하였고, 성한이도 눈이 아팠고, 영수와 두환이도 뇌수막염으로 고생하였고, 규태도 운동하다가 팔 인대에 이상이 생겨 지금도 불편하게 지내고 있습니다. 충연이도 일주일 동안 아파서 학교를 못 나왔습니다. 환절기 때 몸 관리를 세심하게 하지 않아, 이런 고생을 하고 있습니다. 하루에 서너 명씩 몸이 아프다고 조퇴하려는 아이들이 있습니다. 가능한 수업을 안 빠지게 하려고, 양호 선생님과 상의해서 꼭 필요한 아이들만 집으로 보냅니다. 혹, 제가 연락드리지 않았는데 일찍 아이가 집에 오면 저에게 전화 한 번 주세요. 몸이 아파 치료를 해야 할 때는 바쁘시더라도 병원에 가서 치료해 주시기 바랍니다. 때를 놓치면 호미로 막을 일을 가래로도 막을 수 없으니까요.

얼마 전, 중간고사를 보았습니다. 아이들이 공부하는 걸 보니, 의욕을 가지고 하는 아이들은 10명쯤 되고, 20여 명은 아주 책을 거들떠보지도 않더군요. 아이들 얘기를 들어 보니 해도 뭐가 뭔지 모르겠다고 그러던데, 사실 그렇기도 하거든요. 그러나 아이들 수준을 생각해서 각 과목별로 꼭 시험에 나올 만한 내용을 강조해 알려 주기에, 아이들이 마음만 굳게 먹으면 얼마든지 할 수 있거든요. 기가 꺾이고 살아온 아이들이라 자기들을 스스로 낮게 생각하기에 그런 것 같습니다. 자기 앞날을 잘 준비하는 과정이기에 저도 여러 방법으로 아이들과 개별로 만나 얘기하고 있습니다. 공부할 수 있는 마음을 불러일으키고, 공부하기에 좋은 분위기를 만들어 주는 일이 아주 중요하리라 생각합니다. 무슨 일이건 마음먹기에 달려 있는 법, 감정으로 대할 문제가 아니니 아이에게 지금 필요한 것을 잘 챙겨 주시는 일이 또, 꼭 해야 할 일이겠지요. 감정이 예민해 있을 아이들입니다. 그래서 저도 말 한마디 하더라도 조심합니다. 작은 것에서 무엇이든 시작되니까요.

11월 초에는 그동안 우리 아이들이 생활하면서 느낀 것이나 생각한 것을 쓴 글을 모아 문집으로 내려고 합니다. 써라, 써라, 해도 아직 한 번도 쓰지 않은 아이들이 있습니다. 일단 쓴 아이들 것만 모아 만들어, 거기에 더 보태서 학년 말에 다시 우리 반 아이 글 전부를 모아 펴내려고 합니다. 글을 보시면 아이들을 새롭게 다시 보게 되고 만나게 될 것입니다.

제가 얼마 전, 《10대 아이들을 사랑하는 방법》이라는 책을 읽어 보았는데, 생각해 볼 만한 내용이 있어 적어 보겠습니다. 생각하기 나름이겠지만 우리 어른들이 많은 부분에서 생각을 달리 할 부분도 있겠지요.

10대 아이들과 같이 살면서 해서는 안 될 것들

1. 의심하는 것

2. 욕하는 것

3. 빈정대는 것

4. 간섭하는 것

5. 무시하는 것

6. 잔소리하는 것

7. 강요하는 것

8. 협박하는 것

9. 총지휘하는 것

10. 가만두지 못하는 것

10대 아이들을 위해 해야 할 것들

1. 믿고 또 믿으라

2. 빛의 자녀로 대하라

3. 존중하고 존경하라

4. 깨지기 쉬운 수정잔처럼 대하라

5. 밤늦도록 놀게 두라

6. 스스로 선택하게 하라

7. 한 걸음 물러서서 바라보라

8. 정직하고 진지하게 대하라

9. 스스럼없이 함께 어울려라

10. 용감하게 보내라

이제 벌써 10월 중순이 넘어갑니다. 흐르는 세월을 실감합니다. 가만히 생각해 보니 이제 우리 아이들과 지낼 시간도 3개월밖에 안 남았네요. 저는 벌써 초조한 마음마저 드네요. 우리 아이들이 저를 만나 무얼 보고 듣고 배웠을까요? 평생 가슴에 보듬고 살아갈 귀한 '가치'를 심어 주어야 할 텐데……. 날마다 만나는 사람을 존중하고 섬길 줄 아는, 겸손한 아이들이어야 할 텐데……. 자기 앞날에 대해 깊이 생각하고 차근차근 준비하는 당당한 아이들이어야 할 텐데……. 이제 다시 시작한다는 마음으로, 처음 마음으로 아이들을 부지런히 만나겠습니다. 환하게 웃는 아이들 얼굴을 떠올리고, 맑은 마음으로 착하게 살아가는 아이들 삶을 바라보면 불끈 힘이 솟습니다. 앞으로 멋진 나날을 살아갈 우리 아이들에게 희망을 가집니다. 따뜻한 가슴으로 품어 주면 아이들은 그 기운으로 살아갈 것입니다. 사랑은 감정이나 본능보다도 분명한 의지로 이루어 가야 한답니다. 늘 건강하게 지내시길 바라며 이만 줄입니다.

1997. 10. 16
황금성 올림

ᄀ.

부모님께

그동안 잘 지내셨는지요? 오늘 새벽, 무척 추워졌더군요. 교실에 가 보니 아이들이 모두 잔뜩 웅크리고 있네요. 학교 보내실 때 옷을 따뜻하게 껴입혀 주세요. 기침하는 아이들, 감기 몸살로 고생하는 아이들이 하나둘 늘어나고 있습니다. 제때 먹을 것도 먹어야 하는데 가끔 아이들에게 물어보면 아침밥을 거르는 경우도 많고 점심 도시락을 안 싸 오는 아이들이 있습니다. 번거로우시더라도 꼭 밥을 챙겨 주시기 바랍니다.

2학기에 치룬 중간고사 결과가 나와 보내 드립니다. 나름대로 열심히 한 결과이니 칭찬해 주시고 격려해 주세요. 대학을 갈 아이들은 학교 내신성적으로 입학을 하니 학교 시험이 바로 입시를 치루는 셈이지요. 공부하는 마음을 잃지 않도록 저도 안내를 잘하겠습니다. 또 졸업 후 취업하는 아이들은 고등학교 때 자격증을 하나라도 따도록 잘 이끌어 가겠습니다. 부모님께서 아이들과 얘기 나누고 약속하거나 다짐한 걸 잘 따르지 않을 때는 언제라도 전화해 주세요. 저도 힘껏 아이들을 다독거리고 보살피겠습니다.

요즘 아이들이 수업 준비를 잘하나 보려고 전 과목 공책을 검사했습니다. 과목별로 준비 안 하고 지내는 아이들이 많아 하나하나 준비하도록 챙겼습니다. 볼펜 없이 학교 온 아이들 10명에게는 제가 볼펜 하나씩 선물을 했지요. 쑥스럽고 미안해하는 마음을 가지게 하려고요. 수업 시간에 보니 그 볼펜으로 새 공책에 필기하고 있더군요. 보기에 좋았습니다. 아주 조그맣지만 아이들 마음이 움직이고 삶이 바뀌는 것이니까요. 다음에는 제 스스로 가방과 신발을 빨게 하려고 하니 지켜봐 주시고 칭찬해 주세요.

늘 건강하시길 바라며 이만 줄입니다.

1997. 10. 31
황금성 올림

8.

부모님께

새해 잘 지내시고 있으신지요?

우리 아이들과 만난 지 벌써 일 년이 다 되어 갑니다. 뭘 했는가? 돌이켜보니 아쉬운 마음뿐입니다. 가만히 눈 감고 아이들 얼굴을 떠올리면 새록새록 같이 지낸 일들이 다 생각납니다. 아이들이 어떤 생각을 가지고, 어떻게 지냈는가를 하나둘 알게 되니, 이제 조금 우리 반 아이들을 알게 되고 소중하게 생각되는군요. 아침에 늦게 오는 아이 마음을 알게 되고, 공부 안 하는 아이 형편도 헤아리게 되었고요. 싸움하고 거리를 헤매는 아이의 상한 마음도 알게 되고…… 항상 무슨 일이건 다 그렇듯이 문제를 정확하게 알게 되면 해결책을 마련할 수 있는 것이지요.

일 년 지내면서 아이들을 보니 우리 어른들이 생각하는 것과 아주 다른 면이 많았습니다. 세상을 보고 느끼는 것, 알아 가는 것이 아주 달랐습니다. 중요하게 여기는 게 달랐습니다. 학교에 올 때 버스가 늦어 지각을 하게 되어도 뛰어오지를 않아요. 교실에서도 쓰레기를 쓰레기통에다 버릴 것을 함부로 걸상 밑에다 쑥 밀어 넣기 일쑤고요. 돈 좀 생기면 아꼈다가 꼭 필요한 데다 쓰는 게 아니라 일단 생겼으면 쓰고 보자, 이런 식이에요. 왜 그런가 생각해 보면 조금 알 것 같아요. 지금까지 살아오면서 고생을 해 보지 않았고 늘 보고 듣는 텔레비전을 통해 좋지 않은 것을 알게 모르게 배워 몸에 밴 것이지요. 학교와 집 그리고 사회에서 벌어지는 여러 일들이 아이들에게 좋은 것보다는 나쁜 것을 더 보여 주었기에 아이들이 그렇게 알고 큰 것입니다. 소비하는 모습이 좋아 보이게끔 되어 있으니 아이들은 당연히 그렇게 살려고 하는 것이지요. 물론 아이들 각자마다 살아온 환경과 조건이 달라 모두 다 이렇다는 것은 아닙니다. 다만 이런 환경에서 커 온 아이들을 우리 어른이 살아오면서 가진 생각대로만 보지 않았으면 합니다. 아이들은 아이대로 참 어려운 조건에서 나날을 살아가니까요.

이제 우리 어른이 관심을 가질 일은 아이들이 학교나 가정에서 자기 삶에 대해 소중하게 생각하고 살아갈 수 있도록 그런 환경을 마련해 주는 일입니다. 지적을 하시면서도 이제는 대안을 함께 마련하는 겁니다. 아이들 말을 귀담아 듣고 존중해 주는 일입니다. 옳고 그른 것을 가리는 일부터 차근차근 풀어 가야 하겠지요. 그저 말하는 사람, 듣는 사람이 따로 있고 일방으로 처리된다면 아이들은 입을 다물 것이고 말을 하더라도 진실보다는 그저 슬쩍 넘어가려고 거짓말을 하겠지요. 부모님이나 교사가 아이들을 존중하고 귀하게 대한다면 아이들 마음도 움직일 거라고 생각합니다. 생각만큼 쉽지 않은 이 일을 이제는 나서서 얼른 해야 합니다. 지금 우리 아이가 학교생활을 어떻게 하는가? 학교에 가서는 누구와 가장 친하고 잘 노나? 놀 때는 어떻게 노나? 학교 갔다 올 때 오락실을 가면 어디를 잘 가나? 운동을 하면 어떻게 하는가? 용돈이 생기면 어떻게 쓰고 누구와 어울리나? 아이 취미는 무엇이고 어떤 소질을 가지고 있는가? 집 생활을 할 때 어려운 점은 무엇인가? 참 우리 어른들이 알아야 할 아이에 대한 것은 너무 많습니다. 다 아는 것 같아도 사실 따지고 보면 그리 아는 것이 많지 않습니다. 대충 '우리 아이는 이럴 것이다.' 하고 어림잡은 것이 많지요. 마주 앉아 얘기할 것도 많습니다. 어느 때는 아이 말을 듣고 새롭게 다시 생각할 것도 많이 있지요. 어느 때는 제가 어느 아이를 전혀 다르게 알고 있었는데 나중에야 다시 알게 된 것도 많이 있었으니까요. 새로운 아이를 때늦게 다시 만난 셈이죠. 좀 더 다가가 알뜰살뜰하게 보살펴 줘야 할 게 많습니다.

부모님들의 아이에 대한 관심과 사랑을 생각하면 저는 아무것도 아니지요. 부모님 생살과 같은 아이들이니까요. 이런 귀한 아이들을 맡아 일 년 지내고 나니 부끄러운 점이 한두 가지가 아니군요. 때로는 아이들이 제 말을 쉽게 생각하고 잘 따라주지 않아 짜증도 많이 부렸습니다. 나중에야 깨달은 것이지만 역시 아이들은 마음 깊은 곳에서 이미 알 것을 다 알고 있고 나를 믿고 잘 따르고 있는 것도 알았습니다. 또 친구들끼리 서로서로 아끼고 서로 장래 문제에 대해서도 신경을 많이 쓰고 있는 것도 알았습니다.

아이들은 보고 듣고 겪은 만큼 스스로 잘 크고 있습니다. 조급한 마음을 잠시 접고 이제는 아이들을 있는 그대로 바라보고 지켜보고 싶습니다. 믿으며 더 가까이에서 같이 지내고 싶습니다. 태어날 때부터 가지고 있는 착한 마음들이 이제 되돌아보니 아주 눈부십니다. 암울한 시대에 그래도 아이들만이라도 이렇게 깨끗하고 맑은 마음을 가지고 있다는 게 우리의 희망입니다.

거듭 고맙습니다. 저를 믿고 여러모로 격려해 주셔서 잘 지냈습니다. 진정한 마음으로 응원해 주시는 그 기운으로 살겠습니다. 교사로서 부끄럽지 않게 살겠습니다. 교사는 부모님의 힘으로 살아갑니다.

부모님들께서도 늘 건강하시고 평안하시길 빕니다.

1998. 2. 11
황금성 올림

아이들이 하는 말

겨울방학 하는 날, 아이들을 다 보내고 나니 왠지 마음이 찜찜하고 무거웠습니다. 뭔가 꼭 할 일을 안 하고 일 년을 마친 것 같았습니다. 허전한 마음이 들어 혼자 아무도 없는 텅 빈 교실을 휭 둘러보았습니다. 가 보니 난장판입니다. 교실 바닥에 굴러다니는 쓰레기, 교실 뒤쪽에 무더기로 쌓여 있는 교과서, 늘어진 커튼, 깨끗이 닦이지 않은 칠판, 아무렇게나 버려진 실내화, 먼지가 덕지덕지 눌어붙은 선풍기, 게시판에 덜렁덜렁 붙어 있는 시험지, 온갖 물건들이 가득 찬 사물함, 여기저기 나뒹구는 빗자루가 보였습니다. 이런 걸 정리도 안 하고 다들 갔더군요. 거기엔 교사도 없고 아이들도 없었습니다. 교육도 삶도 다 어디론가 가 버린 것 같았습니다.

올 한 해 동안 교사 노릇 하기가 어려웠습니다. 교사와 아이들 사이가 서로 마음이 통하지 않고 서로를 믿지 못하며 지낸 것 같습니다. 교사는 아이들에게 문제 있다며 탓하고, 아이들은 교사들에 대해 불만을 많이 가지고 지냈지요. 눈에 보이지 않는 이 벽의 힘은 엄청났습니다. 마치 서로 힘으로 대결하는 것 같았습니다. 마주 앉아 얘기할 때도 겉도는 말만 하기 일쑤고, 마음속 깊은 얘기가 오가지 않았습니다. 아이들은 교사에게 얘기해 봐야 소용없다고 미리 짐작하고 말을 대충 얼버무리고, 교사는 아이들에게 몇 번 얘기를 해도 잘 따르지 않으니 포기하는 마음이 들었지요. 이러니 학교생활이 새미있을 리가 없고 점점 학교 다니기가 힘들게 되었습니다.

1학년 아이가 내게 쓴 글입니다.

"학교에 왜 다니는지 모르겠다. 시간이 갈수록 학교가 싫어진다. 학교는 더 이상 우리에게 의미가 없다. 학교는 공부하는 곳이다. 하지만 교사가 정말 애정을 가지고 우리를 하나하나 짚어 주면서 이끌어 준 적이 있는가……. 교사 혼자 수업을 한다. 문제 하나 풀고 우리한테 시키는데 못하면 때리고 점수 깎고……. 이게 지금 교실 이야기다. 권위 내세우는 교사가 싫다. 우리와 맞는 교사, 열린 마음을 가진 교사를 원한다……."

틈틈이 아이들과 얘기를 나누었습니다.
"벽을 어떻게 허물 수 있는가?"
아이들이 가진 가장 큰 불만은, "학생들이 학교의 주인이다."고 모두들 말하지만 실제 아이들에겐 어떤 권한도 없다는 것입니다. 학교생활에서 지켜야 할 것들 중 대부분 교사들이 다 정하고 자기들은 따라야만 한다는 것이지요. 왜 자기들 의견은 들어 보지도 않고 여러 중요한 것을 정하고선 거기에 따르지 않는다고만 야단치냐는 것이었습니다. 할 말이 있어 어렵게 말하면 말이 많다고 또 야단치니, 도대체 교사가 왜 있고 학교가 뭐 하는 곳이냐고 묻더군요.

수학과 영어 시간에는 점수에 따라 아이들 등급을 정해 이동 수업을 하는데, 그게 뜻대로 수준에 맞게 차근차근 공부하여 실력을 쌓는 것도 아니고, 아이들을 차별하여 교육시킨다고 생각하고 있습니다. 교사들은 필요해서 이런 수업을 하지만 아이들은 전혀 딴생각을 하고 있으니 효과가 별로 없지요. 언젠가 수학 시간에 갑자기 보강 수업을 하게 되어 하급반에 들어갔더니 그 반 아이들이 날 보고 고개도 들지 못하고 있더군요. 자기가 하급반에 속해 있는 것을 부끄럽게 생각해서 그런 것이었고, 상급반은 몰라도 다른 반 아이들은 이동 수업 하는 것에 대해 아주 불만이 많고 괴로워하고 있었습니다. 교과 실력 키우는 것과는 다른 문제가 있는 것이지요.

1학년은 보충수업이 없어지면서 대신 특기적성교육 시간이 새로 생겼습니다. 자기 소질이나 적성을 일찍 찾아 고교 시절에 잘 갈고닦으라는 것인데, 아이들에게 이 시간이 도움되냐고 물으니 아무도 그렇다고 말하는 사람이 없습니다. 이름만 살짝 영어회화, 유클리드 수학이라고 바꾸었지 사실 전과 같이 보충수업을 다시 하고 있는 거지요. 아이들이 아우성칩니다. 자기들이 원하는 분야에 대해 강좌를 열어 달라고요. 하지만 도시와는 다르게 여러 조건이 맞지 않아 일부 몇 분야만 그저 형식만 갖추어 하고 있습니다. 오죽하면 말만 특기적성 시간이지 별로 하는 것도 없고 교사나 아이나 다 시간 때우기 식이고, 이런 거라면 안 하는 게 더 낫다고 합니다.

또 학교 안에 생활관이 있는데, 한 학년 30명씩 성적이 우수한 학생 90명을 뽑아 기숙 생활을 하고 있습니다. 왜 학교 시설을 성적이 높은 아이 몇 명이 독차지하느냐, 모두 공평하게 쓸 수 있는 시설로 바꾸어야 한다고 주장합니다. 집이 멀어 통학하기 힘든 아이들에게 먼저 방을 배정해야 한다는 것이지요. 그리고 생활관 아이들과 다른 아이들을 달리 보지 말고 공평하게 대해 달라고 했습니다. 입시교육의 병폐를 이미 아이들은 꿰뚫어 보고 있습니다.

12월 들어서서 우리 학교는 서너 가지 공사를 하느라 온 학교가 공사판이 되어 시끄러웠습니다. 급식실 짓고 학교 건물 색칠하고, 복도 나무 바닥을 뜯어내고 돌마루를 까는 공사입니다. 조금 있으면 방학인데 그때 하면 되지 왜 지금 학기 중, 그것도 수업 시간에 하느냐고 아이들이 따집니다. 또 멀쩡한 나무 바닥을 왜 뜯어내느냐, 그 돈 있으면 추운 날 난로나 많이 피워 달라고 합니다. 그 말이 맞습니다. 학교 공사라는 게 교장 선생 마음대로 하는 게 아니라 어느 날 갑자기 도교육청에서 공사한다고 알려 오고 그날부터 마구 일을 하니 한심한 일이지요.

학교 도서관이 있는데 아주 규모가 작습니다. 볼 만한 책도 적고요. 그러니까 아이들이 학교 도서관을 놔두고 볼 만한 책이 많은 학교 앞 군립 도서관을 더 자주 갑니다. 아이들에게 필요한 책이 많으니까요. 학교 건물에 색칠할 돈으로 우리가 읽을 책이나 사면 좋겠다고 합니다. 읽지 못할 정도로 낡은 책들이 즐비하게 꽂혀 있는 도서관 형편이 정말 부끄러울 뿐입니다. 이번 겨울방학 때 갑자기 교사들이 쓰는 책걸상을 모두 새 것으로 바꾸어 준다고 합니다. 꼭 쓸 데 안 쓰고 교육 예산을 엉뚱한 곳에 쓰고 있으니 아이들 눈에 어떻게 비쳤겠습니까.

"고장 난 어학실 시설을 고쳐 달라. 화장실 물이 자주 안 나오니 나오게 해 달라. 책걸상 높이가 맞지 않는다. 엎드린다고 혼내지만 말고 왜 그 자세가 편한지 한번 생각해 달라. 담임선생과 자주 상담하고 싶다. 할 말이 많은데 바쁘다고 신경도 안 쓴다. 학생은 죄인이 아니고 인격체이니 인간으로 대접해 달라. 수업 시간에 조금만 떠들어도 점수를 깎는 건 너무한다. 너무 학교에만 붙잡아 놓고 공부하라면 더 하기 싫어진다. 학생의 겉모습만 보고 학생에 대해 섣불리 판단하지 마라. 교사의 눈높이를 학생들에게 맞춰 달라. 그러면 새롭게 보일 것이다. 수행평가 과제를 미리미리 내 달라, 한꺼번에 모든 과목에서 내면 어떻게 하겠는가. 학생 처지를 이해해 달라. 우리는 화풀이용이 아니다. 아무리 화나도 폭력은 쓰지 말아 달라. 이○ 저○ 욕하지 마라. 가장 기분이 나쁘다. 수업 시간을 잘 지키고 수업 준비도 철저하게 해 달라. 교사 혼자 줄줄 수업하지 마라. 우리들과 상담할 때 모든 걸 알려고 하지 말고 우리에게 너무 많은 희망을 가지지 말라. 담임교사가 아침에 너무 큰 소리로 소리 지르지 마라. 학교의 주인인 학생을 먼저 생각해 주고 관심을 가져 달라. 공부하는 것을 너무 대학과 연결해 강요하지 마라. 학생이 뭘 잘못했을 때 가정교육을 들먹이지 마라. 대학이 중요하다고만 말하지 말고 정확한 자료를 제공해 달라. 체육대회 때 우리가 하고 싶은 종목을 하게 해 달라. 소풍이나 수학여행 때 우리에게 자유를 달라. 우리가 어린애인가……."

  가만히 들어 보면 우리 교사들이 새겨들을 것이 많습니다. 일방으로 하는 말대로 그냥 따르지 않고, 그동안 잃었던 것을 되찾고 누리겠다는 것이지요. 옥석을 가려 함께 해결해 나가야겠고 그런 뜻에서 서로 화해 하면 좋겠습니다. 더 나은 삶을 꾸려 나가려면 정말 새로운 틀 속에서 새롭게 만나야겠지요. 우리 교사들이 움켜쥐고 있던 것들을 다시 아이 들에게 하나둘 되돌려 주면 아이들은 신 나게 자기 세계를 펴 나갈 것입 니다. 아이들 마음이 움직이지 않으면 어떤 희망도 일궈 내지 못하니까 요. 교사와 아이들이 자주 만나 얘기를 나누면 마음이 따뜻해지겠지요.

(2000년 1월)

한 학기 아이들과 지번 일

대부분 아이들은 자기가 생각하는 틀에서 조금만 벗어나도 관심을 가지지 않는다. 남북정상회담이 열리거나 부산 부일외고 수학여행 사고가 나도 우리네 일로 여기지 않으니 교실 안에서 교사가 할 일이 딱히 없다. 그러면 관심을 기울여 생각하게 하는 게 교육일까? 그것마저 손을 놓으면 어떻게 하나?

7월 내내 한 학기를 마무리하면서 반 아이들과 마주 앉아 상담을 했는데 한 가지 깨달은 것이 있다. 여러 아이들을 앞에 두고 말을 할 때는 아이들이 그리 관심 갖고 듣지 않는데 개인별로 마주 앉아 얘기하면 아주 진솔하게 듣고 말했다. 반 분위기에 휩쓸려 자기 의견을 말하지 못하고 지낸 아이들이 많았다. 자기 할 일이 주어지지 않으면 스스로 잘 하지 않았지만 개인에 따라 사정이 많이 달라서 그런 경우가 많았고 아이들 삶에 대해 다시 생각할 부분이 많았다.

한 학기 동안 아이들과 지내면서 많은 일을 겪었다. 늘 바쁜데 정작 아이들 때문에 바쁜 게 아니었다. 아이들은 제각각 살아가고 떠돌았다.

아이들과 더 가까이 지내야 하는데 문제는 시간과 정성이다. 숨통을 조금이라도 트고 살아야겠는데 어떻게 지내야 할까? 날이 갈수록 산 넘어 산뿐이다.

우리 반 아이들에게 달마다 한 번씩 편지를 썼는데, 다음은 한 학기를 마치며 아이들과 지낸 일을 돌아보며 쓴 글이다.

애들아,

올해 3월 4일 입학한 첫날, 《강아지 똥》을 읽으며 우리 마음을 새롭게 다진 거 생각나지? 쓸모 있는 사람이 되려면 온몸을 던져야 한다는 사실에 우린 놀랐고 자기 것을 온전히 남을 위해 다 주고 버릴 때 아름다운 꽃을 피운다는 사실이 믿어지지 않았지. 정말 그렇게 살아갈 수 있을까. 사람답게 살아가려면 무얼 가슴에 담아야 할까. 그걸 또 어떻게 이루어 가야 할까. 옆 친구와는 어떻게 지내야 할까. 공부해서 무엇에 쓰려고 할까. 날마다 내 마음을 무엇으로 가득 채우며 살아가야 할까. 무엇을 귀하게 여기고 살아야 할까.

이런 생각을 하면서 한 학기를 보냈어. '친구를 내 몸처럼' 서로를 배려해 줄 줄 아는 사람이 되자고 했지. 아무리 바쁘게 살아도 사람이 간직해야 할 염치와 체면을 가지자고 했지. 이런 게 없고 무시한다면 그저 싸움과 질투, 그리고 차가운 현실만이 있을 거야. 남을 누르려 하고 자기 멋대로 지내면 꼭 그만큼 옆 친구는 힘들고 고통스런 나날을 보내게 되겠지. 왜 이런 말이 있잖아. 처지를 바꾸어 생각해 보라고. 세상살이에서 가치 있는 일은 남을 이해하고 더불어 살아가는 것이겠지. 남을 자기보다 못하다고 여기거나 자기가 최고라는 생각은 세상을 어둡게 하고 평화를 늘 깨거든.

지난번 남북정상회담을 보면서 우리가 감동한 것은 아무리 서로 생각이 달라도 서로 이해하고 통일을 기대하며 자기 생각들을 조금씩 내려놓고 만났다는 사실이었어. 살아 있는 사람들만이 할 수 있는 아름다운 모습이었지. 우린 서로 따뜻함과 부드러움, 감동을 줄 수 있는 삶을 살려는 꿈들을 다 가지고 있어. 자기를 남에게 드러내려는 마음보다는 감싸 안으려는 넉넉한 마음이 있었기 때문에 이루어졌어. 둘이 모여 하나 되는 아름다운 꿈 한 자락을 꿀 수 있다는 것만도 우리 겨레에게 살아가는 이유가 되고 기쁨이 되는 거야.

이제 한 학기를 마치고 각자 자기 집으로 돌아가는구나. 가서 조용한 저녁나절, 우리가 올망졸망 어울려 살던 학교와 친구들을 떠올려 봐. 우리가 만난 것이 얼마나 귀하고 고마운 것인지 알게 될 거야. 깊은 인연을 맺고 사는구나 하고 새삼 느끼고 그리울 거야. 고맙기도 할 테고. 그동안 지내면서 아주 작은 이해와 배려에도 눈물겹도록 고마운 적도 있었고 또 별일 아닌 것 가지고 오해하고 싸운 적도 있었지. 돌이켜보면 그것도 우리들 사이에 두터운 사랑 벽을 쌓으려는 몸부림이었을 테지.

우리는 한 학기 동안 많은 일을 했어. 담임인 내가 너희들에게 뭘 생각하고 살아가면 좋겠다 해서 이것저것 하자는 것이 참 많았을 거야. 다른 반에서는 안 하는 걸 왜 우리 반은 별스런 걸 하느냐고 생각했겠지.

그러면서도 잘 참아 내면서 내 말을 잘 듣고 따라 준 게 고마웠어.

난 너희들이 '자유롭고 폭넓은 생각을 하면서 자기 세계를 스스로 열어 가는 사람'이 되었으면 하고 바랐거든. 옆 친구들하고 서로 진실한 마음으로 사귀길 바랐고 우리가 살아가는 세상을 올바로 볼 수 있는 눈을 키워 가길 바랐지. 그래야 그 눈으로 올바르게 살아갈 수 있는 것이니깐. 그건 단지 꿈이 아니라 우리가 꼭 할 수 있고 해야 할 일이라고 생각했어. 무언가에 끌려가는 삶을 털어 내고 억지로 하는 일에서 벗어나야 한다고 생각했지.

우리가 지낸 일을 돌이켜 볼까?

한때 너희들이 조회 종례를 돌아가며 맡아 한 적이 있잖아. 개인이 집단 앞에서 말하는 걸 해 본 거지. 아마 느낌이 많이 달랐을 거야. 그런데 생각만큼 썩 잘되지는 않았어. 그런 기회가 와도 그걸 우리 문제로 받아들이지 않고 왜 이런 걸 시키나 하고 짜증 내고 준비하지 않은 사람들이 많았지. 우리들 사이에 언제부턴가 진정한 말이 오가는 게 어색하고 힘들게 돼서 그런 거겠지. 새로운 삶의 틀에 대해 늘 불안하고 자신 없어 하고 두려운 마음이 앞서서 그랬을 거야. 그래도 자신 있게 자기 생각을 말하고 이끌어 간 친구들도 있었어. 서로 조금씩 그러면서 배우는 거야.

학급 활동 시간이나 아침 조회 때 '동요 부르기'도 했지. 깨끗한 노랫말에 담긴 '어린이 마음'을 떠올리고 언제라도 함께 간단히 부르는 노래를 했지. 너희들이 즐겨 부르는 노래 말고도 이렇게 깨끗하고 조용한 음악 세계도 있다는 것을 알려 주고 싶었지. 잊고 살았던 자연을 다시 만나기도 하고 가치 있고 뜻 깊은 일도 다시 새겼지. 그걸 노래를 통해 안다는 것은 아주 중요하거든.

우리 교실 게시판에는 여러 것들이 걸려 있지. 각 분야마다 일할 사람들을 너희들이 정하고 나름대로 정성껏 채웠지. 세상 돌아가는 모습을 한 폭 그림으로 꾸며 놓은 거라고 생각해. 〈책을 읽는 어머니〉 판화 그림은 너희들에게 주는 내 마음이야. 어린 아기를 등에 업고 엎드려 책을 읽고 있는 모습은 우리에게 많은 것을 말해 줘. 예비 어머니들인 너희들은 글을 많이 읽어야 하거든. 우리 동네 부여에 대해 알려고 붙인 글, 사진, 역사에 대한 자료도 참 좋았어. 그리고 언제나 읽어도 마음을 따뜻하게 해 주는 '좋은 시 맛보기'가 있었지. 조회, 종례 때 그 시를 낭송하기도 하고. '지나가며 읽는 글'은 세상 곳곳에서 일어나는 여러 소식을 알리는 글이지. 남북정상들이 만나는 대문짝만한 사진이 볼만했지. 볼만한 만화도 많이 붙였지. 만화 한 컷을 그리려고 밤을 새운 사람들 정성이 가득 담긴 작품들이야. 그 속에는 살아 꿈틀대는 역사와 삶이 들어 있지. 어쩌면 우리는 세상 사람들과 간접으로 대화하는 셈이 되었지. 또 앞으로 우리가 이루고 싶은 '우리 꿈'을 각자 써서 붙였지. 얼마나 다양한 생각을 가지고 사는지 새삼 알게 되었잖아. 마음속에 간직하던 것을 친구들 앞에다 드러내 놓고 약속을 한 거나 마찬가지지. 밭에다 씨를 뿌려야 나중에 열매를 맺을 수 있는 것처럼, 이걸 이루기 위해 앞으로 애를 많이 써야겠지.

우리 학교 뒤 부소산 갔던 일도 생각나. 우리는 큰길을 두고 부소산성 둑길을 힘들게 오르내렸지. 남이 안 가는 길을 가는 건 그 순간 우리가 주인이 되기에 뜻이 있는 거야. 그때 사진도 아마 여러 장 찍었을걸? 시간이 흐름에 따라 철이 바뀌고 그걸 자연은 온몸으로 우리에게 보여 주는 네, 우리는 하도 실기 바빠 그걸 잊고 살았지. 철 든 자연을 아는 건 그런 걸 알아차리는 눈을 가진 사람들만이 누릴 수 있는 거야. 가을에 단풍으로 덮인 부소산 둑길을 또 걸을 걸 생각하니 벌써 기대가 되는구나.

얼마 전 중국 연길에서 온 송춘남 선생님과 수업한 시간도 참 기억에 남아. 별별 것을 다 물었잖아. 송 선생님이 '시골처녀'란 노래도 불러 주셨지. 또 '여름방학을 어떻게 보내면 좋을까' 궁리하다가 3학년 선배 언니 둘을 초대해서 한 시간 동안 '공부와 놀기'에 대해 얘기를 들었지. 우리 반만이 가진 뜻깊은 시간이었어. 남이 하는 말에 귀를 잘 기울이는 사람은 온 천하를 다 얻는 사람이야.

우리 반 글모음, 《푸른 숲》을 다섯 번이나 낸 것은 참 귀한 거야. 생생한 너희들 숨결이 스며 있지. 너희들 고민과 고통, 기쁨이 담겨 있고 의지나 다짐이 담겨 있어. 때론 글 쓰기 귀찮고 싫었지만 그 속에서 이렇게 달마다 어렵게 태어났어. 세상 일이 저절로 되는 일은 없으니깐. 5월에 특집으로 가진 '좌담회'는 참 기억에 남아. 생생한 너희들 얘기가 다 담겨 있어서 선생님들한테도 반응이 좋았어.

이제 방학이다. 지금껏 지내면서 힘들었던 것을 방학 동안 다 훌훌 털어 버리고 새 마음으로 2학기를 맞이하길 바래. 안치환 노래처럼, 우리는 꽃보다 귀하지 않느냐. 우리는 세상을 아름다운 곳으로 만들어 가는 사람들이야. 이번 방학 때 바다도 가고 산도 가고 멋진 사람들을 만나러 다니자. 푸르른 산천과 열심히 살아가는 우리 친구들 집으로 찾아다니자. 가만히 앉아 누구를 기다리지 말고 네가 찾아 나서라. 그림을 그리고 싶고 노래를 부르고 싶고, 글을 쓰고 읽고 싶을 때 맘껏 해 보길 바래. 자기가 가장 하고 싶고 누리고 싶은 것을 찾아 그걸 하며 방학 시간을 보내면 얼마나 신 나겠어?

우리가 살아갈 세상은 우리 스스로 애쓰고 힘써 가꾸어 가는 거야. 이제 누구에게 기대어 살아가는 삶을 털어 내고 스스로 서고 살아가자. 이건 우리가 사람다운 사람으로 살 수 있는가 없는가 하는 문제야. 이렇게 살아가려면 내 삶에서 끊어 낼 것은 끊어 내고 다시 보듬고 살아야 할 것은 어서 찾아 안고 살아가는 용기가 필요해. 이게 아름다운 삶이야. 이런 아름다운 꿈을 가지려는 욕심은 가질수록 좋은 거야.

마지막 한마디 더.

아침에 뜨는 해, 저녁에 지는 해를 자주 보며 지내길 바라고 밥 제때 잘 챙겨 먹어라. 그리고 방학 때 꼭 한번 너희들이 가 보기를 바라는 곳이 있는데 가 볼래? 서울 종로 거리에 있는 큰 책방들이야. 세상이 달라 보일 거야. 한번 가 보면 알게 돼. 또 자기를 올바로 보게 되고 알게 될 거고.

(2000년 8월)

지금도 나를 가르치는 아이

엊그제 반가운 전화가 왔다. 18년 전, 서산 해미중학교에서 가르쳤던 남수다. 결혼하고 옛 짐을 정리하다가 예전에 나한테 받았던 편지 뭉치를 보게 되어 전화했다고 한다. 벌써 서른세 살이라니 세월이 참 빠르다. 어렵게 중·고등학교를 다니고 그 뒤 어떻게 지내나 궁금했는데, 어엿한 공무원이 되었다니 참 반가웠다.

처음 만났을 때 생각이 난다. 착하고 얼굴이 하얀 아이로 키는 145센티나 될까, 작은 키에 얼굴은 조그맣고 말수가 아주 적었다. 일찍이 부모를 잃고 초등학교 2학년 때부터 먼 친척 할아버지와 단둘이 살아왔다. 그러니 누구와 오순도순 정을 나누며 살았겠는가. 외롭게 살아왔으니 누구와도 잘 어울리지 못했다.

중학교 1학년 남수 담임을 맡고 나서 가정방문을 했다. 자전거에 라면 두 상자를 싣고 갔다. 가끔 끼니가 없어 밥을 굶고 잤다는 글을 남수 일기에서 전에 보았다. 마을 이름을 듣고 물어물어 갔다. 대충 마을 들머리에 들어서서 마침 밭에서 일하는 어느 할아버지에게 남수 집을 물었다. 일하고 있던 할아버지는 내 말을 듣더니 갑자기 뛰어오면서 "아이구, 선생님." 하셨다. 바로 남수 할아버지였다. 예순이 넘어 일흔이 다 된 할아버지는 이렇게 마을 여러 집 일을 하러 다니면서 생활비를 버셨다.

"불쌍한 우리 남수를 잘 부탁해요."

할아버지 얼굴에 새겨진 굵은 주름을 보니, 가난 속에서 힘겹게 살아가는 것을 알 수 있었다.

남수 집은 이십여 채 옹기종기 모여 있는 마을에서 한 200미터쯤 떨어진 산비탈에 외따로 떨어져 있었다. 집에 들어서니 닭, 병아리가 마당에서 한가로이 놀고 있었다. "남수야" 부르니 깜짝 놀라며 뛰어나온다. 어쩔 줄 몰라 하고 허둥댄다. 담임선생이 자기 집을 찾아오기는 처음이기에 더 당황했을 거다. 얼른 부엌으로 들어가더니 그릇을 들고 집 뒤로 간다. 산에서 흘러 내려오는 물을 떠 오더니 설탕을 타서 준다. 썰렁한 집 분위기를 느끼겠다. 남수가 학교 가고 할아버지가 일 나가면 늘 비어 있는 집이다. 방에 들어가 봤다. 낮인데도 희미한 전등이 켜 있다. 어두침침하다. 벽지는 군데군데 찢어져 흙벽이 보인다. 책상 대신 사과 상자를 엎어 놓고 쓰고, 나무로 만든 책꽂이에 누런 책 몇 권이 꽂혀 있다. 허름한 이불이 한켠에 가지런히 개어 있다. 가난한 집, 가난한 방이다. 밖으로 나오니 남수가 어디서 따 왔는지 으름을 한 움큼 먹으라고 내놓는다.

햇볕이 가득한 마루에 나란히 앉았다. 부모에 대해 물으니 작은 눈을 깜박이며 떠듬거리며 말했다.

"우리 아버지는 내가 여덟 살 때 결핵에 걸렸어요. 밤에 잘 때 기침을 참 많이 했어요. 식구들에게 병이 옮는다고 따로 나와 집 뒤에 있는 산 중턱에다가 움막을 지었어요. 거기에서 아버지 혼자 지냈어요. 아침마다 내가 학교 갈 때 도시락을 싸서 아버지 움막 앞에다 놓고 갔어요. 움막 안에도 들어오지 못하게 해서 밖에서 아버지에게 학교 간다고 인사하고 그랬어요. 학교 끝나고 올 때는 다시 아버지에게 가서 빈 도시락을 가지고 왔어요. 기침 소리가 많이 났어요. 학교 잘 다녀왔냐고 하며 공부 열심히 하라고 했어요. 또 아버지가 나에게 고생시켜 미안하다고 말했어요. 일요일이면 아버지한테 가서 놀았어요. 움막 주변에서 놀기도 하고 책도 읽고 잠도 자고, 아버지하고 얘기하다가 저녁때 내려왔어요. 움막 거적때기를 삐죽 열고 밖을 내다보는 아버지를 보면 눈물이 났어요. 얼마나 아픈지 말하는 거보다 기침을 더 많이 했어요. 얼굴도 종이처럼 하얗고 말할 때도 힘이 없어 개미 소리만 했어요. 아버지가 얼른 병이 나아서 집으로 내려와 식구들과 같이 살면 얼마나 좋을까, 그런 생각을 했어요. 그때 무슨 하얀 약만 먹었는데, 보건소에 내가 가서 가져왔어요. 병원에서는 더 이상 치료할 수 없다고 그냥 집에 가라고 했대요."

남수는 아버지 얘기를 하면서 눈물을 흘렸다.

그때 어머니는 아버지가 많이 아프니깐 아무에게도 알리지 않고 몰래 집을 나갔다. 그 이후 10여 년 동안 어머니 소식을 알 수 없었다. 다만 소문으로는 어머니가 서울 가는 버스를 타는 걸 동네 아주머니가 봤다고 했다. 아버지는 이렇게 6개월쯤 지내다가 돌아가셨다. 동네 어른들 도움으로 장례를 치르고 어린 나이에 혼자 살게 되었다. 처지가 딱하게 되었다. 그래서 일가친척들 몇이 나서서 마침 혼자 살고 있는 먼 친척 되는 할아버지와 함께 살 수 있게 해 주었다.

언젠가 일기에 그렇게 썼다.

"어머니를 원망하지 않아요. 오죽 힘들면 어머니가 가셨겠어요. 어디 계시든 잘 지내시면 좋겠어요. 가끔 어머니가 생각나는 밤이면 뒷산에 올라 서울 쪽에 떠 있는 별을 봐요."

참 속이 깊은 아이였다.

또 물었다. 요즘 지내면서 가장 힘든 일이 무어냐고. 겨울철에 빨래하는 일이라고 했다. 마당에 있는 샘이 얼어 그걸 돌멩이로 깨서 빨래한다고 했다. 물이 차서 손이 떨어져 나가는 것 같다고 했다. 또 밥을 실컷 한번 먹고 싶다고 했다. 날마다 두 끼를 라면 끓여 먹고 가끔 밥을 해 먹는다고 했다.

학년 초에 있던 일이다. 남수가 점심밥을 어떻게 먹나 보려고 교실에 갔는데 안 보이기에 아이들에게 물으니, 남수는 늘 점심밥을 안 싸 와 운동장으로 나가 논다고 했다. 점심시간이라 운동장은 텅 비어 있는데 어디 있지? 찾아보니 운동장 가장자리 철봉대 밑 걸상에 누군가와 앉아 있었다. 가까이 가니 깜짝 놀란다. 뭘 먹고 있는지 입을 우물거리며, 뭘 몸 뒤로 감추었다. 뭐니? 우리 반 아이 문철이가 그 옆에 앉아 있는데 그 아이도 놀라는 눈치다. 누룽지였다. 비닐봉지에 누룽지를 싸 와 같

이 나눠 먹고 있었다. 열흘 전, 문철이 어머니가 돌아가셔서 우리 반 아이들 모두 문상을 간 일이 있다. 그 아이가 점심을 못 싸 온 동무와 같이 먹고 있었다. 어찌 이렇게도 마음이 고울까. 배고픈 사람이 배고픈 사람 심정을 안다고 동무까지 따뜻하게 챙겨 주니 마음 곱기가 하늘 같다.

그날 남수는 가정방문 하면서 내가 가지고 간 라면을 보더니, 한 상자를 문철이네 갖다 준다고 했다. 참 착하고 장하다. 자기와 처지가 비슷한 아이들을 마음에 담고 사는 것 같았다. 세상은 서로 어울려 살아가는 곳이라 하지만 어디 그게 쉬운 일인가. 남수는 지금껏 외롭게 살아가면서도 세상 이치를 누구보다 잘 깨우치고 있었다. 주변 사람들이 따뜻한 마음으로 지켜보는 가운데 남수는 스스로 일어나 살겠다는 희망을 마음속에 키우고 있었다.

추석을 얼마 앞두고 남수는 여러 날 조퇴를 했다. 첫날, 할 말이 있다고 하면서 조심스럽게 말했다.

"뒷산 상수리를 따서 팔아 그 돈으로 이번 추석 날 할아버지에게 내복을 한 벌 사 드리고 싶어서요."

아침 일찍 일어나 뒷산에 올라가 따고 저녁에는 해가 짧아 조퇴하고 가서 땄다. 여러 날 걸려 두 자루 가득 땄다고 했다. 드디어 장날, 그걸 팔아 할아버지 내복 산다고 일찍 집으로 갔다. 다음 날 아침 만나자마자 할아버지께 내복 잘 사서 드렸냐고 물으니 갑자기 얼굴을 찡그리며 아무 말도 안 하고 고개만 푹 숙였다.

"왜?"

"어제 집에 가 보니 항아리에 넣어 둔 상수리 자루가 없어졌어요."

아니, 그걸 누가 가져갔을까. 사정이 이랬다. 오늘 학교 와서 친구들 얘기를 들으니, 자기와 한 동네에 사는 아이가 장날 학교에 안 오고 몰래 자기 집에 가서 상수리를 훔쳐 갔다는 거다. 그걸 팔아 돈 마련해서 서울로 떴다고 했다. 내 앞에서 눈물을 줄줄 흘리며 울었다. 하도 딱해 "그럼 내가 내복 한 벌 사 줄 테니 그걸 드려라." 하니 싫다고 했다. 결국 남수는 다시 며칠 동안 상수리를 다시 따서 할아버지께 내복을 사 드렸다. 할아버지는 그날 내복을 받고 우셨다고 일기에 썼다. 얼마나 고맙고 대견스러웠겠나. 이런 게 바로 사람과 사람끼리 나누는 아름다운 삶이다.

중학교를 졸업하고 서산농고로 진학했다. 12키로나 떨어진 학교를 3년 동안 비바람 맞아 가면서 자전거를 타고 다녔다. 얼마나 힘들었겠나. 그때 할아버지는 몸이 많이 아파 대전에 사는 따님네로 가게 되었다. 남수는 혼자 밥해 먹으면서 학교를 다녔다. 나중에 아는 농고 교사에게 들으니 남수가 고등학교 졸업할 때 일 등을 해서 상을 탔다고 했다. 고등학교를 마치고 바로 직장에 들어가지 않고 더 공부하기로 마음먹었다. 서울로 가 임시로 주유소에 취직해 낮에 일하고 그 번 돈으로 밤에는 학원에 나가 공무원 시험 준비를 했다. 아픔 뒤에는 꼭 웃을 때가 온다고, 2년 만에 공무원 시험에 합격했다.

지난해, 어머니가 자꾸 꿈에 나타났다고 했다. 그래서 서울 어딘가에 살고 있는 어머니를 찾아보기로 했다. 컴퓨터 조회도 해 보고, 고향에 계신 동네 어른들을 찾아가 어머니에 대한 소식을 물었다. 마침내 동네에 사는 한 아주머니가 매우 곤혹스러워하면서 어머니가 서울 은평구에 살고 있다고 알려 줬다. 여러 사람의 도움으로 다시 결혼을 해서 살고 있는 어머니를 20년 만에 드디어 만났다. 배다른 동생들도 만났다. 어머니는 집을 나간 이후 지금까지 남수가 어떻게 살고 있는지 이 동네 아주머니한테서 늘 듣고 지켜봤다고 했다. 얼마나 세상이 원망스럽고 힘들고 안타까웠을까. 그러나 남수나 어머니는 이제 모든 걸 이해하고 한 핏줄로 만났다.

오랜만에 전화하니 할 말이 참 많았다. 중학교 다닐 때 이야기를 하면서 자기 마음을 이렇게 털어놓았다.

"그때 부모가 없는 아이라고 해서 저는 남에게 기대고 싶지 않았어요. 앞으로는 조금이나마 나 같은 처지에 있는 아이들에게 도움을 주고 싶어요."

남수는 따뜻한 마음을 잃지 않고 착하게 살아왔다. 대견스럽다. 당당하게 살아가면서 지금도 나를 가르치고 있다.

(2001년 10월)

가슴 아픈 이야기

2000년 4월, 학생부 아무개 교사가 3학년 교실에 들어가 아이들 머리가 길다고 바리캉으로 잘랐다. 아침부터 아이들은 울고불고 난리고, 교실, 복도, 화장실에 머리칼이 흩어져 있었다. 그런데 학생부장이나 교감, 교장 선생 아무도 모르게 아무개 교사 혼자 일을 저지르고 있었다. 다행히 곧바로 이 사실이 알려져 교감 선생이 담당 교사에게 그렇게 하지 말라고 해서 중단되었다.

그러나, 다음날 아침 아무개 교사는 2학년 아이들을 학생부로 불러 또 자르고 있었다. 그걸 알고 또 교감 선생이 가서 그만두라고 했다. 왜 그렇게 문제를 자꾸 일으키냐, 다 큰 아이들 머리를 그렇게 자르면 어떻게 하냐, 머리 잘린 아이 학부모들에게서 학교에 항의하는 전화가 세 번이나 왔다고 했다.

세상에 이런 교사가 또 어디에 있을까. 얼마나 독한 마음을 먹었는지 다음 날 아침, 우리 교사들이 교무실에서 전체 교무 회의를 하고 있을 때 아무개 교사는 회의에 참석하지 않고 혼자 1학년 교실에 들어가 머리 긴 아이들을 골라내어 학생부로 끌고 갔다. 또 학생부에서 아이들 머리를 자르고 있었다. 마침 회의를 끝내고 교실로 가던 중에 이걸 보고 거기에 끌려온 우리 반 아이들에게 전부 교실로 들어가라고 했다. 이렇게 학교 전체에 관한 일을 혼자 멋대로 처리하는 걸 보고 도저히 참을 수가 없었다. 아이들을 들여보내는 나를 보고 이럴 수 있느냐고 했지만 난 대꾸도 안 했다.

이렇게 일이 커졌다. 교장, 교감, 학생부장 선생은 아무개 선생을 불러 그렇게 지도하지 말라고 하니 갑자기 방송실에 가서 마이크 잡고 소리쳤다. "이제 너희들 머리를 기르려면 마음대로 길러라." 아이들이 술렁거릴 수밖에 없었다. 그 방송이 나가고 당황한 건 학생부장, 교장, 교감이었다. 그렇게 하기로 결정한 건 아닌데 방송이 나갔다. 학생부장이 얼른 다시 방송실로 가서 마이크를 잡았다. 방금 방송한 것은 사실이 아니니 그리 알라고. 아이들은 그 방송을 듣고 다 웃었다. 꼴이 말이 아니게 되었다. 그러니깐 교사들 기분 내키는 대로 아이들을 대하는 게 교육이라고 생각하는 모양이다. 어처구니없는 일이 이렇게 앞뒤 없이 아이들 앞에서 벌어졌다.

그런데 그때부터 아무개 선생은 복도에서 나를 보면 별소리를 다 했다. "당신이 뭐 그렇게 잘났냐. 그게 참교육이냐?" 대꾸할 마음이 없어 말을 안 했다. 나이도 아홉 살이나 적은 선생이 그렇게 말하는데 아무리 생각해도 제정신이 아닌 듯싶었다. 식목일이라 집에 있는데 전화했다. 나보고 가만히 두지 않겠다고 했다. 전화를 끊으면 또 전화했다. 도대체 이 사람이 왜 그러나. 이거, 안 되겠다. 뭔가 공식으로 교무 회의에서 문제 삼고 학생 지도에 대해 분명한 기준을 마련하기로 마음먹었다. 아무개 선생이 이 학교에 오기 전 먼저 학교에서도 아이들을 많이 때리고 기합을 많이 주어서 문제가 컸다는 사실도 나중에 들어 알았다. 감정으로 대할 게 아니었다. 세상에 이런 일도 다 있나. 학생부장에게 아무개 선생이 왜 그러나를 물었다. 이유는 간단했다. "전교조만 교육을 하냐, 나도 소신을 가지고 아이들을 지도하고 있다. 왜 아이들 머리를 자를 때 갑자기 와서 아이들을 데리고 갔냐?"

그런데 다음 날 아침 학교에 가니 모든 선생님들 책상 위에 아무개 선생이 쓴 글이 놓여 있었다. 읽어 보니 처음부터 끝까지 전교조와 참교육을 비방하는 글이었다. 그리고 교장 선생보고 전교조 교사들에게 끌려가는 학교 운영에 대해 해명하라는 내용이었다. "참, 말이 되는 소리를 해야 대꾸를 하지." 교장 선생은 나에게 이해하고 참으라고 했다. 이런 상황을 지켜보고 있던 몇몇 전교조 후배 교사들과 의논을 했다. 후배 교사들 말은 아무개 선생하고 이 문제를 두고 더 말을 해 봤자 소용없다는 거였다. 말을 알아들어야 말을 하지 않느냐는 거였다. 그래서 나는 더 이상 말을 안 하기로 했다. 조용히 지내고 다시 또 이 문제가 불거지면 후배 교사들이 나서서 해결하겠다고 했다. 그 후 다시 머리 자르는 일은 없었지만 아무개 선생과 나는 먼 사이가 되었다.

그러나 다음해 3월, 3학년 담임을 맡은 아무개 선생은 이제 담임으로, 학년 생활 지도 담당 선생으로 아이들 머리를 또 잘랐다고 한참 후에 들었다. 3학년 어느 담임선생에게 그런 일에 대해 어떻게 생각하느냐고 물으니, 아무개 선생하고는 말이 통하지 않아 다들 어쩔 수 없이 보고만 있다고 했다. 주변 동료 교사들도 모두 내놓은 사람이었다. 그래서 막다른 곳에서 아이들을 더 괴롭히는가, 그런 생각마저 들었다. 지금도 알게 모르게 자기 뜻을 이렇게 펴고 있을 것이니 아이들은 얼마나 불안하고 힘들까.

엊그제 또 사건이 하나 터졌다. 또 다른 아무개 교사가 수학 공부 시간에 아이들이 떠든다고 나오라고 해서 문제를 풀게 했다. 못 푸니 대나무로 종아리를 때렸다. 얼마나 세게 때렸는지 살갗이 터지고 피가 났다. 아이들은 울고 선생은 소리를 질러 대면서 앞으로 문제를 더 잘 풀 때까지 계속 때리겠다고 했다. 맞은 아이 어머니 한 분이 밤 9시에 나에게 전화했다. 당장 집에 달려가 보니 종아리가 찢겨져 있고 퉁퉁 부었다. 가슴이 떨려 말을 못 하겠다며 수학 문제를 못 푼 것이 그렇게 맞을 만한 죄인가, 또 주변 아이들이 떠들었다고 애꿎게 싸잡아 때릴 수 있냐고 말했다. 입이 있어도 뭐라 말할 수 없었다.

아이 어머니는 오늘 밤이라도 당장 수학 교사를 만나 왜 이 지경으로 때렸는가 알아보겠다고 했다. 수학 교사와 연락이 되어 어머니와 아이와 같이 학교로 갔다. 나는 밖에 있고 셋이 두 시간을 얘기했다. 하도 얘기가 길어 교무실에 들어가 보니 서로 하고 싶은 말을 하고 있었다. 어머니는 체벌에도 정도가 있으니 이렇게는 하지 말아 달라고 하는데, 교사는 미안하다고 하면서도 앞으로도 교육을 위해서는 회초리를 작은 거로 바꾸어 계속 체벌을 하겠다고 했다. 요즘 세상에 대학 들어가지 못하면 어떻게 사람대접을 받을 수 있냐고 했다. 내가 들어도 민망스러웠다. 할 말이 있고 안 할 말이 있지 지금 그런 말을 할 때인가 말이다. 맞은 아이 아버지도 교사고 어머니도 전직 교사라 교육을 알 만한 분인데 오히려 젊은 교사가 이런 말을 당당하게 말하는 걸 들으면서 더 속이 아팠으리라. 만나서 말이라도 하니 속이 좀 풀린다며 슬쩍 일어났다. 더 무얼 말하랴 싶었나 보다. 딸아이가 겪은 상처를 어느 정도 싸안아 주려고 한 어머니 마음을 조금이나마 알 것 같았다.

교육이 뭔가. 학교에서 교사와 아이들은 어떤 마음을 가지고 만나야 할까. 서로 귀하게 여기고 아끼는 마음이 없으면 다 끝장이다. 서로 만나지 않은 것만 못하고 나날이 고통이 된다. 학교생활을 하다 보면 여러 일들이 생기는데 가만히 안을 들여다보면 아이들 문제보다 욕심 많은 교사들 때문에 일어나는 게 참 많다. 교사들이 아이들을 새롭고 바르게 이해해서 일이 잘 풀리는 것보다 거꾸로 아이들이 교사들을 이해하고 덮어 주어서 마무리되는 것이 참 많다. 동료 교사들 때문에 아이들이 억압받고 부당하게 대우받는 걸 보면 교사로서 마음이 아프다. 그럴 때 뭔가 생각한 것이 있어 문제가 있는 교사에게 뭔가 고쳤으면 하는 말을 하면 그때부터는 교사끼리 등을 돌리는 경우가 많고 아이들이 더 힘들어지기도 한다. 그러니 교사로 아이들 앞에 서는 게 이렇게 힘들다.

교사들이 아이들을 대할 때 사랑으로 대하는가 아닌가는 아이들이 금방 다 안다. 교사들 눈빛을 보면 알고 말 한마디 들으면 다 꿰뚫어 본다. 아이들 눈이 맑고 마음이 깨끗하기 때문에 그렇다.

가슴 아픈 이야기 - 부여여고 1 이누리

다시는 이런 일이 없길 바란다. 아니 없어야 한다, 이 세계에서.

4월 3일 아침, 조회도 하기 전에 처음 보는 선생님께서 들어오셨다, 흰 장갑을 끼고. 머리가 길다 싶은 아이들 번호를 적으셨다. 지금 바로 학생과로 오라는 말과 함께. 난 웃었다. 웃으면서 학생과까지 갔고 웃으면서 학생과로 우리 중 처음으로 들어갔다. "자르려면 잘라라." 하는 반항적인 마음은 아니었다. 그냥 그렇게 웃고 싶었다. 울고 싶지 않았다. 그런데 소름이 끼쳤다. 쓰레기통에 차 있는 검은 머리카락들. 선생님께서는 바리캉을 들고 여전히 흰 장갑을 끼고 계셨다. 도대체 그 흰 장갑을 왜 끼셨는지.

내가 제일 처음으로 서게 되었다. 내 등에 쓰레기통을 받쳤고. 눈을 질끈 감았다. 기분이 매우 좋지 않았다. 내 머리카락이 쓰레기가 된 기분이었다. 그런데 선생님께선 머리를 풀어 보라고 하시더니 난 됐다고 하셨다. 다행이라 생각했는데 가슴을 치고 가슴 아플 일이 펼쳐지고 있었다. 내 뒤에 섰던 효실이가 깎이고 있었다. 너무너무 화가 나고 소름이 끼쳐서 손이 떨리고 있었다. 효실이가 다 잘렸는데 그때 담임선생님께서 오셔서 1학년 9반은 다 교실로 들어가라고 하셨다. 차라리 내가 잘렸으면. 그랬으면 효실인 안 잘렸을 텐데. 난 잘려도 안 울 수 있었는데. 효실이가 우는 걸 봤다. 그렇게 우는 건 처음이다. 맘이 정리가 안 되었다.

선생님께선 어리석으셨다고 생각한다. 이 말이 학생의 예의에 어긋나는 것은 알지만 분명히 잘못하신 일이다. 효실이는 하루 종일 울었다. 서럽고, 치욕스럽고, 화나고 그랬을 것이다.

중학교 때도 머리 자르던 선생님이 계셨다. 그런데 그땐 지금보다 분노가 덜했다. 사랑이 없으셨다. 내가 잘못 본 것일 수도 있겠지만 내 눈엔 그래 보였다. 우리 교실에 처음 들어오셨을 때부터 화가 나 계신 눈치였다. 그래서 화가 난다. 고등학교에 와서 선생님들께 실망을 하긴 했지만 그날처럼 선생님이 낮아 보이던 게 처음이다. 선생님께선 아실까? 사랑이 없이 대하시면 우리는 무엇도 배울 수 없다는 걸. 그리고 또 우리를 화나게 한다는 걸. 또 우리에게 선생님의 위치가 낮아진다는 것을.

지금은 그 선생님을 조금은 이해하겠다. 누군가가 해야 할 악역을 맡으신 것일 수도 있고 인간이기에 실수하신 것일 수도 있고. 이해해야지. 더욱 이해해야지. 그리고 나는 이렇게 배운 것을 교사가 되었을 때 활용해야지. 그런데 한 가지 생각이 남는다. 법은 사람을 위한 것이다. 학교의 교칙은 도대체 누굴 위한 것인지. 학생들을 위한 것인가? 잘 모르겠다. 내가 아직 잘 모르는 탓인지. 어렵다.

어쨌든 며칠 간 화를 품은 내 속이 밉다. 이제 그 화를 털어야지. 이제는 선생님을 조금 더 이해한다. 그 선생님께 죄송하다.

(2002년 7월)

얘들아, 반갑다

1.

그러니깐 부여 은산중 아이들을 만난 게 1986년이니 벌써 17년이 되었구나. '스승의 날'을 며칠 앞두고 희도가 전화했다.

"밥 먹자고? 그래. 만나자. 너희들이 어떻게 변했을까? 뭐, 동현이도 오고 기현이도 온다고? 와, 이거 몇 년 만이냐? 몇 명이나 와? 열댓 명? 알았어."

해운대갈비집으로 아내 계순옥과 갔다. 그 아이들이 중학교 1학년 때 우리 집으로 쳐들어왔지. 마당에다가 솥을 걸어 놓고 라면을 아마 한 상자 끓였을 거야. 퉁퉁 불은 라면을 먹으면서 얼마나 소리 지르고 웃고 떠들고 뛰고 놀았나. 지금도 그 소리가 들리는 듯하다. 그 아이들이 커서 이제 생각해 보니 그때 내 아내가 고마웠던 모양이다. 하긴 그 후에도 몇은 추석이나 설 때 막걸리 들고 우리 집에 드나들어 잘 알고 있다.

와, 딱 어깨가 벌어진 건교가 손을 내미는데 야리야리했던 손이 어찌 이리도 투박하고 커졌나. 내 손이 쏙 들어간다. 환하게 웃으며, 약간 늙어 버린 나를 보고 말한다.

"예전하고 똑같네요. 머리만 좀 빠지고 눈가에 주름이 좀 생겼네요. 술은 여전히 좀 하시나요?"

"그럼, 그런데 이 아기는 누구야?"

건교가 씩 웃는다. 부산에서 배 타다가 잠깐 집에 다니러 왔다고 하며 자기 아내를 소개한다. 아까 들어올 때 처음 본 얼굴이라 누군가 했더니 건교 부인이구나. 건교가 중학생일 때 어떻게 짓궂게 지냈는지 말하니 눈을 크게 뜨고 막 웃는다. 어릴 때 남편 모습이 그려지는가 보다. 배 타고 한 번 나가면 한두 달 있다가 온다고 하니 고생하는 게 눈에 선하다. 모처럼 고향 나들이 왔구나.

동현이가 들어오며 "아이구, 선생님." 한다. 서로 부둥켜안았다. 키가 작아 출석 번호 1번이었는데 여전히 키가 작구나.

"어떻게 지냈어?"

"예, 뭐 일하며 잘 먹고살죠. 요즘 수박밭에 다녀요."

가무잡잡한 동현이를 보니 갑자기 웃음이 나온다. 맞아. 이 녀석 아주 재미있는 아이였지. 그때가 언제더라. 엉뚱한 편지 한 통을 받았다. 겉봉에 받는 사람이 황금성으로 되어 있는데 주소가 번지수도 없다. 그냥 부여읍 황금성이다. 이거 누구지? 뜯어보니 동현이인데 장난으로 석 줄만 딸랑 썼다. 군대에서 '스승의 날'이라고 강제로 꼭 쓰라고는 하지, 그래서 그냥 떠오르는 사람이 황금성이라 썼다는 거다. 본 지도 하도 오래 되고 별로 할 말도 없었던 모양이다. 주소는 모르니 그냥 엉터리로 썼다. 배달도 안 될 거고 해서 장난으로 쓴 거 같다. 그걸 읽는 순간 동그란 눈에다가 얼굴이 탱탱한 동현이 얼굴이 떠올라 웃음이 나왔다. 요런, 괘씸한 놈, 그래도 그렇지. 답장을 써야지. 다행히 보낸 동현이 주소는 제대로 써 있어 답장을 길게 썼다.

야, 이거 참 반갑다. 중학교 다닐 때도 엉뚱한 데가 있던 아이가 세월이 한참 지났는데도 거의 바뀌지 않고 지금도 장난기 어린 티가 그대로 남아 있으니 얼마나 반가운가. 마침 나도 중국을 다녀온 뒤여서 그 얘기도 하고 예전 같이 지낼 때 있었던 얘기를 길게 했다. 그랬더니 한참 뒤에 다시 답장이 정식으로 왔다. 자기가 보낸 편지를 내가 받을 줄은 꿈에도 몰랐다며 너스레를 떨더니만 또 하는 말이 백두산 천지를 다녀왔으면 그때 찍은 사진 두 장을 보내라는 거였다. 그래? 두 장 골라 보냈다. 다시 답장이 왔다. 자기 중대에서는 내가 보낸 편지, 사진이 아주 큰 뉴스거리라고 했다. 동현이가 옛 중학 때 선생한테서 답장 받았다는 사실도 신기한 일일뿐더러 천지 사진까지 받았다며 모든 부대원들이 축하해 주어서 기분이 아주 좋았다고 썼다.

그 뒤 동현이는 제대해서 한 번 우리 집에 막걸리를 들고 찾아와 신고를 했다. 요즘 수박밭을 다니며 일을 많이 해서인지 손이고 팔뚝이고 시커멓게 탔다.

"어디 일손 한번 잡아 보자."

손은 두툼하고 거칠었다. 손바닥은 못이 잔뜩 박혀 있다.

"야, 멋진 손인데 이거, 내 손 좀 봐라. 백묵 잡는 손이라 비리비리하잖아. 네 손이 멋져. 훌륭한 사람 손이 다 그래."

이러니깐 옆에 있던 희도가 "내 손은 어때요?" 하며 끼어든다. 5년 전에 부여 읍내에서 떡볶이나 튀김, 빵을 파는 분식집을 열었다. 분식집 사장 손은 어떤가? 역시 동현이와 비슷하다. 살색이 희고 검은 거 빼고는 똑같다. "저는 설거지를 많이 해서 하얘요." 한다.

"그래, 일손은 만져 보면 다 알아."

공고 졸업하고 곧바로 공장일 하러 다녔다. 중학 때부터 알던 여학생과 계속 인연이 닿아 지금 같이 살고 있다. 아기도 벌써 둘이나 낳았다. 그런데, 지난 4월 나에게 전화했다.

"그동안 사정이 있어 못 한 결혼식을 5월 25일에 하려고요. 선생님, 주례 서 주세요."

"그래? 희도라면 내가 주례를 서마. 그런데 내가 너에게 무슨 말을 할 게 있나. 지금 잘 살고 있는데 말야. 아무튼 기쁜 그날, 친구들도 다 모일 테니 식 끝나고 구드레 공원 가서 술이나 한잔 하자."

조금 시간이 지나자, 서울, 대전에서 아이들이 몰려온다.

"어, 기현이 반갑다. 어디서 뭐 하면서 지내니?"

"자동차 부품 회사에서 연구원으로 있어요."

"제언이는?"

"서울에서 초등학교 선생 하고 있어요."

"선태는 궁남초등학교 그 학교에 그대로 있나? 또 성배는?"

"새마을금고에서 일해요. 그런데 선생님은 아주 하나도 안 바뀌고 건강해 보이시네요."

또 창신이가 들어온다.

"몸집이 작았던 네가 이게 웬일이냐? 한 80키로도 넘겠는데?"

"아이, 선생님. 어떻게 지내세요?"

목소리도 아주 쫙 깔고 점잖다.

"넌 어디서 지내?"

"은산 오토바이 가게에서 일해요."

어릴 때 모습과 지금 모습을 견주니 이건 도저히 연결이 안 된다. 이렇구나. 이게 삶이고 사람이구나. 제자 한 사람 한 사람 볼 적마다 난 그저 감탄만 했다. 늠름한 일꾼으로 각자 사는 곳에서 꿋꿋하게 잘 살아가는구나. 아이들에게 정성껏 술 한 잔 따라 주고 또 한 잔 받아 마셨다. 오늘따라 술맛이 왜 이리 달지? 지금부터 이제 진짜 인연으로 만나는 거지?

2.

옆자리에 앉은 분식집 사장 희도에게 그랬다.

"언제 한번 우리 반 아이들과 너희 집에 가서 뭣 좀 먹을까?"

"아, 좋지요."

"한 달에 한 번 생일 축하 잔치 하거든. 이번 달은 시험 때문에 못 했는데 잘됐다."

"예, 선생님이 애들하고 오신다면 저도 좋지요."

그리고 한참 지나 5월 19일, 드디어 '후르르짭짭 분식집'에서 4월 생일 잔치를 했다. 서른 두 명이 몰려갔다. 좁은 가게 안이 꽉 찼다. 상마다 어묵, 빵, 떡볶이, 김밥이 가득 차려 있다. 우리는 행복해하며 먹고 또 먹었다. 정성을 다해 먹을 걸 준비하고 우리를 기다리는 희도 얼굴이 참 맑아 보였다.

"어서 오세요."

아기를 안고 한 아주머니가 반갑게 인사하며 손을 잡는다. 희도 어머니시구나. 맞다. 생각난다. 옛날에 희도네 집에 가정방문 갔지. 집 뒷산에 올라가 밤을 어찌나 많이 주워 왔는지 그게 생각난다. 희도 어머니는 잘 생각이 안 나는 모양이다. 시골에서 여전히 밭일하시는 어머니 눈빛이 아주 맑다. 그때 그 모습 그대로시구나. 아들이 시내에 나와 분식집 하며 열심히 살아가는 모습을 보고 기뻐하시는구나. 막내 희도 때늦은 결혼 잔치 준비하시느라 아주 바쁘시겠지. 얼마나 기쁘시겠나. 그날 주례까지 해 줘 고맙다고 말하신다.

"예, 제가 당연히 해야죠. 덕분에 그때 우리 반 아이들을 다 만날 수 있어 참 좋아요."

다른 손님들이 시끌벅적한 가게 안을 기웃거리다가 눈을 동그랗게 뜨고 그냥 간다. '무슨 일이 있나?' 하고. 하긴 가게를 열고 이만큼 많은 사람들이 들어찬 적이 아마 한 번도 없었을 것이다. 어묵 국물을 나르랴,

반찬을 더 주랴, 희도 손이 아주 빨라진다. 꼭 우리 아들 집에 꼬마 손님들이 많이 온 기분이다. 우리 반 노래꾼 하정이가 잔뜩 김밥을 먹고 나서는 친구들 생일 축하하는 뜻으로, 그리고 이 분식집 발전을 위해 지덕 밟는 정성으로 한 곡 쭉 뽑았다. 얼마나 열심히 부르던지, 다들 숨죽이고 듣는다. 그러다가 뒷부분에 가서는 모두 손뼉 치며 같이 불러 제꼈다. 노래가 끝나니 희도가 일어나 한마디 한다.

"오늘, 여러분에게 모두 아이스크림 하나씩 서비스하겠습니다."

와, 모두들 손뼉 치고 발 구르고 소리 지른다. 야, 이거 모두 궁합이 척척 맞는구나. 이거, 참 오늘 잘 왔네. 자주 와야겠네.

아이스크림 하나씩 입에 물고 서로 쳐다보며 즐겁게 먹는다. 이번에는 지영이가 일어나 아주 부드러운 발음으로 영어 노래 한 곡 뽑고, 이어 부반장 세미가 일어나서는 무슨 발라드풍 노래를 부르며 몸을 살살 흔드는데 모든 친구들이 다 즐거워하며 같이 불렀다. 가게가 들썩거렸다. 신나게 노는 후배들을 보며 희도는 얼마나 좋았을까? 멋지구나. 우리 반 아이들이 다 신명 났구나. 선생, 선배, 후배들이 한마음으로 어우러진 판이었다. 우리 모두 가게 주인이었다.

나중에 반장 민정이가 한 말이 생각난다.

"음식값 5만 원을 드렸더니, 다시 2만 원을 주시면서 학급비로 쓰라고 했어요."

(2003년 7월)

'하늘빛' 동아리

"따뜻한 마음을 가진 사람들이 모여 '하늘빛'을 이루었구나. 너희들은 하늘에서 쏟아지는 빛을 온몸으로 받아 그 빛으로 세상을 아름답게 가꾸는 사람들이구나. 팔이 아프고 발이 아프고 마음이 아프고 눈이 아픈 사람들 곁으로 달려가 손을 잡고 환하게 웃으니 너희들이 바로 세상을 밝혀 줄 '하늘빛'이구나. 그래, 세상살이에서 가장자리로 비껴 있는 사람들에게 다가가니 거기에는 함께 살아가는 기쁨이 있고 즐거움이 있고 눈물이 있고 웃음이 있구나. 가진 것을 나누고 생명을 섬기는 마음은 바로 하늘이 내리는 빛이구나."

'하늘빛'은 우리 학교 봉사 동아리다. 10년 전 모임을 만들어 한 달에 한 번, 부여와 공주, 보령 지역에 있는 장애인 시설, 고아원, 양로원에 가서 봉사 활동을 한다. 학기 초에 모임 회장이 나에게 와서 지도교사 일을 맡아 달라고 했다. 지금까지는 학교에 정식 동아리로 등록하지 않고 스스로 모임을 꾸려 갔는데 앞으로 활동 폭도 넓히고 공식 학교 행사에도 적극 참여하고 싶다고 했다.

지난봄 부활절 날, '하늘빛' 동아리 27명과 같이 공주 동곡요양원 중증 장애인을 만나러 갔다. 예수님이 죽음을 이기고 다시 살아나셨다는 날, 장애인을 만나러 가는 아이들이 진짜 살아 있는 예배와 미사를 드리는 게 아닐까? 봄날 하늘은 어찌 그리도 맑은가. 우리 마음에 드리워져 있는 먹구름을 다 거두어 내고 맑은 하늘을 가슴에 담고 거기로 달려가는구나. 손과 발이 되어 드리러 가는 그 발걸음은 아름답구나. 용돈을 아껴 회비 내고 그걸로 버스 차비도 하고 점심으로 먹을 컵라면을 샀다.

19명은 공주 가는 버스를 타고, 8명은 내 차를 타고 거의 2시간이나 걸려 요양원에 갔다. 부여에서 공주, 다시 대전 가는 버스를 갈아타고 계룡산 가까이까지 가야 한다. 장애인들이 손님을 맞이하는 듯이 문 앞에 늘어서서 반갑게 인사한다. 1984년 처음 문을 연 동곡요양원에는 103명 장애인들이 사는데, 돌볼 식구들이 없는 사람 34명, 기초생활보호를 받는 사람 60명, 생활비 약간 내고 지내는 사람 9명이 모여 산다. 이들을 돌보는 직원은 48명이다. 깔끔한 시설과 환경을 보니 꽤 여러 사람들이 정성껏 가꾸어 온 듯하다. 여기는 혼자 살아갈 수 없는 사람들이 모여 살되 그저 먹고 자는 시설이 아니라 스스로 사회에 잘 적응하고 나날을 기쁘게 살아갈 수 있도록 배려하는 곳이다. 날마다 9명씩 물리치료를 30분 하고, 주마다 두 번 저마다 관심 있는 분야에 소속되어 활동하는데 생활 체육, 합창, 미술, 댄스, 풍물, 재활 학습을 한다. 시내버스

타는 법도 배우고 시장 가서 물건 사는 법, 행정기관에 가서 민원을 처리하는 법도 배운다. 또 어린 장애인은 공주에 있는 특수학교인 정명학교에 다닌다.

일단 사무실에 모여 간단하게 요양원에 대해 소개받고 할 일을 배당받았다. 방바닥을 쓸고 닦는 일, 서서 손이 닿지 않는 곳을 찾아 먼지 털고 닦아 내는 일, 그리고 장애인과 같이 앉아 얘기하면서 놀아 주는 일, 밥 먹을 때 도와주는 일이다. 10년 가까이 이런 곳에 와서 일을 한 터라, 회장이 아이들에게 방을 정해 주니 아주 빠르게 몸을 놀린다. 비 들고 쓰는 아이, 걸레 빨아 방바닥을 엎드려 닦는 아이, 또 어느 아이는 장애인과 같이 뭔가 진지하게 한쪽 켠에서 얘기하고 있다. 요양원 안이 이미 잔칫날같이 들썩거린다. 싱글벙글하는 장애인들 얼굴을 보면 알 수 있다. 청소하는 아이들 뒤를 졸졸 쫓아다니며 좋아하는 장애인들을 보니 기쁘면서도 한편으로는 그동안 얼마나 사람이 그립고 외로웠겠나 싶다.

얼마 전에는 이곳 장애인 한 분이 시집을 냈다고 한다. 대전 배재대학에서 문학 공부를 하는데 말도 잘 못 하고 몸이 불편해 글도 겨우 쓴다. 얼마나 할 말이 많겠는가. 시 한 줄마다 다 절절하다. 아이들에게 시를 읽어 보라고 책을 건네준다. 뭔가 받았으니 이렇게 시라도 읽어 주고 싶겠지. 언제부터 여기에 와서 지냈는가 물으니 손으로 방바닥에 1986년이라고 또박또박 썼고 1948년생이라고 했다. 나보다 7살이나 더 많은 형이지만 마음은 여전히 어린이다. 침을 흘리며 연실 또 닦고 말을 어눌하게 한다. 나보고 바둑을 둘 줄 아냐고 물었다. 마주 앉아 같이 두었다.

두고 보니 한 9급쯤 되는 것 같다. 바둑 한 수 한 수 두는데 그렇게 진지하고 꼼꼼할 수가 없다. 한 판은 지고 한 판은 이겼다. 해맑게 웃는 모습을 보니 우리가 오길 참 잘했다. 바둑을 둘 때 많은 아이들이 옆에서 보고 있으니 신이 났다. 이렇게 함께 있기만 해도 좋아하신다.

점심시간이 되이 종이 울렸다. 이때 진풍경이 벌어졌다. 옆에서 바둑 두는 걸 보던 장애인 한 분(양다리가 없음)이 그 옆에 있던 분(양팔이 없음)에게 양말을 신겨 주고 있었다. 아주 천천히 익숙한 솜씨로 발을 옮기며 신겨 준다. 그러고 나서 이제는 다시 양말을 신은 분이 일어나 방을 나가 마루에 있던 휠체어를 끌고 들어온다. 양다리가 없는 분이 기어올라 휠체어에 타니 팔 없는 분이 몸으로 밀고 같이 식당으로 가는 거였다. 아, 이렇게 손이 아픈 사람에게는 손이 성한 사람이 도와주고 발이 아픈 사람이 움직일 때는 발이 성한 사람이 휠체어를 가져와 타게 한다. 눈물겨운 일이다. 이곳에선 이렇게 함께 살아가고 있구나. 이것을 본 나나 우리 아이들은 그저 가슴만 벌렁거렸다. 감동이었다. 남을 이기라고 가르치고 배우는 교육, 이게 무슨 쓸모가 있는가. 작은 힘이나마 그 힘을 필요로 하는 분에게 아낌없이 주는 게 살아가는 도리이고 지혜이리라.

청소하려고 방에 들어가니 그동안 이곳에 온 봉사 요원들과 다정하게 사진 찍은 것을 걸어 두었다. 얼마나 즐겁고 좋은 시간이었겠나. "영원히 우리와 함께", 사진 밑에 쓰여 있다. 오늘 한 순간 동정하는 마음으로 만나는 게 아니라 목숨이 다할 때까지 똑같은 인간으로 같이 행복을 누리고 살아가도록 보살펴야 한다. 이곳에서 일하는 교사들은 2일마다 교대로 24시간 온종일 먹고 자고 함께 산다. 그들의 손과 발과 눈과 귀가 되어 준다. 밥을 먹여 주기도 하고 일일이 대소변도 잘 보도록 도와준다. '하늘빛'을 그대로 삶으로 보여 주는 분들이다. 어쩌면 세상 사람들이 다 자기 행복만을 찾아가고 있을 때 묵묵히 장애인들의 잃어버린 행복을 찾아 되돌려 주는 일을 하고 있는 것이리라. 몸짓 하나하나가 다 겸손하고 순진한 눈빛이 얼굴에 배어 있다.

　강당에 둘러앉아 라면을 먹으며 일한 소감을 돌아가며 말했다. 이번에 처음 온 1학년 아이들은 장애인들과 말도 잘 안 통하고 뭐라 말하는데 못 알아들어 힘들었다고 했다. 처음에는 장애인들과 가까이 있는 것도 무서웠는데 몇 시간 같이 지내 보니 우리와 똑같고 벌써 정이 들었다고 했다. 2학년 아이들은 전에 왔을 때보다 더 장애인을 이해할 수 있고 이제 얼굴만 보아도 무얼 말하는지 조금은 알 수 있었다고 했다. 그러니깐 '하늘빛' 아이들이 여기 와서 준 것보다 받은 것, 배운 게 더 많은 것 같다. 세상과 사람 보는 눈이 트였다고나 할까. 자그마한 정성으로 세상을 따뜻하게 채워 가는 사람들, 오늘 하루 장애인들과 함께 한 아이들은 다 아름다운 '하늘빛'이다.

(2003년 8월)

봄꽃 같은 아이

　고등학교 1학년인 영란이는 잘 웃는다. 웃는 모습이 참 예쁘다. 할머니와 둘이 사는데 언제나 기죽지 않고 얼굴에 그늘이 없다. 지지난해 4월 초 부여 읍내 어느 피부과 의사가 영란이 담임선생인 나에게 전화했다. 영란이가 자기 병원에 피부병 치료하러 오는데 담임선생이 알면 좋을 거 같다며 그 사정을 말했다. 여학생으로 남에게 드러내는 게 부끄러워 그동안 피부병이 있어도 숨겨 오다가 더 이상 못 참고 왔다는 거다. 온몸에 두드러기가 퍼져 이제 목 부위까지 올라오고 있어 오래 치료해야 한다고 했다. 치료받으러 오는데 영란이 얼굴 표정이 어찌나 밝고 인사도 잘하는지 눈에 더 뜨인 모양이다. 그런데 가지고 온 의료보험증을 보니 영란이가 세대주로 되어 있기에 왜 그런가 궁금해 물었다. 대충 아는 대로 말해 주었다. 다 듣더니 의사 선생은 영란이가 딱했는가, 조금이나마 달마다 돕고 싶다고 했다. 그러면서 부여군 의사회 소속인 의사 중 몇 분이 이런 아이를 돕기 위해 기금을 모았다며 이렇게 어려운 아이들이 더 있으면 연락해 달라고 했다. 참 고마운 말이다.

영란이는 부모가 갈라서는 바람에 5살 때부터 시골 할머니 손에 컸다. 할머니는 일흔 살이 넘어 동네 일손 도우며 근근이 먹고 살아가는데 아주 가끔 아들이 생활비를 보낸다. 할머니는 뭐, 하나라도 부족한 게 있을까 봐 손녀딸을 온갖 정성 들여 키웠다. 그래서 그런지 영란이는 활기차고 밝다. 시골 순둥이처럼 구김살이 없다. 학급 일을 하는 데에도 적극 앞장서서 하고 친구들에게도 여러 배려를 하며 지낸다. 청소 시간에 보면 어찌 그리도 즐거운 마음으로 자기 할 일을 척척 해내는지, 요령 피우며 개기는 아이들 보다가 영란이를 보면 내 마음에 낀 구름이 다 벗겨지는 것 같다. 밤 10시에 야간 자습 마치고 집에 가면 12시다. 부여 외산면까지 버스 타고 다시 깜깜한 산길을 20분은 더 걸어가야 집이 나온다. 할머니는 그 시간까지 안 자고 기다리신다. 별이 쏟아지는 산길, 혼자 어둠을 헤치며 가면서 씩씩하게 노래도 한단다. 이렇게 꿋꿋하게 생활하니 참 멋지고 대견하다.

그래서 영란이는 달마다 10만 원씩 장학금을 받게 되었다. 내 통장에 들어온 돈을 달마다 그 아이 통장에 넣어 주며 이런저런 말을 한마디씩 지나치듯 할 때면 그때마다 얼굴을 붉히며 수줍어한다. 자기가 그런 큰돈을 받을 자격이 안 된다고도 하고 미안하다고도 하고 그 돈을 주는 분이 누군가, 궁금하다고도 했다. 그러나 의사 선생이 자기 이름을 알리지 말아 달라는 간곡한 부탁도 있고 해서 나중에 졸업할 때 알려 준다고 했다. 이러기를 몇 달 지나 11월이 되었는데 어느 날 나에게 할 말이 있다고 찾아왔다. 그동안 도움을 받아 고맙다며 이번 달부터 서울에 사는 아버지가 용돈을 보내 주기로 했다며, 지금 받고 있는 돈을 자기보다 더 어려운 아이에게 주면 좋겠다고 했다. 그래도 네 형편이 어려우니 그냥 받으라 해도 아니라 하며 사양했다. 진정으로 여러 번 생각해서 하는 말인 듯했다. 자기는 이제 살 만하다는 뜻이겠지. 할머니한테도 그렇게 하겠다고 말씀드렸단다. 지금까지 받은 돈은 다 통장에 그대로 있다며 대학 갈 때 쓰겠다고 했다. 영란이 마음은 참 깊고 넓고 곱고 장하다.

그래서 그 돈을 이어받을 다음 아이로 미숙이를 뽑았다. 미숙이는 전교 학생이 34명인 작은 중학교를 나왔는데 그 학교에서 학생 회장을 할 정도로 아주 똘똘하고 야무지다. 아버지는 농사일하다가 경운기 사고로 다리를 크게 다쳐 걸을 때 심하게 전다. 하루하루 이웃집 가서 날품 파는 일을 한다. 어머니는 집 앞에 있는 손바닥만 한 땅뙈기에서 채소 키우고, 남 땅을 빌려 딸기를 키워 판다. 중학 때 학교 다녀오면 밭에 나가 어머니 일손을 도왔는데 고등학생이 되니 밤늦게 학교에서 돌아와 일할 수도 없다. 여름방학 때 이런 편지를 보냈다.

"…… 어제는 저희 집 딸기를 따러 하우스에 갔어요. 아침부터 일복을 차려입고 집에서 20분 정도 걸어서 하우스에 도착했어요. 솔직히 아침에 일복 차림으로 친구들을 만나진 않을까 했는데 아무도 만나지 않고 곧바로 하우스에 도착했어요. 이번에 언니 대학 뒷바라지에 저까지, 두 배로 엄마랑 아빠랑 힘드셔요. 근데 올해 처음으로 하우스에 갔어요. 그동안 뭘 했는지……. 새빨간 딸기가 절 반기더라구요. 큰 것과 작은 거를 나누어 바가지를 들고 가 고랑에 쭈그리고 앉아 열심히 따기 시작했어요. 얼마 있지도 않았는데 땀이 송글송글 맺혀서 힘들다고 기지개를 쭉 펴면 다리 불편하신 아빠께서는 아무 말씀 없이 딸기 따시는데 되게 죄송했어요."

그러다가 4월 초부터는 야간 자습 때문에 봉고 타고 다녀야 하기에 차비도 만만치 않게 들어, 학교 앞에다가 달세방을 구해 고 3인 언니와 자취를 하게 되었다. 한 달 방세가 10만 원이라는데 그 돈 마련하기도 벅 찼다. 또 거기다가 한 번에 일 년 치 내라고 해서 결국 농협에서 120만원 빚을 냈다고 한다. 수업료에다가 달마다 보충수업비도 내야 하고 참고서 도 사야 하니 얼마나 집안 살림이 쪼들렸을까. 누구에게 도와 달랠 사람 도 없는 데다가 자주 학교에 낼 돈이 있지만 그때마다 차마 곧바로 어머 니에게 말도 못 하고 지내다가 늘 나중에 따로 냈다. 이런저런 살림살이 형편을 자세하게 알게 되어 나도 도울 길을 찾고 있던 중에 이런 일이 생 겨 잘됐다. 돈이 좀 있는 사람들이 나누며 살겠다는 것이 이렇게 하늘의 뜻이 되어 미숙에게 큰 선물이 되었으니 얼마나 다행스러운가.

자취하고 한 달도 안 되어 일이 터졌다. 학교 아침 자습하는데 심각한 얼굴로 멍하니 앉아 있기에 물었다. 학교 마치고 자취방에 가니 누가 몰 래 방에 들어와 입학 기념으로 어머니가 사 준 조그만 오디오를 훔쳐 갔 다고 했다. 이게 어떤 오디오인가. 하늘이 무너지는 일이었다. 어머니가 허리 아픈데도 겨우 일해서 사 준 건데 그걸 잃어버렸다니 앞이 캄캄하 지. 어디 한번 네 방에 가 보자. 학교 앞 동네에 있는 자취방에 가 보았다. 둘이 누우면 머리, 발끝이 벽에 닿겠다. 어쩌면 이렇게 방을 작게 만들었을까. 코딱지만 하다. 이것도 돈이 된다고 주인이 이런 방을 10개나 만들어 달세를 받는다. 과연 주인이라면 자기 딸을 이런 데서 살게 할까? 돈이 된다면 무슨 수를 써서라도 이렇게 방을 만들고 아이들을 꾸겨 넣는다. 여기서 밥해 먹고 빨래도 하면서 사는 아이들이 애처롭다. 집 떠나고 부모 떠나면 고생길이 훤하지. 이런 형편이면 밤 시간에 집에서 공부하는 것보다 차라리 학교 교실에 있으면 숨이라도 크게 쉴 수 있어 낫겠다. 자취하는 아이들 방을 들여다보니 아이들을 새로이 다시 만나는 느낌이다. 학교에서 겉모습만을 보고 안다는 게 무슨 소용이 있겠나. 모든 게 풍요로운 요즘 세상 형편이 이 아이에게는 딴 나라 이야기고 아이들 현실과 영 맞지 않는다.

도둑 신발 자국이 방바닥에 뚜렷하게 남아 있지만 그게 누군지 어찌 알겠는가. 도둑을 잡기는 어렵고, 맺힌 상처를 풀어 주어야 하는데 어떡하나. 문득 떠오른 생각 하나, 아, 내가 전에 쓰던 오디오와 컴퓨터가 있는데 그걸 줄까? 아쉬운 대로 쓸 만하겠다. 집에 가서 창고에 넣어 둔 걸 꺼내 말끔히 닦으니 그래도 번듯하다. 다음 날 종례 마치고 갖다 주었다. 갑자기 작은 자취방이 훤해졌다. 너, 이걸로 음악이나 영어도 들을 만할 거야. 일기도 컴퓨터로 쓰면 좋겠다. 한꺼번에 모든 근심이 다 풀렸나, 얼굴이 쫙 펴졌다. 날마다 아이들 보라고 한겨레신문을 한 부씩 교실에 넣어 주었는데 그걸 신문 걸이에다 꼼꼼하게 정리하고, 사물함 열쇠도 일일이 그날그날 잘 챙겼다. 먹을 걸 제대로 못 먹고 편히 못 자지만 할 일 챙기고 악착같이 공부하는 모습을 보니 눈물겹다. 우리 반 기둥이 되었다.

맨 처음 영란이 치료 때문에 맺어진 인연으로 부여군 의사회는 나에게 부여 읍내에 있는 학교 여러 학생들을 더 돕겠다고 했다. 그래서 각 학교 전교조 교사들에게 부탁해서 부여고 4명, 부여여고 4명, 부여여중 4명, 부여중 4명을 정해 달마다 10만 원씩 지원해 주었다. 전교조 교사들이 추천한 아이에게는 아무 조건 없이 믿고 주었다. '교사에게 모든 걸 다 맡기고 장학금을 주는 게 바른 길'이라고 한 의사 말이 떠오른다. 그리고 지난해 난 부여정보고로 옮겼는데 그 피부과 의사가 반갑게 전화했다. 우리 정보고 학생 2명에게도 장학금을 주겠다고 해서 마침 부담임으로 만난 상근이를 추천했다.

상근이는 뇌성마비를 앓고 있다. 어눌한 말투며 굼뜬 행동이 금방 눈에 뜨인다. 이런 형편을 담임교사는 둘레 아이들에게 자세하게 말했다. 상근이가 무슨 엉뚱한 말을 하거나 뜬금없이 행동해도 이해해야 한다고, 결코 놀림감이 아니니 잘 챙겨 주라고 했다. 같이 살면서 생각이나 생활의 차이는 있을지언정 사람 차별은 절대 하지 말아야 한다고 했다. 상근이를 세밀하게 배려해 주어야지 스트레스를 받게 하면 갑자기 쓰러지고 스스로 몸을 가누지 못한다고 했다. 머리가 아파 하루 두 번, 날마다 약을 먹는데 하루라도 안 먹으면 금방 힘을 잃고 쓰러져 잔다. 온종일 책상에 엎드려 잘 때가 많다. 둘레 동무들이 여러 생활하는 걸 도와주니 힘을 내어 나날을 버티며 다녔다. 제주도로 수학여행을 갔을 때도, 여름방학 하는 날 부여 만수산 휴양림에 갔을 때도 야영 생활을 잘

했다.

　가정 형편도 아주 어렵다. 심한 지체 장애를 가진 어머니는 목발을 짚고 다닌다. 자녀를 어떻게든 스스로 독립해 살아가도록 하기 위해 부여 시내 길가에서 액세서리 따위를 파는 노점을 열고 장사를 한다. 상근이 반에서 사회 수업을 하는데 창문 쪽에 앉은 상근이가 갑자기 집에 가야겠다고 했다. 어머니가 길에서 장사하는데 지금 비가 오니 길가에 펴 논 물건을 얼른 치워야 한다고 했다. 아까부터 자꾸 창문 쪽을 내다본 게 그래서 그랬구나. 아버지는 환경미화원이다. 담임교사가 두 번이나 가정방문 가서 아버지에게 몇 마디 말을 걸었지만 아무 말도 안 하더란다. 말을 거의 하지 않는다는 거다. 아니, 못 하는 모양이다. 겨우 자기 일만 알고 그걸 해내는 정신 지능만 가진 분이다. 담임교사가 갔어도 알은척도 못 하고 가만히 있으니 상근이에 대해 무슨 말이라도 할 수 있겠는가. 그저 가슴이 턱 막혔다고 했다.

　상근이는 학급 일 중 쓰레기통 비우는 걸 맡았는데 몸이 아파 못 온 날 말고는 자기 일을 끝까지 하고 남에게 미루지 않는다. 기분이 좋거나 힘이 좀 나는 날은 운동장에 나가 공도 찬다. 힘이 많이 드니 조심하라고 하면 알았다고 하고는 이내 공을 쫓아다닌다. 공 한 번 어디 제대로 찰 기회가 있겠나. 그래도 같이 뛰고 싶은 마음에 말려도 자꾸 운동장에 나간다. 나중에 안 일이지만 학교 다닐 때는 여러 사람들과 어울리면서 몸을 지탱하는데 방학 때는 집 안에서 텔레비전이나 보고 누워 있어 그대로 몸이 까라지는가 보다. 영락없이 입원을 한다. 둘레에 사람들이 있어야 기운을 받고 버티는 거다.

　따뜻한 봄날, 영란, 미숙, 상근이를 떠올린다. 희망찬 앞날을 살아갈
아이들이다.

(2005년 3월)

아, 좋은 아침이다

2학년 최인선은 우리 집 옆에 있는 동남아파트에 산다. 일주일에 두 번, 같이 학교에 걸어간다. 아침 공기가 시원해서 좋고, 인선이가 종알거리며 세상 이야기를 술술 풀어 놓는데 들을수록 가슴이 설레어 좋다. 길에서 벌어지는 수업 시간이다. 인선이가 선생이고 난 얌전한 학생이된다. 인선이와 같이 걸어가는 날은 봄볕에 눈 녹듯이 내 마음속에 있는 찌꺼기가 스르르 녹아내린다.

지난해, 백제 다리에서 처음 만났을 때 이런 말을 나누었지.

"너, 맨날 걸어 다니냐?"

"예."

"이렇게 걸어 다니면 뭐가 좋아?"

"시원한 강바람도 쐬고, 걸으면 건강에도 좋고, 또, 강물을 볼 수 있어서 좋고, 뭐, 이것저것 생각할 수 있어 좋아요."

"아, 그래. 나도 그래서 가끔 자전거 타고 다녀."

둘이 서서 강을 내려다본다. 여기 자온대 바위 앞은 물살이 아주 센

곳이다.

"아까 아침에는 저쪽 다리 밑으로 쓰레기 같은 게 떠내려갔어요. 지금은 아주 깨끗하네요. 다 떠내려갔나 봐요."

"응. 나도 봤어. 아마 공주 쪽에서 비가 와서 그런가 봐."

"어느 때는 할아버지나 할머니들하고 얘기하면서 걷기도 해요. 그분들이 옛날 지내던 일도 말해 주고 나에게 도움 되는 말을 많이 해 줘요. 어떤 할아버지는 자전거 뒤에 타고 있는 손자보고 말해요. 이 형 보고 배우라고요."

"아, 그렇구나. 여러 사람들 만나면 많은 얘기 듣겠구나. 그럼, 혼자 갈 때는 무슨 생각을 하니?"

"응, 학교에서 있던 일도 생각하고, 집에 가서 뭘 할까, 그런 생각도 해요. 그리고 이건 사적인 일로 말하기가 좀 그런데……."

"뭔데?"

"우리 어머니가 많이 아프거든요. 척추 수술을 했어요. 지금 집에 누워 있어요. 집에 가면 날마다 몇 시간씩 주물러 드려요. 어떻게 주무르면 시원할까, 그런 거 생각해요."

"아, 너, 참 효자구나."

"지난번 어머니 생신 때 뭐 좀 사 드리려고 돈을 모았는데, 어머니가 뭐, 사지 말고 그거 뒀다가 대학 갈 때 돈 많이 드니 그때 쓰라고 하셔서 돈을 모으고 있어요."

"아, 그럼 너, 지금 차비 아끼느라고 걸어 다니는구나. 하루 얼마 들지?

"표 사면 580원 들고, 그냥 돈 내면 600원 들어요."

"참, 그럼 너네 아버지는 어떤 일을 하시니? 용돈은 얼마나 주시니?"

"몰라요. 제가 어릴 때 어머니와 이혼했거든요."

아이고, 이 녀석, 대단하네. 가슴이 먹먹해졌다. 하루 1200원씩 모으느라 이렇게 걸어 다니는구나. 아이 참, 내가 부끄럽네.

"졸업하고 사회복지사 되고 싶어요. 전 어머니가 바라는 대로 모든 걸다 잘하지만 못하는 게 딱 하나 있어요. 공부는 안돼요. 그래도 요즘 쪼끔 수학을 해요."

"그래, 너 의지가 대단하구나. 사회복지사가 되려면 다른 사람들 손과발이 되어야 하는 거야."

"예. 저도 알아요. 전 이번 방학 때 장애인 시설에 가서 봉사 활동을여러 번 했어요. 공주도 가고 대천도 가고 대전도 갔어요. 제가 가면 장애인 아저씨들이 아주 좋아해요." (2004년 9월)

인선이와 같이 학교 가는 날이다. 영락없이 7시에 우리 집 대문 앞에와서 큰 소리로 날 부른다. 안개가 자욱하게 꼈다. 시원한 공기를 가슴속 깊이 들이마신다. 인선이가 무슨 까만 비닐봉지를 들고 간다.

"그거 뭐니?"

"멸치 찌꺼기인데 이따 개한테 주려고요."

"개가 어디 있는데?"

"저기 집을 돌아 조금 더 가다 보면 길가에 있어요."

인선이는 집에서 먹다 남은 찌꺼기를 꼭 챙겼다가 아침 학교에 오면서 개한테 준다. 조금 가다 보니 누런 개가 묶여 있는데 꼬리를 흔들고 반긴다. 아, 인선이를 이렇게 아침마다 기다리는구나. 저렇게 좋아할까. 개한테 비닐봉지를 획 던진다.

"지가 혼자 잘 풀어서 먹어요."

가끔 쓰다듬어 주면 둘레에 있는 다른 개들이 부럽다고 마구 짖는다고 했다. 동물과도 마음을 나누는 아이다.

내가 걸음이 늦으니 한마디 한다.

"선생님, 저는 이렇게 느린 걸음으로 가면 50분 걸리고 빠른 걸음으로 가면 30분이면 돼요. 지금처럼 가면 50분 걸려요."

"그래? 난 이렇게 걸으면 좋아. 이렇게 걷자."

어떡하나. 황새걸음 따라가다가는 가랭이 찢어진다고 했지.

"어머니 건강은 좀 어떠시니?"

"예, 맨날 아파요. 전에는 왼쪽 가슴 쪽에 통증이 심해 엑스레이를 찍어 봤더니 무슨 혹이 두 개 있데요. 한 6개월 후 다시 찍어서 혹이 커졌으면 수술을 해야 된대요."

갈수록 태산이다. 지금 척추를 다쳐 집에서 일도 못 하고 겨우 화장실에나 다니는데 또 아프다니 어떡하나. 아침에는 자기가 밥을 짓는데 가끔 늦잠 자 어머니가 밥을 해서 그때마다 죄송하다고 했다. 이런 아픔이 언제까지 갈까? 어떻게 해야 벗어나나?

인도로 걸어가는데 가는 곳마다 차 여러 대가 길을 막고 서 있다.

"왜 여기에다 차를 세우는지 모르겠어요. 딴 데 세워야지, 걸어가는 사람들이 아주 불편해요."

한마디마다 어른들 못된 생활이 다 드러난다. 길에는 쓰레기가 나뒹군다.

"길이나 강이나 어디나 다 쓰레기 천지예요. 아무 데나 다 버려요."

찻길에는 아침 출근하는 차들로 법석이다. 씽씽 아무 생각 없이 달릴 때 인선이는 둘레 사람들 사는 꼴을 하나둘 보며 걷는다. 느리게 가는 사람에게는 눈이 있어 보이고, 빨리 달리는 차들은 둘레를 볼 틈이 없다. 별 생각 없이 마구 쓰고 버리기 일쑤다.

백마강 다리에 들어서니 물안개가 피어올라 마구 흩날린다.

"선생님, 저기 다리 난간에 가끔 새들이 앉아 있어요. 살금살금 가까이 가면, 가만히 앉아 있다가 날 보고는 금방 날아가 버려요. 아침에 그런 새 만나면 아주 반가워요. 가까이 가서 자세하게 보고 싶은데요. 가면 꼭 날아가 버려요."

"그래, 사람들이 새들을 보면 귀여워해 주는 것보다는 자꾸 잡기나 하고 그래서 아마 본능으로 사람을 보면 도망가는 거야."

"예. 엊그제는 안개 사이로 새 10마리가 브이 글자 모양으로 천천히 내 앞으로 날아갔어요. 아주 멋있었어요." 하면서 저 다리 밑 웅덩이에 떠 있는 오리를 보라고 한다. 아스라이 안개 사이로 평화로이 떠 있다.

"저런 새들을 보면 마음이 편안해요. 빨리 걸어가다가도 새들이 있으면 천천히 가면서 보다가 또 서서 다 구경하고 가요."

학교 가까이 가니 여학생들이 버스에서 우르르 내린다. 한 아이가 사탕을 물고 가는 걸 보더니 말한다.

"우리 반 여학생들은 살 뺀다고 굶거나 뭐 다른 걸 먹고 그래요. 저처럼 잘 먹고 이렇게 걸으면 살을 뺄 수 있어요. 저도 한 5키로 빠졌어요."

"야, 그게 어디 맘대로 되냐? 여학생들은 걷는 걸 힘들어하잖아. 단번에 확 빼려구 하니 안 걸어."

"예. 쉽게 빼면 또 쉽게 다시 살이 쪄요."

교문에 들어서니 옆에 가던 아이가 그런다.

"아까 버스에서 선생님, 걸어가는 걸 봤어요. 우리도 다음에 걸어오기로 했어요."

조금씩 자전거 바람, 걷기 바람이 분다. 자유로이 내 발로 걸어 다니니 참 좋다. (2005년 4월)

동네 개집에 이르니 인선이가 가방에서 뭘 꺼낸다.

"라면 부스러기예요. 멸치 대가리도 있어요."

라면 봉지를 단단하게 맸다. 가방 안에 넣느라 냄새 날지도 모르기에 그렇게 했단다. 꼬리 흔들며 개가 반긴다. 던져 준 봉지를 덥석 물고 집으로 들어간다. 거길 지나 조금 더 가니 까만 개가 길 한가운데에서 어슬렁거린다.

"저 개는 장수마을 음식점에서 먹이를 주니깐 있는 거예요."

가까이 가서 어르니 다가온다. 까만 게 무섭게 생겨 난 멀찌감치 떨어져 갔다. 인선이는 괜찮다며 가까이 오는 개 머리를 쓰다듬어 준다. 마음 문제구나.

벚꽃이 활짝 피어 있는 길을 걷는데 상쾌하다.

"이런 꽃이 다 일본 것이지요?"

"아냐. 벚나무 종류가 20여 종 되는데 우리나라 것도 있고 일본에서 자라는 것도 있어."

"산에도 산벚나무가 참 많아요. 우리 부여에서도 나무를 잘 가꾸면 좋겠어요. 나무를 베지 말고 잘 키워 그걸 보면서 지내면 마음도 아름다워지잖아요. 그러면 부여를 떠나려는 마음도 없어지고 여기서 살 수 있잖아요."

부여를 아끼고 지키려는 마음이 엿보인다.

가끔 다리를 절뚝이기에 물었다.

"아, 다리에 알이 배었는데 좀 아프네요."

"왜?"

"교실 쓰레기를 분리수거하지 않았다고 환경과 차 선생님한테 기합 받았어요. 여럿이서 어깨 걸고 오리걸음 하는 거예요. 아이들이 나 때문에 고생 많이 했어요. 내가 좀 느리거든요. 몸도 무겁고요. 그러니깐 나하고 같이하는 아이들이 아주 힘들었을 거예요. 내가 반 박자 꼭 느려요. 하여간 우리 반 아이들이 아무 데나 마구 버려요."

말이 술술 나온다.

"재미있는 얘기 하나 해 줄게요. 금요일에 봉사 활동 시간이었는데 화단 가꾸기를 하기로 했거든요. 자기가 할 수 있는 일을 찾아 글로 썼어요. '난 꽃에다가 오줌을 누어서 꽃을 사랑하기로 했다.'라고 어떤 여학생이 써서 얼마나 웃었는지 몰라요. 선생님, 이 말을 우리 반 수업할 때 절대 하지 마세요. 다른 반에서도요. 그 여학생이 알면 난 싸대기 맞아요."

"네가 말했다는 걸 어떻게 알지?"

"선생님하고 같이 걸어 다니는 걸 애들이 다 알아요."

"알았어."

오늘도 강물에 새들이 자유로이 떠 있다. 와, 평화롭다. 오늘은 23마리가 떠 있네요, 한다. 어느 새 몇 마리인가, 벌써 세었네. 물살을 가르고 신 나게 내달린다. 이리저리 강물 위로 그림을 제멋대로 그리고 있다. 살아 꿈틀대는 그림판이다. 그림판 한쪽에 페트병이 여섯 개 떠 있다.

"저거 누가 버렸나?"

"아, 저거 쓰레기가 아니라 그물을 쳐 놓은 거예요. 저기 바위 옆에 늘어져 있는 하얀 줄 보이지요."

가만히 보니 그러네. 페트병이 떠내려가지 않고 제자리에 그대로 서 있네.

"어떤 아저씨가 아침 일찍 그물을 쳐 놓고 저녁때 거둬요."

다리를 건너고 다시 찻길을 건너려는데 차들이 쉴 새 없이 온다. 잠깐

서 있는데, 이렇게 쉴 때는 발목을 풀어 주라며, 빙빙 돌리고 있다. 하여 간 쉬지 않고 꼼지락거린다.

"선생님, 저는 예전에 똥차를 아침에 보기만 하면 꼭 그날 좋지 않은 일이 생겼거든요. 그래서 늘 신경이 쓰였는데 어느 날부터 아냐, 똥차를 보아도 무슨 일이 일어나지 않아, 이렇게 마음을 먹고 지내다 보니 아무 일도 일어나지 않는 거예요. 미신이라는 것도 마음먹기에 달렸나 봐요. 그러니깐 미신도 무슨 힘을 발휘하는 것 같아요. 이제는 똥차를 봐도 아무 생각이 안 나요."

그래, 모든 일이 다 마음먹기에 달렸지.

'바르게 살자'는 글씨가 꽉 박힌 큰 돌이 길가에 서 있다. 그 글씨 밑에 는 진실, 질서, 화합이라고 좀 작게 써 있다. 참 내, 오죽하면 저런 걸 써 놓았을까. 저것도 누군가 이름 내려고 돈 들여 세웠겠지. 그 돌을 보며 우린 씩씩하게 걸었다. 아, 좋은 아침이다.

(2005년 4월)

출석부에 이름만 있는 아이

상규는 정신지체아다. 2004년 3월, 입학은 했지만 지금까지 한 번도 학교에 안 왔다. 어떻게 생겼을까? 혼자 집에서 온종일 무엇 하며 지낼까? 어눌하게 말하고 누구든지 자기 성질에 맞지 않으면 소리 지르며 화내고 대든다는데 어떻게 교육해야 하나? 도교육청 담당자에게 문의해도 시원한 대답을 못 한다. 옆에 있는 규암초등학교 특수교사가 틈틈이 담당 지역에 사는 상규한테 찾아가 지도해야 한다는데 지금 맡은 아이도 많은 터라 엄두를 못 낸다. 그냥 방치다. 해결하려면 특수교사를 더 채용해야 한다며 예산 타령만 늘어놓는다. 정부가 국민의 생명과 재산을 보호하고 교육시킨다며 세금은 꼬박꼬박 거두면서도 정작 이런 아이를 거두어 교육시키진 않고 엉뚱한 데에만 돈을 물 쓰듯 한다.

상규가 어떻게 우리 학교에 들어왔을까? 그건 입학 지원이 미달되지 않게 하려고 원서를 받았고 학급 수를 유지하려고 합격시켰다. 아이 형편을 고려해 대책을 마련하지도 않았고 누구도 책임을 지지 않는다. 중학교까지는 의무교육이라 아이 몸 상태에 따라 학교에 가다 말다 해도 졸업은 할 수 있었는데 고등학교에서는 어찌해야 하나. 곧바로 결석을 많이 했다고 이제 와서 학교에서 쫓아낸다면 말이 되는가. 현재로는 학교에 이름만 남겨 두고 그냥 내버려 두는 게 대책이고 교육이다. 특수교사를 채용할 때까지 기다리라는 말이다.

　오늘, 학교에 오지 않지만 우리 학교 학생이고 출석부에 이름만 있는 아이, 상규를 만나러 갔다. 학교 시험 때마다 상규에게 가서 똑같이 시험을 치르게 하고 답안지를 받아 와야 한다. 수업을 전혀 받지 못했지만 규정상 성적 처리를 위해 억지로 시험을 치르게 한다. 이게 오로지 교사가 할 일이다. 무슨 교육이 이런가? 시험지와 답안지 들고 찾아갔다. 2학년 6반 담임 김 선생과 부담임인 나는 상규 집을 잘 아는 중학교 때 친구 지은이와 같이 집에 갔다. 어찌 된 일인지 학교에서는 상규네 전화번호도 모른다. 지난해 담임했던 교사가 다른 학교로 가니, 그만 아이 연락할 곳도 모르게 됐다. 딱한 노릇이다. 집 가까이 가서 상규가 좋아한다는 환타 음료수와 과자 몇 봉지를 샀다. 환타 아니면 안 먹는다고 들었기에 그걸 샀다. 우릴 어떤 모습으로 대할까? 말도 안 하고 거부하면 어쩌나. 시험만 없다면 아마 한 번도 만나러 가지 않았을 거다. 스무 해 넘게 교사 노릇을 했으면서도 이런 경우는 처음 겪는다.

　대문이 꽉 잠겨 있다. 문을 두드리며 상규를 불렀다. 아무 대답이 없다. 집 안에 있을 텐데 어떻게 나오라고 하지? 문틈으로 보니 개 7마리가 우릴 보고 마구 짖는다. 대문을 다시 크게 두드리니 그제야 상규가 뒤뚱거리며 나온다. 대문을 빼꼼 열고 우릴 쳐다보는 눈빛이 아주 맑다. 낯선 우리들을 보고 놀라는 눈치다. 학교에서 왔다고 하고 잠깐 집에 들어가 얘기해도 좋으냐고 하니 잠깐만요, 하면서 먼저 들어가 뭐 좀 치우는 것 같다. 마루에 앉았다. 우리가 온 이유를 말하니 이런 걸 지난해 해봐서 안다고 했다. 우릴 보고 뭐라뭐라 말을 하는데 처음에는 도무지 알아들을 수 없었다. 이건 무슨 짐승 울음소리 같다. 이내 엎드려 답안지에 일러 주는 대로 이름만 쓴다. 또박또박 이름 석 자를 잘 쓴다. 시험지는 봐도 모르니 아예 보라고 하지도 않는다. 한 자 쓰고 날 보고 한 자 쓰고 김 선생 보고 그러면서 몇 장을 내리 쓴다. 내가 중간중간 궁금한 걸 여러 번 물었다. 내가 묻는 걸 다 알아듣고 대답을 하는데 겨우 반 정도 알아듣겠다. 그래도 이 만큼이나마 말을 서로 할 수 있는 게 다행이다.

같이 간 지은이가 아까 그랬다. 중학교 때도 "집에서 어떻게 지내니?" 하고 전화하면 오직 한마디만 했단다. "상규, 오늘 공부했어요."라고. 이런 아이와 무슨 말을 어떻게 할 수 있을까? 싶었다. "중학교 졸업하고 많이 컸으니 학교에 나올래?" 하니 한마디로 싫단다. 중학교에서는 아이들이 자꾸 놀려 기분이 나빠 학교에 안 갔다고 했다. 배가 많이 나왔다고 놀려서 화났고, 친구들이 자기하고 잘 놀아 주지 않기도 하고 늘 머리가 아팠다고 했다. 그때 당했던 상처가 아직도 그대로 남아 있다.

"오늘 뭐 하며 지냈어?"

"엄마, 아버지 말 잘 듣고 신경질 나도 소리 안 질러요. 화를 안 내요.

141

만화책을 봐요. 글씨 읽어요. 누나가 가르쳐 주어 고마워요."

이미 자기 생활에 대해 잘 알고 있다. 돌발적인 성격 때문에 둘레 사람들이 자기에게 뭐라 나무라는 것도 잘 알고 있다. 그래서 지금은 그렇게 화 안 내고 누나와 글자 배우며 잘 지낸다고 했다. 누나를 통해 세상을 조금씩 알아 가고 누나가 일러 주는 대로 절대 믿고 따르는 것 같았다.

한참 또 말 안 하고 이름을 다섯 장쯤 쓰다가 뜬금없이 날 보고 그런다.

"선생님, 밥은 먹었나요?"

"응, 그런데 왜? 안 먹었으면 네가 밥 줄래?"

쑥쓰러운 표정으로 빙그레 웃는다. 여기 오기 전 말 들은 거와는 달리 이런 예의까지 차리는 아이라면 과연 뭐가 문제인가? 갑자기 이 말 저 말 하고 알아들을 수 없게 웅얼거리고 괴성을 지르지만 그런대로 말은 통한다. 이 정도라면 학교에서 아이들과 어울려 잘 지낼 수 있겠다. 충분하다. 아이들이나 교사들이 참고 기다려 주면 문제없겠다.

"너, 밥 제때 잘 먹어라. 그리고 심심하면 학교에 좀 와. 혼자 하루 종일 집에 있으면 뭐 하냐? 학교 와서 컴퓨터도 하고 아이들과 놀면 좋지."

"싫어요. 여기 옆 은산초등학교에서 합기도 운동해요. 그런데 사부님이 운동하지 말고 공부하라고 했어요. 줄넘기도 하고 왔다갔다 달리기도 해요. 오늘 거실을 내가 쓸고 닦았어요. 우리 엄마 일해서 몸이 아파요. 내가 많이 도와줬어요."

"너, 참, 우리 학교 이름 아니?"

"몰라요. 누나가 안 알려 주었어요."

뭐든지 누나가 알려 주지 않으면 제대로 알 수가 없다. 자기 스스로 새로운 걸 알 턱이 없다.

"테레비는 뭘 보니?"

"코메디 보고 중국 무술 영화는 안 봐요. 꿈에 나오면 무서워요. 한국 영화만 봐요. 만화책도 봐요. 누나가 글씨 알려 주어서 만화 봐요. 페터 맨 보는데 글씨 나오는 거 봐요."

이런 말 하다가 이름 한 자를 틀리게 썼다. 틀리니깐 "아, 틀렸다." 하고 금방 다시 쓴다. 내가 말을 자꾸 거니 대답하다가 그만 잘못 쓴 거다. 제대로 쓴 것과 잘못 쓴 것을 금방 아는 걸 보니 같이 공부할 수도 있겠다. 몸무게는 한 70~80키로 나가는 것 같고 키도 170센티는 되어 보인다. 당당한 몸집이다. 얼굴도 통통하고 번듯하다. 엎드려 있는데 바지 속 팬티가 쭉 삐져나와 있다. 그게 무슨 상관이랴. 지금 자기 힘으로 이름을 쓰고, 또 여러 사람들이 둘레에서 잘 쓴다고 하니 얼마나 신 나겠는가.

"요즘 약을 먹고 있나?"

"약 안 먹어요. 감기 안 걸려서 안 먹어요. 옛날에는 머리 아파서 배 아파서 약을 먹었는데 지금 안 먹어요. 아플 때 우리 엄마가 배를 쓸어 주는데 그때 안 아파요. 우리 엄마 좋아요. 고마워요."

상규 말을 들으니 엄마 사랑으로 이나마 큰 걸 알겠다. 어머니는 언제 한번이라도 마음 편히 놓을 때가 있었겠나. 그걸 너 스스로 잘 알고 있구나.

한창 이런 말을 하고 있는데 바깥마당이 시끄럽다. 아까 우리가 들어오다가 깜빡 대문을 잠그지 않고 밀어 놓았는데 그 문 사이로 개들이 우르르 밖으로 나갔다. 개 소리를 듣더니 벌떡 일어나 나간다. "이거 큰일났다. 엄마한테 혼나겠다."면서 몽둥이를 하나 들고 막 대문 밖으로 나가 소리를 벅벅 질러 댄다. 한참 이리저리 뛰며 실랑이를 하니, 개들이 하나둘 집 안으로 들어온다. 상규 말을 다 알아듣는 것 같다. 어찌 그리도 순순히 잘 따를까. 대문을 능숙하게 걸어 잠근다. 아까 몽둥이를 들고 밖에 나갔다 왔기에, 상규는 손이 더러워졌다며 화장실에 들어가 씻고 나온다. 일머리를 알고 쓱쓱 해결하는 걸 보니 참 놀랍다. 아까 처음 불안했던 마음이 싹 가셨다.

"선생님이 과자 사 와서 고마워요. 미안해요."

이러면서 부엌으로 들어간다. 얘가 뭐 하려고 저러지? 냉장고에서 날계란 5개를 꺼내 온다. 먹으란다. 이름 쓰다가 갑자기 우리에게 뭔가 대접하고 싶었나 보다. 세상에, 이런 고운 마음도 가지고 있네.

"개밥도 네가 주니?"

"아녜요. 그건 엄마가 줘요. 엄마 힘들 때는 내가 도와줘요. 난 혼자 거실을 쓸고 닦았어요. 우리 아빠는 망치로 나무를 잘 박아요. 저기 밖에 있는 개집을 혼자 다 만들었어요."

밖에서 대문 소리가 나니 대뜸 "우리 아빠예요." 한다. 소리만 들어도 누군지 금방 안다. 일 나갔던 아버지가 들어왔다. 덥수룩한 수염에다가 덩치가 큰 장수 같다. 상규가 거짓을 모르고 언제나 콩을 보면 콩, 팥을 보면 팥이라고만 한다며 어릴 때 겪은 일을 말한다.

마당에서 불을 지펴 밥을 할 때였다. 상규가 불쏘시개 막대기를 처마에 길게 걸어 두었던 마늘 접에다 댔다. 불이 붙었다. 그걸 보고 집 안으로 들어와 마구 소리를 질렀다. 사탕을 빨리 사 달라는 것으로 알고 이따 사 준다고 대답했는데도 계속 소리를 질러 나가 보니 불이 난 거였다. 창고 한쪽에 있던 라카 통 여러 개에 불이 붙어 연달아 펑펑 터졌다. 어찌나 소리가 컸던지 아마 그때 상규가 아주 크게 놀랐다. 그날 이후 뭔가 행동이 굼뜨고 머리가 이상해졌다. 똘똘하던 애가 충격을 받아 집 안에만 있게 되었으니 얼마나 안타깝고 애간장이 탔겠는가.

중학교 때는 친구들이 자꾸 이러구러 놀리니깐 자기 성질을 못 이겨 손으로 유리창을 깨고 교무실로 달려가 선생님들이 말리든 말든 괴성을 지르고 혼자 화풀이를 했다. 그때 자기가 아이들을 때리면 죽을 것 같았다고 말했다.

옆에 와 앉아 있는 누나를 보더니 또 한마디 한다.

"우리 누나는 남자 친구가 없어요. 사실이에요."

그러면서 같이 간 지은이를 바라본다.

"너, 중학교 때 같이 다닌 이 친구를 아니?"

내 말을 듣고는 이내 얼굴이 환해지면서 말한다.

"알아요. 이름은 몰라요. 옛날 학교 때 우리 선생님이 아이들 이름을 하나하나 다 불렀어요. 그때 이 아이를 좋아했어요. 사실이에요. 여자아이들이 강당에 모여 있을 때 내가 들어가는데 얘가 날보고 야, 이렇게 말했어요."

이 말을 듣고 지은이 얼굴이 빨개진다.

"너, 그때, 나 어떻게 봤어? 나, 여자 한 명 생각했는데 그게 너야. 넌 좀 달랐어. 선생님 말 잘 듣고 머릿속에 생각이 나. 나, 얘 좋아하는 거 말 안 했어요. 애들이 나, 싫어하는 것 같았어요. 공부 못하고 소리 지르고 신경질 내서 그래요. 너, 나 어땠어?"

자꾸 묻는다. 지은이가 겨우 작은 목소리로 빙긋 웃으며 "착했어." 그랬다. 그 말을 듣더니 아주 좋아서 어쩔 줄을 몰라 한다. 그러면서 나보고는 지금 한 말을 다른 아이들에게 절대 말하지 말라고 당부한다. 부끄러운가 보다.

상규 아버지가 지은이가 무릎 꿇고 있는 걸 보고 편히 앉으라고 하니, 바로 그때 상규가 방으로 급히 들어간다. 쟤가 왜 저러지? 납작한 베개 하나를 들고 나오더니 지은이 무릎 앞에 놓는다. 깔고 앉으란다. 솔직하게 마음을 드러낸다. 참 아름다운 모습이다. 이런 행동을 하는 상규가 조금 전하고는 아주 다르게 보인다.

상규를 학교에 보내라는 내 말에 아버지는 뭔가 걱정되는 게 있는가, 얼른 대답을 안 한다. 천천히 더 생각하시고 언제라도 상규를 학교에 보내고 싶으시면 의논하라고 했다. 또래 아이들과 같이 지내는 게 힘들어도 어차피 평생 어울려 지내야 하니 빨리 결단하는 게 좋다고 말했다. 집을 나서면서 자꾸 떠오르는 건 상규를 집에서 얼른 벗어나게 하고 싶다. 그래야 온전한 생명으로 살아갈 수 있다. 앞이 안 보이면 손잡아 눈이 되어 주고 귀가 들리지 않으면 대신 들어 주고 알려 주면 된다. 말벗이 곁에 있으면 다 살아가게 되어 있다.

집 떠나는 우리를 보고 아쉬워하는 상규 손을 잡으니 아주 따뜻하다. 놓을 줄을 모르고 한참 잡고 있다. 이대로 같이 지내고 싶다는 뜻이겠지. 그래, 조금만 기다려라. 너 같은 아이 7명을 위해 내년에 특수 학급을 만든다고 하니 그때 만나자.

(2005년 5월)

말은 적지만 생각이 깊은 순이

점심시간마다 도서실 한켠 구석에서 책을 읽는 순이는 친구도 별로 없는가 보다. 2년 동안 맘에 맞는 아이가 없나, 혼자 있을 때가 많다. 수업 시간에 맨 앞에 앉아 가만히 얘기만 듣는데 뭘 물어보아도 빙긋이 웃기만 한다. 알아도 수줍어 대답을 안 하는 줄 알고 틀려도 괜찮으니 말하라고 하면 마지못해 겨우 한마디 하는 게 "잘 몰라요" 한다.

그러던 순이가 어느 날, 수업을 조금 일찍 끝내고 쉬라고 하니 손바닥만 한 수첩을 꺼내 뭔가를 끄적인다. 쟤가 뭘 쓰고 있을까? 궁금했다. 보여 달라면 안 보여줄 텐데 그래도 한번 말해 볼까?

"뭘 쓰니? 그거 한번 보여 줄래?"

예상과 달리 쑥스러워하면서 쑥 내민다. 수첩 속에는 깨알 같은 글씨가 빽빽하게 가득 차 있다. 어, 얘 좀 봐?

"언제부터 이거 썼어? 너, 글, 참 잘 쓰는구나."

내 말에 어쩔 줄 몰라 한다. 정말 선생에게 언제 칭찬 한번 제대로 받은 적이 있었나. 평소 말수도 적고 열심히 공부하는 아이도 아니니 시험

성적은 바닥이고 눈에 그리 뜨이지 않았다. 그렇다고 성격이 활달한가, 그것도 아니니 학교생활은 별 재미가 없을 테고 그럭저럭 다니는 아이였다. 그런데 잠깐 순이가 쓴 글을 읽어 보니 자기만의 세계가 있고 생각이 뚜렷했다. 나름대로 세상을 이해하며 힘겹게 살아가고 있었다. 지금까지 알았던 순이와는 전혀 다른 사람, 순이를 만났다.

"왠지 모르게 강한 틀에 박혀 있는 듯한 느낌이 든다. 그 틀에서 나와 공터에 서서 하늘을 바라보면 꽉 막혀 있던 것이 뚫린 기분이다. 어른들은 이건 하면 안 된다, 저것도 하면 안 된다고 한다. 완전히 틀에 박혀서 저절로 어른들이 말하는 걸 따르게 된다. 요즘 그 틀에서 나오고 싶다. 답답하고 꽉 막힌 듯한 기분에서 나와 보고 싶다. 나와서 아무 곳으로 나가보고, 소리를 맘껏 질러 보고 물건들을 뒤집어엎어 버리고, 망가뜨리고 던지고 모든 걸 다 하고 싶어진다. 틀 하면 감옥을 생각한다. 모든 게 막혀 있고 그 안에서만 살아야 하는 게 답답하고 지루하다. 딱딱하고 따분한 이곳에서 밖으로 나가고 싶다. 감옥 같은 생활에서."

심한 몸살을 앓고 있다. 견디기 힘들 정도로 학교나 집이라는 틀을 버거워하고 벗어나고 싶어 했다. 누구도 순이 말을 들으려 하지 않으니 속만 탔다. 조금씩 글 쓰며 풀어내고 있었다. 순이 학급을 생각하니 짐작이 된다. 수업 시간에 도대체 무슨 말을 해도 둘레 아이들이 떠드는 걸 진정시키기가 힘들다. 윽박지르다가 설득하기도 하고 그러다가 안 되면 사정도 한다. 이런 분위기에서 별 말을 안 하고 가만히 앉아 있는 순이는 얼마나 힘들었을까. 어떻게 견디냐고 물으니, 그냥 귀를 막고 안 듣는다고 했다. 조용히 말해서 들을 아이들이 아니라며 그냥 너와 나, 자기식으로 살아야지 별 수 없다고 했다. 그래서 그렇게 말없이 입 다물고 사는구나. 학교가 온갖 규제, 잔소리로 가득 차고, 저마다들 생각대로 사니 별 재미가 없다고 했다.

지난 10월 초 가을 체육대회에서 마라톤을 했는데 의외로 순이가 뛰었다. 5.8키로인데 힘들어 죽을 뻔했다고 한다. 뛰다 걷다 하면서 그저 아무 생각 없이 벼들이 출렁이는 황금벌판 사이를 달렸다. 힘들었지만 끝까지 포기하지 않은 게 가장 기뻤다고 한다. 그나마 숨통이 트였나 보다.

재미없는 학교지만 거기서 만나는 선생님에 대한 생각은 참 각별하다. 순이가 좋아하고 만나고 싶은 선생님은 어떤 분일까. 단 한 분만 있어도 그분을 떠올리며 가슴에 품고 살아갈 것이다. 그런 건 교사 처지에서도 마찬가지다. 많은 아이들 중 유독 눈이 부시게 빛나는 아이가 있다. 그런 아이들을 보면 가슴이 꽉 차고 때로는 교사로서 늘어지지 않고 긴장하며 살아가게 한다. 실업고 다니면서 뭔가 보고 느낀 게 많아 이렇게 썼는지도 모르겠다.

"난 개인적으로 학생들을 포기하지 않는 선생님을 더 좋아한다. 선생님들이 포기한 학생들은 다시는 세상의 빛을 못 보게 될지도 모른다. 하지만 포기하지 않은 학생은 본인이 마음만 먹으면 다시 빛을 볼 수 있다. 선생님과 학생 사이는 부모와 자식 사이하고 같다. 선생님은 학생을 잘 파악하시고 그 학생에 맞게 지도를 해 주신다. 학생은 그런 선생님을 따라 노력하면 자신의 길을 찾을 수 있다. 그 길을 못 찾아도 선생님이 지도해 주신 걸 발판 삼아 다시 도전하면 본인의 길을 얼마든지 찾을 수 있다고 본다."

그럼, 집에서는 어떤가. 11살 때 부모님이 서로 싸우는 바람에 친할머니네로 왔다. 돈 때문에 싸우고 갈라서고 그 틈에서 순이는 상처가 컸다. 어렸을 때 생각하면 떠오르는 게 있다. 할머니는 부모가 서로 싸울 때 자기들을 버리고 떠난 아버지 편만 들고 엄마에게 욕만 퍼부었다. 그것 때문에 엄마가 더 힘들어했던 걸 안다. 그런데다가 할머니네 와서는 할머니가 늘 남동생을 편애하고 순이를 따돌리는 말을 하고 대해서 또 한 번 깊은 상처를 입었다. 할머니가 자기중심으로 생각하고 행동하는 게 정말 싫었다. 손녀라는 죄로 하는 일마다 온갖 욕을 듣고, 또 빚 때문에 어른들이 듣기 싫은 소리 질러 가며 싸우는 걸 보며 나날을 살았다.

"난 그런 집에서 빨리 나오고 싶다. 정말이지 이제 더 이상은 싫다. 이런 생각을 해서는 안 되지만 할머니, 할아버지가 없어졌으면 하는 생각을 한다. 그러면 엄마가 눈물을 흘리는 일은 없을 테고 더 이상 싸우는 일은 없을 테니깐. 더 이상 싸우는 소리를 듣기 싫다. 우리 엄마 눈에서 눈물이 흐르는 것을 보는 것도 싫다. 더 이상 싸우는 소리에 나 혼자 방 안에서 그 소리를 들으면서 울기도 싫다."

점심밥 먹고 등나무 아래에 앉아 순이한테서 어릴 때 이야기를 들었다. 중학교 다닐 때는 혼자 집까지 2시간 반쯤 걸어 다녔단다. 아픔을 이겨 내기 위해 걸었으리라. 부여 옥산 저수지 가장자리 길 따라 걸으면서 너른 저수지 보며 아픈 마음을 녹였으리라. 온갖 꽃들의 향기를 맡으며 걸었다. 속상한 게 있으면 하고 싶은 말을 혼자 중얼거리며 그렇게 풀어 냈다고 한다. 그래도 순이에게는 엄마가 있어 그 힘으로 살아갔다. 집 근처에 있는 철공소에 아침 7시에 가서 저녁 6시까지 일하고 오신다고 했다. 학교 마치고 일찍 집에 가면 자기가 밥도 짓고 빨래도 하고 집 안도 치운다고 했다.

"내가 세상에서 가장 좋아하는 사람은 우리 엄마다. 내가 가장 세상에서 싫어하는 사람은 엄마를 힘들게 하는 사람이다. 엄마는 항상 자식들에게 미안해하신다. 난 그런 엄마의 모습이 싫다. 우리가 힘든 건 엄마의 잘못이 아닌데. 우리가 힘이 드는 건 우리 자신들 때문이다. 아침에 일어나 밥하고 우리들한테 먹이고 우리가 학교에 가면 밥을 드시고 일하러 나가신다. 우리들 뒤치다꺼리를 하시면서 힘드시다는 말 한마디 하시지 않는다. 그래서 난 더 죄송스럽다. 난 세상에서 우리 엄마가 제일 좋다. 그 다음으로 좋아하는 사람은 가족(아빠는 빼고), 친구…… 그 뒤로는 없다."

나한테 제일 중요한 우선순위는 우리 엄마다."

순이는 얼른 학교를 마치고 취업 나가고 싶단다. 빨리 여기 집을 떠나고 싶고 어서 돈 벌어 엄마를 도와 드리고 싶다. 세상에 믿을 수 있는 사람이 별로 없다고 생각한다. 믿는다는 건 아무런 의심을 하지 않는 거라 했다. 그러면서도 자기는 모든 걸 의심하지 않지만 누구도 믿지 않는다고 했다. 의심하게 되면 모든 게 거짓처럼 되기 때문이고, 거짓이 아닌 것도 거짓이 되기에 의심하지 않는다고 했다. 누구도 믿지 않는 것을 믿었다가 그것이 거짓이란 걸 알게 되면 상처받기 때문이란다. 그게 싫어서 도망치는 것일 수도 있다고 했다. 이렇게 생각하기까지에는 얼마나 많은 눈물을 흘리고 가슴을 치고 고통스러웠겠나. 겉으로 드러나는 상처보다 마음속에 생긴 상처는 죽을 때까지 남는다며 어떤 걸로도 아물게 하지 못한다고 말했다. 평생 상처 때문에 고통스럽게 살게 되는데 그걸 가볍게 생각하는 사람은 그렇게 상처를 주고도 아무렇지도 않게 금방 "미안해." 하는 말로 대신하려고 한다. 영원히 아물지 않는 상처인데도 말이다. 그런 말을 하면서 이어 자기도 다른 사람들에게 이미 큰 상처를 주었을지도 모른다는 순이는 이미 세상 이치를 어느 정도 아는 예비 어른이었다.

온갖 어려운 환경에서 지내는 순이는 행복을 어찌 생각할까? 지금 겪는 고통을 어찌 이해하고 받아들이며 살까? 순이가 행복과 불행에 대한 생각을 글로 썼는데 그걸 보니 정말 대단한 힘을 가진 아이다. 이러

니 지금까지 버텨 왔고 앞으로도 너끈히 세상에 맞서 잘 살겠다. 순이가
선생인 나보다 훨씬 강하다. 낫다.

"과연 사람은 죽을 때까지 행복할 수 있을까? 사람들은 행복과 기쁨을
모른 채 살아가기도 한다. 어른들은 바쁜 일상에 쫓겨 기쁨을 모른 채 살
아간다고 하는데 그 말은 틀린 말이라고 생각한다. 행복과 기쁨을 느끼
려고 하면 얼마든지 느낄 수 있다. 행복은 누군가가 준다고 해서 생겨나
는 게 아니고 기쁨도 자기 자신이 찾아야 한다. 기쁨과 행복은 슬픔과 불
행을 이겨 낸 사람만이 느낄 수 있다지만 기쁨과 행복은 꼭 슬픔과 불행
이 있어야 느낄 수 있는 것만은 아니라고 생각한다. 불행과 행복은 서로
공존하고 있다. 그래서 언제나 느낄 수 있는 것이다. 행복이라고 생각하면
행복이고 불행이라고 생각하면 불행이 되어 버리니깐 생각하는 사람에
따라 달라진다. 아무리 불행한 일이라도 그 자체가 전부가 불행은 아니라
고 본다. 불행에는 감추어진 행복이 있다. 하지만 사람들은 그 행복을 보
지 못하고 자신은 불행하다고 한다. 그런 사람은 행복을 느낄 수 없는 사
람이라서 영원히 불행 속에서 살게 되지 않을까 한다."

(2005년 10월)

155

마술을 하는 오근이

길고 부스스한 머리에 날카로운 눈빛, 얼굴은 거무죽죽하고 쌍꺼풀인 눈이 돋보인다. 교실 구석에 앉아 있어도 금방 눈에 들어오는 촌놈이다. 새 학기 들어 일주일에 세 번, 사회 시간에 만난다. 어떤 아이일까? 지난해 가을, 학교 보컬팀이 강당 무대에서 연습하는데 멀찌감치 혼자 서서 바라보고 있었다.

"왜? 너도 하고 싶니?"

"드럼 치고 싶은데 얼마나 잘 쳐야 들어갈 수 있어요?"

축제 준비로 연습하는 보컬팀을 날마다 와서 보았던 거다. 같이하고 싶지만 1학년으로 선뜻 물어보지도 못하고 끙끙대며 구경만 한 거다. 지금 당장 드럼을 잘 치지는 못하지만 관심 있는 아이라면 연습하기에 따라 얼마든지 칠 수 있겠지. 조금이라도 드럼을 칠 줄 아느냐고 하니, 동네 교회에서 드럼을 조금 배웠다고 했다. 오근이는 초등학교 3학년 때부터 조금씩 형들이 치는 걸 보고 따라 배웠고, 지금은 예배 때 드럼을 잡는다. 드럼 선생님에게 정식으로 배운 게 아니고 교회 형이 치면 그걸 들고 외워서 대충 따라 쳤다. 태어날 때부터 끼가 이미 있었나. 어린 나이에도 알려 준 그대로 따라 치지 않고 자기 나름대로 조금씩 다르게 쳤다. 자기만의 색깔로 쳤다니 조금 놀라웠다. 언제 네가 연주하는 걸 듣고 싶다고 하니 쑥스러워했다. 얼굴 표정이나 말은 자신 없어 했지만 실제 뭔가 판을 벌일 만한 아이일지 모른다는 생각이 들었다. 오히려 이렇게 배운 아이들이 토종으로 더 신명 나게 두드리는 걸 보았기 때문이다. 학원에서 정석을 배운 아이들 가락은 아주 밋밋하다. 말 그대로 기계에서 녹음되어 나오는 소리 같다. 마음 흐르는 대로 제멋에 겨워 두드리는 게 더 사람 마음을 흔들어 놓는다.

이런 오근이가 또 새 사람으로 내 앞에 나타났다. 마술을 할 줄 안다며, 내 앞에서 몇 가지 보여 주는데 숙달된 손놀림이 아주 놀랍다. 고무줄을 가지고 손가락 사이를 마음대로 오가게 한다든지, 카드를 가지고 자유자재로 뒤섞고는 내가 뽑은 걸 귀신같이 다 가려낸다. 종이에다가 구멍을 내고는 이내 꼬깃꼬깃 접어 콧바람을 쏘이고 다시 펴 보이는데 감쪽같이 구멍이 없어져 버렸다. 내가 우둔해서 모르는가, 오근이가 놀라운 기술을 가졌는가. 어떻게든 어찌 돌아가는가를 알아내려고 정신을 집중했는데 아무것도 모르겠고 그저 머리만 띵했다. 그동안 여러 대회에 나가 상을 탔다고 한다. 아, 그래서 네 눈빛이 예사롭지 않았구나. 초등학교 3학년 때 텔레비전에서 어느 간단한 마술을 보고 그대로 따라 여러 번 연습했더니 그게 되더란다. 신기해서 자꾸 연습을 했고, 어느 단계가 되니 텔레비전에서 하는 웬만한 마술이 눈에 들어오더란다.

텔레비전에서만 마술을 보다가 직접 눈앞에서 벌어지는 걸 보니 참 대단했다. 마술에 대한 책이나 텔레비전 프로를 보며 꾸준하게 연습을 했고, 자기가 새로운 걸 만들기까지 했다. 중학생이 되어서는 한 86개 마술을 할 수 있게 되었고 자기가 직접 개발한 것도 몇 개 있다니 놀라웠다. 거짓말 같기도 했지만 그걸 어찌 검증할 수도 없고 믿어야지, 어떡하나. 이렇게 날이면 날마다 익혔고 어느 정도 수준에 올랐다. 마침내 1년에 네 번, 싸이월드에서 만난 자기 또래 아이들 다섯 명하고 방학 때마다 전국 해수욕장이나 놀이터로 가서 공연을 했다. 누가 불러서 간 게 아니라 사람이 모이는 곳이라면 으레 달려가서 무대에 올라갔다. 다섯 명이 하는 마술이 저마다 다 달랐다. 각자 연구한 걸 연습해서 보이는데 5시간 동안 돌아가며 자기 마술을 뽐냈다. 좋아서 하는 일이니 얼마나 신 났겠는가. 둘레에 앉은 사람들이 자기 마술이 끝났을 때 다 일어나 손뼉 치며 환호해 줄 때가 가장 좋았다고 했다. 말로 다 표현할 수 없을 만큼 기뻤다고 했다. 마술을 하다가 반응이 좋을 때는 갑자기 또 떠오르는 대로 조금씩 바꾸기도 했다. 이럴 때 관객을 더 자기 품으로 끌어들일 수 있어 기분이 좋다고 했다. 공연하다가 자기 능력이 부족해 실수할 때는 가장 슬프다고 했다. 자기가 가장 잘 아는 분야에 대해 술술 말하고 선생인 내가 잘 들어 주니 신 나는 모양이다. 눈이 반짝인다. 여기까지 오는 데 얼마나 오랜 시간을 연습했을까. 또 앞으로 어떤 경지까지 다다를까.

"부모님이 마술하는 널 보고 뭐라 안 하셔?"

"넌 맨날 왜 그렇게 사기 치고 눈 속이는 것만 배우고 싸돌아다니냐?"
고 꾸중하셨단다. 그래도 이제는 어디 가서 상도 타 오고 그걸 본 사람
들마다 오근이가 아주 재주꾼이라고 칭찬해서 그런지 조금 이해해 주
신다고 했다. 하고 싶은 걸 배우고 익혀 그걸 평생 일이라 여기고 지낸다
면 얼마나 행복할까? 초등학교 5학년 때 교실에서 처음 마술을 보였다.
그걸 본 아이들 반응은 대단했다. 그런 아이들을 보는 게 재미있었다.
마술하는 법을 알려 달라는 아이들이 많았지만 끝까지 알려 주지 않았
다. 그건 마술의 기본 원칙이라고 했다. 알려 주면 그만큼 마술의 신비
가 빛을 잃을 것이라고 했다. 의젓한 말이고 맞는 말이다. 오근이는 이렇
게 꿈을 키워 나갔고 앞으로도 절대 포기하지 않고 더 공부해서 위문
활동이나 봉사 활동을 하고 싶다고 했다. 어린아이들 앞에서 하는 마술
이 가장 반응이 좋아서 앞으로도 어린이들에게 꿈을 키워 주고 싶고 즐
겁게 해 주고 싶단다. 또 사람들이 재미있게 살아가는 걸 보여 주고 싶단
다. 꿈도 참 야무지네. 돈이 되고 안 되고를 떠나 이렇게 어린이들과 만
나면서 즐겁게 지내고 싶다 하니 아주 대견스러웠다.

학교 다니면서 바라는 게 뭐냐고 물으니 마술 동아리를 만들고 싶고
아이들이 학교를 편안한 마음으로 다닐 수 있었으면 좋겠다고 했다. 우
리 교사들의 눈에 보이지 않는 학교 폭력 분위기를 좀 알겠다. 그게 여
전히 아이들 마음을 불편하게 하고 분위기가 험악하고 심각한 것을 알
수 있었다. 교사인 내가 참 부끄러웠다. 사실 어려운 학교 형편을 알고도
이러저러지도 못한다. 동아리를 새로 만들려 해도 학교에서는 예산 타

령이나 하고, 아이들과 함께 발로 뛰는 동아리를 선뜻 맡을 지도교사도
드물다. 딱딱하게 굳어 있는 교사들 정서가 이런 발랄한 아이들 생각을
따라가지 못할 때가 많다. 아이들이 날개를 펴고 힘쓰려 할 때 그저 입
시 공부나 하고 자격증 따는 공부나 하라고 하면 무슨 재미가 있고 학
교에 가고 싶겠는가. 더 높이 더 멀리 꿈을 펼칠 수 있도록 도와야 한다.

오근이는 아침 6시쯤 일어나면 먼저 손에 닿는 대로 여러 분야의 책
을 읽고 새로 개발한 마술을 연습한다. 아침에는 정신을 잘 집중할 수
있어 좋다. 하면 할수록 신기하고 재미있고 기분이 좋다. 생각처럼 안 되
는 것도 자꾸 연습하면 된다. 이 맛에 마술을 한다. 할아버지, 할머니와
같이 살고 있는데 농사일은 할 줄 몰라 못 도와 드리고 주로 집 안 청소
나 밥 짓기, 설거지, 빨래를 한다. 자기하고 함께 마술하는 팀이 여러 상
을 탔다고 자랑한다. 2002년 국제매직페스티벌 공로상, 2004년 매니 플
레이션 부문 1위, 2005년 국제매직연맹 대회 종합 1위를 했단다. 정말?
믿어도 되나?

학교 공부에서도 좋아하는 과목, 싫어하는 과목이 따로 없단다. 늘 새
로운 걸 알고 배우는 시간이 좋다고 한다. 뭐든지 두려워하지 않고 배우
려하는 마음은 흔치 않다. 모르는 것에 대해 두려운 마음이 없으니 뭐
든지 배우며 할 수 있다는 자신감과 용기가 넘친다. 주저함 없이 도전하
고 적극 나서는 모습은 오근이의 장점이다. 공부하는 것도 살아가는 것
도 요행을 바라는 로또식이 아니다. 공들여 탑을 쌓는다고나 할까.

마음속에서 부글부글 끓어오르는 마술 열정을 어디 가서 언제나 맘

껏 펴 나갈 수 있을까. 똘망똘망한 눈매가 참 착해 보인다. 둘레 동무들
에게 웃음을 전해 주는 오근이 마음이 바로 맑은 하늘마음 같다.

(2006년 3월)

나하고 노는 아이들

1.

이 세상에는 입말과 글말이 있듯이 손말(수화)도 있다. 소리 없는 세상에서 살아가는 장애인들은 손짓으로 말을 한다. 어찌 저리도 진지하고 간절하게 생각을 드러낼 수 있을까? 그분들의 세계는 깊은 침묵뿐이다. 귀가 있어도 들을 수 없고 입이 있어도 할 말을 못 하는 사람들을 부끄럽게 한다.

올해 난 수화 동아리 '나눔손' 지도교사를 맡았다. 손말에 대해 전혀 아는 것도 없는데, 대표 학생이 와서 마음만이라도 함께해 주면 된다고 해서 맡았다. 일주일에 한 번, 특별활동 시간에 교실 뒤에 앉아 아이들이 손말 익히는 걸 지켜보았다. 선배들이 새로 들어온 1학년 아이들을 앞에 앉히고 아주 천천히, 작은 동작 하나를 자세하게 알려 주는데 그 모습은 참 따뜻했고 아름다웠다. 손말을 통해 장애의 아픔을 알고 사랑을 배우는 자리였다. 남의 아픔을 과연 함께 나눌 수 있을까? 말하지도 듣지도 못하는 이분들과 손잡고 더불어 살아가자는 몸짓이고 새로운 세상에 한 발 디디고 눈뜨는 시간이었다.

이렇게 석 달쯤 지나니 어느 정도 기초를 익혔다. 자기들이 좋아하는 음악을 틀고 가락에 맞추어 손노래를 하기 시작했다. 흥겨운 노래를 소리 내지 않으면서도 어찌나 즐겁게 부르던지, 그 마음이 얼굴에 그대로 다 드러났다. 점점 손놀림이 빨라지고 몸을 들썩이니 내 마음도 둥둥 떠올랐다. 신비로운 감동이네. 손말을 익혀 자기들이 알아들을 수 있는 노래를 불러 주니 얼마나 신 날까. 손짓 하나하나 익히는 것과 함께 손으로 표현하지 못하는 마음들은 얼굴 표정으로 다 드러내려고 애쓴다. 힘들다, 기쁘다, 안타깝다, 슬프다, 하는 감정을 얼굴에서 읽을 수 있다. 상대를 배려해서 아주 천천히, 그러나 분명하게 자기 마음을 전달한다.

드디어 7월이 되어 학교 근처에 있는 부여노인전문병원으로 위문 공연을 갔다. 대부분 치매 노인이나 혼자 움직이기 어려운 분들이신데 우리들을 보자 손자, 손녀딸을 만나는 듯 반가워하셨다. 1시간 동안 휠체어, 걸상에 앉아 우리들의 공연을 진지하게 보신다. 우리도 준비한 걸 조심스럽게 내보였다. 같이 간 보컬 동아리, 춤 동아리 친구들은 요란하고 시끄러운 음악을 들려주었지만 우리 나눔손 아이들은 조용한 음악에 맞추어 부드러운 손짓으로 노래를 했다. 사랑스런 식구들 품을 떠나 외롭게 지내시니 어서 나으시라고 그분들 마음속에 따뜻한 기운을 모아 드렸다. 아이들 모두 다 손짓 동작은 크고 부드럽게, 환한 얼굴로 노래하는데 꼭 천사들 같다. 대표 아이가 손말로 할아버지, 할머니께 힘내시고

얼른 일어나시라고 하면 옆에서 그걸 통역해 준다. 이렇게 더디게 오가는 말이 더 마음을 이어 주고 훈훈한 걸 알았다. 내 마음도 따뜻해졌다. 야윈 손으로 오래오래 손뼉을 치신다. 뭔가 선물을 드리려 왔지만 오히려 우리가 더 많은 걸 받았다. 만났다는 사실 자체가 모두에게 감동이었다.

지난 11월 17일, 충남농아인협회 부여군 지부에서 장애인의 달을 맞이하여 수화 경연 대회를 열었다. 장애인들의 삶에 대해 좀 더 관심을 갖자는 자리였는데 6개 학교 동아리가 참가했다. 1부 기념식을 하는데 일반 의식과는 달리 아주 특별했다. 손말로 진행하고 통역을 했다. '국기에 대한 경례'를 할 때 맹세문도 손말로 했다. 애국가는 어떻게 부를까? 장애인 30여 명과 경연 대회에 참가하는 일부 아이들이 반주에 맞춰 손말로 부른다. 저마다 힘차게 손을 휘젓는데 순간 내 가슴이 뜨거워지는 것 같았다. 세상에, 저렇게 노래를 하는구나. 장애인 보며 손짓을 따라 하면서 그냥 입만 벙긋벙긋 했다. 소리 없는 애국가, 이렇게 간절한 마음을 담아 부르는 노래를 처음 보았다. 그러나 저분들은 지금 어찌 지내나. 사회의 변두리에서 살아간다. 어두운 그늘에서 말도 못 하고 살아온 저분들의 고단한 세월이 언뜻 스쳐 지나간다. 이어 회장이 나와 인사를 한다. 손말로 하고 옆에서 통역을 하는데 내 가슴에 와 닿는 말을 했다.

"사람의 생각은 쉽게 바뀌지 않기에 사회가 잘 바뀌지 않는다. 그러니 우리들이 먼저 생각을 바꾸자. 먼저 손을 내밀자……."

그 말을 듣고 정신이 번쩍 났다. 멀쩡하게 말하고 듣는 사람들이 먼저 생각이 바뀌기를 기다리지 말자는 것이었다. 지금 이런 삶을 벗어나려면 우리 자신들이 늘 도움이나 관심의 대상만 되어서는 안 되고 자기 자리에서 더 열심히 꿋꿋하게 살아가자는 것이다. 저렇게 깊고 단단한 생각으로 나날을 버티며 살아가시는구나. 각자 자기 작은 삶들을 바꾸면 사회 분위기를 크게 바꾸어 가는 여울이 될 수 있다고 했다. 짧고 간단한 인사말이었지만 인상 깊어 오래 마음에 남았다.

이어 군청 과장이 축하하는 말을 하는데 군수가 쓴 글을 그대로 읽었다. 장애인을 위해 수당을 얼마를 올렸다느니, 장애인 자립지원센터를 얼마 예산으로 언제 세우겠다느니, 자기 행정 업무 자랑만 늘어놓았다. 이런 자리에서 좀 더 진정을 담아 마음을 흔드는 말을 할 수는 없나. 차라리 장애인들의 피맺힌 말을 한 마디라도 듣는 게 더 낫겠다. 이분들도 그들에게는 그저 정치 대상일 뿐이다.

교육장은 교육자라 그런지 조금 달리 말했다. 말하기 전 서투른 손말로 장애인들에게 인사했다. 옆자리에 앉은 통역사에게 얼른 뭐라 말했는지 물으니, "안녕하세요. 처음 만나게 되어 반갑습니다." 했단다. 그나마 따뜻한 인사였고 배려였다.

1부 마치고 잠깐 쉬려니 내빈이라는 사람들은 썰물 빠지듯 다 나갔다. 결국 올망졸망한 초, 중등 아이들과 장애인들만 남아 쓸쓸히 대회를 진행했다. 썰렁해진 소강당에 갑자기 찬 기운이 몰아친다. 누구라도 이 자리에 많이 와서 이분들과 함께 이 자리를 채워 마음을 나눌 수 있다면 얼마나 따뜻할까. 2부 대회 심사위원장이 나와 대회 심사 기준을 말했다. 손말을 하는데 뜻을 분명하게 말해라. 얼굴 표정도 보겠다. 눈 동작, 손동작을 크고 확실하게 해라. 정확성, 이해성, 확실성을 보겠다고 하는데 글쎄, 그렇게까지 우리 아이들이 표현할 수 있을까. 여기서도 대회라고 경쟁을 하니 어쩐지 어색하고 어울리지 않는다. 그래도 말끝에는 상 타는 것에 너무 마음 쓰지 말고 오늘 이분들과 즐겁게 지내자고 해서 다행이었다.

'나눔손' 동아리가 공연하기 앞서서, 사회자는 '나눔손'을 "장애인에 대한 편견을 없애고 이해와 사랑으로 나눔의 손길을 펼치고자 수화 공연 발표, 복지 행사 도우미 활동을 하며 몸과 마음으로 봉사하는 모임"이라고 소개했다. 배운 대로 아는 만큼 잘해서 손뼉도 많이 받고 2등을 했다. 환하게 웃으며 노래하는 아이들과 장애인들은 신 나게 손뼉치고 좋아했다. 상 받고 좋아하는 아이들이 얼마만큼이나 그분들의 아픔이나 삶을 이해했을까. 손노래 하는 건 손말을 배우는 과정이니 거기에서 그치지 말고 진정으로 그분들의 다정한 이웃이 되어 같이 살겠다고 마음이라도 먹으면 다행이겠다.

2.

보충수업, 특기적성 수업, 방과후 학교……. 참 이름도 자주 바꾸고 잘도 갖다 붙인다. 뭔가 찜찜한 구석이 있어 그렇다. 이런 수업을 다른 학교도 다 하니 우리도 학부모 요구를 안 들을 수 없다며, 시골 학교에서 이거라도 안 하면 아이들이 다 멍청해진다며 강제로 거의 다 시킨다. 하기 싫은 걸 하라고 하니 아이들은 신청만 해 놓고는 그냥 도망가기 일쑤다. 어느 강좌는 다 도망가고 한 명만 앉혀 두고 수업한 적도 있단다. 실업 담당 선생들만 골탕 먹고 하기 힘드니 이제 인문 담당 선생들도 뭔가 강좌를 만든다고 했다. 그동안 난 개인 사정을 말하고 여러 번 안 한다고 뺐다가 결국 기타 반을 꾸리게 되었다. 음악실에는 먼지가 뽀얗게 앉은 기타 열 대가 벽에 걸려 있다. 주인 없이 몇 해가 흘렀는지 모른다. 몇 명이나 배우려나? 신청을 받아 보니 어라? 20명이나 왔네. 배운다는 아이들 이름을 보니 평소 학교에 가끔 오는 아이도 여럿 끼어 있다. 이 녀석들이 기타 반에 이름이나 올려놓고 도망 다니려고 그러나. 아니나 다를까. 첫날부터 5명이나 빠지더니 슬금슬금 자꾸 빠져나갔다. 하루 이틀 배우면 근사하게 노래 정도 할 줄 알았던 모양이다. 배우기 힘들다며 오다 안 오다를 반복했다. 세상에 뭐든지 어디 쉬운 게 있나. 전기기타 치는 아이들도 4명이나 들어와 따로 자기들끼리 한쪽에서 공연 연습을 했다.

자, 슬슬 쳐 볼까. 옆자리 여선생도 기타를 들고 왔다. 맨날 한 시간씩 치는데 손가락이 짧은 아이, 손가락이 굵은 아이들이 코드가 안 잡힌다고, 손가락이 아프다고 아우성이다. "그래도 해 봐. 하면 돼." C, F, G 코드를 잡게 하고 백창우의 '불콩' 노래를 처음 알려 주었다. 한 여학생은 기타 배울 의욕은 대단한데 노래가 안 된다. 음치다. 목소리가 큰 데다가음이 안 맞으니 어디서부터 손을 써야 하나. 옆 아이들이 노래는 부르지 말고 기타만 치라고 윽박지르니 자주 삐친다. 두 주일쯤 치니 제법 기타 치는 폼이 난다. '나이 서른에 우린'도 부르고, '클레멘타인'도 부르고, '도깨비 빤쓰'도 하고, '이루어질 수 없는 사랑'을 부를 때는 여선생하고 나하고 노랫말에 푹 빠져 불렀다. 왜 그리 마음이 아린지, 젊은 날의 그 시절이 마구 떠올랐다. 아이들은 그런 심정을 모르겠지. 몇 번이고 부르니 아이들도 노랫말이 그래도 마음에 들었는가, 꽤 진지하게 불렀다.

　너의 침묵에 메마른 나의 입술
　차가운 네 발길에 얼어붙은 내 발자국
　돌아서는 나에게 사랑한단 말 대신에
　안녕 안녕 목 메인 그 한마디
　이루어질 수 없는 사랑이었기에

　한 달이 거의 다 될 무렵 결국 4명만 남았다. 한두 번 빠지면 꼭 그만큼 다른 아이들과 보조가 맞지 않으니 저절로 떨어져 나갔다. 곧 있을 가을 축제가 다가와서 우리 기타 반도 무대에 서기로 했다. 처음에는 자신 없어 못 한다고 꽁무니를 빼더니만 축제 날이 하루하루 다가오니 오히려 자기들이 더 걱정하며 연습하자고 했다. 속으로는 은근히 무대에 서서 자랑하고 싶었던 거다. 축제 날, 빨간 조명을 받으며 '이루어질 수 없는 사랑'과 '나이 서른에 우린'을 목이 터져라 불렀다. 우리들 잔칫날이었다. 긴장하면 평소보다 더 잘하는 법이다. 아이들 기가 하늘을 찌른다. 축제 역사를 새로 썼다. 하기 싫은 방과후 학교 수업 시간에 힘들게 배워 무대 한 자리라도 채우고 공연을 하니 아이들 어깨가 으쓱했다. 그날 이후 2, 3일 만에 노래 한 곡씩 배워 불렀고 실력도 점점 늘었다. 한 여학생은 부여 불교학생회 문화 시간에 자기 어머니와 특별출연해서 '이루어질 수 없는 사랑'을 기타 치며 근사하게 불렀다고 한다. 어머니와 딸은 여러 사람들 앞에서 얼마나 뿌듯하고 따뜻한 시간을 보냈을까.

한 달 지나니 새로 배우려는 아이들이 더 들어와 10명으로 늘었다. 먼저 배운 아이들이 선생이 되어 기초 코드를 알려 주는 걸 보니 아주 제법이다. 아이들 자체로 조금씩 굴러간다. 아이들끼리 기타 치고 노래하는 걸 즐기는 분위기라면 얼마나 그 시간이 기다려질까. 나도 하루를 마무리하는 시간에 아이들과 노래하니 덩달아 재미있다. 엊그제는 경쾌한 노래, '일요일이 다 가는 소리'를 부르는데, 보컬 동아리에서 피아노 치는 아이가 있어 피아노 반주에 맞춰 모두들 기타 치고 난 탬버린을 흔들었다. 우와, 들을 만했다. 이번에는 한 아이가 드럼을 두드리겠다 해서 다시 또 부르니 아, 멋져. 모두들 하늘을 날아다닌다. 흥겨워 몸이 흔들흔들, 어디론가 멀리멀리 훨훨 날아가는 것 같았다. '사랑으로'를 부를 때는 코드도 대충 잡거나 코드를 몰라 기타목만 움켜쥐고 부르는 아이도 있었는데 아무려면 어떠냐. 음악만 즐기면 그만이지. 그냥 어울려 맘껏 소리 높여 불렀다. 잊었던 사랑을 불러오고 그 사랑에 빠져들었다. '학교 가는 길'을 부를 때는 노랫말을 바꾸어 자연스레 부른다. "오늘 아침 버스에서 만난 금성, 날 보고 호박꽃이래. 주먹코에 딸기코에 못 생긴 얼굴, 너는 뭐가 잘났니……." 이러면서 한바탕 웃었다.

　기타 반 수업이 끝날 즈음 소박하고 작은 음악회를 열었다. 걸상 하나에다 마이크 하나 세워 놓은 단출한 무대다. 한 사람씩 나와 부르고 싶은 걸 불렀다. 혼자 부르기 자신 없으면 같이 부르고 싶은 동무와 짝지어 부른다. 모두 다 진짜 가수로 데뷔하는 순간이다. 저마다 목을 가다듬고 정성껏 부른다. 노래하다 말고 코드를 더듬는 아이, 기타는 잘 치는데 전혀 엉뚱한 음으로 노래하는 아이, 재즈 피아노 반주로 편곡해서 노래 부르는 아이, 얌전히 앉아 기타만 팅팅 치다가 그럴듯하게 노래 부르며 잘 넘어가는 아이, 노래 따로 기타 따로 노는 아이도 있다. 그러나 적어도 이 시간, 여기에서 만큼은 아무 조건도 없이, 누구 눈치 볼 것도 없이 저마다 제 빛깔을 뿜내며 맘껏 즐기며 놀았다. 반짝반짝 아이들이 빛나는 자리였다.

(2006년 11월)

실뿌리 교사

아침에 복도에서 환하게 웃으며 인사하는 아이를 만나면 기분이 참 좋다. 마치 예쁜 꽃을 보는 듯 마음도 환해진다. 거꾸로 교실에서 어두운 표정으로 앉아 있는 아이를 보면 왜 그럴까? 자꾸 눈길이 가고 마음이 쓰인다. 무슨 사정 때문에 그럴까. 어제 수업 시간에 아예 엎드려 자던 아이가 오늘은 신 나게 떠들고 있으니 어제 오늘 아이가 다 다르다. 날마다 새로운 아이들을 만나니 무엇이든 알다가도 모르겠다. 지금껏 만난 아이들을 내가 어느 정도 알겠거니 하다가도 한참 시간이 지나 만나 보면 영 다른 아이일 때가 많다. 그러니 아이들에 대한 내 생각은 절대일 수 없고 안다는 게 일부였고 언제라도 새로운 아이로 다시 만난다. 무엇이든 고정된 게 하나도 없다는 게 자연이 주는 가르침이다.

얼마 전 추석 때 20년 전 은산중학교 제자 은성이가 처음 찾아왔다. 내가 33살 때 만난 중학생 까까머리가 이제 37살 중년이 되어 마주 앉아 술 한잔했다. 밀린 이야기를 하는데 참 힘겹게 살아온 것 같다. 대전에서 인문 고등학교를 다닐 때 스스로 학비를 버느라 새벽마다 신문, 우유 배달을 했고 밤에는 초등학생들을 가르쳤다고 한다. 그때 내게서 15통쯤 편지를 받았고 그때마다 큰 힘을 얻었다고 했다. 그랬나? 왜 이리 기억이 안 나지? 가물가물하다. 이제 결혼해서 아이 키우다 보니 자기 어린 시절이 문득문득 생각났고, 담임선생이던 내가 보고 싶어 부여 중등학교의 누리집을 다 뒤져 내가 근무하는 학교를 알아냈단다. 20년 만에 만나 보니 어릴 때 모습이 그대로 남아 있네. 만나자마자 넙죽 엎드려 절하기에 나도 같이 엎드려 맞절했다.

"지금도 아이들과 글을 쓰나요? 노래도 하나요? 공도 차나요?"

만나면 무슨 말을 할까? 했는데 옛날 이야기로 술술 매듭이 풀렸다. 어쩌면 그리도 옛일을 잊지 않고 하나같이 다 기억할까? 나도 은성이가 보고 싶어 여러 제자들에게 소식을 물었지만 다들 몰랐다. 은성이는 반장으로 활달하게 반을 이끌었지만 집안일이나 사생활에 대해서는 거의 말을 안 했다. 2학기 들어서서 조금씩 일기에다가 자기 삶을 내보이는데 피눈물 나는 집안 얘기를 썼다. 어머니, 아버지가 부부 싸움 하는 날은 거의 날밤을 새웠다. 그때마다 자기가 할 일은 얼른 집 안에 있는 농약 병과 칼을 다 치우는 거라고 했다. 무슨 큰일이 생길 것만 같았다. 두 분은 싸울 때마다 죽겠다고 집 안을 돌아다니며 그걸 찾았다고 한다. 어린 나이에 얼마나 마음 졸이며 그 일을 해냈을까. 어릴 때 보던 그 날카로운 눈빛이 지금도 여전히 살아 있었다.

중 2 때 지낸 일을 말하는데 꼭 영화 필름을 되돌리는 것 같았다. 가을 운동회 가장행렬 할 때 경운기 끌고 가을일 나가던 걸 실감나게 말했다. 모든 학급 동무들이 한 가지씩 소품을 준비해서 아주 재밌었지. 그래, 나도 그때가 가장 재미있었어. 학교와 마을 전체가 잔칫날이었지. 네 아버지도 그날 막걸리 들고 나에게 거푸 따라 주고 술도 취했잖아. 덩실덩실 춤도 추고. 그때 우리 반이 행렬을 잘해서 상금 타고 떡을 해 먹었지. 과수원 하는 종현이 아버지는 배 두 상자 갖다 주셔서 반 아이들이 배부르게 먹었지.

다른 반과 달리 우리 반은 여러 활동을 했다. 일기 쓰기, 학급 문집 만들기, 모든 아이들 집을 마을별로 우르르 몰려다니며 가정방문 간 거도 말했지. 또 아내 계순옥 선생이 근무하는 부여중학교 아이들과 서로 번갈아 학교 찾아가서 축구 시합한 일, 우리 반 동무 어머니가 돌아가셨을 때 모두 다 학교 마치고 문상 간 일도 말했다. 그때 웬 할 일이 그렇게 많았는지. 아, 그때는 정말 하루하루 고단했지만 몸으로 함께 뛰고 논게 즐겁고 행복했다.

"가끔 칠판에다 읽을 만한 짧은 글을 써 주셨지요. 시나 표어 같은 것인데 아, 생각나요. 학식은 사회의 등불, 양심은 민족의 소금. 지금도 살아가면서 문득 그 말이 떠오를 때가 있어요."

무슨 말이든 내가 한 말을 그때마다 적었고 지금도 그 공책을 본다고 했다. 그러니 허투루 헛말이나 거짓말을 했다면 다 기억하고 있겠네. 정신이 번쩍 났다. 이어 하는 말을 듣고는 긴장했다. 그때 내가 자기들에게 인기가 좋았던 건 언제든 자기들을 때리지 않고 말로 대했다고 했다. 그말을 하고는 슬쩍, 그런데 자기가 나한테 무지 아프게 맞은 적이 있다고 했다.

"어, 그래? 깜깜하네. 아, 생각나네. 어슴푸레 하나 떠오르는 게 있어. 교실에서 짤짤이(돈 따먹기)를 하두 하길래 전에 약속한 대로 반 전체 아이들을 때렸지. 아마 세 대씩 때리고 넌 반장이라 책임이 크다고 더 때렸을 거야. 야, 그나저나 넌 참 잊을 건 잊어야지, 20년 되었는데도 못 잊고 말하냐? 아무튼 미안하게 됐다."

한바탕 웃으며 서로 소주 한 잔씩 부었다.

가슴속 한 아름 쌓여 있던 찌꺼기를 다 풀어내고 싶다며, 지금까지 만난 선생님들에 대한 좋지 않은 기억들을 하나하나 늘어놓았다. 잘 들으라는 투로. 초등 5학년 때 담임선생님은 아이들에게 날마다 돌려 가면서 불고기 반찬을 싸 오게 했단다. 자기는 집이 가난해서 김치를 싸 갔는데 그걸 보더니 성의가 없다고 뺨을 때렸다고 했다. 복도 청소할 때 꼭 참기름을 가져오라고 해서 바닥을 문지르게 했다. 세상에 먹기도 어려운 그 귀한 기름을 거기다 쏟아붓다니 아직도 그분을 이해할 수 없다고 했다. 또 중학 도덕 수업 시간에는 선생님이 질문하라고 해서 친구가 여러 번 집요하게 질문했는데 그분이 대답을 하다하다가 막히니깐 속상했는지 자기 진주 목걸이를 손으로 잡아 끊어 그걸 친구에게 던졌다고 한다. 기분 나쁘다고. 온갖 소리를 버럭버럭 지르더니만 그 질문한 아이에게 목걸이를 다 주워 가지고 오라고 했단다. 자기도 구슬을 같이 주웠다고 했다. 평소 툭하면 욕하고 때린 도덕 시간이 아주 이상하고 지겨웠단다. 와, 그런 일도 있었어? 듣는 내내 가슴이 저렸다. 부끄러웠다. 나도 어쩌면 이런 식으로 아이들을 대하며 가슴에 못 박았을지도 모른다. 아이들에게 죄를 많이 지었으니 장담할 수가 없지. 또 어느 수업 시간에 어느 선생님이 방송으로 생활보호대상자 이름을 부르는데 자기도 부르더란다. 지금 생각하면 그리 부끄러운 게 아닌데도 그때는 왜 그렇게 창피하고 자존심이 상했는지 몰랐다고 했다. 학비 지원을 안 받더라도 이름만은 안 불렸으면 했다고. 아이들 처지를 생각하고 말을 조심해야 하는데 교사들은 아이들을 배려하는 마음이 늘 부족했다. 어릴 때 입은 마음 상처는 평생 간다고 했는데 그 말이 맞다.

대학 마치고 은행에서 8년 지내다가 외환 위기 때 구조조정 되었다지. 노조 일을 하다가 그만 큰 벽에 부딪혀 쓴맛을 보았고 이제 겨우 자기 사업하며 자리 잡았다고 했다. 7시간 동안 두루두루 사는 이야기를 나누고 헤어질 때는 술기운인지, 서운해서인지 날 껴안고 한참 어깨를 들썩인다. 부모님이 돌아가시고 혼자 고생 많이 해서 그런가. 말로 다 풀어내지 못한 게 많구나. 그래, 우리 인연은 억만 년 전부터 이미 맺어졌던 거고, 이제 우리는 선생 제자 사이에서 형 아우 사이로 자연스레 다시 만나는 거야. 우리 사이가 어디 20년 세월 동안 소식 없이 지냈다고 문제가 되겠나? 20년 전이나 지금이나 내가 하나도 달라지지 않고 그대로여서 좋았다고, 더 일찍 찾아올 걸 그랬다고 했다. 그럼, 앞으로도 자주 만나야지. 우리가 그저 길에서 스쳐 지나가는 인연은 결코 아니지. 앞으로 같이 기대고 살아가는 거야.

임길택 형이 노래한 시, 〈엉겅퀴〉가 떠오른다.

꽃봉오리 아니어도 좋아요
꽃술이 아니어도 좋아요

잎 끄트머리 가시 하나
흙에 묻혀 든 실뿌리 하나

그 어느 것으로라도
내가 다시 태어날 수만 있다면

꽃술이 아니어도 좋아요
꽃봉오리 아니어도 좋아요

험한 세상의 끄트머리에 있는 아이들에게 손 내밀고 가슴 두근거리
며 실뿌리 교사로 살아가는 날이 내게 다시 올까? 그렇게 살아갈 수 있
을까?

(2007년 10월)

첫 만남

"선생님, 옷이 그게 뭐예요. 왜 그런 옷 입어요?"

"응, 그냥 편해서."

"글씨는 좀 잘 쓸 수 없어요? 촌스러워요."

"왜 어때서? 어떤 사람들은 내 글씨가 멋있다고 하던데."

"수염은 왜 기르는 거예요?"

"응, 그냥 좀 추워서."

"어디서 살아요?"

"부여."

"아들 딸 이름은요?"

"응, 바람과 해뜨리."

"예?"

까르륵, 까르륵.

"선생님, 말 좀 빨리 해요. 답답해요."

"그래? 나도 내가 느리게 말해서 답답하거든……. 아휴. 이거 말을 하면 할수록 높은 산이고 깊은 물이다. 야, 야, 야. 하여간 너희들 만나서 좋다, 좋아."

 점심시간마다 도서실에서 서너 명씩 만났다. 얼른 얼굴이고 이름이고 알아야 친해지지. 만나기 전에 자기를 소개하는 글을 간단하게 쓰게 했다. 새 교복에다가 앳된 얼굴로 앞에 앉은 아이들은 정말 말하는 게 통통 튀었다. 중학생 되니 어때? 뭐 그저 그래요. 재미없어요, 하다가도 마음 내키면 봇물 터지듯 미주알고주알 쫑알거린다. 슬슬 아이들 세계로 빠져들었다.

 "너, 왜 입학식 날 안 왔어? 뭔 사정이 있었어?"
 "아버지가 노가다 뛰는데 5개월 전 허리를 다쳐 지금 일을 못 나가요. 오빠는 중 3이고 일찍 학교 가고요. 내가 일어나 밥을 하는데 늦잠 잤어요. 첫날이라 늦게 가면 창피해서 안 갔어요."
 "집에서 네가 일을 많이 하겠네."
 "예. 빨래도 하고 밥도 하고 청소도 해요."
 집 살림꾼이다. 친엄마는 어릴 때 아버지와 싸우다가 도망갔고, 다시 새엄마가 들어와 2년인가 같이 살다가 아버지가 때려서 또 집을 나갔다고 한다. 엄마 생각은 안 나고 같이 살기 싫다고 했다. 어린 마음에 상처가 아주 깊었다.
 "반찬은 어떻게 만들어 먹어?"

"이웃 아주머니가 가끔 갖다 주어서 먹어요."

하루하루 사는 게 전쟁이겠다.

"하루 돈은 얼마나 써?"

"버스 왕복에 1600원이고요, 점심 사 먹는 데 2000원 들어요."

학교 급식실을 고치는 중이라 각자 도시락을 주문해 먹는데 한 끼에 3000원이다. 그것도 비싸서 빵이나 김밥 한 줄을 사 가지고 온다. 돈 없는 날은 굶는다고 하는데 휴, 말만 들어도 힘들겠다. 어떻게 나날을 살아가나. 이 아이를 돕는 길이 뭘까? 이건 생존 문제이고 아이들은 언제 어디서나 돈 때문에 휘둘린다.

하루 종일 낄낄 웃으며 지낸다.

"너, 뭐가 좋아 그렇게 웃냐?"

"왜요. 웃는 게 좋잖아요."

"그럼, 좋지. 그런데 너, 왜 청소 시간에 청소 안 하고 어디 싸돌아다녀? 같이 청소하는 아이들만 힘들지? 너, 그러면 쓰냐?"

"선생님, 이제 청소 잘하면 되잖아요."

다음 날부터 번개같이 쓸고 닦고 난리를 친다.

"너, 이제 보니 아주 괜찮은 아이네."

"거, 뭐든지 맘만 먹으면 다 잘해요."

"그래? 그럼, 너, 학교 문고 정리 한번 해 볼래?"

"예, 초등학교 때 그거 했걸랑요."

아침마다 닦으니 책장이 번쩍번쩍한다.

"전 책 읽기가 취미예요."

"그래?《문제아》책 읽어 봤어?"

"예, 독서 학원 다닐 때 읽었어요."

"그래? 그 책을 쓴 선생님이 누군지 아니? 박기범이란 분인데 내가 잘 아는 분이야."

"정말요? 야!"

눈을 땡그랗게 뜬다. 작가를 안다니깐 나를 대단한 선생으로 여긴다. 때는 이때다.

"너, 그 책을 다시 한 번 읽고 박 선생님에게 편지 한번 쓸래? 내가 주소 알려 줄게."

"예. 모레까지 써 볼게요."

"그건 네 맘대로 해. 쓰면 가지고 와."

뭔가를 보여 주려는 태세다. 눈이 반짝인다.

내가 무슨 말을 할 때마다 꼭 수첩을 꺼내 놓고 쓴다. 말 하나라도 놓칠세라 눈을 반짝이며 듣는다. 자주 눈이 마주친다. 와, 어째 저런 아이가 있을까.

"친한 친구가 있니? 어떤 점이 좋아?"

"나와 마음이 잘 맞고 나를 항상 웃게 해 줘요."

"기억나는 선생님은?"

"5학년 때 담임선생님인데 항상 열성적으로 가르쳐 주시고 우리 모두에게 신경을 써 주신 고마운 분이에요."

말하는 게 또박또박 거침이 없다.

"네가 고쳐야 할 점이 있다면 뭘까?"

"전 칭찬만 좋아해요. 겁이 많고 걱정도 많아요. 소극적이고요."

"장점은?"

"욕을 안 하고요. 남을 배려하려고 해요."

기다렸다는 듯이 술술 말한다. 하여간 알 건 다 아네.

"우리 학급이 이랬으면 좋겠다 싶은 거 있니?"

"왕따는 상처가 평생 남는다고 하니 모두 사이좋게 지냈으면 좋겠어요."

"나에게 바라고 싶은 건?"

"모두에게 평등하고 너그러울 땐 너그럽게 엄할 때는 엄하셨으면 좋겠어요."

"야, 그거 힘들겠는데? 어쩌지?"

"아니, 그냥 내 바람이에요."

휴, 교장보다 이 아이와 지내는 게 더 껄끄럽겠는걸. 어디 가나 이런 애가 있어 눈에 뜨인다.

며칠 전 아이들에게 '나는 누구인가?'를 써서 내 메일로 보내라 했는데 글을 써서 보냈다. 역시 속이 꽉 찬 아이 같다.

"나는 지금까지 14년을 살면서 나름 많은 사람들을 만났다. 그 사람들 개개인은 나에게 항상 교훈을 남겼다. 사람들이 각자 가지고 있는 성격, 말, 행동 등 모든 것에서 나는 배울 점을 찾기 위해 노력했다. 그 결과 나는 지금까지 본 사람들 중에서 열심히 사는 사람이 가장 아름답다고 생각했다.

지금 돌이켜 생각해 보면 어렸을 때부터 내가 존경하거나 좋아했던 사람들의 공통점은 모든 일에 열심인 사람이었다. 열심히 사는 모습은 그 어떤 모습보다 내 가슴에 깊이 박혔고 나 또한 그들을 배우려고 했다. 지금도 그렇게 되기 위해 연습하고 노력하는 중이라는 것은 다른 사람들과 다르다는 자부심을 갖게 한다.

내가 '열심히 살아야겠다'고 항상 생각하며 살아 보니 그것은 모든 일을 하는 데 있어 근본이 되는 것이 아닌가, 하는 생각이 든다. 무언가 이루고자 하는 것이 있을 때 이 근본정신은 내가 그 일을 이루는 데 아주 많은 힘과 도움을 주었다. 이런 경험을 통해 나는 내 모든 친구들과 사람들에게 열심히 사는 것이 아주 중요하고, 아름다워 보인다고 이야기 해 주고 싶다. 만약 누군가 나에게 '당신은 누구입니까?' 하고 묻는다면 나는 힘차게 이렇게 말할 자신이 있다. 나는 열심히 살기 위해 노력하는 사람입니다."

이빨을 교정하느라 교정기를 끼고 다닌다. 눈이 맑은 아이다.

"너, 지금까지 살아오면서 가장 슬펐던 적은 언제야?"

"4학년 때 아빠가 막 때리고 욕질한 일이에요."

"뭘 잘못했는데?"

"그걸 나도 모르겠어요."

상처로 그대로 남아 있구나. 할머니하고 아빠와 셋이 산다는데 그럼, 엄마는? 머뭇거리다가는 같이 온 친구 보고 잠깐 저리 가 있으라 한다. 눈빛이 어째 이상해진다. 금세 빨개지더니만 눈물이 고인다.

"엄마는 내가 두 살 때 병으로 돌아가셨어요."

"아, 그랬구나. 그럼, 엄마 생각이 전혀 안 나겠네."

"네. 그런데요 우리 엄마가 돌아가시기 전 할머니에게 말했대요. 나에게 유언을 하셨대요."

"뭐라고?"

"항상 웃으며 살라고요. 그래서 전 늘 웃으며 살아요. 친구들도 나보고 잘 웃는대요. 저는요, 엄마 말대로 많이많이 웃으며 살 거예요."

이렇게 말은 하는데 눈물은 그대로 고여 있다. 이빨 교정기를 다 드러내며 웃는 얼굴이 꼭 파란 하늘같이 맑다. 모든 걸 다 품는 하느님 얼굴이 이럴까? 사회 수업 시간에 이 아이에게 글을 읽게 시키면서 그만 '너, 틀니 빼고 읽을래?' 했다가 모두들 웃었다. 갑자기 교정기가 생각나지 않아 그랬다. 그날 종례 마치고 돌아가는데 이 아이가 다가와 갑자기 "선생님, 아까 틀니가 뭐예요. 내가 할머니예요?" 그러면서 냅다 내 수염을 잡아당겼다. 아, 미안, 미안.

"뭐, 유도를 한다고?"

부여 동남리에 사는데 바로 우리 동네 이웃이다. 초등학교 4학년 때 유도부 있는 청양 어느 초등학교로 운동 다니다가 중학 진학을 했단다. 서천여고에도 유도부가 있다. 그러니깐 이미 초등학교 때부터 부모 곁을 떠나 운동했고, 지금까지 늘 오전에만 수업하고 오후에는 운동을 한다. 아이 손을 잡아 보니 손목 힘이 아주 세다. 덩치와 달리 손목 힘이 딱 붙어 있네.

"너, 나하고 대련 한판 붙어 볼까? 나도 중학 3년, 고등학교 3년 동안 일주일에 한 시간씩 유도 했거든."

내 말이 정말일까? 아닐까? 궁금한가 보다. 날 빤히 본다.

"잠은 어디서 자니? 밥은?"

유도부 숙소에서 중, 고 선수 10여 명이 합숙한다고 했다. 주일마다 부여 집에 다녀온다고 해서 그럼, 다음 월요일 올 때는 나하고 월요일 아침에 만나서 같이 오자고 했다. 씩 웃는다.

"너, 상도 타 봤니?"

1등도 했단다. 하긴 그 나이에 유도 하는 아이들이 얼마나 있을까? 초등학생들이 유도 시합한다는 말을 처음 들었다.

"집 떠나 슬플 때도 있었지?"

"엄마가 유방암으로 수술했을 때가 가장 슬펐어요. 그런데 이제는 수

술해서 괜찮아요."

어린 나이에도 네가 엄마 아플 때 곁에서 있고 싶고 도와 드리고 싶었구나. '지금 뭐 바라는 거 말해 보라.'고 하니, 세 가지란다. 자유로워지는 거, 행복해지는 거, 우리 가족 모두 오래 건강하게 하는 거란다. 운동하는 게 힘들어 벗어나고 싶고 가족과 오래오래 같이 살고 싶은 거고 네가 바라는 행복이구나.

끝도 없이 이어지는 아이들 이야기는 바로 내가 겪었던 일들이고 지금 바로 사는 모습이기도 하다. 아이들이 하는 말은 무엇이든 허투루 들을 게 아니다. 진짜배기다. 아이들 마음을 어루만지고 나도 아이들 맑은 얼굴을 보며 힘을 내야지.

대본 없는 무대, 거기가 교실이다. 사람끼리 만나는 곳, 거기는 숨을 쉬고 생명을 느끼고 살맛 나는 곳이다. 새로 만난 아이들이 날 자기들 곁으로 끌어들여 주니 잠자코 그저 고마워해야지. 우리 학교 뒷산이 서천읍성인데 소나무가 즐비하게 서 있다. 점심때 아이들과 숲길을 걸으며 가끔 노래도 불러야지. 이따 종례할 때는 여기로 나와 28명 아이들과 한 줄로 길게 늘어서서 성 둑을 걸어야지.

(2008년 3월)

봄날, 우리는

봄이 오면 마음이 설레면서 자꾸 발길이 산으로 들로, 강과 바다로 가고 또 하늘을 쳐다보면 그리운 벗들이 삼삼하게 떠오른다. 이 봄날, 무엇 하고 있을까? 희망을 일굴까? 아니면 절망 속에서 힘들게 지낼까? 아리랑 곡선을 따라 시간은 속절없이 흘러가고 얼굴 주름은 나날이 늘어 가고 깊어지겠지. 이러구러 살아가다가 문득, 아주 낯선 아이들을 만나면 정신이 번쩍 들고 새 세상이 펼쳐진다.

두 아이를 만났다. 진달래, 개나리라고 이름을 붙여 주마. 입학식 날부터 학교에 오지 않아서 참 독특한 아이들이라 했지. 집에 전화해도 아무도 안 받았지. 우리 반 아이들 말로는 학교 근처까지는 오는데 교실은 안 들어온다고 하니 뭔 일일까? 사흘을 그렇게 보내다가 마침내 아버지들하고 통화했다.

"예? 날마다 학교에 잘 갔다 왔다고 하는데요?"

집과 학교 중간에서 잘 논 거다.

"내일 손잡고 같이 오세요."

이렇게 해서 교실에 발을 들여 놓은 진달래와 개나리. 머리가 길고 부스스한 건 나와 비슷하고 말은 청산유수라, 물어보는 족족 대답하는데 내가 오히려 어리둥절해한다.

"학교 오기 싫었어?"

"수업 받아 봐야 아는 것도 없고 또 하면 뭘 해요? 집에 돈도 없고요."

어, 좀 세게 나오네. 그래도 그렇지. 내 말에 고개를 끄덕끄덕하며 잘 나오겠단다.

한 5일쯤 지났을까? 슬슬 교실에 앉아 있는 게 지겨운가, 아침 조회 하고 나면 둘은 진달래, 개나리 이름값을 하려는지 교실을 몰래 빠져나가 뒷산으로 도망가기 시작했다. 산에서 놀다가 한두 시간 지나 다시 교실로 들어오기도 하고 어느 때는 하루 종일 산에 있다가 그냥 집으로 갔다. 몇 번 불러서 이 말 저 말 타일렀지만 그럴 때마다 둘은 재미있는지 낄낄대다가는 또 잘못했다고 빌었다.

"나는 다시는 수업 시간에 나가지 않고 공부하겠습니다. 다시는 산에 가지 않고 수업에 참여하겠습니다."

"지금까지 수업을 빼먹고 산에 가고 시내 거리를 돌아다니며 놀았습니다. 내가 잘못하고 있다는 사실은 알았지만 계속 수업을 빼먹고 돌아다녔습니다. 이제부터는 8교시면 8교시, 제대로 수업 듣고 공부도 열심히 하겠습니다."

뭔가 내 말을 듣고 단단하게 반성하는가 싶어 뿌듯한 마음마저 들었고 아이들이 고마웠다.

그러나 내 예상은 빗나갔다. 바로 그 다음 날부터 진짜 아이들이 작심하고 아침에 나한테 살짝 얼굴만 보이고 본격으로 산행에 나섰다. 자, 됐다. 담임선생을 며칠 겪어 보니 만만하구나. 이런 마음이었을까? 하여튼 이런 식으로 줄다리기가 이어지는데 나보다도 둘레 여러 교사들이 더 걱정한다. '그거 무슨 일 나면 어떡하죠?' 그러면서도 선뜻 이러지도 저러지도 못한다. 징계할 수도 없고 여러 선생들이 아이들에게 듣기 좋은 말을 해도 그때만 들을 뿐.

"야, 너희들 정말 이럴 거야. 왜 그러는데?"

대답은 간단했다.

"산에 가는 건 피곤해서, 졸려서, 수업 듣기가 지루해서, 배가 좀 아파서인데요. 다른 사람들이 미쳤다고 하겠죠. 그런데 진짜 산에 가는 이유는 산에 가면 시원해요. 그냥 시원한 게 아니고 우울할 때나, 막 가슴속에 뭐가 탁 막힌 듯 뚫어지지 않을 때, 힘들 때나 아침에 잘못한 것이 있어 꾸중을 들었을 때, 이런 때 산에 올라가 보면 짜증만 쌓여 있던 내 기분은 저 멀리 날아가 버리고 내가 마치 하늘에 떠 있는 것처럼 몸이 가벼워지고 시원해요. 바람 때문에 그런 것 같지만 전혀 그런 건 또 아니에요. 예전에 한번 교실 창문을 열고 수업 시간에 바람을 쐬어 보았지만 졸리기만 할 뿐, 산에 있을 때처럼 상쾌하지는 않았어요. 오히려 옆에 있는 진달래와 떠들기만 했어요. 결국 수업 시간에 집중도 못 하고 두 시간 동안 떠들기만 했어요. 나도 몇 번씩이나 공부를 열심히 해 보려고 노력해 보았지만 모두 허사였고 다짐한 것도 성격 탓인지 오래 가지 못하고 포기하기 일쑤였어요. 그럴 때마다 얼른 산에 가고 싶다는 마음만 생겼어요. 수업을 안하고 산에만 들락거렸어요. 나도 처음에는 산에 갔을 때 걱정도 되었고 혼날까 봐 마음을 졸이기도 했지만 담임선생님이 용서를 많이 해 주시고 매로 때리지 않으시니깐 내 걱정은 사라지고 항상 산에 가서 놀고먹고 그랬어요. 또 진달래가 스트레스를 받으면 산바람을 마시고 풀 수 있지 않을까 해서 갔어요. 스트레스가 쌓인 만큼 지내다가 왔어요." (개나리)

"초등학교 6학년 때부터 수업을 듣지 않았어요. 그런데 중학생이 되어서도 수업을 하려고 해도 잘 안 되어요. 도망가면 아이들이 날 찾으러 다니는 건 초등학교 때와 똑같아요. 6학년 때와 다른 건 과목마다 선생님이 있다는 점이에요. 공부도 더 어렵고 담임선생님이 사회 시간과 종례 시간 때만 오시기 때문에 산에 갔어요. 산에 가면은 공기가 맑고 교실 공기보다는 더 시원하기 때문에 산에 더 많이 가게 되요. 그래서 산이 더 좋아요. 산에 가면 머리가 맑아지는 거 같고 아이들만 찾으러 오지 않으면 더 좋아요. 공부보다는 산이 더 좋아요. 수업 시간은 지루하고 산에 있으면 지루하지가 않아요. 수업 시간에 시험을 보기도 하지만 산에서는 시험 같은 거 보지 않아도 돼요. 그래서 산이 좋아요. 산에서는 운동도 하고 시간도 금방 가요. 수업 시간에는 시간이 빨리 가지 않아요. 그래서 나는 산이 좋아요." (진달래)

"야, 아무리 산이 좋아도 그렇지. 학교가 어디 네들 맘대로 지낼 수 있는 거야? 엉? 안 되겠다. 오늘 종례 마치고 나하고 봄놀이 가자."

"예?"

"너네 집으로 소풍 갈 거야."

"어, 집에 가면 아무도 없는데?"

"없으면 어때. 너네들 있으면 되지. 가자. 너네 집에 가면 뭐 먹을 거 있을까?"

진달래가 얼른 말을 받는다.

"선생님 오면 커피 타 드릴게요."

"야, 내가 커피 좋아하는 거 어떻게 알았어?"

"그게 아니고 집에 먹을 게 커피밖에 없거든요."

진달래, 개나리를 태우고 아이들 집으로 떠났다.

"누구 집 먼저 갈래?"

둘이 서로 너네 집, 너네 집 한다. 결국 가위바위보로 결정해 개나리네 집으로 먼저 갔다. 토요일 오후, 햇볕이 참 따사롭다. 대문 앞 정갈한 텃밭에는 파, 상추, 마늘…… 싱싱하게 크고 있다.

"누가 가꿔?"

78살이신 할머니가 키우시고 오늘 서천 장날 이거 팔러 가셨다 한다. 마당에는 토종닭 10여 마리가 노닐고 강아지가 낯선 사람이 왔다고 앙칼지게 짖는다. 다리가 아파 누워 계신 할아버지가 겨우 몸을 일으켜 앉아 반기신다.

"아유, 선생님, 이렇게 누추한 집까지 오셨어요. 고마워요."

허름한 방, 기름값이 비싸 한겨울에도 보일러는 안 켜고 전기 매트 켜고 산단다. 뭐, 대접할 거도 없다면서 내 손을 부여잡으시니 온기가 전해 온다. 거칠거칠한 손, 80살이신 할아버지는 개나리 집안 내력을 말하며 한숨을 쉰다.

"내 전생에 무슨 죄를 지어 이 고생 하는지 모르겠어요. 개나리가 초등학교 2학년 때 아들이 이혼하는 바람에 여기 시골로 내려왔어요. 어머니 없이 커서 불쌍해요."

엎친 데 덮친 꼴로 지난해에는 개나리 동생이 학교에서 놀다 머리를 다쳐 지금도 의식을 못 찾았고 아버지는 그 곁에서 지낸단다. 뭐 하나 가정이 펴는 게 없다 하신다. 아들이 생각났는지 내 나이를 묻는다.

"정년까지 얼마나 남았나요?"

"아, 예. 저도 이제 얼마 안 남았어요. 개나리가 중학교에 들어왔으니 제가 학교에서 잘 데리고 있을게요. 개나리가 할아버지, 할머니 사랑을 듬뿍 받고 저렇게 잘 컸잖아요. 너무 걱정하지 마세요. 어서 다리가 나으셔야 하는데 많이 아프셔요?"

"예, 그저 겨우 걸어요. 일은 아예 못 해요."

"어디 집에 온 김에 개나리 방 좀 볼 수 있을까요?"

할머니와 개나리는 옹색한 부엌에서 지낸다. 색 바랜 사진 한 장이 벽에 붙어 있다. 강아지하고 개나리가 마당에서 노는 걸 작은아버지가 찍어 주었다 한다. 썰렁한 방에는 컴퓨터 한 대가 달랑 놓여 있다. 학교에서 지원해 준 거다. 운영비도 주어야 하는데 컴퓨터 껍데기만 주었으니 어디 맘대로 쓸 수 있나. 인터넷 비용만 더 든다. 책상이고 뭐고 아무것도 없고 한쪽에 낡은 이불 두 채가 있다.

"야, 개나리, 할머니가 장에 가셔서 바쁘시니깐 네가 방 청소를 해야지. 저기 저 쓰레기는 뭐야? 밥은 네가 하냐?"

"아뇨."

"그럼, 넌 뭐 해?"

"가끔 설거지하고 청소도 해요."

마당 한켠에 목련이 활짝 환하게 폈다. 개나리네 집이 저 목련꽃처럼 활짝 살림이 폈으면 참 좋겠다. 한가롭게 놀고 있는 저 닭이며 강아지며 참 너네들이 세상 편하게 지내는구나. 봄을 아주 즐기는구나.

진달래는 싱글벙글거린다. 선생님이 자기 집에 오는 건 처음이라고 했다.

"아버지, 오빠와 셋이 사는데 아마 지금 집에 가면 동물 11마리가 반갑다고 인사할 거예요."

"뭐?"

"우리 집에서 개를 키우거든요. 개 10마리하고 오빠 한 마리가 있을 거예요."

"야, 오빠보고 한 마리가 뭐야?"

허리 다친 아버지는 노가다 뛰는데 오늘 겨우 일 나갔다 한다. 가 보니 역시 개장 안에 든 개들이 난리를 친다. 텅 빈 집으로 얼른 들어갔다.

중 3인 오빠가 먼저 와 있네. 어머니 없는 살림이니 오죽할까. 집 안이 마치 폭탄을 맞은 듯 쓰레기 천지다. 와, 이러고도 살 수 있나.

"진달래, 네 방 좀 보자."

"아, 안 돼요. 딴 데는 다 되어도 여기만은 안 돼요."

"야, 야, 그래도 좀 보자."

실랑이를 잠깐 하고 문을 여니, 윽, 묘한 냄새가 나기도 했지만 놀란 건 한 번도 겨울에 이불을 갠 거 같지 않은 두꺼운 이불이 놓여 있고 그 둘레에는 온통 쓰레기로 가득했다. 아, 이러면 안 되지.

"너희들 이리 와, 앉아. 우리 일단 대청소부터 하자."

개나리, 진달래, 오빠와 창문 열고 빗자루를 들었다. 먼지투성이인 마루, 방 구석구석을 다 쓸었다. 큰 쓰레기봉투에 하나 가득 담았다. '웬 양말이 이렇게 많아?' 날마다 하나씩 신고 그냥 한쪽으로 던져 놓은 게 열 켤레나 되었다. 마루 컴퓨터 책상 뒤에서는 언제 먹었는지 모를 숟가락, 젓가락들이 여러 개 나왔다. 이거 뭐라 말로 다 할 수 없네. 한참 치우니 이제 좀 사람 사는 집 같다.

"진달래, 어머니 생각나?"

"생각하고 싶지 않아요."

자기들을 두고 도망간 어머니가 더 이상 보고 싶지 않단다. 지난번 상담할 때 '너, 어느 때가 가장 무섭고 두렵냐?'고 물었더니 대뜸 새어머니가 자기를 방에 가두고 때릴 때였다고 말했지. 그런 상처를 지니고 살아온 너였지. 늘 집 살림을 도맡아 하는 아이다. 한참 청소하다가 커피 한

잔 타 온다. 꿀맛이다.

"이거 나만 먹어 어떡하지?"

"그거 하나밖에 없어요."

"에라 모르겠다. 잘 먹을게. 커피 맛있는데? 다음에 또 올게."

"오지 말아요. 커피 살 돈이 없어요."

영 살림꾼이구먼. 술술 말을 이어 간다.

"우리 집에는요. 친척들이 잘 안 와요. 우리만 이렇게 못살거든요. 우리가 잘살면 아마 여러 사람들이 놀러 왔겠죠. 그래도 청양 사는 작은아버지가 가난해도 잘 와요."

세상사를 어느 정도 겪어 물어보지도 않았는데 가족사를 늘어놓는다. 초등학교 6학년 때 거의 1년 동안 할아버지가 치매로 방에 누워 계실 때 자기가 병간호를 다 했다고 한다.

"오줌똥을 치우는데 죽을 뻔했어요. 어유, 그 냄새. 막상 돌아가셨다고 하는데도 눈물이 안 났어요. 할아버지가 아프면서 고생하셨다가 돌아가셨으니 고통은 없을 거 아녜요. 나도 이제 병간호를 안 하게 되었으니깐 참 좋았어요. 저 하늘나라에서 편하게 잘 지내시겠죠."

이렇게 간단하게 말은 했지만 어린 진달래가 정말 어른도 하기 힘든 할아버지 간병을 하면서 끝까지 곁을 지켰다. 산바람을 좋아하게 된 건 이런 고통으로부터 잠시라도 벗어나고픈 마음 때문이 아니었을까. 그 말을 들으니 속이 미어진다. 휴, 어제 진달래를 앞에 두고 '너, 이러면 어찌 사람이 될래?' 했던 그 말이 덜컥 걸린다. 정말 미안하구나.

너희들 말야. 이다음에 무슨 일을 하면서 살고 싶어? 누가 어떤 힘으로 아이들 세계를 이끌어 갈까? 앞으로 어떤 삶이 펼쳐질까? 학교에서 무엇을 가르치고 사람답게 살라고 할까? 너희들이 학교에 나오는 것만도 고맙구나. 이제 더 이상 마음고생 그만하고 옆에 있는 동무들하고 즐겁게 놀아라. 지치지 말고 놀아라. 밥도 같이 먹고 같이 땀 내며 뛰어놀아라. 더 이상 걱정하지 말고 지냈으면 좋겠다. 너희들이 무슨 죄가 있냐. 학교에서 너희들을 더 이상 내치지 않았으면 좋으련만.

　"저는 어른이 되면 선생님이 되고 싶어요. 요리사도 좋고, 헤어 디자이너, 옷 디자이너 등 갖가지 직업 중 하나를 택해 꿈을 이루고 싶어요. 원래 꿈은 선생님이지만 공부를 안 하기에 무리예요. 지금 내가 생각하는 꿈은 내가 커서 하기에는 적절하지 않고 부적합한 어려운 직업뿐이에요. 가끔 주위 사람들에게 꿈 이야기를 했을 땐 거의 듣기만 하고 잘해 보라고 격려하는 말도 해 주지 않아요. 그럴 때마다 나 스스로 노력하라는 뜻이겠지 했어요. 이런 다짐이나 생각도 며칠 아니 몇 분만 잠시일 뿐. 포기하고 주눅 들고 말아요. 그래도 나중에는 이 중 하나라도 꼭 이루어 훌륭하고 떳떳하게 얼굴을 내밀면서 살고 싶어요. 요리사가 되면 가난하여 가격이 약간 부담스러운 음식들을 못 먹는 사람들에게 음식점을 차려서 무료로 맛있게 음식을 만들어 주고 싶고 평소 몸이 약하여 무엇을 먹어도 영양이 부족한 사람들에게 영양이 잔뜩 들어간 음식을 개발하여 만들어 나누어 주고 싶어요. 이렇게 꿈 하나를 이루면 사람들을 위해서 나에게 있는 능력을 쏟아 다른 사람들을 위해 그 능력을 일에 따라 쓰고 싶어요. 지금이라도 조금씩 노력해서 나중에 커서 큰 꿈을 이루고 싶어요."(개나리)

"저는 의사가 되고 싶어요. 꿈을 이루어 아버지의 허리를 고쳐 드리고 싶어요. 그게 안 된다면 돈을 많이 벌어서라도 아버지의 허리를 꼭 고쳐 드리고 싶어요. 이런 생각을 하는 이유는 아버지가 어머니를 잃고 나서 나와 오빠를 키우느라 고생을 많이 하셔서 그래요. 내가 2학년 때 고된 일을 하시다가 손가락이 하나 절단되셨다고 해요. 아버지가 어렸을 때 집안이 어려워서 초등학교를 중퇴하시고 좋은 직업을 못 찾으셨고 건축 일을 하시다가 허리를 다치셨고 허리가 많이 불편하세요. 내가 커서 돈을 많이 벌거나 꿈을 이루어 아버지를 건강한 사람의 손가락과 허리처럼 고쳐 드리고 싶어요. 의사가 되지 못하면 간호사라도 될 거예요. 이 세상엔 너무나 아픈 환자와 마음으로 아픈 사람들이 많기 때문이에요. 그 사람들을 정성껏 치료해 주고 싶어요. 가난한 사람들과 몸이 불편해 병원에 못 오는 사람들한테는 직접 왕진을 가서 치료해 주고 다닐 거예요.

또 한 가지 하고 싶은 일은 작년에 돌아가신 할아버지가 첫 번째로 같이 결혼하신 할머니를 찾고 싶어요. 북한 황해도에 계신다고 했어요. 할아버지가 돌아가셨다는 걸 알려 드리고 싶고 또 지금 돌아가신 할머니의 빈자리 때문인지 약간 쓸쓸하기도 해요. 통일이 되었으면 좋겠어요. 또한 많이 아프신 아버지가 꼭 나으시고 오래오래 건강하셨으면 좋겠어요."(진

달래)

　요즘 진달래와 개나리가 가장 먼저 학교에 온다. 둘이 그림자처럼 붙어 다닌다.

　"얘들아, 이번 주는 내가 교과 선생님들에게 부탁할 테니깐 도망가지 말고 오전 수업만 해. 오후에는 나에게 와."

　야호, 방송실에서 셋이 앉아 책도 읽고 글도 쓴다. 낄낄대며 떠들기도 한다.

　"선생님, 우리 잠깐 산에 가서 바람 쐬고 오면 안 될까요?"

　"야, 안 돼. 이따 수업하고 방과후 수업할 때 갔다 와."

　"예."

　순하게 말도 잘 듣는다. 어떤 날은 수업하다가 3교시쯤 교무실로 달려와 그런다.

　"아유, 교실 공기가 너무 안 좋아요. 4교시 산에 갔다 오면 안 될까요?"

　"그래? 그럼 딴 데 가지 말고 산에만 갔다 와. 점심 급식은 꼭 먹어야 해. 아버지가 나라에 세금을 잘 내서 너희들에게는 공짜로 밥 주는 거니깐 꼭 먹어야 해. 알았지?"

　눈을 반짝인다.

　이렇게 진달래와 개나리가 조금씩 세상을 알아 가고 배워 가고 있다. 서로 줄다리기를 하면서 정도 생겼다. 아슬아슬하다. 언제 어떻게 무슨 일로 마음 상처를 또 받을까. 험한 세상을 헤쳐 가야 하는데 지금 너희들에게 필요한 게 뭘까? 지금도 가끔 진달래와 개나리는 나 몰래 산을 간다. 따뜻한 봄날, 난 교사로 시원스레 무엇 하나 풀어내지 못하고 절망하며 허우적대고 있다. 아주 낯선 아이들이 다가와 같이 살자고 연실 나에게 손을 내민다.

(2008년 4월)

우리 반 진달래 이야기

한 교실에서 넉 달째 같이 지내는데도 우리 반 아이들을 잘 모르겠다. 54살 먹은 남선생과 14살 먹은 여학생들이 만나 날마다 지지고 볶으며 연실 싸우고 있다. 누가 이기고 지느냐 하는 문제가 아니라 이렇게 살아도 되느냐 마느냐 하는 문제 때문이다. 사람이 만나면 어디까지 알아야 하고 이해해야 하고 함께 살아야 하나. 어느 날은 날이 활짝 개다가도 어느 날은 갑자기 바람이 몰아치고 비를 뿌려 대듯이, 교실이 깔깔 웃음으로 가득 차다가도 어느 날은 서로 싸우며 한없이 마음들이 무너지고 울고불고한다.

넉 달 동안 교실에서 교과서고 돈이고 참고서고 볼펜이고 체육복이고 아무도 모르게 없어진 게 수십 차례다. 그렇다고 이걸 두고 교실에 도둑이 득실거린다고 말한다면 참 슬프다. 자꾸 뭘 잃어버렸다고 나에게 와서 말하는데 내가 그걸 해결해 줄 길이 없다.

"잘 찾아봐. 어디 있겠지. 누군가 급해서 네 허락을 받지 않고 잠깐 쓰고 어디다 그냥 놓았을 거야. 다시 한 번 찾아봐."

일이 터질 때마다 그런 말밖에 달리 할 게 없었다. 종례 때 전체 아이들에게 같이 찾아보자고 사물함이고 가방이고 열어 보았지만 그게 어디 있나. 물건에 어디 발이 달렸는가, 어디론가 감쪽같이 사라져 버렸다. 이렇게 서로 의심하면서 물건 찾는 모습을 보고 있으려면 마음이 무너져 내린다. 정말 보기 싫다. 차라리 잃어버리고 말자. 그거 찾으면 또 뭐하나. 독한 맘먹은 도둑 한 명을 어찌 막아 낼 수 있나. 이런 생각 때문에 여러 날 머리 찌끈거리고 우울했다.

학급 회의 때 도벽 사건에 대한 걸 주제로 마음 열고 자기 생각을 다 말해 보자고 했다. 반장이 사회 보는데 앞뒤 딱 자르고 목소리를 높였다. 자기는 지금 책도 다 없어지고 공책도 벌써 네 번이나 잃어버려 다시 수행평가 때문에 쓰고 있는데 이번에 꼭 범인을 잡자고 했다. 저마다 뭔가를 잃어버렸던 아이들이 흥분하며 일어나 말했다. 아예 의심되는 아이들에게 도대체 왜 그런 짓을 하는지 직접 말을 들어 보자고 했다. 아니, 이게 또 무슨 말인가. 여러 아이들 말을 들어 보니 이미 아이들 사이에서는 진달래, 개나리 두 아이를 지목하는 거 같았다. 훔쳐 갔다는 증거도 없이 확신범으로 몰고 말을 들어 보자고 하니 섬뜩했다. 아이들에게 이런 살벌한 구석이 있었나. 그러다가 마음 상처를 입고 무슨 일이라도 저지르면 누가 책임지겠나. 물론 그동안 수시로 수업 시간에 맘대로 교실을 빠져나갔다가 오니 그런 의심을 받는 것이리라. 아니, 그래도 그렇지. 사람을 앞에 두고 그런 말을 예사로 하다니. 안 되겠다. 내가 끼어들었다. 우리가 오늘 하고 싶은 말을 하자고는 했지만 이런 식으로 말을 함부로 하면 되겠나. 좀 신중하게 말을 하자. 그리고 다음에 이런 일이 없었으면 하는 뜻에서 말을 하자는 것이지 꼭 범인을 잡아내자고 그러는 것은 아니잖냐고 했다. 잠깐 내 말에 주춤하며 조용해졌지만 아이들 눈빛을 보니 그게 아니었다. 단호했다. 증거는 없지만 짐작은 한다는 태세다. 불을 끄려 했지만 더 활활 타올랐다. 진달래, 개나리는 고개를 푹 숙이고 있다. 아, 이럴 때 어떡해야 하나. 이십여 년 교사 노릇 했으면서도 이런 일은 처음이라 어디서 매듭을 풀어야 할지 가슴만 벌렁거렸다. 몇 명이 대책을 말했다. 교실 자물통을 큰 걸로 준비하고 각자 사물함은 다 꼭꼭 잠그자. 교실에 딴 반 아이들이 들어오지 못하도록 하자. 시시티브이를 우리 반만이라도 설치해 달라고 교장 선생님에게 건의하자. 설익은 말이지만 나름대로 할 말은 다 했다. 서로 마음이 아프고 상했지만 우리 문제니 우리가 스스로 풀어 가야 한다는 걸 절실히 깨달았다. 혹시 작은 거 하나라도 남의 물건에 손댄 아이들은 과연 뜨끔했을까. 아니면 그게 뭐 문제냐고 속으로 실실 웃고 있었을까.

종례 하고 나서 두 아이를 불렀다. 아까 회의 시간에 마음 아팠지? 위로 한답시고 한 내 말에 대수롭지 않은 듯이 괜찮다고 하면서 자기들은 범인이 아니라고 했다. 목소리 높이면서 강력하게 부인하니 내가 아주 미안했다. 그래, 무엇이든 잃어버린 아이들이 속상해서 여러 말을 한 건데 이해해라. 꼭 너희들이 가져갔다고 의심한 건 아니니깐 마음 풀어라. 너네들이 체육 시간이고 무용 시간이고 수업 들어가지 않고 산에 갔기 때문에 그런 생각이 들었던 거지. 진달래 얼굴을 보니 빨갛게 달아올랐다. 기분이 나쁘다는 거겠지. 물건이야 있다가도 없어지는 것이고 없다가도 또 생기는 거지만 사람 마음은 한 번 깊게 상처 입으면 그건 평생을 가는 것이라 아주 조심스러웠다.

그 이후 여러 아이들 말을 들어 보니 이 두 아이가 의심받을 만한 행동을 여러 번 하긴 했다. 현장에서 그걸 확인만 못 했을 뿐이지. 휴, 누구 말을 믿어야 하나. 왜 우리 아이들에게서 이런 일이 자꾸 생기나. 내 마음이 자꾸 흔들렸다. 언젠가 누가 그랬는가가 드러나겠지만 또 드러나면 그 다음 어찌할 건가. 깜깜하다. 뭔가 바로 잡아야 할 일은 보이지만 해결할 길은 보이지 않았다.

이런 일을 겪고 난 며칠 후 남해 지방으로 수학여행을 떠나게 되었다. 서로 맘 맞는 아이들끼리 짝을 지어 잘 방을 정하라고 했다. 잘 짜지겠지 했더니 몇 아이들이 방을 정하지 못하고 떠돌았다. 이런 것도 스스로 못 하나. 진달래, 개나리는 더더욱 아이들이 피했다. 겨우겨우 여러 아이들과 말해서 잘 방을 정해 주었다. 진달래, 개나리는 따로 떨어져 지내게 되었다. 두 아이 처지를 이해하는 몇 아이들이 함께 지내자고 했다. 그래. 잘했다. 내가 끼어들어 억지로 같이 자라고 하면 그것도 문제가 되지. 즐겁고 신 나는 여행을 떠났다. 거제도에 가서 첫날을 보내게 되었다. 몽돌해수욕장 앞 호텔에서 자게 되었다. 저녁 먹고 아이들은 깨끗한 바닷물이 넘실거리고 봄날 밤 달이 휘영청 뜨니 물가로 나와 바닷물에 뛰어들었다. 바닷물이 깊지는 않았지만 그래도 아이들보고 물에 멀리 들어가지 말고 빨리 나오라 소리 지르고 아이들은 조금씩 더 들어가 물

놀이하고 이런 실랑이를 하면서 즐거운 시간을 보냈다. 어떤 아이는 가게에 가서 폭죽을 사 와 밤하늘에 쏘아 올렸다. 멋져 보였다. 야, 이제 그만 들어가자. 노래방 가서 노래하며 놀자. 아이들이 방에 가 몸을 씻고 호텔 지하에 있는 노래방에 모였다. 데면데면 앉아 있던 아이들이 본격으로 마이크 잡고 흔들거리며 노래한다. 나도 부르라 해서 오랜만에 이장희 노래인 '그건 너'를 불렀다.

"모두들 잠들은 고요한 이 밤에 어이해 나 홀로 잠 못 이루나……."

한껏 분위기가 달아오르는데 진달래는 노래도 안 부르고 시무룩하게 앉아 있다. 왜, 노래 안 해? 자기는 노랠 부를 기분이 아니라며 나보고 바닷가에 같이 나가지 않겠냐고 했다. 나하고 걷고 싶다고 했다. 얘가 왜 이러나? 뭐 할 말이 있나?

둘이 나와 자갈이 깔린 해변을 걸었다. 아이들은 이제 잠자거나 노래방에 있으니 바닷가는 고요했다. 달은 어찌나 밝은지, 바닷물 위로 달빛이 출렁출렁 흔들려 아름다웠다. 멀리 고기잡이배가 불을 환하게 켜고 있다. 진달래는 이 말 저 말 하다가는 느닷없이 고백할 게 있다고 했다. 같이 자는 방 아이들 돈을 훔쳤다고 했다. 두 아이 지갑에서 29,000원을 꺼냈고 그걸로 과자, 음료수를 사 먹고 돈 10,000원이 남아 아이들에게 미안해서 5,000원씩 다시 그 아이들 가방에 올려놓았다고 했다.

"응, 그래? 돈 잃어버린 아이들이 네가 가져간 걸 아니?"

모른다고 했다.

"네가 잘못한 걸 나에게 말하고 또 조금이라도 돌려주었으니 잘했다.

앞으로는 그러지 말아라."

이 말을 들으면서 내 마음은 이미 그 방 아이들에게 달려가고 있었다. 아이들 반응은 어떨까? 어떻게든 이 문제를 잘 마무리 짓고 여행을 즐겁게 해야 할 텐데 말이다.

진달래를 방에 들여보내고 이제 어찌해야 하나? 그러고 있는데 그 방 아이 둘이 나에게 할 말이 있다고 찾아왔다. 내 앞에 앉자마자 둘이 울기 시작한다. 아니, 왜? 돈 잃어버린 걸 말한다. 난 이미 알고 있었지만 모른 척하고 들었다. 아까 저녁밥 먹기 전 돈을 잃어버린 걸 알았다. 진달래가 아까 혼자 방에 있었다며 그 아이 짓이라 했다. 방 아이들이 다 모여 돈 잃은 걸 말할 때 진달래는 태연하게 모른 척했단다. 진달래가 분명히 방에 혼자 있었기에 가져갔다는 확신이 들어 슬쩍 진달래 들으라고 한 아이가 옆방에서 있었던 이야기라며 거짓말을 늘어놓았다. 그 방에서도 조금 아까 돈이 없어져 호텔 주인아저씨와 그 방에 설치한 시시티브이를 확인해서 범인을 잡았다고 말했단다. 방 어딘가에 손님 모르게 시시티브이가 설치되어 있다고 했다. 진달래 들으라고 이 말을 하고 나서 노래방을 갔다오니 5,000원씩 자기들 가방 위에 놓여 있었다며 분명히 진달래가 한 짓이라 했다. 도저히 그냥 넘어가지 않을 거라 했다. 직접 자기들이 진달래에게 따져 묻겠다고 했다. 난 여러 경우를 말하며 달리 풀어 갔으면 좋겠다고 했지만 아이들은 단호했다.

"그래. 그럼, 너희들끼리 만나서 말하고 혹 내가 같이 있으면 좋겠다 싶으면 전화해라."

아, 그래서 이 말을 들은 진달래는 붙잡힐 게 두렵고 걱정이 되어 아까 나에게 고백을 하게 된 거였다.

한참 있다가 그 방 아이가 전화해서 나보고 올라오란다. 올라가니 분위기가 무겁고 침통하다. 몇 아이들은 질문을 하고 또 하지만 진달래는 아무 대답도 안 한다. 고개만 떨구고 있다. 여행 오기 전 방 배정할 때 아이들이 진달래를 다 멀리해서 자기들이 함께 지내자고 한 건데 그런 자기들 마음을 저버리고 이런 일을 벌일 수 있느냐며 따졌다. 입이 열 개라도 할 말이 없는 진달래였다. 또 아까 진달래가 가게에서 3,000원짜리 과자를 사 먹는 걸 보았다며 어느 아이는 울면서 말했다. 그 돈이 어떤 돈인지 아느냐고. 자기 어머니가 힘든 일 다니면서 번 돈을 준 거라고, 자기도 아껴서 안 쓴 돈이라고 했다. 아, 이 말을 듣는데 눈물이 났다. 마냥 어린아이 같았는데 이렇구나. 적은 돈이라도 누구에겐 피눈물이지만 누구에겐 휴지 조각이다. 또 한 아이가 말했다.

"너에게 꼭 사과를 받으려고 이러는 거 아냐. 우린 친구잖아. 우리끼리 서로 이런 말을 하는 게 정말 싫어서 그래. 다시는 우리 이러지 말자. 진달래야, 뭐라도 한마디 해라."

진달래는 모기만 한 소리로 잘못했다고 했다. 침묵만 흐른다.

"자, 이제 마무리하자. 진달래, 너 친구들 돈을 어떡할래?"

"갚을게요."

교사인 나도 빨리 여기서 벗어나고 싶다. 또 이 아이들을 어서 여기서 탈출시키고 싶다. 여행 와서 울고불고 이게 뭔가.

"그럼, 잃은 돈은 내가 대신 내 주고 진달래는 그 돈을 나에게 갚을래?"

끄덕인다. 둘레 아이들도 좀 찜찜했지만 달리 말을 안 했다.

"그럼 진달래도 잘못했다고 했고 그 말을 듣고 너희들도 용서했으니 잘됐다. 너희들 오늘 잘 마무리해서 참 장하다. 오늘 내가 과자 한 턱 쏘마."

우르르 가게로 몰려 나가 한 보따리 과자를 사 왔다. 난 맥주 한 캔 사고. 마침 오늘 생일인 친구가 있어 초코파이를 쌓아 놓고 축하 노래도 부르고 손뼉도 쳤다. 천국 지옥을 오르내리는 아이들이다. 조금 아까 무슨 일이 있었느냐는 듯이 마냥 즐겁게 노니 역시 아이들은 아이들이다.

슬그머니 방을 빠져나왔다. 문득 그동안 학급에서 벌어진 일들, 학급회의 때 나온 말들, 그때 단호했던 아이들 눈빛이 떠올랐다. 누군가 그랬지. 요즘 도벽 사건은 '묻지 마'식이라고, 또 버릇이라고. 무언가 남에게 자기감정을 드러내고 싶을 때 그렇게 아무 이유 없이 아무렇게나 맘대로 행동한다고 했다. 이게 답답한 현실이고 큰 벽이었다. 이걸 넘어서는 교육은 어디에 있을까. 지금 진달래는 잘 자고 있을까?

혼자 바닷가로 나갔다. 철썩이는 바닷물 소리 들으며 동료 선생들이 맥주 한잔 하고 있다. 아, 목말라. 한 잔 두 잔 주거니 받거니, 한참 살아가는 이야기 오고 간다.

저 멀리 바다 끝에서부터 조금씩 어둠이 걷히고 뿌옇게 날이 밝아 온다. 바닷물 바로 위로 갈매기 네 마리가 다정하게 줄 맞추며 아주 느리게 날아오른다. 아, 자유로워라. 가고 싶은 곳으로 자기 맘대로 훨훨 날아가는구나. 내 마음도 실어 가거라.

(2008년 6월)

우리 반 개나리 이야기

그렇게 눈이 부시게 높고 맑았던 가을하늘이 어디론가 밀려 가고 오늘은 아침부터 비가 내린다. 옷이 좀 젖을 만큼만 내린다. 안개도 살짝 끼고 나무들이 거무죽죽하게 보인다. 아침에 학교 가면 교무실 들어가기 전 학교 뒤 숲길을 걷는다. 한 7분 걸릴까. 우리 반 개나리가 현관에서 날 오길 기다렸다가 내 뒤를 졸졸 따라온다.

"선생님, 오늘 조퇴시켜 주세요."

"왜 만나자마자 헤어진다고 그러냐?"

"아이, 그건 말 못 하고요. 그냥 1교시 하고 갈게요."

"아니, 말이라도 해야 될 거 아냐."

"그래도 말은 못 해요."

"그럼 조퇴 안 돼."

"선생님이 허락 안 해도 그냥 갈 거예요."

난 아무 말도 안 하고 앞으로 걸어간다. 뒤에서 뭐라 종알 종알거리고 난 나무들을 하나하나 살펴본다. 비에 젖어 제법 둥치가 또렷하게 보이고 멀리 있는 나무들은 안개에 살짝 가렸지만 간간히 골짜기 나무들이 깨끗해 보인다. 아침 운동 하는 아주머니들이 바쁜 걸음으로 휙휙 지나간다. 이런 날은 좀 천천히 비 맞으면서 걷지, 뭐가 저리 바쁠까. 어떤 아저씨는 아예 운동기구 위에 올라타서 몸을 휘휘 앞뒤로 젓고 있다. 이런 날도 운동기구 타나. 꽤 열심이네. 건강 생각하는 이들은 이거 안 타면 큰일 난다고 생각하나? 참, 열심히 탄다.

"아이, 선생님 내 말 좀 들어 봐요."

"그래, 말해 봐."

"나, 이모 집 나왔어요."

"뭐, 그게 무슨 말이야?"

"이모하고 싸웠어요. 다시는 이모 집에 안 들어갈 거예요. 이제 이모하고 끝장이에요. 뭐 사람을 좀 믿을려고 했더니 그게 다 거짓이에요. 이제 사람은 아무도 안 믿을 거예요. 이 세상에 날 믿어 주는 사람은 아무도 없어요……."

하소연하듯이 훌쩍거리며 말하는데 이거 뭔가 심각한 일이 벌어졌구나. 웬만하면 자기 지내는 일에 대해 말할 때는 그저 밋밋한 얼굴로 말하는데 오늘은 눈물을 뚝뚝 흘리며 말한다. 집안 사정으로 아버지를 떠나 읍에서 멀리 떨어진 할아버지 댁에서 지내다가 5개월 전부터 읍내에 있는 이모 집에서 별 탈 없이 행복하게 지냈다. 그런데 무슨 일이 생긴 걸까.

"엊그제 학교 마치고 집에 가다가 게임방에 갔거든요. 거기서 게임을 하다 보니 5시간을 했어요. 깜빡 집에 연락을 안 했어요. 그랬더니 이모하고 한 약속을 어겼다고 손전화도 빼앗기고 또 말을 그렇게 안 들으려면 집을 나가든지 맘대로 하라고 해서 대판 싸우고 나왔어요."

지금 개나리와 지내는 이모는 혈연관계가 아니다. 그냥 편한 대로 이모라고 부르는 남남이다. 두 주 전 큰맘으로 학교에 찾아온 이모에게서 개나리에 대한 여러 말을 들었다. 이분은 자선사업가다. 아무 연고도 없는 사람 중에 누구라도 인연이 닿으면 자기 집으로 데리고 와 함께 산다. 지금도 장애를 가진 어른 한 분과 개나리를 데리고 산다. 아무 조건이 없다. 자기와 핏줄을 나눈 사이는 아니지만 아주 어렵게 살아가는 사람을 알게 되면 무언가 도와주어야 한다고 생각한단다. 지금까지 아이들 다섯 명을 그렇게 키웠다고 한다. 어디서 지원 받는 것도 없고 다만 자기 친정아버지가 돈을 좀 보태 준다고 했다. 자기는 지난해 위암 수술을 받아 아주 몸이 어려운데도 힘닿는 데까지 이렇게 살아간다고 했다. 자기 딸 두 명도 우리 학교에 다니는데 개나리의 학비와 용돈까지 책임지니 놀랍다. 지난번 수학여행 때도 여행비와 용돈까지 챙겨 주신 분이다. 그때 난 진짜 이모인 줄만 알고 전화만 몇 통 했다. 이런 마음으로 7년 동안 해 오고 있단다.

과연 어떻게 개나리와 알게 되었는가, 물으니 아주 특별했다. 2년 전쯤 자기네 집 앞 길가에서 개나리 아버지가 과일을 팔고 있었고 여러 번 과일을 사 먹어 단골손님이 되었다. 그런데 1년 전쯤 개나리 남동생(초등 4학년)이 학교 계단에서 놀다가 방화벽 문에 머리를 부딪혀 식물인간이 되었다. 그 일로 여러 날 과일 가게가 문을 닫으니 이모는 관심을 가지게 되었고 그게 인연이 닿아 개나리네 살림을 조금씩 돕게 되었다. 그러다가 남동생이 일 년이 다 되도록 깨어나지 않으니 좀 더 적극으로 개나리네를 도왔고, 그 후 개나리 아버지가 집안 살림을 전혀 신경 쓰지 못하게 되니 그게 안쓰러워 집안 사정이 좀 안정될 때까지 개나리를 데리고 살게 되었다. 지금도 동생은 중환자실에서 깨어나지 못하고 있다. 이모나 그 남편도 넉넉하지 않은 살림인데도 이런 일을 운명처럼 받아들이고 있고, 두 딸도 개나리를 동생으로 맞아 잘 어울려 지내니 요즘 세상에 참 보기 드문 분들이고 식구들이다. 한 5개월을 그렇게 잘 지내다가 갑자기 이모에게 개나리는 투정을 부리고 성질내며 집을 나온 거다. 무엇 때문에 집을 나왔느냐고 물으니 더 할 말이 없다 하고 더 이상 묻지 말라고 했다.

일단 교실로 들어가라 하고 이모에게 전화했다. 푹 가라앉은 목소리로 말하는데 그동안 개나리 말과는 또 다른 여러 사정이 있었다. 유별나게 개성 있는 개나리를 성의껏 식구처럼 데리고 있었는데 가끔 뜬금없이 폭발하는 괴팍한 성격 때문에 마음고생을 많이 했다고 한다. 뭔가 자기 삶에 대해 지적하고 고칠 걸 말하면 본능으로 거부한다. 말 자체를 거부하니 한 발짝도 더 나아가지 못하고 폭발한 거다. 일단 시간을 더 두고 여러 가지를 다시 생각해 보아야겠다고 했다. 남편, 딸들 의견도 들어 보고 개나리 문제를 어찌할까를 정한다고 했다. 마치 이모가 자기를 돌보는 게 당연한 것처럼 여기고 다시는 안 볼 것처럼 대들었으니 얼마나 마음 아팠을까. 개나리는 이모 집을 나와 다시 할아버지 집으로 들어갔다.

"······시골집에 들어갔는데 할아버지는 괜히 나한테 뭐라 뭐라 하고 야단만 쳐요. 어제는 뭐 돈이 없어졌는데 무조건 내가 가져갔다고 하는 거예요. 억울해요······."

살림이 팍팍하니 모든 일이 점점 꼬이고 그러다 보니 식구들 모두 신경이 날카롭다. 할아버지는 개나리가 밉다. 진득하니 이모 집에서 잘 지내지 또 일 저지르고 여긴 왜 오느냐는 투였기에 개나리는 눈물 바람으로 지내게 된 거다. 어디든 자기 말을 들어 주는 곳이 없다 생각하니 깜깜한 거지.

그 후 개나리는 차츰 안정을 되찾았지만 이모집에서 지냈던 행복한 시간을 잊지 못했다. 개나리에게 이모를 한번 만나 보겠느냐고 하니 선뜻 그러겠다고 해서 며칠 후에 둘이 전화해서 마음 풀고 개나리는 다시 이모 집으로 들어갔다. 환하게 얼굴이 밝아졌다. 잃었던 기운을 되찾았는가, 수업 시간에도 자세가 바르고 청소도 열심히 잘했다. 이모 말을 들으니 지난 일로 개나리가 한층 컸다고 했다. 걱정했던 옛 모습이 다 사라졌다고 했다. 아이들을 알다가도 이렇게 모를 때가 참 많다.

지난 1학기를 마치고 개나리가 쓴 글이다.

중학교가 적응이 안 되어 처음에 막 맘대로 산에 가고 놀러 가고, 아무 말 없이 조퇴하고 방황을 했다. 그런 행동을 한 지가 엊그제 같은데 벌써 한 학기를 마치고 이제 여름방학이 찾아온다. 처음엔 내가 주로 약간 수위가 높은 소설이랄까? 이런 소설들을 누가 보든 간에 쓰는 게 내 취미였기 때문에, 그런 거 쓰고 있다가 갑자기 흔적 없이 사라졌던 생각이 난다. 주로 나의 소중한 소설 공책을 가져가던 애들이 꽤 있었다. 보고 싶으면 말을 하든지, 하긴 보고 싶어 해도 내가 주질 않았다. 약간 쪽팔린다고나 할까. 그런 느낌 때문에 주고 싶어도 주지 않았다.

그리고 반 애들 중에선 또 이런 애들도 있었다. 예전부터인가, 만화책이 갑자기 끌린 듯싶어서 바로 영화나라에서 회원 등록을 하고 만화책을 찾았다. 물론 약간 수위가 높은 만화책이랄까. 지금 생각해 보면 내가 본 만화책들 거의 다 '15세 이상만 보세요♡' 이런 글들이 자주 붙어 있었던 듯싶다. 그런데 내가 이런 만화책을 빌려서 학교에서 보았다. 심심할 때 만화책을 꺼내면 무슨 만화책이냐부터 물어봐서는 일단 만화책 표지부터 이리저리 훑어보다가 약간 좋은 내용물이 나오면 일단 가져가서 보는 애들이 몇 명 있었다.

또 내가 심심해서 할 짓이 없을 땐 만화책 보다가 지겨울 때 아니면 점심시간에 점심 먹고 약간 쉬는 시간이 있을 때는 일단 칠판 앞으로 달려가선 '○○○○○♡' '○○○○○★' 이런 식으로 장난치고 놀았던 적이 있다. 그러나 이런 장난을 치고 놀 때 약간 귀찮다고 할까. 아니 대답을 못하게 만드는 애들이 몇몇 있었다. 물론 그 애들이 다 대단하고 킹왕짱이신 우리 반 애들이란 거지. 이런 약간 재밌으며 황당하기까지 한, 이런 많은 일들을 겪으면서도 항상 행복했다고나 할까. 재밌었다고나 할까. 하여

튼 진짜 한 학기 동안 많은 일들이 일어나고 그랬던 것 같다. 다음 한 학기, 즉 2학기 때는 산에 안 가고 공부 조금이라도 해서 이모에게 한 약속을 꼭 지킬 것이고 이번에는 선생님 속 좀 그만 썩혀야겠다. 험험.

우리 반 수업 시간은 늘 시끄럽다. 떠드는 아이들이 한 7명쯤 된다. 개나리나 진달래는 아주 조용하다. 물론 수업 내용에 집중한다기보다 아예 말을 안 하고 가만히 앉아 있다. 딴 아이들이 수업 시간 내내 떠들면 그때마다 지적하고 실랑이를 자주 벌인다. 어느 때는 화가 나서 아이들을 4-5명씩 복도로 내보내고 수업할 때도 있다. 아마 내 얼굴이 굳어지고 벌개졌나 보다. 1학기 때 그렇게 내 속을 썩이고 맨날 도망 다니던 개나리가 지금은 전혀 달라진 모습으로 지낸다. 학급 문집 낼 때도 먼저 글 써서 내고, 입력하는 일도 스스로 자원했다. 우리 반에서 나름대로 든든한 언덕으로 앉아 있다. 전혀 마음을 쓰지 않아도 될 만큼 컸다. 그런 개나리가 어제 나에게 편지를 보냈다. 내가 개나리에게서 이런 위로를 받다니, 또 내 좁은 소갈머리를 들킨 거 같아 쑥스럽기도 하네.

황금성 선생님!
……애들이 너무 속 썩여도 선생님이 이해하세요. 아직은 세상일 아무것도 모르는 철없는 중학교 1학년들인 걸요. 물론 저도 맞지만요. 그래도 만약에 우리 반 같은 애들이 이 세상에 한 명도 없다면 아마도 이 세상은 변함없이 조용할 거예요. 이런 애들이 있으니까 시끄럽기도 한 거

고 재밌기도 한 거고 짜증 나기도 한 거예요. 그러니까 조금 세상을 더 아시고 많이 살아 보신 선생님께서 이해하시고요……

2008년 10월 13일

선생님 속을 잘 썩이는 제자 개나리 올림

아이들 폭력

겨울방학 중이지만 학교를 여러 번 들락날락한 건 아이들 폭력 사건 때문이었다. 폭력 때문에 여러 궁리도 해 보았지만 시원스레 풀리지 않고 자꾸 꼬여만 가니 지친다. 다가올 새 학기를 생각하니 마음이 뒤숭숭하고 아득하다. 예전에는 방학 때 떨어져 지낸 아이들이 보고 싶기도 했는데 이젠 덤덤하고, 오히려 마음이 시들시들해지니 나 스스로 놀란다. 해가 갈수록 아이들과 잘 소통되기는커녕 자꾸 멀어지고 아이들을 이제는 잘 모르겠다. 추운 겨울이 가고 따뜻한 봄이 온다. 자연에는 온갖 생명이 움트는데 폭력 휘두르는 아이들하고 어떻게 지내야 할까, 어떻게 다가가야 할까, 자꾸 자신이 없어져 간다. 나이가 들어서 그런가, 뭐 그냥 지지고 볶으며 살아야지 하는 생각뿐이다.

학교에 갔던 사정은 이렇다. 며칠 전 아이들 열여섯 명이 노래방으로 떼 지어 들어가는 걸 보고 뭔가 느낌이 이상했는지 한 학부모가 학교에 전화를 했다. 가 보니 2학년 선배들이 1학년 후배들을 모아 놓고 마구 때리고 있었다. 평소 자기들에게 공손하지 않고 '뒷담'이나 까고 욕했다고. 노래방에서 무슨 일이 있었는지 자세히 물으니깐 한결같이 비슷하게 말한다. 많이 때리지도 않았고 많이 맞지도 않았다고, 거의 다 말을 맞추고 앵무새처럼 말한다. 뭘 물어도 늘 있던 일이라 그런지 시큰둥하다. 뭐 말해 봤자 해결될 일도 아니고, 사실이건 아니건 자기 생각을 말했다가는 그게 빌미가 되어 나중에 골치 아플 거 같으니 그저 '모른다'고만 한다. 그냥 더 이상 괴롭히지 말라는 투다. 귀찮다는 표정이 뚜렷하다. 누구한테 맞았냐고 하면 그때 고개 숙이고 있어서 모른다고 하고, 몇 대 맞았냐고 해도 모른다고 하니 묻다가 그만 먼저 지친다. 서로가 딱한 처지다.

맞아서 절뚝거리는 아이를 보는 부모 마음만 찢어진다. 맞은 아이 부모가 때린 아이를 불러 야단치고 원망도 하지만 화가 풀리겠는가. 되돌릴 수 없는 일이지. 때린 아이의 부모는 여러 번 학교에 불려 오니 교사를 보기도 민망할 거다. 그 전에 있던 사건도 아직 마무리가 안 되었는데 또 학교에서 오라 하니 기가 막히겠지. 어려운 가정을 힘겹게 꾸려 가는 부모들이다. 직장에서 낮에 잠깐 학교 한 번 오는 것도 한두 번이지 눈치 보여 못할 짓이라고 한다. 자식 하나 있는 거, 죽이지도 살리지도 못한다고 거꾸로 하소연한다.

이런데도 때린 아이들은 별일 아니라는 듯이 태평하고 맞은 아이들은 얼굴이 어둡고 찌그러져 있다. 선배에게 더 시달릴 걸 걱정하는 거다. 어른들 눈에는 아이들 관계가 간단한 거같이 보이지만 아이들 세계는 독특하고 쉽게 바뀔 거 같지 않다. 주먹이 더 가깝다. 오죽하면 어느 부모는 자기 아이가 자꾸 시달리니깐 선배 중 우두머리인 고등학생을 따로 만나서 자기 아이만은 건드리지 말아 달라고 부탁하며 밥을 샀다고 한다.

일 저지르는 아이에게 거꾸로 사정한다. 혹, 선배들이 때리려고 너희들 모이라 하면 가지 말고 나에게 말해 줄 수 있겠느냐고 하니 고개 푹 숙이며 모른다고 한다. 알고 모르고가 아닌 것도 이렇게 말하니 그만큼 선배가 무서운 거다. 그러면서 겨우 한다는 말, 선배들이 그래도 착하고 평소 자기들에게 잘해 준다고 하니 이거 뭐가 뭔지 모르겠다.

때린 아이 중 몇 명은 지난번 폭력 건으로도 징계받아 노인요양센터에 가서 며칠 간 봉사 활동을 했는데, 그것도 수업 안 하고 시간을 때우고 노는 거라 여기니 이런 처방도 헛것이다. 과연 아이들 마음을 움직일 수 있는 게 뭘까.

가해, 피해 학생들의 학부모들이 모였다. 좁은 지역에 사는 이들이라 대부분 서로 아는 사이다. 그래도 조목조목 아이들 폭력에 대해 따지기도 하고, 그 말을 듣고 진심으로 용서를 구하며 사과도 하고 재발 방지를 약속했다. 아울러 미리 폭력을 막지 못한 학교에 대해서도 서운해하며 이후 대책을 물었다. 집에서 자기 아이 하나도 잘 챙기기가 힘든 현실을 인정하면서도 속이 상하니깐 부모의 바람을 말하는 것이었다. 학교폭력대책 자치위원회에서 의논하고 아이들을 지도할 거라 말했더니, 그럼 다음에 또 이런 일이 안 일어날 걸 약속할 수 있느냐고 되물었다. 노력은 하겠지만 약속은 못 한다고 했다. 폭력의 고리를 끊을 수 있는 근본 대책을 말하라는데 그게 무 자르듯이 쉬운가. 말하는 내내 답답했다. 거꾸로 그럼, 학부모는 어떤 묘안이나 뾰족한 방법이 있으면 말해 달라고 하니 대답을 못 한다. 학교에 자꾸 책임을 미룬다. 두루뭉술하게 일을 덮으려고만 한다고 학교를 몰아붙이더니만 성이 안 찼는지 결국 며칠 후 도교육청 누리집에 이 사건을 올려 버렸다. 아마 위 관청에서 내리누르면 뭔가 묘책이 나올 거라는 기대? 아니면 교사나 학교를 곤경에 빠뜨리려고 한 것인지 잘 모르겠다.

지난해 선배에게서 맞아 팔이 부러져 가해 학생으로부터 치료비를 보상받았던 피해 학생이 올해에는 가해자가 되어 그 부모는 순식간에 반대 처지가 되어 한쪽에서 고개를 숙이고 있으니 이걸 어찌 설명해야 하나. 폭력이 폭력을 부르고 이어 간다. 길들여진 폭력 세계에서 아이들을 구하는 심정으로 부모들이 머리를 맞대어 길을 찾기보다는 당장 책임을 묻고 따지는 자리가 되고 보니 갈 길이 참 멀다. 그 고리를 어찌 교사들에게 끊어 달라고만 할까. 힘껏 애쓰지만 아이들은 미꾸라지 빠져나가듯 제멋대로 살아간다. 늘 일이 터지고 나서야 그 뒤처리나 하는 게 교사나 부모가 할 일이니 만나기만 하면 서로 민망하다.

지난해 말에 터진 폭력 건도 아직 풀리지 않았다. 9명이 1명을 괴롭히고 폭력을 휘두른 일인데 이번 일과 겹치는 아이도 6명이나 된다. 계속 일을 저지른다. 이때 맞은 아이는 공황장애로 불안에 떨며 방학 내내 치료받고 있다. 언제나 정상으로 돌아와 학교에 다닐지 아무도 모른다. 의사 말로는 적어도 2년 이상을 특수한 환경에서 치료해야 한다고 했다는

데 그것도 가 봐야 알겠지. 아이는 끝 모르는 고통에 시달리고 부모들은 합의하기 위해 끙끙거리지만 엄청난 치료비 때문에 길이 안 보인다. 그걸 지켜보는 학교도 어렵다.

시간이 흘러흘러 이제는 모든 아이들이 다 폭력의 피해자가 되고 말았다. 원만히 해결이 안 되니 아이들이나 부모들이나 다들 공중에 붕 떠 있는 듯이 불안에 떨고 있다. 어떻게든 폭력 문제를 학교에서 해결해 주길 바라지만 한계가 뚜렷하다. 학교 마치고 집에 돌아가 지내는 시간에 무슨 일이 벌어지는지 알 수가 없다. 평소 아이들이 마음을 열지 않으니 아이들 세계가 안갯속이다. 그러니깐 똑 부러지게 대답하기가 어렵다. 또 아이들의 삶에 대해 방관하는 어른들의 태도에 대해서는 별말을 안 하고, 그저 좋은 결과만을 기대해서 그런 것이겠지. 자기 아이들이 시간마다 어디서 무엇을 하는지 손전화로 귀찮게라도 확인하고 감시한다고 해결되긴 어렵다.

부모와 교사를 믿는 거보다 가까이에서 절대 영향을 주는 선배 말을 듣고 행동하는 아이들의 독특한 관계, 아이들을 단단히 옥죄고 있는 그 지점에서 매듭을 풀어 가야겠지. 믿음을 회복하는 길을 함께 찾아가야겠지. 누가 누구를 몇 대 때렸고 때린 아이 부모들이 맞은 아이 부모들에게 찾아가 잘못했다고 빌고 보상하는 것은 해결하는 과정의 한 부분이다. 부모들이 이러고 있을 때 아이들은 또 만나서 다른 일을 벌이고 있다.

전에도 그런 적이 있다. 선배들이 후배들에게 가끔 돈을 요구하여 여러 번 돈을 모아 갖다 주었다. 후배들이 선배에게 주었다는 돈이 얼마인지 겨우 조사한 다음, 그 사실을 선배 학부모들에게 알리고 그 돈을 되받아 돌려준 적이 있다. 돈 빼앗는 문제라 아주 엄하게 혼내고 교사, 학부모들 앞에서 다시는 안 그러겠다고 약속했지만, 그 일 이후에 곧바로 또 똑같은 일을 벌이고 있다는 말을 들었다. 더 이상 무엇을 해야 할지 모르겠다. 각서 쓰고 다짐하지만 돌아서면 휴지 조각이 된다. 가까스로 알려지는 정도가 이러니 모르는 일까지 더한다면 얼마나 많을까. 도무지 감당이 안 된다.

　새 학기에 무슨 업무를 하고 싶은가 묻기에, 골치 아픈 아이들 곁을 떠나 1학년 학급을 맡을까도 잠깐 생각했지만 아, 아냐. 그냥 같이 살아야지. 미운정도 들었고 하니 재미있게 살 궁리를 해 보아야지. 길은 안 보이지만 같이 산다는 것 이상 더 귀한 게 있을까. 내가 할 수 있는 일, 해야 할 일이 이거 말고 뭐 있나, 편한 일 찾아 나설 나이도 아니다 싶고 해서 그대로 폭력 담당 일을 하겠다고 했다. 당장 내일 개학하면 아이들 10명과 사회봉사 활동에 나서야 한다. 봉사 활동 마치는 날에는 아침부터 오전 내내 장항읍 바닷가를 더듬으며 걸으려고 한다. 새 학기 들어 해야 할 내 몫이다.

(2011년 3월)

봄나들이

집단 폭력으로 징계받는 아이들 9명과 토요일 오전, 학교를 나와 바닷가 쪽으로 걸었다. 장항중학교에서 장항제련소까지 한 4킬로 되나?

걷자. 학교 안이 답답하기도 하고 봄볕 좋은 봄날, 걷고 산에 오르자.

길 가다가 닻을 만드는 철공소 안도 들여다보고 공중화장실이 보이니 몇 명이 아예 똥도 누고 가자고 해서 잠시 길에서 같이 기다리고, 옛 부둣가로 이어지는 철길 따라 둘씩 짝지어 걸으며 사는 이야기도 하고 각자 꾸는 꿈도 풀어냈다.

맨날 학교에서 일 벌이고 학교에 불려 오는 아버지 보기가 참 미안하다고 하면서 들려주는 말, 1학기 때 일 저지르고 아버지와 단둘이 이 길을 걸으며 진지하게 길게 대화했다고 한다.

"무슨 말 했는데?"

다음부터는 절대로 싸움 안 하고 후배를 때리지 않겠다고 다짐했다고. 그러고 나서 또 후배 때려 지금 이 길을 다시 걷는 거라고 낄낄댄다.

"선생님, 배고픈데 우리 짜장면 시켜 먹을까요?"

"뭐? 지금 걷는데 어떻게 먹어?"

"전화하면 당장 여기로 가져와요."

"개념 없구먼. 너희들 소풍 나온 게 아니라 벌로 걷는 거야."

"그래도 먹으면서 걸으면 되지요."

"아아, 그만 떠들고 걷자. 걸어."

드디어 장항제련소 굴뚝이 서 있는 전망산으로 올라갔다. 오염된 곳이라 입산 금지 간판이 서 있고 철조망으로 길을 막았지만 용케 개구멍 찾아 올라간다. 풀숲을 헤쳐 가며 올랐다. 멀리 바다가 보인다. 대죽도, 소죽도, 유부도, 유자도가 사이좋게 떠 있고, 금강 하구 둑을 막아 새 모래섬이 생기고 철새가 한가로이 날고 있다.

"얘들아, 여기는 금강과 바다가 만나는 곳이고…… 백제가 어떻고……."

내가 이러고 있는데 아이들은 잽싸게 손전화 꺼내 게임도 하고 어디론가 문자도 보내고 있다.

"야, 저기가 유부도고 검은머리물떼새가 유명하고……."

대충 말하고 궁금한 거 물으라 하니 대뜸 한 아이가 손들고 하는 말.

"우리 언제 내려가요?"

팍 김이 빠지고, 난 모른 척하며 또 여러 생각나는 게 있어 말하고 이 얼마나 멋진 곳이냐, 하고 나 혼자 감동받아 말하는데, 아이들은 딴 데만 쳐다보고 자기들끼리 떠든다.

"휴, 좋아. 저 바다만 보고 가도 좋으니깐 좀 실컷 보고 시원한 바람, 공짜로 맘껏 마셔라." 하고, 난 한쪽으로 가서 멀리 바다 보고 기분 냈다.

그리고 잠깐, 아이들이 조용해 돌아보니 아이들이 하나도 없다. 아니, 애네들이 어디 갔나? 찾아봐도 없다. 전화해도 안 받고 이름을 불러도 불러도 대답이 없다. 가슴이 철렁, 올라오는 길 양쪽은 기암절벽인데, 미끄럼 타고 내려갔으면 몇 놈은 다리 부러지고 머리 깨지는데?

아, 올라온 길 반대쪽은 공장이라 저기로 가진 않았겠지? 설마 하고 가 보니, 아이들은 이미 일제 때 쓰던 계단으로 용케 내려가 저 아래 공장 안 마당에서 서성인다. 새까맣게 점으로 보인다.

"야야, 빨리 다시 올라와. 너희들이 안 오면 나도 안 내려갈 거야. 당장 올라와."

고래고래 소리치고 전화해도 아이들은 꿈쩍도 안 하고, 기껏 하는 말이 우리가 올라가기 어려우니 나보고 얼른 내려오란다.

"안 돼. 너희들이 올라와."

싫단다. 다시 내려올 걸 왜 다시 올라가냐고. 아니, 이것들 봐라. 할 수 없이 아이들 중 힘센 짱, 동기보고 전화 받으라 하고는 당장 여기로 올라오라고 했더니 죽어 가는 소리로 하는 말.

"사실은 올라갈 수 없어요. 계단으로 내려와서 공장 안으로 들어올 때 3미터쯤 되는 담을 뛰어 내려왔거든요."

"뭐? 아유, 난 그것도 모르고 오라고만 했네. 왜 바로 말하지 그랬어? 그럼, 거기 공장 대문 앞 큰길에서 기다려."

그러고서 난 다시 아까 올라오던 길로 내려가 한 15분 후 만나자고 하고 서둘러 가 보니 엉, 4명이 없네.

"어디 갔어? 애들."

"다리 아프다고 콜택시 타고 학교에 먼저 갔어요."

"정말 골 때리는 아이들이구먼. 알았어. 내가 차 가지고 올 테니깐 너희는 여기서 꼼짝 말고 기다려."

아이들을 태우고 와서 다들 모이니 아이들 얼굴이 다 환하다. 멀쩡하다. 먼저 차 타고 온 아이들도 아무 일 없었다는 듯이 낄낄댄다. 오늘 먼 길 잘 갔다 왔다고, 오늘 아주 힘들었다고 스스로 자랑하고 있으니 참 대책 없는 아이들이네. 이거 뭐라 정리하고 보내지? 일일이 손을 잡으면서 그랬다.

"야, 너희들 살아와 주어 고맙다. 오늘 나도 잘 놀다 왔다. 월요일에 만나자. 잘 가라."

(2011년 3월)

조그마한
내 꿈
하나

조그마한 내 꿈 하나

    누구에게든 물어보자. 당신이 가지고 있는 것 중에 가장 소중한 걸 하나 들라면 뭘까요? 간단한 질문이면서도 선뜻 대답하려면 머뭇거려진다. 저마다 여러 이유를 들며 여러 말을 하리라. 그럼, 나에게는 무얼까? 이것저것 떠올리다가 문득, '집'이 생각났다. 하루 일을 마치고 돌아와 모든 세상일을 내려놓고 마음 편히 쉴 수 있는 곳, 어머니처럼 푸근하게 나를 품어 주는 곳, 부담 없이 마음 놓을 수 있는 곳, 누구에게든 아무 꺼릴 것도 없고 눈치 볼 것도 없고 아무 조건도 없고 경쟁이 없는 곳이다. 평화로운 곳으로 난 거기에 기대고 나날을 살아가는지도 모르겠다.

    나는 1983년에 결혼하고 6년 만에 집을 마련했다. 나무 서너 그루가 있는 마당을 가진 아담한 단독주택이다. 마당에다 손바닥만 한 텃밭도 만들어 상추, 고추, 취, 더덕, 가지, 열무, 도라지, 파, 아욱, 쑥갓을 심어 가꿔 먹었다. 거기서 아이 둘을 키우며 재미있게 살았다. 따뜻한 보금자리였다. 둘레 사람들이나 잘 아는 동무들도 이 집이 좋아 보였는가, 자주 놀러 왔고 자고 갔다. 분위기 때문이기도 했으리라. 이 집에서 산 지 벌써 17년이 되었다. 지금은 아이들도 다 커서 집 나가 공부하고 아내와 둘이 살고 있다.

한 3년 지나면서 조그마한 '꿈' 하나를 다시 꾸게 되었다. '살아 숨 쉬는 자연 가까이에 가서 텃밭 일구며 조용히 살 수 있을까? 나와 비슷한 꿈을 가진 사람들과 만나 마을을 이루고 살면 어떨까?' 하는 거였다. 이런 꿈이 정말 씨앗이 되어 (주)이장에서 꾸리고 있는 '산녀울' 생태 마을 만드는 일에 참여하게 되었다.

소박한 꿈을 갖고 그걸 하나둘 이루어 가는 건 참 재미있고 소중하고 귀하다. 오늘날 대부분 사람들은 자기 생각대로 자기 멋대로 각자 살아간다. 이웃과 무언가를 나누며 살아가는 일이 적어졌고, 그런 삶이 오히려 어색하다. 자기 생각대로 살아가기에 더 편해졌을지 몰라도 남과 더불어 살아가는 기쁨이나 즐거움을 다 잃어버렸다. 경쟁의 소용돌이 속에서 나날을 그저 버티고 견디는 데 익숙해 버렸다. 도시의 삶은 예전에 모여 살던 사람들이 튼튼한 아파트 벽을 만들어 살면서 다 갈라졌다. 끝없는 경쟁과 싸움 속으로 달려들게 했다. 그러니 거기에 무슨 믿음과 정이 있고 사랑이 꽃피겠는가.

메말라 가는 삶을 어찌 더 이어 갈 수 없어 이제 눈을 다시 뜨고 있다. 조금씩 자연으로, 농촌으로 되돌아가고 있다. 잃어버린 옛정을 찾고 잊어버린 옛 문화의 소중함을 알게 되었다. 다시 그때 그 시절의 아름다웠던 시절로 돌아가자. 덜 먹고 덜 쓰더라도 인정 넘치는 농촌 삶터로 다시 돌아가자. 가서 논밭을 우리 손으로 일구고 사라져 간 놀이를 되찾고 더불어 살아가던 두레 정신을 되찾자. 이런 소박한 마음들이 모여 이제 우리 힘으로, 우리 뜻대로 살기! 좋은 마을을 만들어 보자고, '산너울' 마을에 들어오려는 15가구 사람들이 머리를 맞대었다.

산너울마을이 들어설 서천 등고리는 부여에서 30분 거리에 있고, 마을 앞에는 흥림저수지, 뒤로는 천방산이 우뚝 서 있어 참 아늑하고 아름답다. 산 아래 20여 가구가 옹기종기 모여 있다. 이 마을 한켠에 터를 마련해 새로 35가구가 들어가려 한다. 자연과 사람이 조화롭게 살아가면서 농촌 문화를 되찾고, 고향을 떠났던 분들이 다시 돌아오도록 하기 위해 서천군에서 전원 마을 만드는 일을 기획했다. 10여 년 전부터 퍼머컬처(Permaculture) 정신에 따라 마을 만들기를 해 오던 (주)이장에 의뢰해서 전체 마을 설계에서부터 각 집 건축하는 것까지 주민들과 함께 의논해 틀을 짜고 있다. 집 한 채 지을 때도 흙과 나무, 돌로만 지을 생각이다. 제각기 제 빛깔을 가진 사람들이 모여 과연 어떤 마을을 만들어 갈 것인가? 대여섯 차례 모여 각자 가지고 있는 마음 보따리를 풀어놓고 다듬고 있다. 가장 먼저 등고리마을에 사는 주민들과 이장님을 만났다. 새로 만나 한 식구로 지내려면 얼른 인사를 해야지. 먼저 그분들께 함께 살고 싶다는 말을 하고, 주민들의 생각이 어떤지를 물었다. 이장님은 환한 얼굴로 대답하길, "농촌을 떠나는 요즘, 거꾸로 농촌에 들어와 살겠다는 여러분들을 환영하며, 반가운 마음으로 어서 들어오기를 기다린다."고 했다. 참 고마운 말이다. 마침 이 마을을 정하고 터를 마련하는 데 큰 도움을 준 이는 그 마을에 사는 서천군청 직원이었다. 여느 장삿속으로 만드는 마을과 달리 서천군에서 직접 일을 추진하고 이장에서 만들 거라는 동네 군청 직원 말에 마을 어른들이 편한 마음으로 동의했다. 그러나, 그렇더라도 앞으로 일을 해 가는 게 어디 말처럼 쉬운가. 앞으로 켜켜이 걸림돌이 나타날지도 모르겠다. 서두르지 않고 더디지만 느리게 가는 길을 택해 단단하게 마음을 모아 가려고 한다.

앞으로 마을을 어떤 모양으로 만들어 가고 각 집은 어떤 모습으로 지을 것인가? (주)이장 식구들과 긴밀하게 협의하며 해 나갈 것이다. 쉽지는 않겠지만 이렇게 해야 이 산너울마을이 내 마을이 되고, 손잡고 만들어 가는 일이 바로 내 일이 된다. 애틋한 마음을 가지게 된다. 언뜻 보면 맨땅에 삽질하듯이 모여 사는 게 어설프고 안 될 일처럼 보일지 모르지만 그렇지 않다. 좋은 생각을 가지고 만나 힘을 모으면 뭔가 일을 낸다. 뜬금없는 일이 아니라 우리에겐 든든한 (주)이장 식구들이 곁에 있다. 그동안 갈고 닦은 실력으로 멋진 마을을 함께 치밀하게 만들어 갈 것이다. 함께 마을을 만들어 가는 건 새로운 역사를 우리 손으로 쓰는 일이고, 우리가 주인으로 지내는 것이다. 이 삶터는 우리만 살다 가는 자리가 아니라 우리 아들딸들이 이어 살아갈 곳이기에 신중하게 만들어야 한다.

무너져 가는 농촌에 다시 살아갈 둥지를 트는 이유는 여러 가지가 있겠다. 마을에는 우리하고 풀 한 포기, 벌레 한 마리, 나무 한 그루 그리고 마을 숲이 어울려 사는데 무엇 하나 귀하지 않은 게 없다. 살아 있는 생명들 틈에서 우리가 살아가고 있다. 사람이 더 풍요롭게 살기 위해 다른 생명을 마구 죽이며 사는 삶의 태도를 버리고 겸손하게 살아가려 한다. 화학 농법으로 죽어 가는 땅을 되살리려 한다. 편한 삶을 살아가기 위해 많이 쓰던 에너지를 조금이라도 줄이고 덜 쓰려 한다. 대체에너지인 태양광을 적극 이용할 생각이다. 우리가 먹는 먹을거리 일부라도 우리 손으로 키우고 해결해 나가려 한다. 지역을 살리는 일도 앞장서려고 한다. 우리 지역에서 키운 것을 먼저 사 먹으려 한다. 지역 사람들이 땀 흘려 일해 얻은 농산물을 우리가 거두어 먹어야 농민들이 안심하고 농사를 지을 수 있다. 우리가 자연 속으로 들어와 지내려 하는 건 물론 맑은 공기, 든든한 산, 깨끗한 물, 늠름한 나무를 만나러 온 것도 이유가 되겠지만 그래도 한 가지 뚜렷한 생각은 그런 아름다운 자연 속에서 정겹게 어깨 걸고 살아가는 사람들을 만나고 싶다. 자연이 우리에게 준 삶의 질서이리라. 그런 분들의 삶 속에 자리 잡은 지혜는 우리를 사람답게 살아가게 하리라. 이러면 나눌 삶이 즐비하게 많고 흙에 발 디디고 일하며 살아가는 사람들을 섬기며 살아가게 된다. 이게 꿈이지만 그대로 현실이 되어 감동을 줄 것이다. 산속에 있는 만물들이 잘 어울려 있듯이 마을 사람들이 함께 두레 문화를 이어 가고 이웃 지역으로 퍼트려 나갈 것이다. 보고 듣고 배우며 함께 일을 찾아 풀어 갈 것이다.

산너울마을에는 이런 일이 생기겠지. 모를 낼 때는 마을 사람들이 함께 논에 들어갈 테고, 가을일을 마칠 때는 풍물 두드리며 마을 잔치를 벌일 거다. 마을 길에는 여럿이 함께 돌담도 쌓고, 시냇물이 졸졸 흐르도록 물길도 내고, 마을 길은 꽃길이 될 거고, 마을 곳곳에 푸른 나무들

이 시원한 그늘을 만들겠지. 어느 날은 하루 땀 흘려 일하고 나서 공동 식당에 모여 밥도 같이 해 먹을 거고, 영화도 같이 보고, 또 잔치 벌어지는 날에는 장구 치고 북 두드리고 노래하고 피리 불고, 마을 어른들은 저마다 끼를 드러내며 연극 연습을 해서 아이들 앞에서 멋들어지게 공연도 할 것이다. 각자 가지고 있는 책을 한 곳에 모아 마을 도서관도 만드니 개인으로 책을 살 필요가 없겠다. 거기서 공부방도 열어 자연, 인간, 교육, 생명에 대한 것을 듣고, 세계가 어찌 돌아가는가도 알게 되겠지. 또 농부는 처음 텃밭 일구는 분들을 위해 거름 만들고 땅에 넣는 법을 일러 줄 테고, 유기 농업으로 키운 먹을거리를 일부라도 서로 나누어 먹을 것이다. 마을 역사를 잘 알고 있는 마을 어른들을 모시고 옛날 이야기도 들으며, 이어 가야 할 문화도 챙길 것이다. 일이 바쁠 때는 어린 아이들을 한 방에 모이게 하고 식구들이 돌아가며 공동으로 돌봐야겠지. 어울려 살아가는 마을 이야기도 글로 써서 쪽지 신문도 내고, 연말에는 그걸 모아 문집도 펴내는 꿈도 꾼다. 그러면 과거와 현재, 미래가 그대로 이어지는 삶터가 될 것이다. 마을에서 꼭 지켜야 할 삶의 원칙을 자세하고 정확하게 우리가 정하고 지켜 갈 거다. 또 마을을 넘어서서 지역에서 일어나는 여러 일들에 대해 의견도 내며 지낼 것이다. 우리 둘레에 있는 자연의 보존을 위해 힘쓰고, 혹시라도 자연을 파괴하는 어떤 일에도 반대하며 지켜 내는 일에도 소홀히 해서는 안 되겠지. 깨져 버린 농촌 공동체를 다시 일으켜 언제라도 다시 돌아와 살 만한 고향으로 만드는 거다. 이런 우리 생각을 끼리끼리만 나누며 고립되어 살아가는 걸

경계하고, 우리의 소박하고 진정한 뜻을 널리 알리고 더불어 행복을 누리며 살아가고 싶다. 자연을 닮은 이웃들을 존중하며, 정다운 공동체 마을에서 살아가는 게 조그마한 내 꿈 하나다.

(2006년 6월)

생태 마을 만들기

100년 만에 퍼부은 이번 장맛비를 보니 세상이 진짜 망가진 거 같다. 자연의 순환 고리가 어디선가 꽉 막혀 지구가 심한 몸살을 앓고 있다. 그동안 우리 인간들이 눈에 보이는 것에만 마음 쓰고 발광했으니 보이지 않는 자연이 그 상처를 직접 우리에게 보여 준 것이다. 앞으로 무슨 일이 또 생길지 아무도 모른다. 나무 한 그루, 흙 한 줌, 산줄기, 골짜기, 바람, 바닷길, 뭐 하나라도 자연을 이루고 있는 걸 사람 뜻에 따라 바꾸면 엄청난 재앙으로 닥친다. 인간이 살아남으려면 자연을 어찌 이용할 것인가에 몰두하지 말고 자연의 순환 고리를 잘 풀어 가야 한다.

지난 7월 말, 생태 마을을 만들겠다는 사람들 여럿이서 큰 그림을 그리기 위해 여러 곳을 둘러보았다. 생태란 무엇인가? 자연 그 자체? 생태 마을은? 자연의 순환을 닮고 조화를 이루는 마을? 과연 어떤 준비를 해야 하는지 알아보러 집을 나섰다.

서울대학교 빗물공학센터를 갔다. 다목적 빗물 관리를 목표로 하는 연구소다. 우리나라는 일 년에 강수량이 1300미리쯤 되는데도 물 부족

국가다. 비가 오면 자연 순환 법칙에 따라 다 그대로 자연 속으로 돌아가야 하는데 요즘 홍수는 말 그대로 인재다. 자연의 형태를 바꾸었으니 그만한 보복이 오는 거다. 식물이나 토양에서 빗물을 65%나 흡수하는데 자꾸 길을 내고 포장을 하니 그게 다 흙으로 돌아갈 틈도 없이 곧바로 하천으로 흘러간다. 65%나 되는 물을 일시에 흘려보내니 그게 정상인가. 도시 홍수가 바로 그것이다.

그래서 대안으로 물 순환 단지를 잘 만들어 홍수를 막아 보자는 거다. 옥상이나 길이나 또 어디든 다 물을 품을 수 있게 하자. 흙으로 스며드는 물은 참 중요하다. 그걸 막으면 바로 지하수층에 문제가 생기고 이게 나중에는 큰 재앙을 불러올 수 있다. 지하수층 변화는 곧 식물층의 변화를 가져온다. 그래서 빗물을 그대로 다 흘려보내지 말고 쓸모 있게 이용하자는 거다.

전 세계의 물 중 마실 수 있는 건 1%라 한다. 그런데 그 귀한 수돗물을 화장실용으로 쓰는 건 아무리 생각해도 문제다. 여기 연구소 건물 안에 있는 화장실 소변기 82개, 대변기 52개에 쓰는 물이 하루에 80~90톤 되는데 깨끗한 수돗물을 쓰지 않고 빗물을 받아 쓴다. 물론 빗물을 땅속 탱크에 모은 다음 다시 위로 끌어 올리기 위해 부스터 모터를 돌려야 하는 단점이 있다. 빗물을 화장실 물로 쓰다 보니 기구들이 탈색되고 이물질이 들어와 기계가 고장 나거나 또 지독히 냄새나는 게 문제라고 한다.

앞으로는 빗물을 축사의 냉방 시설에도 쓰고 집마다 빗물 저금통을 만들어 정원수나 간단한 빨래하는 데 쓸 것이다. 일본에서는 식수로도 먹는다. 이게 과연 경제성이 있는가, 또 시설을 설치하는 데 드는 비용을 줄일 수 있나, 이런 게 풀어 갈 숙제다. 빗물 이용을 통해 도시 열섬 현상도 줄일 수 있겠다. 온통 콘크리트로 뒤덮인 도시에 인공 연못이나 폭포를 만들어 경관도 좋게 하고 도시 열을 식혀 준다. 서울대학교 내에 습지와 함께 인공 연못도 만들고 아스팔트 길에도 한낮에 건물마다 모은 빗물을 뿌리기도 한다. 서울 구파발역 바로 앞에도 빗물과 지하철 내 지하수를 이용해 인공 폭포와 연못을 길가에 만들어 놓았다. 빗물을 모아 물레방아를 돌리고 그 에너지로 가로등을 켤 수도 있어 앞으로 우리 서천 등고리마을에도 이걸 이용해야겠다. 집마다 빗물 통을 만들어 마을 가운데로 개천이 흐르게 하고 온갖 고기들이 노니는 연못도 만들어야겠다. 마을 사이로 냇물이 졸졸 흐르는 걸 떠올리니 기분이 좋다.

의왕의 갈뫼중학교는 2003년 교육부 빗물 이용 연구 시범학교여서 가 봤다. 빗물로 간단히 걸레를 빨거나, 인공 연못을 만들어 학생들 휴식 공간으로 쓰고 있었으나 자립, 순환, 공생을 내걸고 시범학교 운영 발표한 후에는 거의 이용하지 않고 있었다. 전시행정의 표본이다. 인공 연못에 수생식물을 키우고 그곳에 사는 모기에 대한 천적으로 송사리를 키운다 했는데 눈 씻고 보아도 안 보인다. 그때만 잠깐 갖다 놓았을까? 빗물 저장 시설 2개를 건물 앞 길 속에다 묻었기에 아쉽게도 못 보았다.

서울 종로 부암동에 있는 에너지 대안센터에 갔다. 화석 에너지를 대체할 대안 에너지를 만드는 데 뜻을 둔 시민단체다. 시민들이 햇빛발전

소를 만들어 가고 있다. 에너지 전환이라 이름을 바꾸고, 여러 곳에 기술 지원과 상담을 해 주고 있다. 3.06킬로와트 전기를 생산하는 시설을 설치하려면 2400만 원 드는데 그러면 집에서 충분히 쓰고도 월 20만 원어치 전기를 한전에 되팔 수 있다고 했다. 좋은 사업이다. 이렇게 하나 둘 스스로 집마다 에너지를 만들어 쓰면 좋겠다. 조금 불편하더라도 지속 가능한 길을 찾아 나서는 게 꼭 필요하다. 이렇게 하면 8년 동안 설치 비용을 다 뽑아낼 수 있다. 정부에서는 이런 전기를 15년 동안 의무로 사 준다고 했다. 올해는 흙살림연구소에다가 10킬로와트짜리를 설치한단다.

그밖에 간단하게 실생활에서 수동으로 전기를 만들 수도 있다며 몇 가지 소개한다. 헬스 자전거를 탈 때 얻게 되는 동력을 이용해 밥을 짓고, 그런 원리로 물레방아도 이용해 전기를 얻을 수 있다고 한다. 태양열 조리기로는 밥도 해 먹는데 한 40만 원 들이면 가정에서 설치할 수 있다. 그것도 또 문제는 돈이구나. 검은 색으로 냄비를 만들어 써야 더 효과가 있다. 풍력도 곳곳에서 시범 운영하는데 그게 생각보다는 너무 약해서 잘 유지하는 게 문제다. 센터 텃밭에다가 추적형 발전 전지판을 설치했는데 해가 움직이는 방향을 따라 전지판이 움직인다. 아주 기발한 발상이다. 효율을 최대로 한다. 가정에서는 태양열을 이용할 때 전지판보다는 진공관을 이용하면 좋다며, 고장 났을 때 진공관 하나마다 갈아 끼울 수 있기 때문이란다. 우리 마을에 구체로 적용할 사안이기에 모두 진지하게 들었고 앞으로 기술 지원을 하겠다고 약속했다.

일산에 있는 한국건설기술연구원에 갔다. 독일에서 생태거주단지에 대한 연구를 하고 한국에 돌아온 한 연구원을 만났는데, 우리가 찾아온 이유를 듣고는 아주 반가워했다. 자기도 우리와 같이 마을을 만들고 싶다며 명예 주민으로 해 달라고 했다. 자기가 공부한 걸 한국에 와서 적용하려니 어디든 마음에 드는 곳이 없다고 했다. 뭔가 뚜렷하게 일을 하고 싶었는데 우릴 만난 거다. 이론과 실제를 하나로 묶는 일이 되겠구나.

　생태 마을, 생태 도시를 만드는 과정을 말하고는 옥상에 설치한 연구 시설로 갔다. 실제로 있을 만한 여러 가상 모델을 만들어 놓고 수량화하는 작업을 하고 있다. 냉난방 시설에 대한 연구 시설을 보았는데 실내 온도를 가늠할 수 있는 여러 장치를 설치해 놓고 실험 중이다. 창문이나 건물 벽을 어찌 설치해야 하나, 실패를 거듭하며 연구한다. 우리 삶터를 자연 원리에 가깝게 만들려는 거다. 도시 열섬 현상도 땅 위의 구조물을 다시 잘 배열하면 한결 줄일 수 있다고 했다. 옥상 녹화는 그래서 참 중요하다. 연구원 수위실 옥상을 보니 온갖 풀들이 무성하다. 옥상 풀밭에서 빗물을 붙들고 햇볕을 일단 막으니 한결 열기를 식힌다. 집 짓는 재료를 두고 재생 문제를 따져 본다. 나무나 흙은 다시 자연으로 돌아가지만 콘크리트는 자연의 암과 같은 존재다. 다시 어디론가 돌아갈 수 없는 것이다. 이걸 먹는 미생물이 없으니 온전하게 그대로 자연 한 구석에 남아 있기 마련이다. 무엇으로 집을 짓는가는 분명하다.

　개인의 건강도 실내 공기가 참 중요하다. 에어컨 같은 바람은 실내에서 1초에 0.2미터 이상 흐르는데 이건 사람이 편안하게 느끼지 못하게 한다. 공기 흐름이 문제다. 자연 순환을 해야 하는데 말이다. 겨울에 자꾸 실내 온도를 높이는 것은 습기가 부족해서다. 이러니 억지로 공기 흐름을 바꾸게 되어 먼지를 자꾸 만들어 낸다. 건강에 얼마나 나쁘겠는가. 동굴 속 온도는 연중 변화가 거의 없다. 이걸 잘 생각해 보자. 우리네 흙집이 바로 그런 원리를 가지고 있다. 얼거나 쪄 죽지 않게끔 되어 있다. 놀라운 일이다. 흙은 열, 습기 조절에 아주 뛰어나다. 바깥 단열만 어느 정도 잘 하면 얼마든지 에너지를 덜 쓸 수 있다. 무얼 이용할까? 보다는 무엇을 지킬 것인가? 생각해 볼 대목이다.

생태 건축 한 걸 보러 산마을고등학교로 갔다. 통나무집, 귀틀집, 나무집, 흙담틀집, 흙벽돌집으로 다양하게 지었다. 이런 학교를 어디서 또 볼 수 있나. 아름다운 학교다. 골목길로 이어지는 건물들 사이사이가 아주 정겹다. 또 서로 조금씩 건물 내부들을 안 보이도록 해서 아이들이나 교사들의 생활권을 보호해 주었다. 상대를 배려하는 예술품 같다. 학교에서 쓰는 에너지도 태양열로, 지열로 했는데 이번 여름, 겨울을 지내 봐야 더 분명한 걸 알 수 있겠다. 여기서 사는 사람들이 이런 환경을 좋아하고 기꺼이 이렇게 흙과 나무 사이에서 살아가는 걸 행복해한다면 진정한 생태 마을을 이룬 것이겠지. 재래식 화장실, 뒷간이 여러 곳에 설치되어 있고 똥과 땅을 살리는 생태 삶을 본다. 이건 바로 노광훈 농업 선생이 아이들과 땅을 일구며 선택한 거름 만들기에 닿아 있다. 똥이 땅을 살리고 거기서 먹을 걸 키우고 그걸 먹고 사는 몸이 살아난다.

자연 순환을 본다. 생활관 안에 있는 수세식 뒷간도 앞으로 재래식으로 다시 바꿀 생각도 있다고 했다. 꼭 그랬으면 좋겠다. 불편한 대로 자연을 닮고 싶은 마음이 바로 생태 마음이고 그래야 모든 사람들이 행복하고 사람답게 살아갈 수 있으리라. 자본으로부터 조금이라도 자유롭게 살 수 있는 길이리라.

공동 마을을 이루고 산다는 세 곳을 찾아 나섰다. 마을이나 집 구조는 어떤가? 또 어떤 공동생활을 나누며 살아갈까? 안양에 있는 아카데미테마타운을 갔다. 10여 년 전 서울대 교수들이 한적한 안양 외딴곳에다가 공동체 마을을 만들 계획으로 88세대 연립주택을 지었다. 공동 문화생활을 하는 코하우징 개념을 도입한 마을이다. 처음 이곳은 논밭으로 둘러싸인 그야말로 조용한 동네였으나, 해가 갈수록 점점 큰 건물과 큰 길로 둘러싸이게 되었다. 건물 곳곳에는 쉼터인 정자를 지었고 극장, 어린이방, 헬스장, 에어로빅 연습실까지 갖추고 살았다. 그래도 그때는 제법 개인 생활을 보장하면서도 틈틈이 모여 사는 재미를 누린 걸 알겠다. 그 후 여러 생활환경이 바뀌고 해서 처음 왔던 사람들이 하나둘 다 떠났다. 그때 썼던 공동생활 공간은 지금 자물통이 굳게 걸려 있거나 완전히 무슨 폭탄 맞은 것처럼 폐허로 변해 있었다. 아무도 손을 대서 쓸 생각도 안 하고 버려져 있어 쓸쓸한 사람살이를 보는 듯했다.

25년 전 서울 강남 논현동에 만들었다는 서당골을 찾아갔다. 주소만 달랑 들고 간 그곳은 빨간 벽돌로 지은 단단한 철옹성이었다. 이층집 세 채가 나란히 있는데 바깥에서만 보니 무얼 어찌 알아보겠나. 마침 그 집에서 한 아주머니가 대문을 열고 나오기에 인사하니, 다시 집 안으로 같이 들어가 보자 한다. 이렇게 찾아온 사람이 드물었나 친절하게 설명해 준다. 자기가 처음 이 공동 마을을 설계했다며 처음 모여 집 짓고 살아온 역사를 말해 준다. 아카데미빌라라는 이름을 그대로 쓰고 있는 이곳은 8가구 중 3가구가 처음 때와 주인이 바뀌었다고 하는데 아직도 아주 깨끗하다. 카이스트 교수들이 모여 지었고 지금은 서로 사는 게 바빠 모두 모일 시간이 없어 따로 정기로 모이지는 못한다. 집 세 채를 연결하는 공동 잔디 마당은 같이 쓰는데 집안 약혼식 같은 행사 따위로 가끔 쓴다고 했다. 아파트 문화에 대항해서 오래 전에 공동으로 집 짓고 함께 살아가겠다는 꿈을 꾼 사람들이 있었으니 아주 새롭게 보였다.

초록마을로 갔다. 파주 교하면에 있는데 연세대 교수들이 10년 전쯤 택지를 사서 만들었다. 한 집당 160~200평씩 분할 분양해서 외국인 건축가가 목조건축으로 지었는데 모든 집 구조가 다 다르단다. 11가구가 모여 살지만 공동 생활공간은 없고 주차장만 같이 쓴다. 개인별 집은 한 50평씩 되고 한 가구당 4명꼴로 산다. 지금은 반쯤 교수들이 살고 주인들이 바뀌었다. 도시를 빠져나와 조용한 살림터만 잡은 셈이다. 마당에서 혼자 풀 뽑고 있는 화가를 만나 여러 마을 형편을 들었다. 나중에는 자기 집 내부도 보여 주며 친근하게 안내해 주었다. 한 달에 3만원씩 회비를 모아 주차장 관리, 가로등 전기세, 경조사에 쓰고 모일 때마다 쓴다. 난방은 심야전기, 기름보일러, 태양열을 이용한다. 마을 규약을 느슨하게라도 만들어 쓰고 있다. 이 마을이 들어서면서 마을 환경이 좋아져

행정기관에서도 관심을 많이 보였는데 요즘은 뜸하다고 한다.

많은 기대를 하고 세 곳을 찾아갔지만 모두 처음 가졌던 공동체 마음과는 달리 모여 살아가는 게 힘들었는가, 저마다 조용히 살아갈 뿐이었다. 삶을 나누며 살아가는 마을은 어디에도 없었다.

여러 곳을 다니고 보니 우리가 만들 생태 마을이 어떠해야 하는지를 조금 알게 되었다. 우리가 이미 생각한 것과 비슷했고 마을을 만들어 갈 방향이 일단 정확했고 옳았다는 것도 알았다. 차근차근 마음을 집중하고 아는 바를 잘 적용해 가야겠다. 앞날을 살아갈 우리 아이들에게 자연과 닮은 마을을 보여 주며 함께 살아가고 싶다. 이제 그 마을 안에서 무얼 나누고 무얼 얻으며 또 무얼 주며 살아갈 것인가. 이걸 꽃피워야 한다. 가슴 두근거리는 역사를 새로 쓰는 거다. 아니, 잃었던 고향을 찾아가 마을 주인으로 다시 태어나는 길이기도 하다.

(2006년 8월)

집

어릴 때 살던 고향 집 마당 한가운데에는 어린아이들 댓 명이 손잡고 둘러칠 정도로 큰 사철나무가 있었어. 둥그런 우물이 있고 그 위로는 포도나무가 덮여 있었지. 퍼렇게 덜 익은 포도 알이 얼마나 시던지, 그래도 맛있다고 따 먹었지. 그 옆에는 닭장이 있어 아침마다 따뜻한 달걀을 내가 꺼냈지. 닭똥을 긁어 고추, 가지, 호박, 오이가 크는 텃밭에 넣었고. 아, 토끼도 키웠어. 풀을 베다가 주고 텃밭에서 나오는 배추 시래기도 넣어주었지. 그 옆 장독대에는 작은 거 큰 거 해서 한 30개쯤 늘어서 있었는데 지금 생각해도 참 멋졌어. 겨울 되면 김장하고 큰 독을 닦아 김칫독으로 뒤란에 내가 꼭 묻었지. 구덩이 파는 데 왜 그리 힘이 들고 시간이 오래 걸리던지 파도파도 거기가 거기였어. 대문 옆으로는 한 300평쯤 되는 큰 밭이 있었고 끄트머리에는 똥통이 있어 은근하게 똥 냄새가 났지. 그 옆으로는 복사꽃이 흐드러지게 피는 복숭아밭이 끝도 없이 이어졌고……

이제 어릴 때 살던 고향 집과 같은 산너울마을에 와서 살게 되었어.

새벽 어스름할 때 마당 손톱 텃밭에 나와 풀을 뽑고 있으면 온갖 새들이 아침을 노래해. 세상에 그런 아름다운 음악이 어디 있을까. 마치 자연의 거룩한 숨소리 같아. 여유 있고 자유로워. 살기 위해 버둥대는 사람들의 거친 숨소리와는 전혀 달라. 아주 평화로워. 그 노래가 꼭 오늘 하루 그저 사람들과 자유롭고 평화롭게 어울려 살라고 들리는 건 왜 그럴까? 허우적대는 내 삶이어서 그런가. 동쪽 산마루 위로 막 해가 솟아오르면 마음이 부풀어 오르고 따뜻해져. 어둠을 몰아내고 서서히 빛을 몰고 오네. 방울토마토가 빨갛게 익었어. 한 알 따서 먹으니 와, 세상 기운이 다 여기 들어 있어 달콤살콤, 고소해. 아랫집 형님에게 한 알 따서 드리지. 꼬맹이 고추도 달리고 가지도 두툼하고 상추도 쩍 잎이 벌어져 먹음직스럽네. 오이는 못 생겨 꼬부라졌지만 그래도 살아 있어 고맙고 고마워. 자주 물 줄게. 완두콩이 지들끼리 의지해서 훌쩍 크고 콩깍지에 콩이 알차게 들어 있어 딱딱하네. 밥 지을 때마다 한 움큼씩 따서 넣으니 입안에서 살살 녹네. 아이고, 고마워라. 날 위해 이토록 용쓰며 커주고 먹을거리가 되어 주다니 미안하고 또 미안하네.

하루 일을 마치고 집에 와 눕는다. 흥림저수지로 내려가는 골짜기 맨 꼭대기에 마을이 들어서 있다. 너울너울 춤추는 듯, 산으로 둘러싸인 이곳은 마치 어머니인 자연의 품에 안긴 아기 같다. 아늑하다. 고요하다. 온통 둘레가 나무, 풀, 흙, 물이다. 자연의 숨결은 그대로 부드러운 바람으로 만난다. 자연을 닮으려 애쓰는 이들이 모였다. 울도 담도 없다. 내보일 것도 숨길 것도 없이 탁 트인 삶터다. 먹을 거 있으면 한 접시 들고 올라오고 먹을 거 생기면 한 접시 들고 내려간다. 나눌수록 새록새록 이웃이 정겹고 기대고 싶어진다. 밭작물을 잘 키우려면 땅을 살려야 한다며 돼지똥, 닭똥 사다 밭에 넣는 이, 환갑 지난 누이는 평생 배우고 싶었던 드럼을 치겠다고 학원 다니고, 밭에서 나온 돌들을 모아 마당 한켠에 돌담을 쌓는 이, 대학 때부터 연극 배우고 극단 만들어 공연하다가 이제 도시를 탈출해 서천에서 붕어빵 노점상 하는 이, 붓 들고 글씨 쓰고 그림 그리며 사는 이, 새벽 눈 오는 날 모든 이들이 잠자고 있을 때 혼자 온 마을 길을 아주 천천히 느리게 눈 쓸며 이웃을 섬기는 이……. 저마다 생각이 다르고 얼굴이 다르고 사는 모습이 다 다르구나. 때로는 다 달라 살면서 삐거덕거리고 마음고생도 하지만 함께 사는 연습을 힘겹게 하고 있다. 지난번 등고리마을 주민들과 만나 잔치를 벌였는데 햐, 다섯 시간이 훌쩍 지나갔다. 노래면 노래, 춤이면 춤, 음식 솜씨면 솜씨, 뭐 농사짓는 일은 어디 내놔도 다 선수요, 인간문화재다. 일하듯이 놀고 놀듯이 일하는 이름 없는 농민들이니 바로 하늘의 아들이다. 하늘을 보고 땅을 딛고 바람을 느끼고 나날을 일하며 살아가는 분들이다. 이들과 함께 이제 진짜 사람 사는 마을을 만들어 가고 싶다.

〈글과 그림〉 동무들이 우리 집을 다녀갔다. 예쁜 꼬마 동무 여원이가 우리 집을 그렸다. 참 예쁘고 따뜻하게 그렸다. 깨끗한 눈으로, 맘으로 우리 집을 보았으니 내가 갑자기 행복해지네. 아, 그러나 눈에 보이는 것은 잠깐, 보이지 않지만 기억 속에 오래도록 남아 있는 우리 집은 과연 어떨까. 궁금하다. 흙과 나무로 지은 집, 언젠가 다시 나와 함께 자연으

로 돌아가야 하는 내 몸이기도 하다. 그래, 잘 가꾸어 가야지. 나와 동무
와 이웃과 산과 나무와 꽃과 풀과 물, 바람은 다 한 몸이구나. 누구라도
우리 집에 오시는 이는 바로 하늘이 보낸 손님이고 바로 내 몸이니 온
정성으로 맞이해야지.

(2009년 6월)

고마운 이웃 1

옆집 안 선생이 말했다.

"내가 좀 불편하게 살아도 이웃들이 편하면 그 길을 가겠다. 내가 좀 편하게 살려다가 이웃이 불편하면 그건 길이 아니다."

간단하지만 단호하다. 말보다 행동을 중요하게 여긴다. 불편하게 살겠다는 건 자발적인 선택이고 결단이다. 여기 산너울마을에 들어온 지 벌써 7개월이 지났다. 가슴 설레는 때도 있었고 앞이 깜깜할 때도 있었다. 평생 어울려 살아야 할 이웃에 대해 기대가 부풀기도 하고 무너지기도 했다. 하루에도 몇 번씩 마음이 이랬다저랬다 엎치락뒤치락, 종잡을 수 없는 일들이 하나둘 나타나니 마치 바람에 흔들리는 가지처럼 휘청거렸다. 그래서 모여 산다는 게 힘들어서 모두들 한낮 꿈이라고 그랬나. 한결같은 마음, 한결같은 삶, 한결같은 사람……. 누구나 다 공동체를 그리워하고 또 그렇게 살 때가 언제일지 모르면서도 기다린다. 평화를 원하면서도 자기 자신이 평화롭지 못하니 어찌 그게 쉽겠는가. 이렇게 휘청거리면서도 또 누구나 다 작은 꿈, 씨앗 하나를 가슴에 묻고 새날을 살아간다. 언젠가 싹이 틔어 날 때를 기다리면서 살아간다. 여기는 모난 돌, 둥근 돌이 다 모여 있는 곳으로, 앞으로 어울려 살다 보면 조금씩 모난 돌이 둥근 돌이 되어 가니 너무 걱정 말고 앞으로 좋은 공부거리로 삼고 지내라고 해광 스님이 말했다.

나름대로 나이에 상관하지 않고 바쁘게 살아가는 이들이 있고, 눈에 보이지 않는 마을 일을 스스로 묵묵히 하는 이들이 있다. 누가 보든 안 보든 자기 생각과 삶을 꼿꼿하게 지켜 가는 이들이 있다. 스스로 이곳으로 걸어 들어왔다. 자기만의 행복을 일구어 가며 기뻐하며 애틋한 나날을 보내려고 애쓴다. 훈훈한 삶의 향기가 뿜어져 나온다. 이런 착하고 순한 이웃들이 있어 어깨 기대며 살 앞날이 기대된다.

아스라이 멀리서 북소리가 들려온다. 마을 잔치가 있으면 언제나 무대에 서겠다는 분들인데 나이가 60살이 훌쩍 넘었다. 날마다 한 집에 모여 북채 들고 난타 연습을 한다. 7명이 모여 1시간씩 두드린다. 처음에는 벌판을 내달리는 말 떼 소리가 나더니만 요즘은 그래도 제법 박자가 얼추 맞는다. 박자에 익숙해지면 여러 도구를 이용한 난타와 함께 드럼 연주까지 한다고 했다. 이모작 인생이라 하겠다. 아마 앞으로는 우리 마을뿐 아니라 이웃 마을까지 가서 연주할 꿈을 가지고 있다.

마을 곳곳을 다니며 철망 투구 쓰고 예초기로 풀을 깎고 있는 사나이가 있다. 찌든 무더위를 뚫고 비지땀을 흘린다. 놀면 뭐 하냐는 말이 우습게 들리지 않는다. 누군가 할 일이라면 먼저 본 사람이 하면 그만이라

는 말이 참 귀하다. 또 아침 일찍 30여 세대에서 나오는 쓰레기를 정리
하면서 하루를 시작한다. EM을 이용하여 음식 쓰레기를 퇴비로 만드는
일도 거든다. 조금씩 우리 마을에 맞는 생활 수칙을 만들어 가는 일꾼
이다. 조용하고 말수가 적지만 일하는 곳곳에서 늘 앞장서 있다.

온종일 비가 추적추적 내리던 어느 날 밤, 파전 부쳐 칠흑같이 어두운
길을 뚫고 이웃집으로 내달려 오는 아주머니, "부침개 있으니 한잔 걸쳐
야지." 하며 순하고 순한 서천 막걸리를 내놓으며 수줍어하는 이웃집 아
저씨가 있다. 싱글벙글 환하게 웃으며 맞이한다. 알음알음 술 걸치러 오
라 하니 하나둘 모여든다. 밤 별은 빛나고 달님이 환하게 내려다본다. 요
즘 백제문화제에 참여할 '동자북놀이' 판 연출을 맡아 바쁘게 사는데,
백제가 망할 때 어린아이들이 나라를 지키기 위해 무예를 익히고 북 치
며 백제군을 도왔다는 이야기를 풀어낸다. 한 잔 두 잔 걸치면서 우린
1500년 전 백제시대로 되돌아간다.

옆집 마당에 난 풀을 날마다 조금씩 뽑으며 환하게 웃는 분이 있다.
서울 직장 때문에 주말에만 내려오는 이웃의 마당에 난 풀을 뽑는다.

"그거 날마다 어찌 다 관리할 수 있나요?"

"그럼 어쩌겠어요? 우리 마당 것만 뽑고 이거 그대로 놔두면 금방 풀
밭이 될 텐데요."

또 그 집 마당에 있는 나무에 물 주는 것도 한참 시간이 걸릴 텐데 그
걸 다 어찌하고 있을까. 이렇게 해 보고도 어찌할 수 없을 때는 그때 가
서 방법을 다시 찾아봐야겠지.

서울에서 내려와 지내는 노부부, 이곳 원주민의 땅을 빌어 유기농으로 배추와 깨를 키운다. 날마다 풀을 매려고 부부가 흙바닥을 기어 다닌다고 했다. 아침 일찍 밭에 가서 일하고 오느라 땀 범벅된 부부를 만나니 환하게 웃는다. '새벽 데이트가 그만'이라는 말은 그대로 맑은 이슬 한 방울이고 맑은 기운을 팍팍 뿜어낸다. 깨 모, 호박 모, 고구마 모를 잔뜩 키워 이웃들에게 거저 나누어 준다.

누구나 마을 찾아오는 이들이 한눈에 볼 수 있는 산녀울 조감도를 만드느라 땀 흘리는 젊은 청년이 있다. 좋은 마을 사진을 찍기 위해 산을 여러 번 오르고 마침내 멋진 작품 하나를 만들었다. 무엇 하나 못하는 게 없을 정도로 하는 일마다 눈부시다. 자신감 넘치는 맥가이버다. 전통 구들에 불이 잘 들어가지 않으니 천장에 올라 굴뚝을 손질한다. 집중호우로 마을 여러 곳에 물이 차니 삽 한 자루 들고 물길을 내는가 하면, 어느 곳은 고임 벽돌을 들어내 새 물길을 시원스레 낸다. 마당 가꿀 때 땅 속에서 나온 돌을 큰길 한쪽에다가 예쁘게 돌담을 쌓으니 보기도 좋고 그 손길이 참 푸근하고 고맙다.

어슬렁어슬렁 마을 구석구석 돌아다니며 쓰레기 줍는 분이 있다. 고운 마음이다. 세찬 비바람에 쓰러진 나무 버팀목을 다시 세우려 비지땀 흘리는 따뜻한 분도 있고, 그 뜨거운 날 낮에 마을 들머리에 있는 철쭉들 사이로 삐쭉 나온 풀 더미를 하나하나 뽑아내는 분도 있다. 하수처리장 둘레에 난 환삼덩쿨 풀을 아무도 없는 시간에 혼자 뽑는 아주머니도 있다. 허리가 안 좋으신데도 힘닿는 데까지 일하신다. 깨 모, 호박

모, 메밀 씨를 고이고이 간직하고 키우다가 이웃에게 거저 나누어 주는 너른 마음, 이웃에게 튼실한 호박 한 덩어리 건네주고, 감자 쪄서 아름다운 상 차려 같이 먹자고 불러 주는 인정이 있다. 또 개울 가서 잡은 피래미 끓여서 막걸리와 함께 술상 차려 주시는 행복한 마음도 있다. 꿈틀대는 산너울마을이라고나 할까.

우리 산너울 사람들을 반갑게 맞이해 준 등고리 원주민들은 또 어떤가. 74살이신 이장님은 여기서 태어나 여지껏 여기에서 벗어나지 못하고 살아간다고 겸연쩍어하시는데 마을 일꾼이고 기둥이시다. 이장 일만 40여 년째 하신다. 얼마나 일을 꼼꼼하게 하시면 그렇게 오래 일을 하실까. 무엇이든 애로 사항이 있으면 언제든지 말해 달라 하시는 품 넓은 어른이시다. 올 초 새해 인사 하러 갔더니만 한산 소곡주 한 주전자에 푸짐한 안주상을 내오신다. 새해 첫날 어여, 많이 먹으란다. 문득, 돌아가신 아버지 생각이 났다. 지금 살아 계셨으면 아마 이렇게 나와 마주 앉아 술잔을 기울이셨을 거다.

지난 3월 중순, 소나무 장작을 가득 싣고 경운기 몰고 온 신씨 할아버지, 자기 손녀를 가르치는 선생이 오셨으니 고맙다며 우리 집 앞마당에 부려 놓으셨다. 아니, 장작 패서 파시는 분이 이러시면 어떡하냐는 말에 딱 한마디, "내 마음이여." 하신다. 가끔 호박이고 깻잎이고 배추고 열무를 다 들어 가지고 오신다. 시골에서는 뭐든지 나누어 먹는 재미로 산다고. 막걸리라도 몇 잔 걸치면 흥겹게 춤추며 노래 한 곡 뽑으시는 멋진 분이다.

산너울마을 이웃들은 하늘이 맺어 준 인연이다.

(2009년 8월)

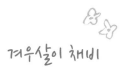

겨우살이 채비

산너울마을 부녀회 아낙네들이 처음으로 우리 손으로 된장을 만들어 먹자고 했다. 이웃 등고리마을 주민들이 농사지은 콩을 사서 메주를 만든다. 지역에서 난 걸 지역에서 먹는다? 로컬 푸드(local food) 정신을 살리자 했다. 몇 남정네들이 곁에서 돕는다. 황토 벽돌로 지은 명상실 구들 앞에다가 콩 삶을 아궁이와 굴뚝을 만든다. 마을 길을 깔고 남은 벽돌을 주워 와 척척 아궁이 벽을 쌓는다. 옆에다 간이 아궁이 세 군데를 더 만들어 아궁이마다 아낙네들이 쪼그리고 앉아 군불을 땐다.

"불을 살살 때야 해. 세게 때면 콩이 타서 안 돼."

큰언니 소리가 간간히 들린다. 작은 트럭 몰고 뒷산에 가서 아궁이에 땔 잔솔가지, 소나무를 연실 실어 온다. 명상실 이웃 주민들은 샌드위치, 커피, 고구마를 삶아 와 기웃거리며 신기해한다. 겨우내 주민들이 먹을 걸 만드니 작은 거 하나라도 일을 나누어 거들어야지. 콩 3가마니, 240킬로를 삶아 절구에 찧고 여럿이 모여 앉아 메주 덩어리를 만든다. "어릴 적 이렇게 만들었어." 하면 "아냐, 우리는 저렇게 만들었어." 하며 주거니 받거니 한다. 왁자지껄, 이게 사람 사는 모습이지.

아낙네들이 아궁이에 불 때고 있을 때 동네 꼬마들은 명상실 옆에 있는 놀이터에서 자전거 타고, 시소를 쿵쿵 흔들고 뛰놀다가 다시 엄마에게 다가가 불구경하고 참 신 났다. 해맑게 웃고 떠드는 아이들 소리가 어쩌면 그리도 정겹게 들리고 잘 어울릴까. 남정네들은 일하다가 잠시 쉴 참에, 논산 가야곡 복분자 막걸리에다가 엊그제 담근 김장 김치를 손으로 쭉쭉 찢어 안주로 걸치니 와, 기막히게 맛있네. 어느덧 메주 덩어리가 명상실 바닥을 하나둘 채우더니만 265개로 방 안 가득 찼다. 신비롭다. 어릴 적 어머니가 만들었던 그 메주가 여기서 되살아났네. 구수한 고향 냄새가 은은하다. 이렇게 일하길 꼬박 3일, 이제 이 메주를 짚으로 엮어 처마 밑에다가 달아 놓아야 하는데 어디가 좋을까. 이런저런 말이 오가더니만 아냐, 여기 명상실에다가 메주를 매달 시설을 만드는 거야. 명상실 방 안에 들어가 방 길이를 재고는 이 메주를 다 매어 달 만한 구조물을 설계한다. 이어 마을 옆 대밭에 가서 튼실하고 가장 굵고 긴 대나무를 골라 10여 개를 잘라 오고, 기다리던 이들은 가져온 대나무를 필요한 만큼 알맞게 자른다. 길고 짧은 대나무를 방으로 들여와 그림 그린 대로 척척 끈으로 동여맨다. 주민들이 각기 능력만큼 일을 나누어 척척 하는 걸 보니 놀랍고 신기하다. 3층짜리 근사한 대나무 건축물이 뚝딱 만들어졌다. 어린아이들이 올라가 매달려도 까딱없겠다. 이제 조금만 더 꾸들꾸들 메주가 굳어지면 여기에다가 치렁치렁 매달겠지. 볼만하겠다. 다양한 소질과 재능을 지닌 이들이 모여 사니 이렇게 무엇이든 쉽게쉽게 다 해낸다. 같이 지내는 것만으로도 즐겁다. 이제 메주를 띄워 된장을 만들면 그동안 사서 먹었던 어떤 된장보다도 고마워하고 뿌듯해 하면서 올 겨울 내내 맛있게 먹겠지.

　마을 뒷산인 봉림산은 판교면, 시초면, 문산면에 걸쳐 있는데 꼭 봉황 새가 살포시 내려앉은 모습이라나. 아침 해 뜨기 전 산꼭대기에 올라 아 래를 내려다보면 저 아래 산봉우리를 감싸고 있는 하얀 구름이 일품이 다. 마치 바다 위에 뜬 섬들을 보는 듯하다. 소나무가 빽빽했던 이 산에 팔년 전인가 큰불이 나서 삼일 동안 탔다고 한다. 그때 아름드리 조선 소나무들이 거의 탔고 산 아래 마을 주민들은 더 아래쪽으로 대피했다. 불탄 나무들이 아깝다. 그나마 그때 큰불을 끌 수 있었던 건 둘레에 큰 저수지가 두 개나 있어 가능했다. 남쪽 경사면의 나무들은 불에 거의 탔고 불을 가까스로 피했던 북쪽 경사면에는 참나무, 밤나무, 단풍나무, 산벚나무, 소나무들이 빽빽하다. 삼사 년에 한 번씩 간벌을 하는데 얼마 전 서천군 산림과에서 이곳의 나무를 벴다. 산비탈에 나무들이 즐비하 게 널려 있다. 나무 주인이 따로 없다. 올 겨울에 쓸 벽난로 땔감을 마련 해야지.
　산불 때문에 산 중간 허리에 임도를 잘 닦아 놓아 아토스 차를 끌고 올라갔다. 올라가는 길목에는 산불 때문에 봄, 가을에 입산 금지한다는 입간판이 떡 버티고 있고, 길 차단봉이 가로막고 있었지만 다행히 자물 통은 없다. 하긴 이 차단봉을 관리하는 이가 우리 마을 바로 윗집에 사는데 아마 우리 마을 분들이 여기로 나무하러 가는 걸 알고 모른 척하면서 자물통을 안 걸어 놓았을 거다. 간벌한 곳까지 한 이십 분 걸렸다. 어, 낯익은 이가 먼저 와 나무하고 있다. 우리 옆집 사는 주말부부다. 도시를 떠나 처음 톱 잡고 나무하는 모습이 아주 행복해 보인다.

"난 저쪽 가서 할게요."

만만하게 보이던 산비탈을 오르니 몸이 휘청거리고 자꾸 미끄러진다. 기다시피 해서 겨우 나무 있는 곳으로 올라갔다. 내 양팔 길이나 그보다 긴 나무들을 아래로 힘껏 굴린다. 어떤 건 들어 던지지만 겨우 이삼 미터쯤 내려갈 뿐이다. 짧은 거 만나면 아래로 번쩍 들어 휙 던진다. 참 반갑다. 간벌하는 이들이 이렇게 가져가기 좋도록 짧게 잘랐다면 얼마나 좋았을까. 아, 아니다. 내 욕심이지. 그분들이 하루 동안 간벌할 영역이 있는데 아마 그거 저녁 시간 안에 다 자르려면 아주 힘들겠지. 그런 거까지 생각할 여유가 어디 있나. 괜한 생각을 했다. 오랜만에 굵은 땀방울이 흘러내린다. 휴, 한 삼십 분 일하니 온몸에 힘이 쭉 빠진다. 내 몸이 이렇게 약해졌나. 곯았다. 산에서 나무 끌어 내리는 거 하고 땅속에서 탄 캐는 일이 가장 힘든 일이라고 누군가 말했지. 주저앉아 하늘을 본다. 멀리 서쪽 하늘이 조금씩 붉어 온다. 아, 시원한 바람, 살랑이는 마른 나뭇잎들, 모든 게 다 살아 있구나. 움직이는구나.

"산 위에서 부는 바람 시원한 바람 그 바람은 좋은 바람 시원한 바람 가을에 나무꾼이 나무를 할 때 이마에 흐른 땀을 씻어 준대요."

좀 쉬었더니 다시 힘이 난다. 산속이라 빨리 어두워진다. 어서 내려가야지. 거의 100미터쯤 아래로 나무 30여 개를 끌고 내려왔다. 차에 안 들어가는 긴 나무 10여 개를 톱으로 잘랐는데 오른손 팔뚝이 탱탱해지면서 감각이 없어졌다. 아토스 조수석을 눕히고 거기에 긴 나무를 들이밀고 짧은 건 뒷좌석에 실었다. 알루미늄 지게를 사서 나무 몇 그루 지고 내려오던 옆 이웃이 생각난다. 거기에 견줘 난 거저 나무를 주워 오고 차로 실어 나르니 호사스런 나무꾼이다. 집에 내려와 얼마 전 산 전기톱으로 팔뚝만 하게 자른다. 차곡차곡 창고에 쌓아 놓고 보니 마음이 뿌듯하다. 나무 자른 단면들이 가지런히 얼굴을 맞대고 동글동글 환하게 웃고 있다. 나와 인연 된 나무들이 고맙고 겨울 내내 따뜻하게 보낼 수 있겠다.

참, 또 하나. 사잇골 고춧가루로 마당에서 처음 키운 배추 10포기 김장을 했다.

(2009년 12월)

고마운 이웃 2

여기 산너울마을에 온 지 벌써 만 2년째, 과연 우리가 모여 살면서 어떤 일을 하며 즐겁게 살아가고 있을까? 되돌아보면 함께 일한다는 게 여름에 풀 뽑고 겨울에 눈 치우는 정도가 아니었을까. 혼자 하려면 엄두가 안 나는 것도 같이 하면 일도 아닌 것처럼 쉽게 하는 게 많다. 맞아. 작은 힘이라도 모으면 큰일도 해낼 수 있지.

1800여 평 되는 마을 공동 경작지에서 주민들이 함께 무엇인가를 심고 땀 흘려 일하려고 했지만 시작부터 큰 벽을 만났다. 공동체를 이루면서 함께 일하자는 처음 마음과는 다르게 실제 살아 보니 많은 분들의 생각이 바뀌었다. 자기 땅을 가지고 무엇이든 가꾸어 먹고 싶은 마음이 들었다. 누구나 다 공평하게 시간을 내어 일할 수 있는가? 각자 밭을 나름대로 다양하게 가꾸고 싶다, 나중에 거둔 것을 어찌 나누어 먹는가, 따위로 옥신각신 고민하다가 결국 집마다 희망하는 대로 땅을 갈라 나누기로 했다. 이미 예비 모임 때 이런 상황이 올 것에 대비해 토론하고 함께 일하기로 결론 낸 것이었지만 그건 별 소용이 없었다. 스물여섯 집은 개인 밭을 받아 저마다 마늘, 양파, 깨, 배추, 갓, 옥수수, 고구마, 감자, 고추 따위를 키웠다. 여덟 집은 처음 마음을 지켜 공동으로 땅을 일구어 가기로 했다.

공동 경작자들은 자주 모였다. 땅에다 뭘 가꾸며 지낼까? 결국 길게 앞을 내다보고 과일나무를 심기로 했다. 주렁주렁 열매가 열리고 해마다 늘어나는 열매를 여럿이 따 먹는 상상을 하는 것만으로도 좋았다. 이게 좋으면 개인 경작자들이 하나둘 함께하자고 할 때가 올 거라 기대도 했다. 나무 아래 빈 땅에다가는 나물, 푸성귀, 약초도 심고 여러 차도 심으면 되지. 밭 가장자리에는 일하다 쉬는 아담한 정자도 만들기로 했다. 윗집 채 선생이 평소 건축, 조경 설계하는 게 전문이라 우리가 일굴 공동 밭 운영에 대한 설계를 꼼꼼하게 했다. 한마디로 여기는 일터이면서 모여 노는 쉼터다. 낮에는 밭에서 놀듯이 느릿느릿 일하고 밤에는 정자에서 별도 보고 달도 만나는 꿈을 담았다.

지난 해 11월 초, 먼저 함께한 일은 나무 심을 곳을 줄 띄워 표시하고 구덩이를 파는 거였다. 아뿔싸, 온통 돌밭이라 도통 삽이 들어가지 않는다. 나무 100여 그루를 심으려는데 구덩이 파는 게 큰일이었다. 말로는 놀듯이 천천히 일하기로 했지만 아득했다. 그래도 해 보자 하고 몇 군데 파 보니 역시 안 되겠다. 삽이나 곡괭이로 구덩이 파는 걸 포기하고 결국 기계 힘을 빌리기로 했다. 등고리 이웃 주민인 홍씨 아저씨가 꼬마 포클레인이 있기에 부탁했다. 전에도 마을 운동장 배수로를 시원스레 파준 적이 있다.

70대 초반인 홍씨는 5년 전 먼저 이곳으로 귀농해 너른 소나무 숲도 가꾸고 여러 나무, 곡물을 심고 가꾼다. 늘 클래식 음악을 틀어 놓고 일하는데 가끔 장사익, 양희은 노래에 이어 우리 국악이 마을 곳곳으로 잔잔하게 울려 퍼진다. 크르릉 크르릉, 포크레인 큰 삽 들고 낼름낼름 단숨에 나무 심을 구덩이 100여 개를 파 준다. 대단한 괴력이다. 우리는 이어 전에 농협에서 사다 둔 퇴비와 용성비료를 적당하게 섞어 구덩이에 넣었다. 나무를 봄에 심는 거보다는 겨울 오기 전 심는 게 더 좋다고 했다. 추운 겨울을 견디게 하는 게 나무에게 훨씬 좋다고 했지. 홍씨는 귀농해서 혼자 너른 땅을 고르고 나무 심고 밭농사 지으려니 기계가 꼭 필요해 중고 포클레인을 사서 혼자 기계 다루는 법을 익혔다고 한다. 뜻을 두면 꼭 이룬다는 생각으로 나날을 살아가는 단단한 청년 같다. 일하는 게 거칠 게 없고 늘 새로운 일에 도전한다. 기름값이라도 조금 드리려니깐 단호하게 손사래를 친다. 이러면 우리가 무슨 이웃이냐고. 오히려 내민 내 손이 부끄러웠다. 함께 일한 시간이 즐거웠다고 하며 환하게 웃는데 아, 이게 모여 사는 기쁨이고 이런 이웃이 바로 하늘이구나. 돈이 오가는 사이라면 이런 환한 웃음이 없지. 오로지 흥정만이 있지. 온통 시간이 돈인 세상에서 돈 아닌 정으로 이웃을 만난다는 사실 하나만으로도 살맛이 나는구나.

서천 5일장에 나무 사러 갔다. 남원 나무 농장 아저씨에게 주문한 왕대추, 청매실, 오미자, 구기자, 자두나무 묘목을 샀다. 나무 심는 법, 거름 주는 법을 자상하게 일러 준다. 나무 네 그루를 거저 주고 나무값도 깎아 준다. 추위를 견디기 어려운 석류와 단감나무는 따뜻한 봄에 심기로 했다. 우리보다 더 오래오래 마을을 지키고 살아갈 나무를 정성껏 가꾸자. 마을을 오고 가는 이들에게 따뜻한 차 한잔이라도 우리 손으로 키운 걸로 대접하자. 아, 그것보다 우리끼리 일하고 열매 나누어 먹고 사는 게 더 귀하고 그리운 거지. 척척 마음이 맞는다. 내 생각과 같은 단 한 사람의 이웃만 있어도 신 나게 지낼 만하지.

드디어 나무 심는 날, 남정네들은 정성껏 나무 심고 흙 덮고, 여인네들은 쟁반에다가 서천 막걸리, 무채, 열무김치, 또 방금 따뜻하게 데웠는가, 김이 모락모락 나는 두부에다가 시원한 매실 효소 물을 가져온다. 일하고 먹고 마시고 땀 흘려 일하며 떠들고 웃으니 와, 힘은 들지만 이게 진짜 재미있다. 즐겁다. 바람 불어 땀을 식혀 준다. 마침 밭을 지나가는 이웃 마을 주민들이 잠깐 서서 한마디씩 덕담을 한다. 2년 만에 진짜 농사꾼이 다 된 거 같네요, 하고. 다가와 술 한잔씩 걸치며 이곳에서 잘 크는 나무, 안 크는 나무에 대해 아는 대로 말해 준다. 나무 심고 물을 흠뻑 주어야지.

밭 옆으로 흐르는 냇물을 물뿌리개로 일일이 퍼서 주려니 언 발에 오줌 누기다. 이거 언제 다하지? 이러고 있는데 마침 밭일하러 가는 이웃 신 씨 아저씨가 우리를 보더니 척, 경운기를 세운다. 그거 어느 세월에 그렇게 일을 하느냐며 고무관을 꺼내 발동기에 건다. 와, 먼 곳의 나무까지 물줄이 닿아 콸콸 물을 준다. 당신이 할 일을 제껴 두고 여기 일을 나서서 내 일처럼 쓱쓱 도와준다. 어째 이런 일이? 여기서 이러면 당신의 할 일은 어떡하느냐고 하니, 씩 웃으며 이러는 게 바로 잠깐 자기 일을 쉬는 거라며 막걸리 한잔 쭉 걸친다. 하늘이 보내신 분 같았다. 술술술술 일이 잘 풀린다. 세상일이 어디 나 혼자 힘으로 되나. 이렇듯 이웃들이 도와주니 일이 일 같지 않게 쉽게 풀린다.

심은 나무 키가 겨우 내 배꼽쯤에 닿는 것들이지만 줄지어 서 있으니 볼만하다. 가슴이 벅차오른다. 시작은 아주 작아 보이나 몇 십 년 지나면 아담한 과일나무 숲을 이루리라. 우리가 했던 일을 누군가 말하며 열매 따 먹고 즐거워하겠지. 나무들이 잔뿌리를 내리고 추운 겨울바람을 견디려면 버팀목을 해 주어야 한다기에 나무마다 단단하게 묶어 세웠다.

판교면 너더리식당으로 가서 주거니 받거니 술 한잔씩 하며 뒤풀이를 한다. 함께 땀 흘려 일하니 이제야 진짜 공동체를 이룬 거 같다. 작은 일 하나라도 함께하니 재미있게 살 수 있구나. 돌아오는 길에 판교 제재소에 들렀다. 다음에 마을 도서관 책장 만들 때 쓸 낙엽송 목재를 켜 달라고 주문했다. 미리 나무를 켜서 말려야지. 나중에 말린 나무를 사려면 값을 두 배나 더 주어야 한다니 미리미리 준비해 두어야지.

시간은 흘러흘러 2011년 1월 초, 이번에는 도서관 책장을 만들기로 했다. 도서관 외부 공사가 끝나고 이제 우리 힘으로 내부 정리를 할 때다. 지난번 나무 켠 거를 집 뒤에 잘 쌓아 말렸지. 눈보라 휘날리는 쌀쌀한 날이지만 방학이라 시간이 있으니 얼른 만들어야지. 30대 후반 젊은 목수 한솔 씨가 마침 잠깐 집에서 쉬고 있고, 전문계고에서 목공을 가르치는 50대 초반 홍배 선생이 방학이라 시간을 낼 수 있고, 예전에 혼자 집 지어 본 경험이 있는 70대 초반인 동석 형님도 있으니 어떤 나무 일도 다 해낼 수 있다.

나무 다루는 이들 셋이 모였으니 일사천리로 일이 진행되었다. 책장은 못을 쓰지 않고 다 끼워 맞추기로 했다. 시간이 걸리더라도 오래오래 아끼고 쓸 수 있는 것으로 만들자. 먼저 책장 설계를 하고 나서 쓸 나무대로 톱으로 썰고 기계로 홈을 파고 끌로 나무를 다듬는다. 드릴로 구멍 뚫고 사포로 나무를 문지르니 작업장인 도서관 안이 톱밥 먼지로 자욱하다. 나도 난생처음으로 끌을 잡고 구멍을 팠다. 끌 잡는 법, 끌을 나무에 어찌 대고 망치로 두드려야 하는가를 큰형님이 자상하게 일러 주었다. 나무를 켜고 자를 때 톱날을 어찌 잡아야 하는가도 처음 알았다. 다듬은 나무 2개를 90도로 끼워 맞출 때 나무를 직각으로 유지하기 위해 직각자로 순간순간 재며 섬세하게 일하는 걸 보고 놀랐다. '한 치의 오차도 없이'란 말의 의미를 새삼 다시 알게 되었다. 머리로 일하기보다 몸으로 느끼면서 일하는 거 같았다. 못으로 박아 쉽게 책장을 만드는 것하고는 아주 다르게 나무를 깎고 다듬고 끼우면서 일하는 이의 숨을 나무에 불어넣는 거 같았다. 하나하나 다 정성이고 예술이었다.

이렇게 일하는 사이사이에 몇 이웃 분들은 작업장으로 녹차, 커피를 끓여 오고, 감귤 상자를 들고 오고, 맛난 점심밥을 차려 주시기도 했다. 어느 분은 함께 일하지 못한다며 밥값을 건네주니, 일하는 시간은 늘 훈훈한 기운으로 가득 찼다. 내 양팔쯤 되는 책장 여덟 개를 나흘 걸려

다 만들었다. 다 만들어 도서관에 배열해 놓으니 아, 아름다운 생명들이 새로 태어난 듯하다.

이 책장에 주민들이 아끼던 책을 모아 꽂으면 참 아름답겠구나. 책들이 아름다운 숨결이 되어 마을에 생기를 불어넣어 주겠구나. 살아 있는 무지개 책장을 이루겠고 책 펴 들고 평화롭게 앉아 보는 주민들 모습을 떠올리니 아, 좋다. 이렇게 모여 살길 잘했어, 잘했어, 할 거다. 조금씩 이웃들의 정, 사랑, 베풂, 배려 따위가 송송송송 솟아나는 샘터가 되겠지.

(2011년 1월)

우리 집 마당

봄볕이 따사로운 날, 현미밥 조금, 부추 버무린 거, 묵은 김치, 멸치 몇 마리를 놓고 마루에 앉으니 여기가 무릉도원일세. 마당에는 봄기운이 모락모락 솟아나고 와, 노란 민들레꽃이 가득 피었네. 손바닥만 한 텃밭 네 덩어리가 나란히 어깨 대고 있고 작은 연못 둘레에는 백합, 수선화, 온갖 풀들이 꼬물꼬물 올라온다. 돌멩이, 나무, 꽃, 푸성귀들, 솟대…… 온갖 것들이 저마다 뽐내며 두런두런 이야기하고 있는 거 같아. 뭔 이야기를 할까? 어디서들 이렇게 다 모여들었나.

아담하고 푸르른 소나무 두 그루, 나이 예순 되어 캄보디아 여인을 맞아 장가간 부여 형님이 5년 키웠다지. 젊을 때 초등 교사 노릇하다가 숨이 턱 막히면 함석헌 선생님께 편지 쓰고 이내 답장 받으면 그거 읽으며 버텼고 전교조 부여지회 만들 때는 큰형 노릇을 했지. 문드러지는 교사 마음 달래며 집 뒷산에다가 소나무 수십 그루를 키웠다지. 내가 부여 떠난다고 아쉬워하며 튼실한 거 캐 와 우리 마당 한켠에다 심어 주었다. 혼자 부모 모시고 살다가 노부모들의 마지막 소원을 들어주려고 늦

장가를 갔다. 용케 아기도 낳고 좀 살만 하니깐 부모님들이 연달아 돌아가셨다. 소나무처럼 푸르게 살아가는 형을 마당에서 만난다.

그 옆으로 300년쯤 된 느티나무 술상이 있다. 이웃 판교 상좌리마을의 들머리에 있던 지킴이 나무로, 지난해 벼락 맞아 일부 불에 탔는데 그걸 싼값에 샀다. 상 몇 개 만들어 여럿이 나누어 가졌다. 윗집 아우의 고향 마을을 지키던 것이니 거기 앉아 있으면 어릴 때 놀던 이야기를 들려준다. 말이 300년이지 나이로 치면 어디 그 앞에서 깐죽거릴 수 있나. 자연에서 만난 큰형님이니 깍듯이 모시고 사는 거지. 붉게 물든 노을을 바라보고 여기에 둘러앉아 지친 몸에 술잔을 기울인다. 걸상은 미루나무, 참나무 토막이다. 마당 옆 냇물 가에 서 있던 미루나무로, 마을 공사할 때 벴다. 땔감으로 쓰기엔 아까워 한 토막 반듯하게 다듬어 걸터앉는다. 나머지 쟁반 같은 토막은 넓적한 돌과 나란히 놓으니 잘 어울리네. 하늘은 둥글고 땅은 평평하다는 뜻일까? 참나무는 아랫집에서 땔감으로 산 나무 더미에 섞여 온 큰 둥치다. 도끼로 여러 번 찍어도 꿈쩍도 하지 않는 게 땔감 인연이 아닌가. 윗집의 우리 느티나무 상으로 시집왔다. 노르스름하니 아주 예쁘다.

손톱만 한 밭에다가는 온갖 것을 다 심어 가꾼다. 지난해에는 열무, 적상추, 청상추, 얼가리, 대파, 고추, 가지, 오이, 호박, 방울토마토, 부추, 쑥갓, 강낭콩, 양파, 근대, 아욱, 당근, 시금치, 배추를 심었다. 올해도 돌려 가며 심어야지. 이미 몇 가지는 봄 싹으로 올라왔다. 봄비 내리면 다음 날 쑥, 고개를 내미는데 바라만 보아도 예쁘다. 밭에다 넣을 밑거름으로 퇴비를 만들었다. 계 아무개 똥과 황 아무개 오줌, 그리고 남은 음식, 톱밥, 재를 버무려 6개월 켜켜이 쟁겨 놓으니 구수한 향기를 내뿜는다. 여기다가 뒷산에서 긁어 온 부슬부슬한 부엽토까지 넣었지. 톱밥은 아랫마을 목공소에서 가구 만드는 아우네서 얻어 오고, 쌀겨는 윗집 아우의 고향집에서 가져왔다. 가끔 쥐가 여길 들락날락하지만 고것들 먹어야 얼마나 먹나, 그냥 같이 사는 거지. 깻묵 사서 큰 플라스틱 통에다가 넣고 물 채워 한 겨울을 지내니 아주 구수한 액비가 되었고 그걸 웃거름으로 준다. 이러니 흙색깔이 거무죽죽해졌다. 지금 겨울을 난 시금치 곁에서 쪼르르 새싹들이 다투어 솟아오른다.

마당 둘레에는 영산홍들이 막 꽃봉오리를 터뜨린다. 8년 전 부여에서 작은 묘목을 사서 키운 걸 여기로 옮겼다. 캐 올 때 조금 조마조마했다. 여기서 뿌리 내려 한창 크는데 이사 간다고 캤다. 이러다가 혹시 죽으면 어떡하나 했는데 다행히 살아 주어 빨간 꽃잎을 내밀고 있다. 빌빌대던 한 그루도 한 2년 겨우겨우 버티더니만 이제 뿌리에 힘이 붙었는가, 올해에는 꽃봉오리가 수십 개 달렸다. 예전에 홍산농고에서 징계받던 아이들이 와서 분갈이를 쓱쓱, 능숙하게 해 주던 꽃이라 더 마음이 간다. 어디서 어떻게 지낼까? 어릴 때 우리 집에 와서 일하던 것도 기억할까? 순댕이들이었는데 보고 싶구나. 그때 홍산면에 있는 비홍산 꼭대기까지 낑낑대며 올라갔지. 돌탑도 쌓으며 꿈도 빌었지.

산수유가 마치 노란 별처럼 가장 먼저 꽃을 내밀었는데 날씨가 차가워서인지 콩알보다 조금 크게 피고는 그대로 있다. 옆으로는 배롱나무,

단풍나무가 있어 봄 여름 가을에 연달아 피게끔 심었다. 늘 색깔 있는 마당이 되는 셈이다. 마을을 만들 때 이런 걸 생각해서 심었다 하니 그분들 마음이 그저 고맙다. 꼬마 은행나무, 산국, 조팝, 오가피, 태산목, 산벚나무도 곁에 서 있다. 졸졸졸졸 줄지어 있으니 꼭 마당을 지키는 천왕들 같다. 신성한 마당으로 들어오는 길목에 엉성한 대문을 만들었다. 전에 온 해광 스님이 보더니만 아무 말 안 하고 빙긋 웃기만 했다. 무슨 문이 그런가, 하셨겠지만 난 자꾸 봐도 좋았다. 절집 들어가는 천왕문쯤 되는 거네. 여기를 지나가야 마당이니 다들 마음을 가다듬으시라, 하고 혼자 생각했지만 아무도 그런 사람이 없었겠지. 나만 좋아서 대문을 조심스레 열고 닫으며 들락거렸다. 내가 좋아 사는 집이니 내 맘대로였지. 해광 스님이 동쪽으로 문을 내라 해서 그리했는데 사실은 어디가 문 안인지 문 바깥인지 헷갈렸다. 하여간 마당으로 들어오는 쪽으로 해서 안과 밖을 구분했다.

문 옆에는 아랫집 보리 박사 형이 만들어 준 대나무 솟대가 바람에 흔들흔들 위태롭게 서 있다. 막걸리 한 주전자를 먹은 것처럼 종일 흔들거렸다. 마루 한켠에도 형이 손수레에 싣고 온 돌사자가 있지. 악귀가 들어오는 걸 막는 신령한 동물이라나. 얌전하게 앉아 있는 폼이 우습게도 보인다. 이래저래 마당은 정결한 곳일 수밖에 없구나. 솟대 바로 아래에는 집 지을 때 썼던 나무토막을 모아 만든 새집이 얌전히 앉아 있다. 마당에 내놓은 과일 껍질이나 겨우내 밭에 남아 있는 배추 잎사귀를 먹으려고 떼 지어 오는 새들이 혹시나 여기에 깃들까 해서 기다리는데 아

직은 낯선 모양이다. 좀 있으면 여기가 튼튼한 집인 걸 알고 둥지를 틀겠지. 아침마다 지저귀는 새소리를 기다린다.

흙으로 빚은 못생긴 화분 몇 개가 화단에 놓여 있다. 야생화를 심었던 건데 이걸 준 이는 천연 염색과 도자기 굽기 체험 학습장을 운영하던 부여 아우였다. 몇 해 전 겨울, 〈글과 그림〉 식구들이 부여 와서 놀 때 돼지띠 해라며 흙으로 빚어 구운 돼지 한 마리씩 선물로 준 그 아우다. 술 좋아하고 남 일 돕는 걸 취미로 살았는데 지난해 말 뇌출혈로 쓰러졌다. 나이 사십도 안 되었는데 과로한 탓인지 몸 한쪽이 마비가 되어 한동안 병원 신세를 졌다. 그림 그리는 또 다른 아우가 치료비라도 돕자고 나서서 판화 몇 점 그려 둘레 선후배들에게 팔아 100만원을 모았다. 해마다 봄날이면 그 아우네 전통 가마 앞에 여럿이 둘러앉아 참숯에다가 돼지고기 굽고 7080 노래하며 별 따라 술 따라 놀던 때가 그립다. 어서 벌떡 일어나라.

작은 연못을 하나 팠다. 부들도 나고 창포도 흔들거리고 연꽃도 피었다. 개구리도 살고 모기도 살고 물벌레도 살았다. 눈요기할 게 이리도 많나. 못 둘레에는 꽃밭을 만들었다. 못 크기가 한걸음이나 될까. 마루에 앉아 내려다보며 거기에 배도 띄우고 술잔도 띄운다. 3년 전 안면도 꽃박람회 가서 사 온 백합 네 뿌리가 제법 실해져 한가운데에 제법 늠름하게 서 있다. 네 가지 색깔로 차례대로 피어나는데 잔뿌리에서 솟아난 꼬마 백합을 다 세어 보니 스무 포기는 되겠다. 지금 수선화가 화사하게 피어 마당이 훤한데 이어 백합까지 피면 볼만하겠네.

몇 해 전 홍천 사는 풀무 학부모가 놀러왔을 때 가지고 온 된장 항아리가 있다. 고랭지에서 키운 콩으로 담근 된장이 어찌나 맛있는지 조금씩 아껴 먹는다. 거나하게 술 먹은 다음 날 아침, 이 된장국 한 사발만 먹으면 속이 확 풀린다. 산지에서 껍질째 먹는 사과를 키우느라 전국 사과 농가를 두루 다니고 일본 사과 농가까지 다녀온 열성 농민이 담근 된장이다. 온난화 기후에 미리 대비한 걸까. 대기업 사원이었다가 모든 걸 다 내던지고 산골짜기로 들어가 새 삶을 일구어 가는 이다. 벌써 8년째인가, 돈 벌기는 힘들어도 지금이 가장 행복하다는 말이 떠오른다. 자연 속에서 순결한 마음으로 정성껏 담근 된장을 고마운 마음으로 먹는다.

　이야기가 있는 마당을 걸으면 어제와 또 다른 얼굴로 반기는 꽃들, 나무들…… 다들 반갑다. 너네나 나나 오늘 살아 있어 만나니 그저 고마울 뿐이다. 오늘 하루는 또 어떤 이야기로 채워질까? 와, 분명히 빛나고 신비스런 하루일 거다. 너네나 나나 꼭 같이.

(2011년 4월)

마을 잔치

"둥둥두둥둥……. 와, 이겼다. 해냈어. 얼씨구, 좋다, 좋아……."

60대, 70대 어른들이 떼 지어 풍물패 앞세워 무대 위로 올라가 덩실덩실 춤을 추는 거야. 2년마다 열리는 면 체육대회에서 등고리 작은 마을이 세 번 연달아 우승하다니, 이건 아마 100년에 한 번 나올까 말까 할 거야.

믿거나 말거나 장날 장바닥에 떠도는 말이 있었다는데, 그건 선술집에서 술 마시는 이들이 한 말이래. 이번에 어떻게든 등고리가 우승하는 걸 막아야 한다고, 산너울마을에 젊은이들이 많아 종목도 바꾸어야 한다고 말야. 그래서 그랬나, 이번에는 늘 해 오던 비료 푸대 들고 오래 서 있기, 쌀 푸대 들고 뛰어가기, 줄다리기 따위 종목을 아예 빼고 릴레이에서도 40대 젊은이는 뛰지 않기로 했어. 어디까지나 뜬소문이겠지, 설마 그랬겠어?

해마다 노인 비율이 높아져서 그랬겠지. 65살 이상으로 출전 선수를 정한 종목이 많아. 혼성 200미터 릴레이는 50대 남자 1명, 60대 여자 1

명, 70대 남자 1명, 제기차기는 나이 제한 없이 남자 1명, 고무신 발로 멀리 던지기는 65살 이상 남자 2명, 여자 2명, 훌라후프는 나이 제한 없이 여자 1명, 윷놀이는 65살 이상 남자 2명, 여자 2명, 투호 던지기는 65살 이상 남자 1명, 여자 1명으로 했어. 65살 이하는 다 어린 청년이니 경로잔치 분위기였지.

"제18회 판교면민 한마음 체육대회 및 화합잔치"

오성초등학교 운동장에 만장기가 펄럭이고 2500여 면민들이 북적북적 모였어. 아침부터 열기가 후끈거려. 천막 안에서는 소머리국밥이 설설 끓고, 울긋불긋 모자, 체육복 입은 노인들이 어슬렁어슬렁 뒷짐 지고 모여들었어. 학교 둘레 길가에는 경운기, 오토바이, 자전거, 트럭이 쭉 늘어서 있는데 볼만해. 꼭 시골 학교 운동회 분위기야. 17개 마을 천막마다 펼침막이 걸렸어. '우승으로 고고씽 현암 3리' '잘돼야 될 텐데 등고리' '얼씨구나 마대리' '현암 1리가 잘나가' '명품 한우마을 복대리' '정하나로 뭉친 문곡리' '포도 향기 가득한 우라리' '웰컴투 금덕골' '자연과 함께하는 심동리' '흥이 절로 난다 흥림리' '아자아자 후동리 파이팅' '얼라 1등이네 수성리' '도토리묵 팍팍 무쳤냐 현암 2리' '체력의 종결자 저산리' '옥수수가 익어 가는 만덕리' '판교니깐 판교리' '표고버섯 최고봉 상좌리' 마을 특색을 살린 게 재미있네. 등고리마을 펼침막 보고 웃음이 나와. '잘돼야 될 텐데…….' 누구 머리에서 나왔을까?

두 시간 수업하고 달려가니 아이고, 어찌나 반기시는지 다들 한잔씩 따라 주시네. 그냥 마을 잔치야. 다들 모여 노니 얼굴들이 환해. 야, 한판 놀자. 풍물을 두드렸어. 우리 마을만 풍물을 치네. 가락에 맞추어 흔들 흔들, 몸 흔드는 할머니들. 참 곱다, 고와. 뭐, 시합 나가 이기면 어떻고 지면 어때. 오늘 하루 잘 먹고 잘 놀면 그만이지. 오랜만에 이웃 마을 벗을 만나 하는 말, "여태 살아 있는가?" 호탕하게 웃고 소주 한잔씩 서로 붓네. 어쩌면 2년 후에 다시 못 올지도 몰라서 그런가, 살갑게 손잡고 환하게 웃는 얼굴들이 꼭 어린이 같아.

드디어 첫 경기, 릴레이 출발선에 70대 할아버지들이 긴장해 서 있다가 심판이 준비…… 하니깐 그냥 막 출발하는 거야. 땅, 소리 듣고 가야하는데 그저 먼저 뛰는 게 상수니깐 그렇게 해 왔나 봐. 앞만 보고 달리던 등고리 큰형님, 1등으로 달려 다음 선수에게 바통을 넘겼는데 갑자기 마이크로 무효를 외치는 거야. 뭐, 안 뛴 사람이 있다나? 아, 물거품되었네. 다시 또 출발선에 서서 심판의 준비…… 소리에 선수들이 또 뛰어나가니 금방 무효를 외치네. 이러다가 그만 우리 마을 77살 큰형님 왼발에 쥐가 났어. 절뚝거리니 어디 뛸 수 없잖아. 할 수 없이 키 작지만 땅땅한 79살 큰큰형님이 대신 뛰게 되었지. 또 심판이 준비…… 하는데 다뛰어나가고 우리 큰큰형님만 가만히 있다가 깜짝 놀라며 맨 나중에 뛰었어. 꼴찌로 뛰는 거야. 마지막 주자는 앞사람을 따라잡기 위해 용을 썼지만 아깝게 4등을 했어. 점수는 3등까지만 주는 거니 아, 우승은 이미 물 건너간 거야. 천막 안은 침묵만이 흐르고 고요해. 어쩌겠나. 출발 부정이라고 항의를 해도 소용없지. 다들 시무룩해져서 아침부터 이제 술만 퍼먹게 생긴 거지.

두 번째 제기차기 경기가 열렸어. 현암리 어느 분이 몇 해 동안 제기차기 우승을 도맡아 한대. 뭐, 50개는 거뜬히 찬다나. 등고리는 내가 차기로 했다가 산너울마을 44살 젊은 아우가 혜성같이 나타나 잘 찬다고 해서 양보하고 넘겼지. 그런데 그 친구가 글쎄, 31번 차서 깜짝 1등을 한 거야. 현암리에 잘 차는 분은 방금 전 릴레이에 출전하고 나서 다리에 무리가 갔는지 실수로 10번밖에 못 찬 거야. 우와, 그러면 우리 등고리에 실낱같은 희망이 보이네. 종목마다 골고루 잘하면 종합우승도 가능하다는 거지. 지난번도 그렇게 해서 우승했다고 이장님이 말했어.

세 번째는 투호 경기야. 2미터 앞에서 5개씩 던져 구멍에 넣는 거야. 우리 팀이 맨 나중에 던지게 되었어. 남녀 2명이 5개씩 던지는데 앞서 던진 팀들 중 5개가 가장 많이 들어가고, 4개 넣은 팀도 있었어. 우리 등고리 선수가 나섰는데 아깝게 3개 넣어 3등을 했어. 들어갔다가는 다시 쏙 나오고 들어가려다가 삐지고 아슬아슬하더구만. 그래도 3등 점수를 또 보탰지.

네 번째로 고무신 신고 발로 멀리 던지기는 신 났어. 남녀 4명의 기록을 합산하는 건데 우리 팀이 2등을 했어. 윗집 아주머니가 무려 16미터나 던져 여자로는 가장 멀리 던져 인기 짱이었지. 옆 마을 아저씨는 얼마나 긴장하고 던졌는지 자기 바로 머리 위로 높이 솟아올라 가더니만 머리 뒤로 떨어져 박수를 받았고, 또 높이만 올라가 겨우 5미터 던진 이도 있고 하여간 맘껏 웃고 그랬어. 자, 등고리마을이 조금씩 야금야금 점수를 쌓아 가는데 이거 한번 우승을 노려 볼 만하게 됐어.

다섯 번째는 훌라후프 돌리기인데 와, 허리가 가는 젊은 아낙네들이 궁둥이를 살살 흔들면서 허리로 돌리는데 다들 대단해. 부드럽게 잘도 돌아가더군. 뭐, 어느 해인가는 각자 돌린 숫자를 세었더니 천개도 넘었다지. 그 후로는 진화해서 잠깐 돌리다가 호각 소리에 맞춰 어느 지점까지 뛰어 갔다 오기로 했대. 야, 잘 달리데. 마치 맨몸으로 뛰는 것과 같아. 어느 누가 따라가겠어. 우리 팀도 잘 돌리며 뛰었지만 워낙 다른 마을 선수들이 잘해서 4등밖에 못했어. 점수를 못 챙겼지. 아주 기대를 했는데 아까워.

이제 마지막으로 윷놀이만 남았어. 승승장구, 이미 예선전 하고 준결승전까지 이겨 결승에 올라갔어. 3판 2승제 시합을 하는데 열기가 대단했어. 지금까지 경기한 종목 결과를 점수로 따져 보니 아, 공교롭게도 결승에 오른 두 팀이 우승을 놓고 시합을 하게 되었어. 65살 이상 남녀 2명씩 4명이 돌아가며 윷을 놓는데 선수나 둘레에서 구경하는 모든 이들 손에 땀이 다 났어. 윷을 던질 때마다 엎치락뒤치락, 윷판이 서로에게 이겼다가 지고 또 지다가 이기고 마치 아리랑 곡선을 그리는 거야.

첫판에는 우리가 거의 다 지다가 극적으로 뒤집었어. 상대 마지막 말 하나 남은 게 말판 맨 끝에 하나 남았기에 이 판은 우리가 졌구나 하고 등고리 아주머니가 윷을 힘없이 들어 판에 던졌어. 와, 윷 두 번에다가 걸이 나와서 마지막 말을 잡아 버린 거야. 우리 팀은 하늘을 찌르고 상대는 땅으로 푹 꺼졌지. 세상에 기적이라는 게 이런 거겠지.

이어 두 번째 판을 했어. 다들 막판이라 모두 다 집중해서 신중하게 던졌어. 이럴 때 꼭 낙마하는 이가 꼭 있더라. 판세가 또 오르락내리락했어. 우리가 이겼다가 다시 다 잡히고 또다시 시작하고 이러기를 몇 번, 정말 스릴 만점이었지. 두 번째 판은 거의 일방으로 우리가 이기고 있는데 상대 쪽에서 갑자기 시비를 거는 거야. 뭐라고 하더라. 기분 나쁘다고 했나? 윷을 확 딴 데다가 집어 던지는 거야. 아, 판은 깨지고 서로 엉켜밀고 땡기며 몸싸움도 하면서 실랑이가 벌어졌어. 양쪽 이장님들이 나서서 중재했지만 이미 물이 엎질러졌어. 서로 화합하자고 하는 시합에서 이게 무슨 추태냐고 했지만 쉽게 가라앉지 않았어. 다시는 안 볼 사람같이 왜 그러느냐고 해도 소용없었어. 싸움은 윷 때문이었지만 지역인지라 감정싸움으로 바뀌어 갔어. 네가 몇 살이냐, 네가 선배인 나에게 이렇게 욕하고 대들 수 있느냐, 이러면서 싸움판이 커졌어. 선수들이 일시 퇴장하며 항의도 하고 뭐 그러다가 다시 극적으로 합의했어. 두 번째 판을 무효로 하고 다시 하자고 했지.

긴박한 순간을 보내고 다시 평온을 찾고 윷을 놀았지. 긴장해서 서로 낙마도 많이 하고 잡고 잡히기도 했어. 마치 세상살이를 보는 듯했어. 물꼬 싸움을 보는 듯했어. 목숨 건 투사들이 나서서 비장하게 윷을 던졌어. 우리 마을이 밀리고 밀려 패배할 즈음 아까 첫판 그 아주머니가 일을 또 냈어. 글쎄, 모가 두 번이나 나온 거야. 전세가 거꾸로 뒤집혔어. 극적으로 이겼어. 와, 등고리마을이 또 꿈같은 우승을 한 거야. 팍팍한 세상 살다가 이렇게 기쁠 수가 있나.

돌아오는 길은 멋졌지. 우승기를 트럭에 매달고 풍물패는 뒤에 탔지.

두드려라. 깽깽깨깽……. 판교면 시내를 한 바퀴 도니 시내 주민들이 손 흔들며 축하해 주네. 어깨가 으쓱, 더 세게 쳤지. 우리 풍물 소리가 메아리 되어 시내 곳곳으로 퍼져 나갔어. 우승기는 펄럭이고 우린 신 나게 두드리고 아, 하늘을 날아가는 것 같더군. 트럭 몇 대에 마을 주민들이 나뉘어 탔어. 뒤이어 승용차가 줄을 이으니 아, 멋져라. 4킬로를 그렇게 차 행렬 이루고 풍물 치니 지나가던 차들도 천천히 우리 보고 손을 흔들어 주네.

마을 들머리를 지나 마을 구석구석 한 바퀴 돌고 마을회관에 내렸지. 땀 흘려 꾀죄죄한 모습들이지만 개선장군처럼 싱글벙글 웃음꽃이 피었어. 회관에 꽉 들어찬 등고리 주민들, 또 소머리국밥 한 그릇에다가 막걸리 한잔 쭉 들이켜며 서로 축하했지. 75살 된 등고리 이장님이 벌떡 일어나 한마디 했어. 등고리 주민들이 똘똘 뭉쳐 우승을 했다고, 고맙다고. 그러면서 다들 자랑스런 우승기를 다시 한번 보라며 쭉 폈어. 등고리 마을이 살아 있는 한 우승기는 마을회관 주인으로 꿋꿋하게 자리를 지키며 역사를 말해 줄 거야. 2011년 9월, 그때 우린 참 행복했다고.

(2011년 9월)

이리 갈까 저리 갈까

마을을 꾸려 3년을 함께 살아 보니 생각과는 달리 참 혼란스러운 게 많았다. 세상의 축소판인 마을에서 온갖 일이 벌어졌다. '설마'가 사람 잡는다더니 선의를 베푼 이가 죄인이 되는 것도 보았다.

"이리 갈까 저리 갈까 차라리 돌아갈까."

문득문득 어디 골짜기에서 혼자 살걸, 하고 후회도 했다. 벌써 3년이 지났다. 여전히 싸움질은 이어지지만 그래도 조금씩 숨통이 트이고 있다. 햇살이 퍼지듯이 차츰차츰 따뜻한 기운이 돈다. 누구 말로는 이만한 따뜻한 마을이 어디 있느냐며 엄살 부리지 말라고 한다. 위로가 되고 격려가 되었다. 때마다 마을을 찾아와 꾹꾹 땅을 밟아 준 벗들 기운으로 살아나고 있다. 30년 동무인 인순과 순일이가 마을 이야기를 듣더니 이렇게 말했다.

"어디든 사람살이가 복잡하니 너무 신경 쓰지 마. 문제를 풀어 가는 길은 오직 하나, 각자 끝없이 손해 볼 각오를 하고 욕심을 버리면서 살아야 해."

하긴 그래, 어떻게 마음먹고 사는가가 중요하지. 되돌아보니 3년 동안 마을살이 하면서 좋았던 때가 참 많았다. 같이 땀 흘려 일하고 좋은 뜻을 나눌 때였다. 여느 계산법과 달리 자기 것을 기쁘게 내어놓는 이웃들이 있어 행복했다.

.

주민 9명이 '개구리' 동아리 모임을 만들었다. 입 열고 무언가 떠들자는 모임이다. 종합 문화 세트라고나 할까. 각자 관심 있는 분야 한 꼭지씩 맡아 달마다 돌아가며 특강을 했다. 뭔 얘기들이 나올까.

"오는 11월 24일(수) 저녁 7시 30분, 복합문화관에서 개구리가 모입니다. 세 번째 모임으로 '동화작가 권정생의 삶과 정신'에 대해 황금성이 정리하여 말하고 권정생 선생님이 쓴 글 〈강아지 똥〉을 같이 읽겠습니다. 그리고 '요즘 세상을 어떻게 보고, 어떻게 살아가야 하는가?'에 대해 각자 개골개골개골 말하고 들으려 합니다. 개구리 모임은 산너울마을 주민 누구에게나 열려 있거든요. 가벼운 마음으로 저녁 산책한다 생각하시고 한번 놀러 오세요. 따뜻한 차도 준비해 놓을게요. 반갑게 만나요."

저마다 삶 결이 다 다르니 재미있다. 그동안 별자리 공부하기, 삼각함수와 삶의 관계 알기, 우리 차 마시기(茶道), EM 만들기, 강강술래 춤추기, 불교 12연기론 배우기, 원자력 발전의 실상 알기, 귀촌 준비하기, 음식찌꺼기로 퇴비 만들기에 대해 듣고 배웠다. 다들 개구리가 되어 쫑알쫑알거리며 좋아했다. 정성껏 준비하니 진지했다. 물론 맛난 술과 음식이 뒤따랐다. 앞으로 영화, 춤, 연극, 노래 공연, 그림 전시회도 보러 가고 마을 둘레로 봄꽃놀이, 단풍놀이도 간다. 봄날이면 어슬렁어슬렁 등고리마을 골골을 돌아다니며 들꽃도 보고 날아다니는 새도 만나고 들일하는 주민들도 만날 거다. 나이 드신 몇 주민을 모시고 이제껏 살아온 파란만장한 인생 이야기를 듣기로 했다.

2.

겨울방학 때 산너울마을 어린이 11명과 2주일 동안 어린이 캠프를 열었다. 주민 12명이 재능기부를 하며 함께 놀았다. 산너울 어린이 신문 만들기, 부여박물관 문화 기행, 대바늘 뜨개질 배우기, 빵 만들기, 음식 만들기, 썰매 만들고 타기, 강강술래 배우고 춤추기, 우리 차 끓여 먹기, 우리 마을 새 이야기 듣고 관찰하기, 실내외 놀이 배우고 익히기, 별자리를 배우고 관찰했다. 하루하루 진행되는 강좌마다 얼마나들 좋아하고 기다리는지 열기가 대단했다. 참여하는 주민들도 신 났다.

부여박물관에 갔다. 향로 앞에서 몇 마디 하니 듣는 둥 마는 둥 향로를 빙빙 돈다. 이렇게 놀면서 문화재를 만나는 게 아이들답지. 눈 덮인 금성산에 올라갔다. 부여 시내를 내려다보며 눈을 반짝이는 꼬마들이 예뻤다. 뭘 보고 배운다기보다 같이 차 타고 산에도 올라가고 뛰어다니는 게 재미있지. 빵 만들기는 인기 만점이었다. 호두 파운드케이크, 단호박 머핀, 애플 타르트를 만들 때 아이들이 재료 무게도 재고 구우니 신났다. 실습복도 인근 학교에서 빌려 와 입으니 의젓한 주방장들이 됐지.

강강술래 춤출 때는 어른 아이 모두 알록달록 한복을 입었다. 환하게 웃는 어린 꼬마들과 부모들이 손에 손잡고 엉금엉금 기어가며 춤 대열을 만든다. 고운 한복을 입으니 다들 너울너울 움직이는 꽃들이었다. 한껏 멋과 기분을 낸 흥겨운 한마당이었다. 강강술래 중 4가지 놀이를 배웠는데 마지막 꼬리잡기할 때 강강이로 뽑힌 아이는 좋아서 내내 입을 다물지 못했다.

밤하늘 별자리 공부도 했다. 우리 마을은 가로등이 없어 맑은 날이면 바로 머리 위에서 별이 쏟아진다. 망원경으로 신비로운 별밤을 보았다. 마을 별들이 가까운 동무가 되었다. 우리 차(茶)에 대해 배울 때도 한복을 곱게 차려입었다. 꼬마들이 어찌 그리도 얌전하게 앉아 조심스럽게 마시는지 대견스럽고 귀여웠다. 설날 세배하는 법도 배웠다.

이웃에 있는 나무 공방으로 가서 시끌시끌 망치질도 하고 사포로 다듬어 멋진 썰매 8개를 만들었다. 사진으로나 보았던 걸 직접 만들었으니 얼마나 재미있었을까. 다음 날 아침 우리 집 옆 둠벙이 꽝꽝 얼어 썰매 타며 신 나게 얼음판을 달렸다. 깔깔거리는 아이들 소리가 마을에 멀리멀리 퍼져 나갔다. 나도 40여 년 만에 썰매를 타며 어린 시절로 돌아갔다.

산너울마을에는 어떤 새들이 놀러 올까. 17종의 새들이 온다. 새 이름과 사진을 영상물로 보며 신기해한다. 물까치, 어치, 멧비둘기, 동고비, 오색딱따구리, 박새, 말똥구리, 멧새, 참새, 직박구리, 지바뀌, 까치, 딱새, 왜가리, 백로…… 이렇게나 많이 날아왔나. 새들이 깃드는 곳이 살기 좋은 마을이라고 했지. 사과, 배 찌꺼기를 마당에 놓아두면 새들이 떼 지어 날아와 먹는데 집 안에서 자세히 볼 수 있다.

대바늘로 뜨개질을 배웠다. 한 코 한 코 집중하며 실 꿰는 모습이 귀엽다. 서툰 손놀림으로 귀마개까지 만들었다. 쉴 때는 음악을 틀어 놓고 방바닥에서 맘대로 몸 구르며 놀았다. 시간 가는 줄도 모르고 즐겁게 노는 아이들이 참 행복해 보였다.

3.

일주일에 두 번, 주민 7명이 국선도 운동을 한다. 자주 만나서 친해지고 꾸준히 재미있게 할 수 있어 좋다. 먼저 내가 편안한 몸을 만들어야 평화를 누리지. 마을도 평화롭지. 평화는 바라는 이에게 먼저 오는 법이다. 자기를 들여다보니 들떠 있는 마음, 굳어 있는 몸을 새삼 알게 된다. 심각하다. 자기 몸 하나도 제대로 살피지 못하고 쫓기며 살아왔다.

춤 모임도 있다. 주민 5명이 모여 고성오광대 기본을 배웠다. 일주일에 두 번씩 해서 20회 배운 후 세상에서 가장 작은 공연을 했는데 관객은 수강생 남편들이다. 공연 시작 전 항아리 꽃병을 가운데 두고 진달래, 개나리꽃 한 송이씩 들고 둥그렇게 섰다. 서로 고마운 마음으로 절하고 한 바퀴 돈 다음 꽃을 항아리에 꽂았다. 이어 북, 장구 소리에 맞추어 남편들 앞에서 처음으로 춤을 춘다. 수줍어하며 춤추는 어린 각시들 같아 볼수록 예쁘다. 나이 예순이 되어 추는 춤은 몸으로 드리는 기도이고 눈물겨운 사랑 표현이리라.

"왜, 당신은 몸이 뻣뻣하냐, 누굴 봐라."

"당신이 그렇게 춤을 잘 추는지 이제야 알겠어……."

다들 한바탕 웃는다. 세월 따라 사랑 따라 늙어 간다.

탁구 동아리가 있다. 윗집 주민이 탁구대를 평택 동무 집에서 기부 받아 가져오고 몇 주민이 탁구 용품을 준비했다. 탁구를 처음 치는 이들은 날마다 구슬땀을 흘린다. 또 한 주민이 포켓볼 당구대 기금으로 선뜻 100만원을 내놓아 설치했다. 나이 드신 분들이 날마다 모여 즐겁게 당구 친다. 스스로 마음이 움직여 무언가 내놓으면 둘레 이웃들이 기뻐하고 더 많은 걸 내놓는다. 한 주민이 거꾸리, 자전거, 러닝머신을 가져와 멋진 스포츠센터가 생겼다. 맘껏 웃고 땀 흘려 운동하니 저절로 이웃 사이가 가까워졌다.

주민 5명이 산악자전거를 탄다. 마을 뒤 봉림산을 자주 올라간다. 숨이 턱에 닿는다. 산 중턱에 난 임도를 따라 한 바퀴 돌면 15키로쯤 된다. 바람 소리, 새소리를 들으며 나무 사이를 달리면 걱정 없는 신선이 된다. 산에서 마을을 내려다보면 애틋한 마음이 든다. 구불구불 인연 따라 우리가 만났으니 행복하게 살면 좋겠다. 눈 많이 온 날에 눈길을 달려가면 하늘과 산이 내게로 성큼 다가오고, 벌겋게 물들은 서쪽 하늘을 바라보

면 마음이 차분해진다. 눈 덮인 산들이 구불구불 너울지며 여러 갈래로
줄지어 간다.

4.

함께 일하는 8가구가 공동 경작지에 여러 과실나무를 심고 사이사이
에 콩을 심었다. 올 가을 콩을 거두어 메주를 만들었다. 처음으로 장을
담갔다. 모여 일하니 시글시글 사람 사는 거 같다. 콩 심고 콩 털고 콩을
삶는다. 메주 덩어리 만들어 띄우고 말린다. 간수 뺀 천연 소금물 염도
를 맞춘다고 달걀을 띄운다. 달걀이 오백 원짜리 동전만 하게 소금물에
뜨면 메주 넣은 장독에 붓는다. 쥐눈이콩, 서리태콩은 밥에 넣어 먹으려
고 한 봉지씩 나누었다. 과실나무에도 농협 퇴비를 듬뿍 주었다. 이제
내년이면 대추 몇 알 열리겠지. 함께 일하며 하나둘 알아 가고 먹고 마
시는 재미, 이게 모여 살면서 누리는 복이다. 올봄에는 청양 차밭에 가
서 차 묘목을 얻어 올 거다. 날씨가 따뜻해져 마을에서도 차를 키울 수
있다. 구기자도 심었으니 이제 마을에 놀러 오는 이들에게 따뜻한 차 한
잔 끓여 드려야지.

마을 논이 1200평 있다. 800평은 원주민에게 대신 농사지어 달라 하
고 400평은 주민 몇 명이 함께 벼를 심고 거두었다. 못자리를 만들어 모
를 키우고 손모를 심었다. 무논이라 장화 신고 모를 심어도 푹푹 빠진
다. 일체 약을 안 쓰니 유기농이다. 추수할 때도 낫으로 벤다. 어릴 때 보

았던 풍경이다. 허리가 끊어질 듯 아프다. 중간에 새참 먹고 막걸리 한잔 걸치니 힘이 솟는다. 벼를 말리고 털 때는 원주민 기계를 이용한다.

복합문화관 동아리로 11가구가 스스로 참여한다. 50만원씩 출자해서 문화관에서 필요한 이불, 식기, 청소 도구를 샀다. 여기서 마을 행사도 하고 마을 견학 오는 이들을 맞이한다. 이불 빨 때는 가구당 5벌씩 나누어 빤다. 여러 집 빨래 건조대에 황토 이불들이 바람에 펄럭이면 멋진 마을 설치미술품이 된다. 6개월에 한번, 모여서 운영 평가도 하고 맛난 것도 먹는다. 봉사하는 운영 책임자도 일 년씩 돌아가며 공평하게 맡는다. 마을 견학을 오는 이를 위해 안내도 한다.

"마을 도서관 책장 만들기, 책 모으기, 음악 감상실 오디오 기증하기, LP판 음반 모으기, 쓰레기 분리수거장 만들기, 취미실에 여러 가구 기증하기, 복합문화관 동아리 손님맞이하기, 어린이 놀이터 정비하고 모래 기증하기, 스스로 마을 풀 깎기, 마을 안내판 만들기, 눈 오는 날에 새벽 눈 쓸기……."

주민 스스로 가진 걸 나누고 마을 일에 적극 나서는 이가 많으면 함박 웃음꽃이 피어난다. 사는 재미가 쏠쏠하다.

"나눌수록 더 많은 걸 누린다."

몸으로 말하며 살아가는 이웃이 조금씩 늘어나고 있다. 내게는 스승이고 무엇과도 바꿀 수 없는 하늘과 같은 벗들이다. 한 번뿐인 인생길에서 만난 길동무들이 서로 아름답게 삶을 채워 주고 있으니 얼마나 고마운가. 여전히 마을은 실험 중이다.

(2012년 2월)

거꾸로
가는
세상

빈 들판에 서서

　한 해가 또 저문다. 가을걷이가 다 끝난 빈 들판을 보며, 일 년 동안 아이들과 어떻게 지냈는가, 되돌아본다. '아이들을 살리고, 하늘처럼 섬기면서 아이들한테 배우자.'며 새 학기 초에 다짐했지만, 지내 온 일을 생각하면 가슴이 휑하니 허전하다. 정말 아직도 나에게 이런 마음이 남아 있을까. 괜스레 듣기 좋은 말만 앞세웠지, 늘 몸은 늘어지고 맘과 따로 논 것 같다. 그래서 이맘때만 되면 아이들 보기가 미안하고, 후회되는 게 한두 가지가 아니다. 왜 그런가 하고 가만히 생각해 보면 여러 모로 내가 많이 변한 것 같다. 수업을 잘하기 위해 밤늦게까지 준비하던 열정도 많이 식었고, 그렇게 중요하다고 여기던 아이들 생일인 '학생의 날'도 제대로 챙겨 주지 못했다. 아이들이 내 삶의 중심에서 자꾸 변두리로 옮겨졌다. 정신을 딴 데다 두고 지낸 날이 많았으니, 아이들이 잘 보이질 않았다. 온몸을 던져 아이들에게 다가가도 아이들이 관심을 보일 둥 말 둥 할 처지인데도, 그저 내 맘대로 편하게만 아이들을 대하고 지냈으니 당연하다. 아이들이 전과 달리 많이 변했으면 변한 대로, 거기에 걸맞게 준비하고 꼼꼼하게 아이들을 대하고 함께 지내야 했는데 그런 노력을 게을리했다. 10년 만에 복직한 최교진 선생님에게 물었다.

"오랜만에 학교에 갔는데, 뭐가 달라졌나요?"

"아이들은 예전 그대로 순수하고 맑은 모습을 잘 간직하고 있는데, 오히려 교사들이 많이 변한 것 같아."

정말 그렇다. 내가 할 일을 제대로 하지 않고 헤맬 때, 아이들은 여전히 건강하게 지내고 있었다. 요즈음 내가 만났던 아이들을 떠올리니, 내가 아이들에게 뭘 가르친 것보다 오히려 아이들에게 참 많은 것을 배웠다.

얼마 전, 때아니게 큰비가 내려 일 년 농사가 많이 망가졌다. 자기 살붙이 같은 벼들이 힘없이 쓰러지는 걸 보고 농부들은 얼마나 마음 아팠을까. 비 개인 다음 날 아침 시간에, 학교 앞에 사는 농부 아저씨가 교무실에 들어와 다급하게 도와 달라고 호소했다.

"조그만 땅뙈기 하나 붙들고 살아가는데, 이걸 어떻게 하면 좋습니까. 늙은 내 한 몸으론 도저히 이 쓰러진 벼를 어찌할 수 없어 왔습니다."

벌겋게 단 얼굴에다 눈물기가 가득한 아저씨 눈빛이 지금도 생생하다. 마침 어려운 이웃을 도우라는 업무 연락도 왔기에, 오전 수업을 마치고 모두들 낫을 들고 논으로 갔다. 아이들은 바지를 걷어붙이고 쑥쑥 빠지는 논에 들어갔다. 쓰러진 벼는 일으켜 세우고, 베야 할 벼는 덥석덥석 움켜쥐며 쓱쓱 베어 나갔다. 수업 시간에 집중을 잘 안 하고, 딴청을 잘 부리던 문용이는 얼마나 능숙하게 벼를 잘 베는지,

모두들 문용이를 '인간 콤바인'이라고 불렀다. 다른 아이들보다 두 배나 빨랐다. 일을 별로 안 해 본 아이들은 서툴러 낫에다 손도 많이 베었지만, 모두들 한마음으로 너네 일, 우리 일 가리지 않고 열심히 했다. 온통 흙 범벅, 땀 범벅이 되어 논길로 떼 지어 걸어오는 아이들을 보니 참 대견스러웠고 마음 든든했다. 시험 보면 늘 점수가 낮아 지청구만 듣던 아이들이지만 든든한 일꾼이었고, 진짜배기 일하는 아이들이었다.

2학기 들어서서 고 3 아이들이 현장 실습을 나갔다. 올해 나라 살림이 어려워서 서너 군데에서만 실습 요청 소식이 오고, 그 이후 뚝 끊겼다. 오라는 데는 별로 없고 갈 곳도 마땅치 않다. 힘들게 공부하고 이제야 사회에 첫발을 내딛으며 새 출발을 하는 아이들 앞에 일자리와 살 길은 그저 바늘구멍만 하다. 사회의 숨통은 꽉 막혀 버렸다. 어른이 잘못한 살림살이 때문에 아이들이 피해를 보게 되었다. 어쩌다 개인으로 알아봐서 일하러 가 보면, 하는 일이 생각과는 영 딴판이었다.

자동차과 아이가 주유소에서 기름 넣는 일을 하고, 전자 회사에 가서 전자 제품 프레스 일을 하고, 선박 정비 회사에서 배를 고치고 있다. 전업사에 가서 전기공사 일도 하고, 장난감 공장에 가서 기차 모형 만들기 일도 한다. 원예과 아이는 섬유 공장에 가서 실 짜는 일도 하고, 농산물 유통 회사에서 짐 부리는 일을 한다. 버섯 공장에서 막일을 하고, 화원에서 꽃 가꾸는 일을 한다. 토목과 아이들이 채석장에 가서 다이너마이트 폭약을 터뜨려 돌을 캐기도 하고, 슈퍼가게에 가서 짐을 나르기도 하고, 유선방송국에 가서 유선 까는 일을 하고, 목욕탕 청소도 하고, 문화재 관리소에서 임시로 청소와 보수, 관리 일도 한다. 한 달 일하면 20 ~30만 원쯤 받는데, 그나마도 어떤 아이는 회사가 부도나서 한 푼도 받지 못하고 떼이기도 했다.

이렇게 아이들은 사회 곳곳에서 떠돌면서도 꿋꿋하게 살아가고 있다. 사회 밑바닥에서 뼈 깎는 아픔을 견디며 살아가고 있다. 굳은살이 박힌 손을 반가워 잡아 보면 힘이 넘친다. "돈을 적게 받아도 일할 곳만 있으면 돼요" 한다. 실제 말은 그렇게 해도 얼마나 어려움이 많겠나. 오죽하면, 여기저기 옮겨 다니지 않고, 안정된 일터에서 일이나 했으면 좋겠다고 하겠는가. 참 힘든 세상이다.

지난 7월, 어느 초등학교 운동장에서 친구들과 술을 먹다 걸린 아이와 일주일 동안 훌쩍 집 나갔다가 돌아온 아이 둘이 있어, 학교에서 징계를 하였다. 징계가 끝나는 날, 나는 아이들과 함께 점심 나들이를 갔다. 아이들과 같이 산을 오르면서 이런저런 얘기도 하고, 기분도 풀어 주려고 갔다. 학교 가까이에 있는 비홍산으로 갔는데, 높이가 240미터쯤 된다. 점심 도시락을 싸 오고 빵, 김밥도 사고 먹을 물도 준비했다. 다른 친구들은 학교에서 공부하고 있는데, 우리는 산으로 놀러갔다. 징계 마지막 날 소풍이었다. 모처럼 아이들 얼굴이 환하게 펴졌다. 속옷이 다 젖도록 땀 흘리면서 꼭대기에 올라갔다. 시원한 바람을 쐬며, 온 천지를 다 내려다보니 온갖 걱정이 다 사라지는 것 같았다. 밥도 꿀맛이었다.

"동철아, 집 나가면 고생인데, 일주일 동안 세상살이 겪으니 어떠냐? 살 만하니? 어떤 사람들 만났어?"

동철이는 머리 긁적이며, 자기 부모와 집안 얘기를 더듬더듬했다. 가만히 들어 보니, 나 같은 사람이라도 그런 상황이면 견딜 수 없을 것 같았다. 너무나도 외로운 게 병이었다. 나는 그동안 동철이를 어느 정도 좀 아는 줄 알았는데, 사실 얘기를 자세히 듣고 보니 껍데기만 알고 있었다.

"참 힘들었겠다. 이제 앞으로 어떻게 지낼래? 부모님과는 화해를 했어? 뭐라고 그러시든?"

"다 해결되었어요. 앞으로 학교 잘 다니기로 했어요."

얘기가 꼬리에 꼬리를 물었다. 자리를 옮겨, 홍산 향교도 가고, 다시 부여박물관에 갔다. 차근차근 두 시간 동안 전시물을 보면서 새삼스럽게 역사 공부도 했다. 다섯 시쯤 돼서 박물관 앞에 있는 우리 집으로 갔다. 녹차 한잔 마시고, 아이들과 화분에 있던 연산홍 두 그루를 마당에 옮겨 심었다. 수업 시간에 나무 옮겨 심는 법을 배웠다며, 아이들은 서로 자기가 하겠다고 나섰다. 꽃 키울 때 주의할 점도 가르쳐 주면서 아주 능숙한 솜씨로 심었다.

"선생님, 이 꽃을 보면 우릴 꼭 기억해 주세요."

"그래, 이건 너네들 징계 기념식수야. 잊지 말고 이담에 와서 꼭 봐라."

같이 웃었다. 아픔을 나누면 반으로 준다더니, 정말 그랬다. 굳었던 아이들 마음이 봄눈 녹듯이 스르르 녹아내렸다. 다시 일어서는 힘은 아이들 삶 속에 이미 다 있는 것을, 새삼 다시 보고 알았다.

김용택 선생님이 쓴 짧은 시가 생각난다.

시인

배고파서 지던 짐
배부르니 못 지겠네

제목 '시인' 대신 '교사'를 넣어 다시 읽으니, 정신이 번쩍 난다.

(1998년 11월)

길택이 형

　오랜만이야. 형이 한 많은 세상 떠난 게 1997년 12월 11일이니깐 벌써 7년이 되었어. 참 무심하게 흘러가는 게 세월이야. 난 동생으로 이렇게 멀쩡하게 살아 있는데 하는 게 별로 없어. 미안해. 형 나이가 그때 멈췄으면 이제 내가 형이 된 거야. 형은 그때 나이 마흔여섯이고 난 지금 마흔아홉이니깐. 알았어? 아마 내 말소리가 들리면 금방 씩 웃으며 예, 할 텐데 말야.

　형이 무너미에서 몸이 아플 때 형수한테 들려준 〈고향 소식〉 얘기 잘 들었어. 지금 그걸 들으니 왜 그리 형 생각이 나는지 가만있지를 못하겠어. 그래서 어떡해. 자전거 타고 백마강으로 나갔지. 저녁때라 서쪽으로 해가 지는 거야. 와, 강물이 해로 빨갛게 물드는데 얼마나 아름다운지 가슴이 뜨거워지는 거야. 술이 먹고 싶은 거야. 그래서 술 파는 데를 갔어. 몇 년 전 동생인 은영이, 혜숙이가 놀러 왔을 때 강가에 있는 할매집에서 부여 막걸리와 생두부, 생채, 김치를 사 가지고 여기 와서 맛있게 먹었거든. 거기 가서 꼭 그대로 사서 지는 해와 마주 앉았어. 혼자 신 났지.

《글과 그림》두 번째 책을 펴고 형 글을 한 줄 읽고 한 모금, 또 한 줄 읽고 꼴깍, 이러다 보니 글이 술이 되고 술이 글이 되는 거야. 형이 동각 무너지는 걸 보고 애타는데 난 그 얘기 듣고 술 먹는 거야. 왜 그리 술이 맛있지? 거창 형수가 옆에 있으면 한잔 올리고 '꽃다지'나 한번 거나하게 부를 텐데 그럴 수도 없고. 그래도 어떡해. 그래도 불러야지. 붉은 강물을 보고 조용히 불렀어. 그런데 노랫말이 새삼 절절하네? 그리워도 뒤돌아보지 말자. 또 눈 감아도 보이는 수많은 얼굴. 앞에 보이는 산 뒤로 해가 지는데 꼭 연극 무대 같아. 빨간 노을 배경 조명으로 산이 조금씩 까매지네. 아름다워. 벌건 하늘로 새 세 마리가 훨훨 날아가네. 내 노래 듣고 저리 느릿느릿 날아가나.

형은 말야. 진짜 광대야. 광대가 뭐냐고. 광대뼈가 큰 사람이야. 맨날 아이들하고 놀다 보니 얼굴이 늘 쏙 말랐잖아. 그래서 작은 얼굴인 데다가 말라 광대뼈가 좀 나온 거지. 거기다가 뭐 마음이 기쁘면 아무 때나 벌떡 일어나 손이고 발이고 흔들고 누가 보나 마나 멋대로 뛰고 기고 그랬잖아. 온 세상을 무대로 알고 날아다닌 사람이 광대거든. 중국 가서도 새벽이고 밤이고 방이고 마당이고 어떤 자리에서건 사람 만나면 얘기하고 듣고 돌아다니고 술도 한 잔만 먹으면 열 잔 먹은 것처럼 얼굴이 벌개 가지고 취한 척 흔들거리고 사람들 마음을 어루만지곤 했지.

아, 형 생각하면 떠오르는 건, 좋은 선생 되는 걸 그렇게 싫어했어. 누가 《물또래》 문집 보고 이러니저러니 말하면 손사래 치고 딴말만 했어.

아이들 생각하면 그냥 죄스러워했어. 언젠가 나한테 그런 말을 했어. 난 죄를 안 짓는 선생이 되고 싶어. 아이들이 얼마나 불쌍한데, 그런데 아이들이 얼마나 슬기롭게 살아가는데 하며. 난 그때 그 말이 뭔지 잘 몰랐어. 무슨 죄? 했지.

둘레가 자꾸 어두워 가네. 상석 형이 생각나 전화하니 받네.

"나, 여기 백마강 가에 나와 혼자 술 한잔하고 있어. 와, 지금 여기 아주 아름다워."

"어, 그래. 아, 난 지금 너, 보고 싶어 미치겠어. 지금 지하철인데 잘 안 들려. 이따 전화할게."

형 글을 세 번 읽었어. 참 그게 말야. 글이 소리가 되어 들리네. 가끔 입 마르면 혀를 낼름거리기도 하면서 말야. 그래, 땅속에서도 가끔 생각나면 그런 이야기 들려주라.

집에 와서 《하늘숨을 쉬는 아이들》을 폈어. 참 내, 이 책도 날 줬구먼. 안에 이렇게 써 있네.

"계순옥, 황금성 둘이에게,

그 노랫소리 언제
또 들어 보려나.

1996. 9. 15 임길택"

또 노래 이야기네. 대충 속을 펴 보니 그래도 형 생각하며 책 여러 군데 밑줄 치고 난리를 피며 읽었네. 그런데 말야. 여기 책갈피 속에 누렇게 바랜 종이쪽지 하나가 끼여 있어. 이게 뭐냐면 내가 예전에 우리 반 했던 아이 어머니에게 이 책을 빌려 주었거든. 그랬더니 읽고 소감을 써서 보낸 거야. 어느 공장에 다니던 분인데 책 읽기를 좋아한다고 해서 내가 보냈어.

"책을 읽는 시간들은 즐거웠습니다. 이야기 하나하나 지나면서 주인공들이 느끼는 감정들이 저를 아니 나 자신에게 바른 삶이란 이런 거구나 하며 앞으로의 남은 삶을 어떻게 하는 것만이 풍요로이 보낼 수 있을까 감히 생각해 봅니다.

사람과 사람들 간의 믿음, 어린이들의 따뜻한 마음, 선생님과 학생의 정, 참(진실)을 위해 살아가려는 태도…….

동화 속에도 이런 아름다운 행동과 마음들이 있는 것이 어쩌면 당연한 듯 느껴지는 것만이 아니라 우리 현실 속에도 바른 마음을 갖고 행동으로 이어짐으로써 이 책 속 사람들이 가졌던 행복을 나 그리고 모든 이들이 갖기를 생각해 보았습니다.

선생님께 죄송스러운 마음과 함께 짧은 글로나마 대신할까 합니다."

어때? 형은 이렇게 씨앗을 뿌리고 온 나라 곳곳에 사는 사람들 마음 속에서 하나둘 피어나고 있어. 편안하게 잠드시고 가끔 우리들 생각나면 놀러 와. 노래도 하고 춤도 추고 그러면서 그냥 같이 살아가는 거야. 명주실같이 고운 마음을 가진 형수와 울밑, 빛이랑도 만나고 말야.

아, 오늘 이렇게 만나니 참 좋으네.《글과 그림》에서 만나는 우리 벗들, 모두들 보고 싶을 거야.

2004년 6월 3일
부여에서 금성 올림

일하는 선생

　사람을 만나 서로 알고 지내는 건 큰 인연이다. 서로 어울려 지내다가 헤어질 때는 마음이 어수선하다. 아쉽고 조금 더 같이 지냈으면 하는 마음이 간절하다. 나와 같은 학교에서 지내지는 않았지만 부여군에서 오래 같이 지내며 알게 된 부여여중 채천병 교장이 곧 정년 퇴임을 한다. 이런 분이 학교에 오래 남아 할 일이 참 많은데 우리에게 할 일을 넘기고 떠난다. 그분은 선배 교사로 나에게 어떤 사람이었을까. 나는 그분에게서 무얼 보았을까. 그분은 교사로서 아이들을 참으로 사랑하고 아낌없이 자기 몸을 던져 나날을 살아갔다. 지난 10월 어느 날, 궁남지 들머리에 있는 허름한 칼국수집에서 마주 앉아 막걸리 한잔 할 때 당신이 지내온 삶을 하나둘 풀어내는데 말 한마디마다 땀과 열정이 가득 배어 있었다. 움직이는 교과서라고나 할까. 난 그저 들으면서 놀라기만 했다. 내가 어찌 따를 수 있고 닮을 수 있을까. 내겐 그런 열정이 없고 도무지 자신이 서지 않았다.

　교장실은 아주 작고 비좁다. 여러 운동기구까지 갖추어 놓고 혼자 쓰던 먼저 교장이 못마땅했나, 교실 한 칸이던 교장실을 이 학교에 오자마자 1/3로 팍 줄였다. 겨울에도 큰 난방기를 마다하고 작은 가스난로 하나 켜고 지낸다. 비좁지만 아이들이 부담 없이 들락거리며 선생님과 얘기하고 먹을 거 신 나게 같이 먹는 곳이었다. 아이들도 먹을 게 있으면 교장 선생에게 달려가 드리고, 거침없이 할 말을 쏟아 낼 수 있었으니 얼마나 정겨운 자리였나. 고향 집 같고, 인정 많은 할아버지가 늘 기다리고 있었겠지.

채 교장은 교장실에 그저 눌러 앉아 있지 않고 남이 미처 보지 못하거나 하지 않은 일을 찾아서 했다. 어릴 때 당신 아버지가 하도 일을 많이 시켜서 지금도 일이 무섭지 않다고 했다. 일하는 걸 가르쳐 준 아버지를 고마워하며 둘레 사람들에게 말하는 만큼 몸으로 보여 주며 살아간다. "몸 가는 데 마음 간다." 학교 다닐 때도 늘 자전거 타거나 걸어서 다녔다.

아침마다 혼자서 교문 앞 200미터 되는 길을 비로 쓴다. 7시부터 쓸고 나면 1시간쯤 걸린다. 비 오는 날 빼고는 날마다 쓴다. 얼마 뒤부터는 이걸 알고 학교 앞 가게 주인들도 미안해하며 같이 쓸었다. 어느 날 아침, 쓸지 않아 길이 지저분하면 모두들 '어, 교장 선생님이 어디 아픈가?' '어디 출장 가셨나?' 한다. 아침마다 깨끗하게 쓴 길을 따라 학교에 들어오며 교장 선생의 따뜻한 마음을 만난다. 사람은 누구나 남에게서 존중받으면 그 상대 사람에 대해 달리 생각하게 되고 다시 보게 되면서 존중한다.

비가 온 다음 날은 학교 화단을 정리한다. 풀도 뽑고 땅을 일구니 흙덩어리들이 살아 꿈틀댄다. 화단에 꽃을 심어 놓고 비가 안 오면 뿌리 내릴 때까지 날마다 정성껏 물을 준다. 학교 전체 꽃을 가꾼다. 학교 꽃밭에는 사철 따라 갖가지 꽃이 가득 핀다. 꽃이 흐드러지게 필 때 학급별로 여기서 기념사진을 찍는다. 꽃밭에서 벌이는 축제라 하겠다. 철이 바뀌고 자연이 숨 쉬는 걸 함께 느끼고 아는 게 진짜 공부가 아닐까. 학교 바로 뒷산인 부소산에 봄철 벚꽃이 필 때와 가을 단풍이 무르익을 때, 두 차례 모든 아이들과 교사들은 수업을 잠시 미루고 모두 부소산에 올라간다. 꽃잔치를 벌인다. 부소산 품에서 떼 지어 다니며 봄, 가을을 즐기고 꿈에 젖기도 한다. 첫눈 내릴 때는 수업을 중단하고 모두 운동장으로 나와 눈보라와 함께 뛰어다니니 아이들 머리에 하얀 눈꽃이 활짝 피어난다. 생각해 보라. 하늘에서 내리는 눈을 두 팔 벌리고 한껏 받아들이는 그 순간, 아이들은 펄떡펄떡 살아난다. 사춘기 소녀들의 마음은 얼마나 설레고 신 났을까. 마치 갇힌 교실에서 창문을 넘어 자유로이 훨훨 날아오르는 새 떼들 같지 않은가.

일 년에 한두 번 스스로 꼭 하는 일이 있다. 학교에 있는 화장실 변기를 여교사 것만 빼고 혼자 다 닦는다. 고무장갑을 끼고 변기 속까지 수세미로 빡빡 닦는다. 누가 보건 말건 마음 쓰지 않는다. 자기 마음을 닦는 걸로 친다니 놀랍다. 아이들 앞에서 변기 닦는 걸 직접 시범을 보이고 가르친다. 학교 아저씨하고 같이 일하면 좋지 않으냐고 하면, 그분도 따로 할 일이 많은 사람이니 이 일은 자기 혼자 해도 된단다. 일 많이 하는 사람에 대한 배려가 참 따뜻하다.

여름방학 끝날 때쯤에는 전 학년 반장, 부반장 아이들을 불러 전체 학생들 책상과 교실 벽을 페인트칠을 하고 대청소를 한다. 깨끗한 환경이라야 첫날부터 차분한 마음으로 공부할 수 있다는 거다. 교사들에게는 따로 연락하지 않고 아이들하고만 한바탕하고 늘 짜장면을 시켜 먹는다. 각 교실에 있는 청소도구를 전부 다 꺼내어 버릴 것을 버리고 쓸 만한 것과 새로 산 것으로 다시 반별로 나누어 교실에 다 넣어 준다. 누구보다 먼저 마음 쓰고 일을 챙기니 교사나 아이들이 무리 없이 개학 첫날을 보낸다. 누가 꼭 할 일이니 미룰 게 아니다. 그냥 손 닿는 대로 일한다.

개학하고 나서는 혼자 한 열흘간 틈틈이 시간을 내어 학교 전체 유리창을 닦는다. 사다리를 들고 다니며 복도 안쪽 유리와 바깥쪽 유리를 닦는다. 낡은 체육복, 남방 차림에다가 마스크 쓰고 오랫동안 쌓인 먼지를 털어 내고 닦는다. 물뿌리개로 먼저 물을 뿌리고 수건 5~6개를 준비해서 여러 번 먼지를 닦아 낸다. 같은 곳을 적어도 세 번 닦는다. 손 닿지 않는 곳은 책상과 사다리를 놓고 올라간다. 이거, 젊은이가 해도 보통 힘든 일이 아니다. 닦다가 아래로 굴러떨어져 다치기도 했단다. 이 기간 중 회의나 누구 손님이 와서 만나는 시간 말고는 온종일 유리를 닦는다. 결재 받을 게 있는 교사는 유리창 닦는 곳으로 와서 교장과 만나야 한다. 지금까지 근무한 학교마다 가서 이렇게 유리를 닦았다고 한다. 누구라도 이걸 하라고 시켰다면 했겠는가. 스스로 좋아서 하는 일이니 어찌 기쁘고 즐겁지 않을 수 있겠는가.

교무 회의가 있는 날, 안건이 많을 때는 교사들에게 다 맡기고 당신은 운동장에 나가 아이들과 실외 조회를 한다. 그 많은 아이들을 상대로 조회를 이끌어 가는 건 순전히 서로 믿는 관계가 아니면 어려운 거다. 그런데 아이들은 이렇게 교장 선생님과 마주 서서 말을 하고 듣고 하는 시간이 즐겁기만 하다. 아이들에게 걸맞는 말을 아주 짧게 한다. 한마디 하고는 당신이 한 말을 잘 요약해 다시 앞으로 나와 말할 사람은 나와 해 보라 하고, 나와서 한 아이에게 용돈을 주기도 한다. 아이들이 신나게 참여하니 아주 참신하다. 당신 말을 귀담아 듣는 아이들이 얼마나 귀엽고 사랑스러울까. 아이들 앞에 서서 말하기 위해서 준비하는 데에도 온 정신을 다 집중한다. 삼십여 년 동안 아이들에게 해 줄 말을 적고 자료를 스크랩한 공책이 십여 권 된다. 아이들 앞에 설 때마다 할 말을 준비하는 선생님의 순정, 열정을 보니 놀라웠다. 어쩌면 아이들 앞에 서는 순간은 자신의 삶을 스스로 거울에 비추어 평가하는 시간이 아니고 뭐겠는가.

일 년에 한 번, 가을 축제 마지막 날에는 모든 교사와 학생들이 1박 2일 동안 정들었던 자기 학급 교실에서 하룻밤을 자며 야영을 한다. 온 교실에 불이 켜지고 모두 다 정성으로 밥을 지어 먹고 놀이 발표도 한다. 동무끼리 어깨를 주물러 주기도 하고 다투었던 일도 화해하고 맺힌 마음을 풀며 밤을 밝힌다. 이때 학부모들도 찾아와 사랑스런 아이들과 고마운 선생님들과 만나 이야기를 길게 이어 간다. 밤늦게까지 불 밝히고 있는 학교 전체가 살아 있는 살림터이다. 함께 지내면서 무엇을 더하고 덜어야 하는가를 가늠하며 마무리를 한다.

이제 당신과 함께하는 마지막 아이들 졸업식은 어떤가. 1, 2학년 후배들이 마련한 꽃송이를 3학년 언니들 가슴에 달아 준다. 모든 학부모, 교사, 손님들이 정해진 시간에 먼저 강당에 와서 자리 잡고 앉으면 그때서야 졸업생들이 1, 2학년 학생들이 늘어선 사이를 지나 강당에 들어선다. 준비된 식장에 맨 마지막으로 주인공들이 들어서니 얼마나 보기에 좋은가. 또 여기는 몇몇 성적 우수한 아이들 상 주는 자리가 아니고 196명 모두가 주인공이기에 대외상도 다섯 명만 주고, 그밖의 상과 대내상은 교장실에서 따로 준다. 그리고 가장 빛나는 시간은 교장 선생이 직접 졸업생을 한 사람씩 앞으로 불러내 덕담 한마디, 한 아름 정을 듬뿍 담아 졸업장을 준다. 이어서 담임교사들이 한 명씩 나와 떠나는 제자들을 위해 하고 싶은 말을 돌아가며 한다. 이때 가슴에 담아 두었던 생각을 내어놓을 때 다들 목이 메고 울먹이기도 한다. 아이들과 같이 꼭 하고 싶었거나 했어야 할 일을 못 하고 헤어지려니 가슴을 짓누르고 눈에 하나둘 밟혀서 그렇겠다. 지난번에는 '꿈항아리'라는 타임캡슐을 만들어 교실 앞 화단에 깊숙이 묻었다. 자기가 남기고 싶은 말, 자기 꿈과 희망, 누구에게나 하고 싶은 말을 써서 항아리에 담고, 2020년 8월 15일 12시에 모여 꺼내기로 하고 빗돌을 세웠다. 교장 선생도 그날, 건강한 몸으로 이 자리에서 다시 제자들을 만날 꿈을 꾸었을 것이다.

채 교장은 참 재미있고 멋진 분이다. 동료 교사들하고도 이물 없이 다

정다감하게 지낸다. 한 학기, 한 학년, 장학 지도, 여러 행사를 마치면 영락없이 떡을 해 내거나 학교 건물 뒤에다가 솥단지를 걸고 손수 보신탕을 끓여 함께 먹는다. 땀 흘려 수고했으니 마무리 잔치를 벌이는 거다. 누가 차려 주는 걸 먹는 게 아니라 손수 그런 잔치판을 만든다. 이번 2월 정기 인사로 부여여중을 떠나는 열두 명 교사들을 교장실로 불렀다. 차 한잔 대접한다고 했다. 늘 학교에서 먹던 차를 드릴 수는 없고 어떡하나? 뭘 대접해야 하나, 그러다가 학교 앞 귀빈다방에서 따끈한 쌍화차를 주문 배달 시켰단다. 느닷없이 차 쟁반을 보자기에 싸 들고 들어오는 다방 아가씨를 보고는 다들 놀라기도 했단다. 노란 달걀이 동동 떠 있는 차를 호호 불면서 교사들은 그때 무슨 생각을 했을까. 환하게 웃으며 차 마시는 모습들이 참 보기에 좋았겠다.

이제 채 교장은 열정으로 지켰던 학교를 후배들에게 맡기고 떠난다. 일하는 선생으로 당신이 늘 말해 왔던 만큼 살았다. 누가 일을 잘했다고 상을 주려 할 때 손사래를 쳤다. 왜 내가 상을 받느냐고? 상 받을 만한 일을 한 게 없다고 했다. 교장이라고 큰 방에 혼자 앉아 세월을 까먹고 그것도 한낱 권력이라고 거드름만 피우던 교장들을 부끄럽게 했다. 빈 수레가 요란하다고, 남 듣기 좋은 소리만 해 대고 하루 종일 큰 방에 갇혀 살던 교장들에게 딴 세상을 보여 주었다. 자기를 끝없이 낮추고, 자기를 드러내지 않고 부지런히 살았다. 성적을 높이기 위해 보충수업을 더 많이 해 달라는 학부모들 말보다 아이들을 위해 다양한 교육 프로그램을 하자는 교사들 말에 더 애정을 가지고 힘을 실어 주었다. 교장 회의가 있을 때는 언제나 여러 듣기 싫은 말을 도맡아 들었다. 그런 뒷말을 들으면서도 견뎌 낸 건 말 그대로 진짜 선생이었기 때문이리라.

선생은 되고 싶다고 해서 되는 게 아니다. 되고 싶은 대로 살아야 선생이다. 김구 선생은 임시정부의 문지기가 되고, 생전에 우리 정부의 뒤뜰을 쓸거나 유리창을 닦고 싶다고 했다. 어떤 자리에서건 그 사람이 거기에 있어서 그 둘레가 아름답다면 그 사람이야말로 진짜 선생이다.

아이들 삶 속에 있는 '맑고 밝은 빛'을 섬기며 살았기에 허허 웃으며 떠나는 채 교장 모습이 참 아름답다.

(2005년 2월)

국민교육헌장

　오늘은 기말고사 시험 보는 날, 아이들은 긴장하고 교사들은 느긋하지. 아침부터 비는 퍼붓고 교실은 어두컴컴, 불을 환하게 켜놓았다. 몇 아이만 공부할 뿐 대부분 아이들은 일찍 끝난다고 좋아하고 교사들도 말을 아끼지만 시험 보는 날을 은근히 좋아하고 즐긴다.

　시험 보는 날은 학교 급식을 안 해서 교사들은 각자 바깥에 나와 점심을 먹는다. 삼삼오오 흩어져 먹는데 공교롭게 방울이네 식당에 15명이 모였다. 순두부백반을 먹었다. 그런데 모이는 사람들이 대부분 나보다 나이가 많은 분들이었다. 나이순으로 모인 건 아닌데 이렇게 됐다. 자연스레 이런 분들이 모이면 옛 이야기 늘어놓으며 공감을 하고 소주 한 잔도 하지. '옛날이 좋았다'가 주제다. 이 말은 할수록 침이 마른다. 서로 할 말이 많다. 가만히 들어 보면 디지털 시대에 몸서리치고 있다. 여기서 두 분이 이미 명퇴를 하겠다고 한다. 역시 예전에는 아이들이 한마디만 해도 다 듣고 빠릿빠릿했는데 요즘은 개차반이라는 말이다. 이러니 해 먹을 수 없다는 말이다.

이런 말 하다가 느닷없이 더 옛날 고등학교 다닐 때 한 공부 이야기로 넘어갔다.

　"참, 내 왜 그때 사회 시간에는 희한한 걸 다 배웠어. 시험문제에 왜 중국에 있는 큰 탄광 도시 다섯 개를 쓰라는 문제를 내는 거야?" 그러면서 도시 다섯 개를 뗀다. 지리 선생인 나도 모른다. 그러니깐 한쪽에서 "난 국민교육헌장을 지금 외울 수 있어." 이러면서 앞부분을 외운다. 아마 다들 그분이 외울 때 속으로 다 따라 했겠지. 누가 무슨 말을 하든 맞아 맞아, 하면서 활짝 웃는다. 다들 한통속이 되어 껄껄 웃으며 밥을 먹는다. 이때 소주가 달지.

　국민교육헌장 이야기를 오랜만에 들으면서 나도 예전 겪은 일이 떠올라 웃음이 나왔다. 1981년 제대 후 서산 해미중학교로 복직을 했다. 네 과목에 29시간 수업을 했다. 담임도 맡았으니 정신없었다. 젊은 교사 8명이 날마다 퇴근 후 테니스 하고 술 먹고 쓰러져 자고 그랬다. 서산 시골로 발령 나서 모여 외로움을 달랬다. 소주에 쥐포가 전부다. 그때 아이들 얘기를 참 많이 했다.

　어느 날, 새벽 5시까진가 날 새워 술 먹고 출근했다. 그때는 교무 회의를 날마다 했다. 지금과 달리 주번 교사가 회의를 시작하는 말을 했다. "지금부터 직원 회의를 시작하겠습니다. 국기에 대해 경례." 하고는 국기에 대한 맹세를 외친다. 가슴에 손을 얹고 충성을 다짐하는 거지. 마침 그때 내가 주번 교사라 술이 덜 깬 상태에서 일어나 목소리를 가다듬고 정중하게 회의를 시작하겠다고 했다. 70여 명 교사들이 다들 일어나 태

314

극기를 향해 서서 가슴에 손을 얹었다. 그때 주번 교사인 내가 국기에 대한 맹세를 대표로 혼자 큰 소리로 해야 하기에 침을 꾹 삼키고 외쳤다. "나는 민족의 역사적 사명을 띠고 이 땅에 태어났다. 조상의 빛난 얼을 오늘에 되살려……."

신 나게 외우고 있는데 갑자기 사람들이 다 나를 쳐다본다.

'왜 그러지? 너무 목소리가 좋았나?'

다시 목소리 깔며 이어 갔다. 그때 갑자기 뒤에 있던 후배 선생이 큰 소리로 "바로." 했다. 학군단 장교 출신이니 얼마나 소리가 큰가. 그 소리에 놀라 난 술이 확 깼다. 이게 뭔 소린가. 둘레 사람들이 날 보고 얼마나 크게 웃는지 어리벙벙했다. "나는 자랑스런 태극기 앞에……." 이래야 하는데 엉뚱한 걸 외쳤으니 어쩌겠는가. 다들 웃느라 회의는 하는 둥 마는 둥 하며 끝났다. 한 원로 선생이 그런다. 여태 교직 생활 중 오늘 회의가 가장 재미있었다고. 1980년대 초이니 얼마나 살벌할 때인가. 국가, 국기 모독죄에다가 회의를 방해했으니 공무집행 방해죄까지 보태야겠지. 어쩐지 나중에 생각해 보니 그때 그걸 외울 때 약간 이상하긴 했다. 국기에 대한 맹세는 짧은데 내 입에서는 자꾸자꾸 뭔 말이 튀어나왔다. 자동이었다. 그날 저녁, 같이 하숙했던 그 후배에게 또 술을 한턱 샀지.

히히. 여태 학교에서 한 일 중 가장 잘한 일 같다. 그때 전라도 광주항쟁 일로 웃음을 잊은 분들에게 한 바가지 웃음을 주었으니깐.

(2005년 7월)

백마강 아이들

　난 어릴 때 놀던 생각만 하면 아득할 뿐 또렷하게 떠오르는 게 없다. 조각조각 파편처럼 쪼개져 몇 가지만 생각날 뿐이다. 내 고향 마을 소사는 복숭아로 유명했다. 온 동네에 복사꽃이 흐드러지게 피었다. 향긋한 복숭아 냄새 맡으며 밭 사이로 뛰어다니며 놀았다. 놀다가 목마르면 울타리를 넘어 들어가 큼직한 걸 따 먹었다. 한 곳에만 들어가 먹으면 안 된다며 우리 동네 꼬마들은 여러 밭을 돌아다녔다. 누구네 밭 복숭아가 더 맛있다는 것도 알게 되었다. 동네 어른들은 모른 체 그냥 눈감아 주었다. 따뜻한 봄날, 그때를 생각하면 얼핏 이것저것 떠오르다가 안개 걷히듯 사라진다. 꿈을 꾼 듯 가물거린다.

　부여에 들어와 산 지 20년, 이제나 저제나 부여는 평화롭다. 느릿느릿 걸어가는 소걸음처럼 바뀌는 게 거기가 거기고 한가롭고 조용한 곳이다. 뭐, 큰길을 하나 내는 일을 하다가도 땅속에서 무언가 기왓장이나 벽돌이 나왔다면 일을 멈추고 발굴 조사를 한다. 이래서 논산과 부여를 잇는 20키로 길을 4차선으로 만드는 데 10년째 하고 있다. 겉으로는 조금씩 바뀌지만 속으로는 수많은 역사와 문화를 담고 있다. 여기 백마강 주변에서 살아온 내 또래들은 어릴 때 어떻게 지냈을까? 백마강을 사이에 두고 부소산과 마주하고 있는 청양 청남이 고향인 옆자리 김길환 (53세) 체육 선생에게 물었다. 문자마자 마치 고기가 물을 만난 듯이 어렸을 때 겪었던 일을 술술술술 풀어내는데 할 말이 참 많다. 일하며 놀고, 놀며 일한 삶 그 자체였다. 지금도 교사 노릇하면서 벼, 밭농사도 짓고 꽃, 나무도 키우고 이제 봄이 오면 황토 흙집을 짓겠다고 했다. 틈나는 대로 흙으로 벽돌을 만들고 있다. '날마다 할 일이 있으니 얼마나 즐겁냐?'고 말하는 김 선생 얼굴이 해맑다.

"아버지 말은 법이었어. 일곱 살 때였나. 정산 장날 갈 때는 아버지가 짚으로 소 신발을 삼았어. 세 켤레 삼아서 한 켤레는 소 신기고 두 켤레는 어깨에 걸고 소 몰고 갔어. 조선시대 때부터 아주 큰 소전이었거든. 발 디딜 틈이 없이 사람들이 몰려들었어. 난 빨빨거리고 잘 따라갔어. 소 팔고 나면 뭔가를 하나씩 꼭 사 주셨지. 또 초등학교 4학년 때 어머니하고 미당면 장날에 참외를 가지고 가 팔았어. 어머니는 참외 150개를 머리에 이고 난 50개를 지게에 지고 따라갔어. 얼마나 무거웠는지 몰라. 어머니는 나보다 세 배나 더 많이 이고 갔으니 지금 생각해도 눈물이 나. 집에서 4키로 쯤 떨어져 있었는데 가다 쉬고 가다 쉬고 해서 1시간 반이나 걸렸어. 어느 때는 쉬다가 그만 깜빡 줄 때도 있었어. 서울 간 형 학비를 대느라 그 고생했지. 장 서는 곳이 외갓집 동네라 자릿세를 내긴 했어도 텃세는 안 탔어.

장날, 고무신 장꾼이 사람들을 불러 모을 때 딱딱, 고무신 꺾는 소리를 내는데 아주 신기했어. 고무신 앞쪽 부분을 잡고 꺾는데 어째 그런 소리가 날까. 꽃고무신을 팔았거든.

초등학교 때 집에서 한 일은 참 많아. 새벽 4시 반에 일어나면 으레 깔을 비어 와야 해. 비 오기 전 날은 더 바빠. 비 오면 깔을 못 베니깐. 쟁기 끌거나 마차 끄는 소는 아주 소중해. 송아지를 낳으면 경사야. 에미 소가 운동을 많이 해야 송아지 날 때 고생을 덜해. 언제는 소 몰고 강둑에 풀 뜯으러 갔는데 거기서 송아지를 낳은 거야. 5학년 때인데 글쎄, 작은 아버지가 나보고 송아지 새끼를 지게에 지고 내려가라는 거야. 겨우 지고 내려오는데 에미 소는 내 뒤에서 송아지를 핥으면서 따라와. 그때는 밥만 먹여 주면 뭐든 하라는 대로 다 했어. 일이라는 건 알면 재미있어. 머리 쓰는 거하고는 아주 달라.

내가 여섯 살 때던가, 1959년쯤 백마강 둑을 쌓았어. 동네 사람들이 다 나와서 땅뜨기를 했어. 흙 퍼 나르는 걸 땅뜨기라고 해. 우린 일곱 살씩 흙을 떠 지게 지고 날랐어. 일하다가 배고프면 띠 뿌리를 캐서 먹었지. 걸은 땅에서 잘 자라는데 하얀 뿌리가 아주 달착지근해. 또 목이 마르면 그냥 강물을 퍼 먹었어. 강가는 모래가 있기도 하고, 뻘이나 개흙인 곳도 있는데 거기에서 말조개 같은 걸 잡아 고무신에다가 가득 채워 들고 왔지. 초등학교 담임선생님과 낚시하러 갈대밭으로 갔어. 고기도 잡고 갈댓잎으로 배를 접어 갈대 사이로 띄워 보내기도 했어. 올망졸망한 것들이 찰랑거리는 강물을 따라 멀리멀리 떠내려갔지.

한겨울 보름달이 훤하게 뜬 날에는 연을 날렸어. 하늘 높이높이 올라가다가 줄이 끊어지면 연이 강 건너 맞은 편 동네인 부여읍 정동리까지 날아가. 그냥 버리기엔 아까워 언 강을 달음질쳐 가서 연을 가져오기도 했지. 지금 생각해도 거기가 먼 길이었는데 어떻게 갔는지 몰라. 그때 뛰어다녀 체력이 세졌나 봐. 여름에는 어른들 따라다니며 고기도 잡았어. 깡튀기기를 했지. 다이나마이트로 떡을 만들어 터트리면 바닥 모래까지 솟아오르면서 물 위에 붕어, 잉어, 빠가사리 들이 하얗게 떠올랐어. 어른들은 족대 가지고 건지고 우리 꼬마들은 잽싸게 개헤엄 치고 들어가서 큰고기 한 마리씩 입에 물고 다시 나오는 거야.

여덟 살 때는 산으로 나무하러 갔어. 솔나무 가지를 쳐 오는 거야. 내 지게에다가 잔뜩 쩌서 지고 오는 거야. 산 주인에게 걸리면 용서해 달라고 하면서 날마다 이 일을 했어. 갈대 뿌리를 캐서 불 땠어. 힘들어도 겨울에 따뜻하게 자는 게 좋아서 했어. 집에서는 돗자리를 쳤어. 왕골로 만드는 거야. 집안 식구들이 다 매달려 했어. 다랑이 논 한쪽에다가 왕골 묘목을 심어. 한 열 평쯤 벼 대신 심는데 한 6월이면 수확하지. 씨로 묘목을 만들어 잘게 찢어 심으면 나중에는 키가 2~3미터쯤 커. 왕골 껍데기를 잘 벗겨 말려서 돗자리를 만드는 거야. 할아버지는 모시로 노끈을 만들어 왕골 중간마다 이걸 끼어 넣어 튼튼한 돗자리를 만들어. 새벽 6시부터 식구들이 달라붙으면 돗자리 하나 만드는 데 다음 날 새벽 4시까지 해야 해. 모시 짜듯이 촉이 왔다 갔다 하면서 한 올 한 올 짜 들어가지. 바디 움직이는 소리가 사각사각 밤새 들려. 왕골 아래쪽은 노랗고 위로 올라갈수록 파란데 다 짜 놓으면 참 예뻐. 이걸 보자기에 싸 놓았다가 딸이나 조카들이 시집갈 때, 귀한 손님이 왔을 때 선물로 줘. 손길이 수백, 수천 번 간 물건이니 아주 소중히 생각하고 간직해.

우리 집은 싸리문이 있는 초가집이었어. 내가 태어난 해에 방 세 칸짜리 집을 지었대. 소죽 끓이던 것도 떠올라. 내가 다섯 살 때 누님이 시집 갔는데 온 동네가 잔치였어. 축하한다고 사람들이 모여드는데 축의금 대신 달걀 한두 줄 들고 오거나 팥죽을 한 솥 끓여 오기도 했어. 또 마늘이나 여러 농사지은 곡물을 들고 오기도 했어. 병풍을 마당에 쳐 놓고 사관대모 쓴 신랑, 곱게 차린 신부가 서서 결혼하는데 마을 청년 회장이 축하하는 말을 하는데 그걸 글로 써 읽었어. 동네 역사 이야기, 인생 경험 이야기를 걸쭉한 입담으로 펼쳐 나갔지. 이런 내용을 길게 쓰는 게 마을 자랑이어서 아주 오랜 시간 동안 덕담을 늘어놓아 한껏 분위기를 달구었어. 그러고 나면 7~8명 청년들이 이불, 농, 살림살이들을 지게에 지고 동네를 한 바퀴 돌고는 한 줄로 서서 벌판을 걸어가. 얼마나 볼만하겠어. 강 건너 논산 성동으로 시집가는 누나는 막 울었어. 배 타고 강을 건너면 맞은편인 왕진 나루에 차가 대기해 있지. 이렇게 누나는 떠나고 우린 떡을 해서 온 동네 사람들에게 돌렸어. 고맙다고.

우리 동네 청남 아이들은 중, 고등학교를 부여로 다녔어. 6년을 강 건너 다녔지. 와, 그 얘기하면 아주 길어. 눈이 오나 비가 오나 강 건너고 학교까지 늘 뛰어다녔어. 가난하니 읍내 나가 하숙할 수도 없었지. 새벽 4시 반에 일어나 형 둘과 깔도 베어 와야 하고 숙제를 먼저 했어. 전기가 들어오지 않아 등불을 켰는데 기름을 아낀다고 해서 꼭 아침에 해야 해. 6시 50분에 독쟁이 나루로 달려갔어. 늦어서 배를 놓치는 날에는 한 30분을 기다려야 해. 그럼 지각이지. 배는 20~30명쯤 타는 작은 배야. 사공은 두 명이야. 6년을 타다 보면 아이들도 노 젓는 법을 배워. 고등학생이 되면 사공 대신 노 젓고 사공은 낡은 배에 스며드는 물을 한쪽에서 퍼내고, 연실 배 밑창 틈새나 구멍을 헝겊으로 때우는 거야. 아이들이 많이 탔을 때는 배가 출렁 출렁거리고 강물이 배 난간에 찰랑거려. 지금 생각하면 아찔해. 죽을 고비를 여러 번 넘겼어. 만약 배가 뒤집히면 다 죽는 거지, 뭐. 어떻게 탔는지 몰라. 배에서 내리면 모래밭 길이 한 500미터쯤 되는데 한여름이나 가뭄 때는 이 길을 걷는 게 아주 힘들었어. 얼마나 뜨거운지 진땀이나. 거기 저성리에서 부여 학교까지 가는 버스를 타면 차비가 3원인데 그게 없을 때는 걸어 다녔는데 한 2시간 40분쯤 걸렸어. 그러니 얼마나 힘들어. 학교 가서 잠깐 있다가 다시 집에 갈 때쯤이면 또 걱정이야. 언제 가나 하고. 영하 20도 오르내릴 때는 강이 얼어서 그 위로 뛰어다녔지. 어설프게 강물이 얼어 있을 때는 배가 가긴 하지만 시간이 더 걸려. 도끼로 얼음을 깨서 뱃길을 만들어 헤쳐 가는 거야. 우리 동네에서 한 60여 명이 이렇게 힘겹게 학교를 다녔어.

지금 생각하면 그때 김무생 사공 어른이 참 고마웠어. 이분 덕분으로 학교를 다닌 셈이지. 지각을 안 하려고 한 번 배를 놓치게 되면 강 맞은편에 있는 배를 보고 소리치지. 빨리 배를 대라고, 빨리 건너오라고 얼마나 조르고 그랬는지 몰라. 땀을 뻘뻘 흘리며 우리를 건네주던 그 얼굴이 생

생하게 떠올라. 이렇게 건네주면 일 년에 벼 한 말, 보리 한 말을 동네 사람들 집마다 모두가 드려. 학생들은 서 말씩 드리지. 그러다가 1970년대에 들어서부터는 배 탈 때마다 돈을 내게 되었지. 고마운 이분이 지금도 살아 계시다고 들었어.

이러다가 중학 3학년 때 하키 운동을 하게 되었어. 체력이 뛰어나니 체육 선생이 권유를 하는 거야. 한 6개월 연습해서 전국 대회에서 3위를 해서 부여 시내를 카퍼레이드도 했어. 대학에서도 성적이 좋아 국가대표 선수가 되기도 했지……."

길택 형이 노래한 〈강물〉 시가 생각난다. 가난한 마음들이 풀린 강물이다. 밑 모를 깊이를 감추고 이쪽저쪽 강가를 붙들고 물살만 보여 주는 강물이다. 가난한 사람들이 시름을 잊고 강물 앞에서 가야 할 길을 되돌아보게 한다. 3000년 전, 백제 사람들이 백마강 언저리에 살림터를 잡고 살았고, 김 선생도 이 강에 기대서 살아왔다. 살아오게 한 젖줄이다. 어린 시절, 흐르는 강물을 보고 무서워하면서도 거기서 살았고 땀흘려 일하며 살아가는 꿈을 꾸었다. 다시 강 앞에 선 김 선생은 강이 고맙고 거기서 만난 사람들이 그립고, 날마다 아이들에게 강에 기대어 살아온 지난날 삶을 말해 준다. 그렇게 당차게 살아가라는 말이다. 어릴때 일하고 놀던 게 다 자신을 다스리는 힘이 되었고 지금도 늘 자신을 일으켜 세운다고 했다.

(2006년 2월)

그리운 권정생 선생님

모처럼 단비가 내리니 세상이 깨끗해 보인다. 바람까지 부니 운동장 가장자리에 있는 느티나무 나뭇가지가 자기를 알아보라는 몸짓인가, 흔들흔들 세차게 움직인다. 나뭇가지가 바람을 만나면 저리도 분명한 몸짓이 있네. 하긴 봄바람이 불어오면 꽃이 피고, 새잎이 돋아나고 사람들 옷이 가벼워진다. 새 기운이 온갖 것을 움직이게 하고 바꾸어 놓는다. 당연하고 피할 수 없는 인연이겠지.

지난 어버이날 때 해뜨리가 편지를 보내 왔는데, 어머니 아버지 때문에 네 가지 인연을 맺은 게 참 좋다고 했다.

1. 요즘 들어 부쩍 의지하게 되고 생각나는 바람이 형 만난 거 2. 영원한 내 고향 부여에서 태어난 거 3. 가장 행복한 풀무학교를 다닌 거 4. 해뜨리라는 멋진 이름을 얻은 거란다. 길에서 만나는 많은 사람들, 그 중에 우리들이 만나 맺은 인연은 어떤 경우라도 다 신비스럽다. 내 힘으로 어찌지 못하는 것들이다.

해뜨리 이름 말하니 아스라이, 가물거리는 옛 인연이 떠오른다. 1983

년 1월, 결혼하고 다음 날 중앙선 타고 안동 권정생 선생님을 찾아갔다. 살림 차리고 꼭 뵙고 싶었다. 일직교회 헛간 앞에 서서 선생님, 하고 부르니 문이 덜컹 열린다. 빨래 담은 세숫대야를 들고 나오는 권 선생님, 맞아, 사진으로 뵌 낯익은 그분이다. 국방색 바지에다가 얇은 잠바를 입었다. 서산에서 온 황금성입니다, 인사드리니 어쩔 줄 몰라 하신다. 방 안에는 전우익 선생님과 나중에 안 일이지만 교도소에서 만기되어 권 선생님을 찾아온 젊은이가 있었다. 잠깐 개울 가서 빨래하고 온다며 나가신다. 방 안에는 석유난로로 콩을 삶고 있다. 같이 사는 식구인 토끼 밥을 짓는 거다. 천장은 헛간 그대로다. 시커먼 끄으름, 거미줄이 보인다. 정말 쥐, 거미들과 같이 사시는구나. 카랑카랑한 전 선생님 목소리, 여기 오실려면 참 교통이 불편한데 오셨네요. 또 무슨 말을 했는지 기억이 안 난다. 젊은 청년은 우리가 방에 들어가자마자 나갔다.

빨래 다 하고 들어온 권 선생님, 그렇잖아도 지난 연말에 보내 준 내 편지에 대한 답장을 조금 아까 썼다며 엽서를 보여 준다. 그래서 내 이름을 기억하신 거다. 엽서는 집에 가서 받아 보라며 다시 책장에 올려놓으신다. 가운데 깔린 이불 속으로 계순옥, 권정생, 전우익 선생님과 정답게 발을 집어넣고 둘러앉았다. 여기 일직마을에 전해 오는 호랑이 이야기를 가만가만 해 주신다. 구연동화를 듣는 자리다. 일직교회 어린이들이 놀러 오면 꼭 이렇게 앉아 이야기를 들었겠지. 밖은 1월이라 추운데 방 안은 따뜻하고 옛날이야기 들으니 시간 가는 줄도 모른다. 뭐, 손님 왔다고 대접할 것도 없다시며 곶감을 내놓으신다. 교회 마당에 있는

감나무에서 딴 거라 했다. 벽에 걸린 세 줄 중 두 줄을 펴 놓고 먹었다. 얼추 먹고는 흰 가루 묻은 게 맛있다며 갈 때 먹으라고 누런 푸대 종이에 10여 개 싸 주신다. 이런저런 이야기 하다가 잠깐 나가시더니 삼립팥빵과 물 담은 큰 양푼을 들고 오신다. 점심밥을 할 수가 없어 이거라도 같이 먹자 한다. 전 선생님은 뭐 하러 이런 걸 다 사 오냐며 어이구, 사람 다 됐네, 하셔서 웃으며 맛있게 먹었다.

애기 마치고 일어서는데 우리 나가는 길에 같이 안동 가신단다. 장날이면 구경하는 재미가 좋으시단다. 버스 시간이 안 맞아 안동 가는 큰 길까지 걸어갔다. 과수원, 논, 밭을 가로질러 가는데 가는 곳마다 누구네 누구네 살아가는 이야기, 작물 이야기를 해 주셨다. 1시간 걸어가 버스를 탔다. 버스에 올라 자리 잡는데, 그 순간 선생님은 얼른 바지 허리춤에서 돌돌 말린 비닐봉지를 꺼내 열고 동전을 센다. 어찌나 동작이 빠르시던지, 거침없는 행동 때문에 어찌나 민망하던지 할 말이 없었다.

그해 말, 바람이를 낳고 이름 지어 달라고 부탁드렸다. 어려운 걸 부탁해서 망설였다며 한번 용기 내어 이름 지었다고 알려 주신 게 황바람이다. 희망(바램)이란 뜻에서 많이 강조했고 무엇보다 기대할 수 있는 아기라 그랬고, 자유롭게 날아다니라는 바람이고 바르게 크라는 바름 뜻이 담겨 있다고 했다. 그때 그 이름을 받고 얼마나 기뻤던지 아직도 기억이 생생하다. 그해 여름 빌뱅이 뒷산으로 아무도 모르게 이사했다며 조그만 흙집이지만 대궐만큼 마음에 든다고 하셨다. 그리고 5년 후 해뜨리

낳고 또 이름을 부탁드렸더니 거의 보름 만에 편지가 왔다. 바람이 동생이니 햇빛이 생각났고 이제 막 떠오르는 아침 해를 생각했다고 한다. 그리고 후에 다시 일직으로 돌아오셨지만 이오덕, 이현주 목사와 무너미에서 같이 있기로 했다며 신니면 무너미 주소까지 알려 주셨다.

바람이와 해뜨리를 데리고 5년에 한 번씩 선생님을 찾아갔다. 조각조각 기억나는 게 희미하다. 바람이가 5살 때, 권 선생님은 우리를 떼 놓고 바람이 손을 잡고 빌뱅이 언덕으로 올라가서 놀기도 하셨다. 장날 샀다는 별사탕을 주시며 둘이 풀을 보고 하늘을 보고 꽃을 보고 무슨 말을 해 주셨을까. 염소 똥을 보고 무어냐고 물으니 바람이가 콩알이라고 했단다. 해뜨리가 5살 때는 선생님이 바람이에게 껌을 주니 그걸 보고 해뜨리가 샘이 나 선생님 무릎을 밟고 지나가는 일이 벌어져 얼마나 깜짝 놀랐는지 모른다. 순간 아파 찡그리던 선생님이 해뜨리에게 사탕, 과자를 주며 달래던 것도 생각난다. 그리고 5년 후 다시 찾아간 해뜨리가 선생님에게 5년 전 선생님 무릎을 밟은 거 죄송하다고 말하니, 그걸 듣고는 해뜨라, 그때 밟은 거 지금도 아프다고 얼굴 찡그리며 우스개 말씀하시던 것도 생각난다. 그러면서 해뜨라, 너, 아버지가 몇 명이냐? 물으셨다. 갸우뚱하며 한 명이라고 하니, 쌀 농사해 준 아버지, 옷 만들어 준 아버지, 차 태워 주는 아버지 해서 너 아버지는 여러 명이라고 해 준 말도 기억난다. 아, 또 생각난다. 그때 집에 돌아오는데 썩은 사과 30여 개를 우리 가방에 잔뜩 넣어 주셨다. 동네 사람들이 먹으라고 갖다 주는데 이게 요 모양으로 못생겼어도 먹을 만하다고 했다. 어찌나 무겁던지

오다가 계속 먹으면서 뚱뚱한 가방을 줄였다. 바람이가 20살 때 다시 찾아뵐 때는 선생님 건강이 최악이었다. 여느 때처럼 문 앞에서 선생님, 하고 부르면 인기척을 내며 내다보셨는데 이날은 조용했다. 신발은 있는데 안에 계시나? 살짝 문을 여니 선생님은 누워서 펄펄 오르는 열과 싸우고 계셨다. 가까이 가서 말 거니 첫마디가 얼른 가라고 하셨다. 아무 말도 못 하고 예, 하고 집을 나왔다. 조탑까지 가서 이리저리 생각해도 걱정되어 상석 형한테 전화하니 다시 선생님께 가서 병원 가시겠냐고 물으라 했다. 다시 가서 물으니 내 몸은 내가 안다고 얼른 가라고 했다. 이때 돌아오는데 얼마나 마음이 무겁던지. 저렇게 아파도 누구 하나 들여다보는 이 없고 혼자 견디고 계셨다. 그 후로 또 교진 형이 찾아간다고 전화했을 때 오지 말라고 했는데 그 사정을 글로 쓰신 적이 있다. 그 글을 보고야 찾아간 그때에 그렇게 아프셨다는 걸 알았다. 바람이나 해뜨리는 선생님이 글 한 줄 한 줄을 목숨 걸고 피 토하듯이 힘겹게 썼다는 걸 새삼 깨닫게 되었겠지.

그리고 다시 2005년 여름, 바람이와 해뜨리 둘이 선생님을 찾아갔다. 그때도 몸이 안 좋으실 때다. 둘은 혹 선생님이 많이 아프셔서 아무 말도 못 하고 돌아갈 수도 있으니 드릴 말을 글로 쓰자 해서 조탑 아래에 앉아 정성껏 편지를 써서 들고 갔다. 한 20분 정도 문지방에 걸터앉은 선생님과 얘기 나누었다. 바람이가 이름 지어 주셔서 고맙습니다, 하니 그래, 하시며 해뜨리보고 아이들이 이름으로 놀리지 않느냐고 물으셨고, 이어 대뜸 너희들이 다니는 풀무학교는 똥통 학교지? 하셨단다. 요즘 다들 안 가려는 농고이니 그렇게 말한 것이리라. 머뭇거리는 아이들에게 풀무학교 교육이 다가 아니다. 거기에 갇혀서만 지내지 말고, 그 안에 있다고 우쭐대지 말고 세상 밖으로 관심 갖고 폭넓게 공부하라고 하셨다. 바람이, 넌 무슨 공부를 하나? 농촌, 농업, 환경 공부를 한다고 하니, 농촌이 살아야 한다. 농촌 살리는 좋은 공부니 열심히 하라고 하셨다. 해뜨리보고 넌 염색 안 하냐며 요즘 아이들이 너무 외모에 신경 쓰고 얽매여 산다고 하셨다. 그때 갈색 머리를 한 바람이는 그 말 듣고 가슴이 꽉 찔렸다 한다. 아이들이 사 간 복숭아를 씻어 드시며 복숭아도 자기 종족 보존하려고 자식 살리려고 씨 주변에 이렇게 신 맛을 낸다고 하셨다.

아내 계순옥이 〈강아지 똥〉이나 〈초가집이 있던 마을〉을 읽고 글을 보내면 반갑게 계은숙 선생님, 하시며 답장을 친절하게 보내 주셨는데 아마 그때 계은숙 가수가 인기 있었던 거 같다. 알고도 그리 재미있게 이름 부르는 선생님이었다. 나보고는 외무부장관이 되면 좋겠다고 어느 글에서 말하셔서 왜 그렇게 생각하셨는지 한번 여쭌 적이 있는데 그 거, 뭐. 하시며 더 말을 안 하셨다. 아마 그때 글쓰기회 회장을 맡고 있으니 바깥일을 잘하라는 뜻이 아니었을까 싶다.

이제 선생님은 저세상으로 떠나시고 뵐 수가 없다. 어쩌면 조금 아까 내 곁을 스쳐 지나간 바람일지도 모른다. 아니, 오래 전부터 이 땅에 서 있는 나무에 내가 슬그머니 바람으로 지나가다 나뭇가지를 살짝 만지고 가는 것일지도 모른다. 사람은 가고 오고, 말을 하고 듣고, 글을 쓰고 읽고 하면서 인연은 이어 간다. 가끔 선생님이 생각나면 남쪽 하늘을 올려다본다. 빌뱅이 언덕 아래 작은 집에서 지금도 웅크리고 계실 것만 같다. 이 땅에 계시거나 안 계시거나 인연의 끝은 있을 리 없고, 우리는 늘 함께 있는 것이리라.

(2007년 6월)

시골 학교 놀이마당

　온종일 푹푹 찌는 날씨는 사람을 흐물거리게 한다. 꼭 할 일이 있어도 마음만 있을 뿐, 몸은 축축 늘어진다. 이런데도 온 나라 학교에서는 다시 보충수업을 한다고 아이들을 학교로 불러들이고 못살게 군다. 미친 듯이 돌아가는 교육이고 학교고 세상이다. 이런 때에 전교생 42명, 교사 11명인 부여 양화중학교에서 독서 축제를 한단다. 날도 더운데 무슨 축제인가? 작은 학교라 별거 다 하네. 한 학기 동안 아이들과 책 읽고 발표도 하고, 또 아이들과 교사가 한 학기를 마무리하는 시간도 가질 겸 함께 학교에서 하룻밤 먹고 자는 행사다. 축제를 이끌어 가는 김 선생이 나보고 와서 부여 출신 신동엽 시인에 대해 아이들에게 이야기해 달라고 해서 갔다.

　시골 교회 수련회와 날짜가 겹쳐서 그런지 20여 명만 도서실에 옹기종기 모여 앉았다.

　"얘들아, 신동엽이 누군지 아는 사람?"

　1학년 남학생이 손을 번쩍 든다.

"누구지?"

"몰라요."

다들 까르르 웃는다. 당연하게 모른다는 이 아이는 특수반 아이였다. 무엇이든 물으면 그저 가장 먼저 손을 드는 아이였다. 앞에 앉은 한 여학생은 신동엽 시인 추모 백일장에 참가해서 얼굴이 낯익었다.

"시비 가 본 사람? 생가 가 본 사람? 무덤 가 본 사람?"

의외로 가 본 아이들이 드물었고 대부분 교과서에서 이름만 들어 아는 정도였다. "신동엽 시인은 말야, 부여에서 태어났거든." 하면서 살아온 과정을 옛날이야기하듯 풀어 말했다. 맑은 하늘, 맑은 세상을 꿈꾼 분이고 그분의 빛나는 정신이 무언지, 닮고 싶은 사람인지 오늘 알아보자고 했다. 1시간 10분 동안 시간을 보내야 하니 그것도 만만한 게 아니지. 무엇이든 한 가지만이라도 기억하고 나중에 본격으로 신동엽을 다시 만날 수 있다면 다행이겠다. 아까 아침부터 여러 프로그램에 참가해 몸이 늘어지는 데다가 또 이야기를 들으니 몸이 쑤시는 모양이다. 몸을 비비 꼰다.

"애들아, 신동엽 시인이 쓴 시, 뭐 아는 거 있어?"

"껍데기는 가라요."

"아, 그거 교과서에서 봤지. 그거 한번 같이 읽어 볼까?"

나누어 준 자료를 들고 모두 한목소리로 크게 읽었다. 에어컨이 나오는 도서실이었지만 아이들 몸에서 나오는 열기로 후끈거렸다. 껍데기, 알맹이가 뭘까? 너희들은 알맹이일까, 껍데기일까? 웅성거리는 동안에

백창우 선생이 곡을 쓴 '껍데기는 가라,' 시디를 컴퓨터에 넣었다.

"이거 한번 들어 봐라. 듣고 따라 불러 봐."

경쾌한 반주에 맞추어 노래가 흘러나오니 아이들이 진지하게 듣고는 이내 조금씩 따라 부른다.

"어때?"

"재미있어요."

껍데기는 가라, 그 부분을 여기저기서 중얼거린다. 나중에 복도를 돌아다니며 '껍데기는 가라'를 여러 번 외친다. 아이들 마음속을 파고든 모양이다. 환등기를 켜고 신동엽의 일대기를 담은 사진을 하나하나 보여 주었다. 간단하게 사진에 담긴 사연들을 말해 주고는 끝에 가서 〈산에 언덕에〉 시를 노래로 불러 주었다.

수학이 전공인 계순옥 선생은 고성오광대 문둥이춤을 추기로 했다. 대학 다닐 때 배운 춤이지만 아이들에게 우리 전통 춤을 보여 주고 싶었다. 며칠 전부터 춤 차례를 되살리며 집 마당에서 연습했다. 문둥이탈도 꺼내 먼지 털고, 패랭이 모자와 작은 북은 인터넷에서 주문했다. 옷은 그냥 생활한복 바지에다 황토 물들인 티를 입기로 했다. 허리는 주황색 끈으로 동여맸다. 마침내 공연 시간이 되었다. 둥둥둥둥둥, 북채 잡은 내가 힘차게 북을 두드리니 겅중겅중 무대 한가운데로 나와 인사한다. "얘들아, 지금 너희들이 보는 이 춤은 말야." 하면서 오광대, 문둥이춤에 담긴 사연과 춤 내용에 대해 쉽게 풀어 말한다. 이어 탈을 쓰고 패랭이 모자 쓰고 맨발로 춤을 추기 시작했다. 춤사위 하나하나에 아이들 눈이 빛나고 춤 따라 이리저리 눈이 돌아가고, 모두들 춤판에 빠져들었다. 나중에 덧뵈기 장단에 이르러서는 저절로 손뼉을 치며 흥을 돋우었다. 아담하고 조촐한 시골 학교 도서실 무대는 진지하고 정겨웠다. "오늘은 춤이 전혀 힘이 들지 않고 아주 여유 있게 추었어." 하고 계 선생은 말했다. 정말 뚜렷하게 달라 보였다. 그동안 여러 번 보았지만 오늘만큼은 아주 부드럽고 때로는 격하게 몸짓하는 게 멋졌다. 나이 들고 추는 춤이라서 그렇게 춤을 더 이해하고 춘 건 아닐까. 몇 년 전 신동엽 추모제 때 시비 앞에서 출 때는 추고 나서 거의 쓰러진 적도 있었다. 춤추는 이의 마음 상태에 따라 몸짓이 분명 달리 나타나는 것이리라.

이어서 신 교장 선생님이 무대 앞에 섰다. 수학 선생인데도 음악에 대해 관심이 많고 적극 무엇이든 악기 다루는 걸 배우려 한다. 전에는 아코디언을 연주하며 즐기더니만 오늘은 서너 달 전부터 다시 색소폰을 배운다고 했다. 그동안 배운 걸 처음으로 아이들 관객 앞에서 선보인다. 요즘 보기 드문 교장이다. 여러 날 이 시간을 위해서 방학이지만 혼자 학교에 나와 교장실에서, 또 관사에서 맘껏 소리를 내며 연습했단다. 도서실 마룻바닥에 앉은 20명 아이들 관객 앞에서 교장은 떨리는 듯, 연주하기 전 초보라 실수할 텐데 이해해 달라고 했다. 먼저 유명한 찬송가 한 곡을 연주하는데, 낯익은 곡이라 조금만 틀려도 금방 알아차리겠다. 잘 나가다가 그만 삑 소리가 여러 번 나왔다. 온몸으로 최선을 다하는 모습이 인상 깊었다. 땀이 송송 나고 얼굴이 빨갛게 달아오르며 눈가에 힘이 잔뜩 들어갔다. 아이들도 귀를 바짝 세우고 그걸 보고 있는 내 마음도 쫄아들었다. 결국 연주하다 틀려 중단하니 아이들이 손뼉을 치며 괜찮아, 괜찮아를 외친다. 아, 순간 감동이다. 아이들이 격려하자 다시 자세를 가다듬는다. 겨우 끝내고 땀을 닦자 아이들이 또 앙콜앙콜한다. 그럼 한 곡 더 하겠다며 술 한잔 먹고 부르면 딱인 뽕짝 노래를 연주한다. 그건 좀 부드럽게 잘 나갔다. 신 나게 불어 제낀 교장 선생님의 기분을 살리려고 한 곡 더 해 달라니 동요를 연주한다. 와, 참 보기에 좋다. 교사와 아이들이 어깨 걸고 사는 진짜 삶이구나. 연주를 끝낸 교장은 아이들에게 잘 들어 주어 고맙다며 다음 가을 축제 때는 연습을 잘해서 실수를 안 하겠다고 약속했다. 이 말에 아이들은 힘차게 손뼉을 쳤다. 아름다운 한 편 드라마이고 눈물겨운 모습이었다. 자기 것을 있는 그대로 드러내며 나누고 기뻐하는 게 교사들이 가질 태도 아닌가. 그걸 교장 선생이 우리 모두에게 보여 주었다.

이어 아이들은 학년별로 나와 노래를 불렀다. 부끄러우면서도 잘해 보려는 마음이 그대로 다 드러난다. 몸을 살짝 흔들면서 부르는데 그게 또 귀엽고 예뻤다. 3학년 아이들은 중국어로 노래를 부른다. 어디서 알고 그런 노래까지 배웠을까. 뜻은 모르지만 듣기에는 아주 부드럽고 새로운 느낌이었다. 어쨌든 정성껏 준비해 우리 앞에 내놓으니 됐지. 노래 부를 때 남녀 학생들이 한 소절씩 돌아가며 부르는데 아주 쑥쓰러워한다. 그런 모습마저 귀엽다. 도시 아이들하고는 아주 다르게 서툴고 어색해도 좋아 보였다.

보름달이 휘영청 떴다. 어디선가 매미, 벌레 소리가 요란하고 밝은 달빛이 운동장에 가득 쏟아진다. 날은 덥지만 운동장 한가운데 모인 아이들은 마음이 들떠 시끌시끌하다. 자, 아까 배운 기본 춤을 추면서 날 따라 걷는 거야. 입장단 하며 팔과 다리를 크게 흔드는 거야. 이런 걸 길거리 춤이라고 하나. 계 선생이 앞에 서고 뒤따르는 아이들은 내 북소리에 맞추어 몸을 덩실덩실 흔들며 걷는다. 달빛 타고 내려온 선녀들 같다. 굿거리장단에 따라 천천히 걷다가 슬슬 빠른 자진모리장단을 치니 조금씩 걸음이 빨라지고 뛰기 시작했다.

"덩 덩 덩 따쿵따, 더덩 덩 덩 따쿵따, 덩 따쿵따 덩 따쿵따, 더덩 덩 덩 따쿵따."

"얼쑤 절쑤 굽신굽신 지신 맞이 너울너울 천신 맞이."

입장단, 입 불림과 함께 거친 숨소리가 뒤엉켜 들린다. 걸을 때 무릎을 약간 구부리며 땅신에게 몸 굽혀 절하고, 너울너울 팔을 흔들며 하늘신을 우러른다. 앞에 선 사람을 따라 자유자재로 마음 흐르는 대로 몸을 맘껏 흔들다가 다시 천천히 잦아들고 하면서 달빛 따라 돌고 돌았다. 분위기가 무르익으니 신 나게 소리 지르고 뛰니 땀이 줄줄 흘러내렸다. 이렇게 몸을 맘껏 놀리는 게 진짜 춤이 아니던가. 언제 한번 이렇게 자기 몸을 흔든 적이 있던가. 신명나게 추니 맺혔던 모든 게 다 풀어졌으리라. 자, 자, 좀 쉬자. 잠시 쉴 때 난 계 선생에게 아이들을 위해 춤 한번 추라고 했다. 아이들은 우와, 소리 지르며 둥그렇게 모여든다. 은은한 달빛 아래 선 계 선생에게 아이들 한두 명이 먼저 손전화를 꺼내 들어 불을 밝힌다. 얼굴이 어렴풋이 드러난다. 모든 아이들이 손전화를 꺼내 드니 저마다 손 안에서 불빛이 뿜어져 나온다. 왕반딧불이들이 갑자기 몰려든 거 같다. 그 불빛과 달빛이 녹아든 그 자리에 계 선생이 서서 춤을 추기 시작한다. 아름다운 무대다. 내가 치는 북소리에 맞추어 아주 천천히 살풀이춤을 추었다. 우와, 이런 분위기라면 누가 춤을 춰도 다 멋있겠다. 춤사위 하나하나에 온 정성을 다하니 아이들이 숨죽이고 본다. 그러면서 부드럽게 손을 흔드니 그 손길을 따라 손전화 불빛이 이리저리 움직이니 화려한 조명이 되고, 달님, 별님, 아이들님이 다 하나되어 판이 무르익는다. 하늘땅을 이어 주는 북소리는 운동장을 가득 채우고 있었다. 이런 아름다운 시간이 언제 또 있을런가. 달빛이 흐르는 자리에서 춤사위는 멋졌다. 자기 마음을 몸짓으로 표현할 수 있다는 건 축복이다. 행복이다. 모두를 하나로 묶어세우는 의식이기도 했다.

교실로 들어간 아이들은 바닥에 깔판을 깔고 눕는다. 하루 종일 각자 가지고 온 음식 재료로 밥을 맛있게 지어먹고 한바탕 뛰어놀고 이제 눕는다. 아이들이 곤히 잠든 늦은 시간에 우리 교사들은 교무실 바닥에 앉아 맥주 한잔 했다. 삼겹살을 굽고 아이들과 지낸 이야기를 안주 삼아 이야기를 풀어 놓으니 점점 밤이 깊어간다. 교육이란 뭔가? 학교에서 어찌 살아야 하나? 아이들에게 교사란 누구인가? 아이들과 가까이 재미있고 즐겁게 지낼 수 있다면 얼마나 좋을까. 교장 선생은 나에게 관사에서 같이 자자고 했지만 난 혼자 아까 신 나게 놀던 도서실 마룻바닥에 누웠다. 아까 아이들과 같이 불렀던 '불콩', '촘백이', '오늘 아침', '섬집 아기' 노랫말이 자꾸 떠올라 혼자 가만히 불렀다. 잠은 오지 않고 벌레 소리는 요란하고 해서 운동장으로 다시 나왔다. 새벽 3시, 달은 하늘 한가운데에 높이 떠 있다. 하늘도 자고 땅도 자고 사람도 자고, 온통 고요한 평화만이 흐른다. 머리, 어깨, 허리를 곧추 세우고 천천히 운동장을 돌았다. 달빛을 쬐며 행복에 취해 걸었다.

(2007년 8월)

명예 퇴임 하는 날

여기 서천도 아침부터 종일 비가 온다. 하늘의 조화인가. 사람의 마음을 어루만져 주는구나.

계순옥 선생이 마지막 학교 가는 날, 깨끗한 옷으로 갈아입고 고마운 마음을 담아 준다며 대바구니를 들고 갔다. 평생 농사짓는 이웃 마을의 할아버지가 농한기 때마다 생활 죽공예품을 만드는데, 그걸 동료 교사들에게 드리려고 전에 많이 만들어 달라고 부탁했다.

아이들이라고 해야 한 40명쯤 될까? 교사들 10명쯤 쪼르르 섰고. 강당 무대에는 "축, 계순옥 선생님 명예 퇴임 축" 하고 펼침막이 있다. 와, 이름 석 자가 머리통만 하다. 이런 날이 계순옥 선생에게도 왔네.

계순옥 선생과 내가 뻘쭘하게 무대 위 꽃 탁자 뒤에 앉고, 국기에 대한 경례 지나고, 교장의 횡설수설 끝나고, 꽃다발 받고.

드디어 계순옥 선생 앞으로 나가 말하는데, 왠지 조금 떨리는 듯하다가는 이내 뭐 덤덤하네. 눈물 쏟아지면 어쩌나, 하더니만 느릿느릿 할 말은 다 하네.

"운동장의 오래된 느티나무를 보면, 내가 보낸 29년은 참 짧고 별거 아니라는 생각이 들어요. 이 세상 모든 꽃은 다 아름답지요. 화려한 꽃도 있고 수수한 꽃도 있는데 요즘에는 길가의 이름 없는, 작고 납작한 들꽃이 참 아름다워요. 그 꽃 속에는 온갖 기운과 생명과 우주가 담겨 있지요. 그걸 보면서 우리 아이들을 떠올렸어요.

예전에는 예쁜 아이가 있고 덜 예쁜 아이가 있는 것처럼 보였는데, 요즘에는 다 예뻐 보이고 귀해 보여요. 저마다 생명의 꽃을 맘껏 피워 낼 거예요. 자신이 귀한 걸 알게 되면 동무가 귀하게 보이고 부모님, 선생님, 이웃이 다 귀하게 보일 거예요. 자신을 위해 더 알차게 지내길 바라요……"

뭐 좀 더 무얼 말하려다가는 멈칫, 이제 그만 말할게요. 하고 끝냈다. 무언가 더 할 말은 자기 마음에 그대로 남겨 두고 싶었나 보다. 그게 뭘까?

한 아이가 나와 송사를 읽고, 내가 인사하러 앞에 나갔다.

"여기 모인 모든 분들께 고맙습니다. 오늘 29년을 잘 마치도록 도와준 동료 선생님들과 아이들에게 고마운 마음으로 노래, '사랑한다는 말은'을 부르겠습니다. 사랑하는 아내, 계순옥 선생에게 고마운 마음으로 노래, '초적을 불며'를 부르겠습니다."

노래하는 동안 작은 강당 안은 떠나는 사람과 보내는 사람들이 서로 마음을 주고받아서인지 따뜻했다. 계순옥은 가만히 입 다물고 있고 동료 여선생은 눈이 벌게진다.

잘 있으라, 잘 가시라. 서로 서로 손잡고 하는 말, 우리 또 만나요. 우리 자주 만나요.

이렇게 또 하루가 간다. 세월이 간다.

(2010년 3월)

거꾸로 가는 세상

날마다 급박하고 이상하게 세상이 돌아가니 머리가 멍해지고 빙빙 돌고 이러다가 쓰러지겠다. 혼자 산을 오르며 곰곰이 생각해도 세상에, 이런 야만의 세월이 언제 있었던가. 뻔한 거짓말을 하고도 눈 하나 꿈쩍 않고 또 다른 거짓말을 늘어놓으니 이 정권이 미쳤다. 사람들 같지가 않다. 한 지붕 아래에서 살자니 기막히다. 남북 정상들이 만나 손잡을 때 우린 가슴이 부풀었고 서로 오가는 따뜻한 눈길 보며 좋았는데 헛꿈이 되고 말았다. 이제 남북이 초긴장 상태에 접어들었다. 우리 민족에게서 봄날이 언제 있었던가. 큰 벽이 다시 서고 이어졌던 길도 끊기고 오가던 마음들이 싸늘해지고 다시 철조망이 쳐졌다. 역사가 거꾸로 흘러 악다구니 싸움터로 돌아서 버린 한반도, 우리 땅, 우리 강이 바람 앞에 등불 같다.

나라 안팎이 어지럽다. 비상시국회의가 열리고 신경이 곤두서는데 거리에서는 지방선거 바람으로 허접한 노래만이 윙윙거린다. 이렇게 엉망진창으로 뒤엉킨 시절을 전에 본 적이 없다. 어떤 경우든 가느다란 실오라기일지라도 서로 소통할 수 있는 끈은 있었다. 이제는 아예 그런 끈조차 없으니 앞날이 어둡다. 그걸 보고 있는 우리는 억울하고 비참해졌다. 한 번 잘못 뽑은 실수가 이토록 엄혹한 결과로 다가오다니 믿어지지가 않는다.

나무에 잎이 돋고 푸르러지면 봄날을 즐겼지만 이제는 그런 봄이 없다. 피눈물 흘리는 이들이 봄을 견디며 살아야 한다. 자연은 한결같이 생명으로 넘치지만 도무지 세상일에는 웃을 일이 별로 없고 퍽퍽하다. 아침부터 미친 듯이 비바람이 몰아친다. 고추 모, 토마토 모가 다 쓰러진다. 싹쓸이하듯이 몰아치는데 아, 이러다가 살아남을 게 별로 없겠다. 마을 분들도 모이면 날씨 걱정에 농사 걱정이다.

"날씨가 왜 이러지. 이거 큰일이야."

시름이 가득 찼다. 비는 줄기차게 오고 나라 살림은 시끄럽고 어수선하다. 자연이고 사람이고 다 앓는다. 농촌에 드리워진 어두운 그늘이 참 크고 넓다.

지방선거 홍보 차가 어디서나 노래 틀어 대고 떠든다. 듣거나 말거나 빈 수레가 요란하다. 아무나 대고 고개 숙여 인사하는 인형 같은 운동원들, 하루 일당이 10만 원이란다. 돈벌이 때문에 젊은 일손들이 여기로 몰려 농사일을 제때 못 한다. 사람도 사고 표도 산다. 마을 회관 담벼락에 붙은 수십 장의 후보들 사진이 비를 맞고 있다. 누가 누구인지 모른다. 듣기 좋게 거짓말하고 다 잘났다는 선거 철새들, 논밭에서 일하는 농민들에게 명함 한 장 주고 표를 구걸한다.

얼마 전 김용옥 씨가 봉은사 법회에서 거침없이 쓴소리를 했다. 말끝마다 불기둥이 솟았다. 천안함 발표를 0.0001%도 믿지 못하겠고 정말 웃기는 개그라 했다. 4대강은 미친 짓이고 돈 쏟아 부으며 나라를 말아먹는다고 했다. 누가 들어도 발표 내용이 미심쩍으니 믿을 수가 없지. 오락가락하는 정부 말을 들으니 뭔가 되게 뒤가 구린 게 분명하다. 그런데 오히려 보수 단체들이 김용옥 씨를 국가보안법으로 고발했다니, 믿지 못하겠다는 말도 못 하는가. 그게 죄가 되는 세상이다.

흐르는 물이 비단결 같다던 여기 금강도 살벌하게 망가지고 있다. 습지를 거두어 내고 산더미같이 쌓인 모래. 또 물이 차면 부여, 공주의 옛 터들이 잠긴다. 그 넓은 부여 세도의 방울토마토 단지도, 백마강 수박, 단무지 무 키우던 강 둘레 땅도 다 사라졌다. 평생 일군 땅을 빼앗기고 농민들이 쫓겨났다. 농업을 포기하라는 건 목숨을 내놓으라는 거다.

교원 평가 하기 위해 수업 공개를 한다. 자기 수업도 보여 주고 동료 교사 수업하는 걸 본다. 수업 보러 갈 때는 아이들보고 자습하란다. 또 초청되어 온 학부모들은 자기 아이들 얼굴 보러 여러 교실로 우르르 몰려다닌다. 시장판이다. 10분쯤 수업 본 학부모에게 수업 평가지 주고 쓰라 하니 또 아무렇지도 않게 능숙하게 평가한다. 교사들도 수업하고 자기 평가서를 쓰라 하니 낯간지럽다. 교사들끼리 주거니 받거니 한다. 학교 와서 수업 보고 평가까지 해 주어 고맙다고 학부모들에게 점심까지 준다. 이제 교사들 수업을 보았으니 학부모들이 얼마나 뒷말을 하며 교사들을 안주거리로 삼을까. 볼썽사나운 일을 겪게 됐다.

노무현 님이 떠나던 날, 억수로 비가 내린다. 노란 리본에다 추모하는 마음을 담아 매다니 깃발 되어 펄럭인다. 다시 꿈을 그리워한다. 2008년 11월, 마지막 바깥나들이로 산너울마을에 오셨다. 충남 금산의 인삼 가공 공장에 들러 마을 자립을 위한 길을 찾고, 서천 노인복지마을에 들러서는 행복하게 인생을 마무리하는 걸 보고, 우리 마을에서는 에너지를 덜 쓰고 사는 걸 보았다. 마을을 떠나며 굳게 손잡고 하는 마지막 한마디, "이 마을이 꼭 성공했으면 좋겠습니다."고 했다. 성공? 모여 사는 게 만만치 않다는 것이겠지. 더도 덜도 말고 서로 싸우지 않고 살아가길 바랐을지도 모르겠다. 정말 모여 산다는 게 이렇게 어려울까. 손바닥만한 땅 욕심 때문에 마음이 흐트러지고 힘겹게 살아간다.

부산에 사는 노영민 선생님 말마따나 지지하는 정당에 적은 후원금 낸 걸 두고 교사 목을 자르겠다니, 선거에 전교조를 희생물로 삼겠다니 이제 그들도 막바지에 들어섰다. 지금 내 옆자리 여선생님 남편도 여기 서천지회장으로 같은 처지가 되었다. 뭐라 말해야 할지 모르겠다. 교육이고 정치고 경제고 통일이고 뭐고 맘에 안 든다고 싹쓸이한다. 걸걸한 목소리로 시를 읊고 노래를 부르며 아이들과 지내는 교사를 아무나 건드릴 수 없는 거다.

"노 선생님, 이제까지 살아온 것처럼 그렇게 한결같이 살아가는 겁니다. 어디 한 순간이라도 곁길로 간 적이 있나요? 함께 웃을 날이 곧 올 겁니다……"

온통 거꾸로 가는 세상이다. '불편한 진실'이란 말이 떠오른다. 가짜가 날뛸 때마다 진실을 말하고 그에 맞서 살아가는 이들은 늘 불편하다. "전쟁을 멈추려면 승용차를 타지 말자."던 권정생 선생님 말씀대로 다시 근본을 살피고 갈 길을 되짚는다. 이 야만의 시대에 불편하게 살아야 한다고, 끈질기게 싸워야 한다고.

(2010년 5월)

부여 집

　지난 8월 말에 22년간 살았던 부여 집을 팔았어. 몸 어디 한 군데 떨어져 나간 느낌이 들었어. 1983년 결혼하고 여덟 번 이사하다가 1989년 2월에 겨우 마련한 집이었거든. 65평 대지에 23평 아담한 슬래브 단독주택이었지. 우연하게 세 들어 살던 집 바로 옆집인데 늘 지나면서 눈길만 주던 집이었어. 그런데 그때 집 살 돈 3500만원이 어디 있나. 그래도 살 운명이었나 봐. 마침 그때 1000만원 적금을 탄 게 있었거든. 그리고 아, 글쎄 그 집이 농협에서 2000만원 대출 받은 게 있다고 해서 그걸 떠안았어. 꿈이 현실로 된 거지. 이제 차차 대출 받은 거만 갚으면 되지 하고 이러구러 재미나게 살고 있다가 그만 전교조 결성 건으로 8월에 학교에서 쫓겨났어. 집값을 느릿느릿 갚아야 할 처지가 된 거지. 그런데 해직되었다고 뭉텅이 돈을 주는 거야. 퇴직금이라고 1400만원을 주는 거야. 그걸로 다 갚아 버렸지. 그러니깐 전교조 때문에 빨리 집을 장만하게 된 거지.

　가장 먼저 문패를 만들고 싶었어. 굴러다니는 나무토막 하나 주워서

쇠 젓가락을 가스 불에 달구어 이름 석 자를 새겼지. 고등학교 다닐 때 교문 앞에 살던 어느 미대 교수 문패가 참 부러웠거든. 동그스름한 나무에 이름 새긴 게 떠올랐어. 난 네모 나무에다가 썼지. 달군 젓가락을 나무에 대니 나무 타는 냄새가 나면서 까만 실개천이 그려지는데 어쩌면 그게 그렇게 멋있어 보이던지, 계속 달구고 태우고 그러다가 나중에는 연필 깎는 칼로 깊게 팠지. 돌아가신 어머니가 이 문패를 봤으면 눈이 벌개지셨을 거다. 두 번째 세 들어 살던 집에서 한 1년 같이 살다가 갑자기 저세상으로 가셨지. 그때 나이가 쉰여덟 살로 참 복도 없으셨던 분이었지. 더 오래오래 사셨다면 부여 집에서 바람, 해뜨리와 재미있으셨을 거야.

자그마한 마당에는 잔디를 심었는데 그래도 한쪽 구석에는 손톱밭을 만들었지. 상추도 심고 고추도 심고 가지도 심었지. 아, 토마토도 심어 잘 따 먹었지. 밭에 넣으려고 음식 쓰레기로 퇴비도 만들었지. 소꿉놀이하는 거였지. 잔디에서는 바람, 해뜨리와 야구도 하고 농구도 땀 나게 했고. 마당에 있는 목련 두 그루는 해마다 봄에 한꺼번에 꽃 피우지 않고 하나가 피고 지면 또 하나가 이어서 피니 참 신비로웠어. 단감나무 두 그루에서는 가을에 한 200여 개 단감이 열려 둘레 꼬마들이 놀러 오면 따 주고 이웃에게도 따서 돌렸지. 나누어 먹는 재미도 쏠쏠했어. 단풍나무 두 그루는 부소산 궁궐터에 늠름하게 서 있는 단풍나무 밑에서 씨 떨어져 솟아난 어린 나무를 뽑아 와 심은 거야. 그러니깐 여기가 바로 백제 궁궐인 셈이었지.

그동안 우리 집은 전교조 동무들이 늘 바깥에서 1차 술 먹고 마지막으로 들르는 곳이었어. 12시도 좋고 1시도 좋았지. 해뜨리가 그랬나? 어느 후배 선생을 두고 하는 말이 웃겼어. 김 선생님이 술 취하지 않은 얼굴을 한 번도 본 적이 없다고. 주로 밤에만 보았다고. 우리 집에 들락거린 사람이 그동안 연 인원 2000명도 넘는다고. 아마 그랬을 거야. 한 달에 10명씩 1년이면 120명, 20년 동안만 계산해도 2400명은 되네. 현관 문지방이 닳아 반질거리는 걸 보면 맞긴 맞아.

지나온 세월 동안 우리 집에서 잠을 잔 사람들이 여럿 있지. 1987년인가 이오덕 선생님이 전교조 부여지회 초청으로 강연하러 오셨어. 강연하고 어느 식당에 가서 뒤풀이를 길게 하고 우리 집에서 주무시게 되었지. 멀리서만 뵈던 분이 가까이 와서 함께 밤을 지내니 얼마나 어렵던지 신경이 많이 쓰였어. 다음 날 아침 아내 계순옥은 정성껏 된장찌개를 끓이고 푸성귀를 내놓고 상을 차렸지. 그런데 아침밥을 안 드시겠다는 거야. 아차, 그걸 몰랐네. 결국 우리 식구들만 어색하게 밥을 먹었어.

또 상석 형도 생각 나. 참교육 전도사로 전교조 강연하러 왔지. 어찌나 사람들에게 감동 주고 웃겼는지 하여간 뒤풀이가 거나한 잔치였어. 먼 길을 달려왔지, 강연했지, 또 뒤풀이에서 온통 술이란 술은 한 잔씩 다 받았지, 거의 파김치 되어 집으로 잠자러 오는데 한 젊은 여선생이 졸래졸래 따라온 거야. 아내와 같이 한 학교에서 근무하는데 별로 친하지 않은 처녀 선생이래. 상석 형에게 뭔가 씌웠는지 졸졸 따라온 거야. 거의 12시가 되어도 집에 안 가서 할 수 없이 우리 집에서 자야 할 형편이 되었는데 불쑥, 상석 형 위해 안방에다가 깔아 놓은 새 이불 위에 먼저 홀랑 들어가 쓰러지는 거야. 아, 이거 깨워도 소용없고 할 수 있나. 형, 어쩌겠나, 보일러 안 들어가는 찬 마루에서 자야지, 뭐.

또 기범이도 전쟁 반대를 위한 평화순례 왔을 때 우리 집에서 잤지. 아마 단식하면서 길을 나섰지. 순례 단원 너댓 명과 같이 왔는데 자기 전 술, 안주를 먹는데 김재복 수사님과 기범은 가만히 옆에서 보기만 했어. 기록해야 한다고 사진만 찍으면서 하는 말, 다음에 꼭 와서 계 선생님이 차려 주는 밥을 먹겠다고 했지. 홀쭉해진 얼굴이니 눈은 또 얼마나 큰지. 앞으로 서천 산너울로 온다면 소곡주에 회도 먹고 산나물도 무쳐 먹어야지.

어느 해인가 〈글과 그림〉 식구들이 왔을 때는 정말 북적북적했지. 38명인가가 비좁은 집에서 다 꾸겨 잤어. 병수는 그 깊은 밤에 옥상에다가 텐트까지 쳐 주느라 애썼지. 컨테이너에서도 자고 거의 피난민촌 수준이었어. 그래도 그때가 행복했어. 다음 날 아침 마당에 비닐 깔개 깔고 술 한잔하며 노래도 하고 재동 형 기타 연주도 들었지. 유랑 극단이었지. 와, 그때 모기가 굉장했지.

해직되기 직전 은산중학교 1학년 우리 반 꼬마들 30여 명이 놀러 온 적도 있었지. 마당에서 솥을 걸고 라면 한 상자를 넣고 끓여 먹었던 것도 새록새록 떠올라. 우리 식구 먹으려고 담근 김치 통을 싹 비우고서야 일어났지. 또 풀무학교 학부모와 교사들 30여 명이 놀러 와 하룻밤을 지샌 적도 있었지. 무슨 할 말들이 그리도 많았는지 누운 이보다 앉아

이야기꽃을 피운 이가 더 많았지, 아마.

우리 부여 집은 둥지, 보금자리, 이런저런 일로 파김치 되어 돌아오는 곳, 평화가 깃든 곳, 푹 쉬었다가 다시 힘을 얻는 곳이었어. 이제 다시 바람 따라 인연 따라 정들었던 이곳을 많은 이야기를 남겨 두고 떠나게 되었어. 마음이 아리아리하네.

참, 그런데 말야. 여기로 누가 이사 오냐 하면 10년 전 부여여고에서 만났던 제자가 오게 되었어. 인연이 끊기는 게 아니라 새로운 인연이 이어지는 집이야. 스물일곱 살 제자가 살아가는 예쁜 집으로 다시 태어나게 되었어.

(2010년 9월)

나와 노래

　기타를 처음 잡은 게 중학 2학년 때야. 동네 친구가 기타 들고 노래하는데 그렇게 보기 좋더라. C, F, G7 코드를 겨우 잡으며 처음 부른 노래가 '강바람'이었어.

　"종달새 날으는 강 언덕 저 넘어 내 마음 알아줄 그 님은 있을까. 꿈속에 잠기면 청아한 목소리 강바람 따라서 메아리 쳐 오네. 강바람아 불어라 내 마음속에 그리운 님 사랑을 전해나다오."

　사춘기 때니 내 님을 떠올리며 설레는 마음으로 불렀어. 돈이 없어 기타는 못 사고, 동네 교회에 있는 기타로 시도 때도 없이 딩딩딩딩 연습했지. 새로 부임해 온 젊은 전도사가 기타 치며 가스펠송을 부르는데 환상이었어. 직접 곡도 쓰고 부르는 분이었어. 일주일에 한 번, 서울 명동 YMCA 강당에서 열리는 예수전도단 노래 모임에도 여러 번 따라갔어. 젊은 대학생들이 발랄한 몸동작에다가 손뼉 치며 노래하는데 내 마음을 뒤흔들었지. 아마 흑인 음악이었던 거 같아. 교회 학생부에서 여는 가을 '문학과 음악의 밤'에서는 기타 반주에 찬송가 몇 곡은 꼭 불렀지.

아, 그때도 까까머리로 내가 사회를 맡아 진행했어.

교내 합창대회가 있던 고 1 때는 우리 반 합창 지휘를 할 때 지휘자 흉내를 거창하게 냈는지 아이들이 노래하다가 막 웃기도 했어. 노래 실기 시험을 보는데 점수 좀 잘 받아 보려다가 그만 가곡을 찬송가식으로 불러 최하 점수가 나왔지. 나훈아, 남진, 김추자 노래가 한창 유행할 때라 '고향역', '해변의 여인', '커피 한잔' 따위의 노래를 소풍 가서 부른 기억도 나.

대학에 들어가니 의외로 기타 치는 아이들이 별로 없었어. 햇볕 좋은 날에는 우리 지리과 아이들과 과학과 건물 뒤 무덤가에 둘러앉아 송창식, 이장희, 이종용, 김태곤 노래를 불렀지. 이종용의 '너', 김태곤의 '송학사' 노래가 뜨기 전 방학 때 노래 테이프 구하러 서울 광화문 일대를 돌아다닌 적도 있어. 그날 밤 테이프 되감기를 하면서 얼마나 많이 들었는지 몰라. 하여간 과 모임 있을 때마다 기타 치면서 노래하는 게 일상이 되었어. 대학 1학년 축제 전야제에 나가서 송창식의 '딩동댕 지난여름'을 불러 상도 탔지. 상금 5000원인가 주기에 하숙집 친구와 막걸리 사 먹었어. 2학년 때 나가서는 한대수의 '행복의 나라로'를 불렀고.

한번은 학교 방송국에서 점심시간마다 하는 생방송 프로에 가서 이종용의 '너'를 불렀어. 밥 먹다가 여러 친구들이 들은 거야. 한동안 모이면 그 노래만 불렀지. 하숙집에서 밥 먹고 나면 으레 기타 들고 몇 곡 부르는 게 생활이었고 낙이었어. 같은 하숙집에 있던 시백 형은 내가 부르는 '금관의 예수'를 들으려고 내 방에 오곤 했지. 지긋이 눈 감고 듣던 형 얼굴이 생각나네.

황토 연극반 모임 때에는 김민기의 '바다'를 늘 불렀는데 아마 수백 번은 불렀을 거야. 바다? 그때는 왜 그리 바다를 그리워했는지, 노랫말 그대로 70년대 중반 암울한 정치 현실 속에서 나날을 살아가는 우리네 삶을 담아서 그랬겠지. 외로운 배, 야윈 손길, 텅 빈 바다, 물결아 쳐라, 가물거리는 불빛……. 절절하게 다가왔었지. 78년인가, 김영동 노래 발표회 보러 국립극장에 갔어. 그때 이오덕의 '개구리 소리'를 처음 들었지. 해금 소리가 애절했지. 공연 마치고 몇 대학 문화패들과 어느 집으로 옮겨 뒤풀이를 했었지. 노래하고 춤추는 자리였어. 그때 김민기가 내옆 자리에 앉게 되어 몇 마디 나눈 후, 내 차례가 되어 '바다'를 불렀어. 다 부르고나니 씩 웃으며 잘 들었다며 술 한잔 따라 주더라고.

3학년 때 어느 날, 친한 역사과 친구와 술 마시다가 그만 일을 저지르기로 했지. 우리 친구들 모여 놓고 노래판 한번 벌일까? 콘서트 말야. 이래서 공주 호서극장 앞에 있는 중앙예식장을 빌렸어. 한 100여 석 되는 자리인데 꽉 찼어. 500원 짜리 입장권도 만들어 팔았는데 적자가 났어. 왜 그랬는지는 몰라. 아마 표는 미리 주고 서로 돈을 안 주고 안 받았을 거야. 난 김민기의 '바다', 송창식의 '고래 사냥', 김상배의 '날이 갈수록' 따위를 부르고 그 친구는 김세환의 통통 튀는 노래들, 팝송 따위를 불렀지. 그때 여학생 하나 초청해서 분위기 살리자고 했지. 이웃에 사는 1학년 계순옥에게 부탁해 나와 김민기의 '서울로 가는 길'을 불렀어. 연습을 두세 번 했을까? 둘 다 무척 떨었어. 교진 형이 계순옥을 볼 때면 꼭 이 노래를 부르라고 하지. 지난해에는 교진 형네 교회에 가서 계순옥과 30년 전에 부른 이 노래를 갑자기 부르기도 했어. 또 15년 전쯤에 임길택 형과 중국 갔을 때도 연길시 역 광장에서 빙 둘러앉아 놀면서 이 노래를 불렀지. 이은영, 신정숙, 김경희, 노광훈은 기억할 거야.

아, 중국 여행을 말하니 길택 형과 기차 안에서 '꽃다지' 부른 것도 기억나네. 노래가 좋다고 한 번 더 한 번 더 해서 세 번을 연달아 불렀지. 여행 후 길택 형은 꽃다지 노래 악보 놓고 혼자 부르다가 막히면 나에게 전화했고, 난 전화기에다 대고 한 소절씩 부르면 형이 따라 부르는 식으로 알려주었지. 그해 글쓰기회 연수 때 길택 형은 '꽃다지'를 불러 손뼉을 많이 받았어. 그 후 길택 형 노래가 되었어.

글쓰기회 연수 때에는 이영도의 '진달래'를 북 장단을 치면서 많이 불렀어. 왜 4.19였을까? 꽉 막힌 교육 벽을 깨고 싶어서 그랬나 봐. 김민기의 '친구', 한대수의 '바람과 나', '오면 오고' 같은 노래는 부를수록 마음이 차분해지고 스스로 많이 위로받기도 했어. 험한 세상에서 자유인으로 살자는 뜻을 새겼던 걸까. 우리 〈글과 그림〉 식구들을 만나면 예나 지금이나 노래판이 밤새 벌어지지. 좋아서 여러 곡을 맘껏 불렀지. 그것도 모자라 녹음해서 까페에 내 멋대로 올렸어. 애정을 가지고 잘 들어주는 벗들이 있어 노래하면서도 참 행복했어. 세상에 이런 복을 어디서 누리겠나.

요즘 즐겨 부르는 백창우의 나팔꽃 노래들은 마음속 찌꺼기를 다 녹여내는 것만 같아. 깨끗한 어린이 마음이 그리워서 그럴까. 노랫말이고 가락이고 다 마음에 들어. 백창우가 만든 노래집에는 잔잔하고 아름다운 곡들이 참 많아. '초적을 불며'는 진정한 행복이 무언지 말해 주니 부를수록 힘이 나. 지친 삶을 슬슬 일으켜 세워. 지금 삶을 있는 그대로 감사하라는 하늘의 가르침이고 무엇이든 움켜쥐고 있는 것들을 많이 버려야 한다는 다짐이기도 해. 노미화 선생이 이 곡을 내가 부르면 참 좋겠다고 해서 즐겨 부르게 됐지. 소박한 삶에는 깊은 성찰이 깔려 있다는 걸 알겠어. 아내 계순옥이 퇴임하는 날에는 남편으로서 축하한다고 이노래를 불렀어. 어수선한 세상에서 잠깐 비껴 앉아 자연과 더불어 넉넉하게 살아가자고 했지. '내가 사랑하는 사람'은 고백이야. 누군가에게 그늘, 눈물이 된다는 삶의 태도가 곱고 아름다워. 닮고 싶은 거지. 자신의 부끄러움을 일깨워 주는 기도야. 얼마 전 장항중학교 축제 때 졸업하는 중3 아이들에게 노래 선물을 주었지. 교과서에 나오는 시니깐 아주 진지하게 듣더라고. 시를 노래로 들으니 아주 좋았다고, 고맙다고 몇 아이들이 찾아왔어. 10년 전 부여여고 축제 때는 '광야에서', '새벽길', '개똥벌레' 부른 게 생각나. 미친 듯이 춤추며 뛰는 아이들 문화 틈바구니에서 느릿느릿 기타 치며 노래하니 아이들이 신기해하며 들었지.

부여 신동엽 시인 추모제 때는 '산에 언덕에', '껍데기는 가라'를 즐겨 불렀어. 빌빌 살다가도 노래 부르며 삶을 추슬렀지. 그리운 사람과 알맹이 삶을 간절하게 노래한 신동엽을 늘 그렇게 만났지. 신동엽 문학기행 안내를 할 때 시비에 와서는 가만히 이 노래를 불러 주었어.

"…… 그리운 그의 노래 다시 들을 수 없어도 맑은 그 숨결들에 숲속에 살아갈지어이……."

또 해마다 5.18 항쟁 추모, 6월 항쟁 기념 음악회가 정림사지오층탑 앞 광장이나 궁남지 포룡정에서 열렸는데 '오월의 노래', '꽃다지', '광야에서'를 주로 불렀어. 잊지 말아야할 역사, 고이 간직하고 살아가야 할 가치를 몇 분들과 보듬어 안고 새겼지. 전교조 교사들과 다람쥐처럼 드나들었던 허름한 장원 맥주집에서 '참교육의 함성으로'를 얼마나 목 터지게 불렀던가. 노래가 힘이 되고 끈이 되어 우리를 단단하게 묶어 주었지.

언젠가 백창우를 초청해 부여박물관 강당에서 공연하는데 중간에 나도 무대에 올라가 '겨울 물오리'를 느릿느릿 불렀어. 꼬마들 부르는 것과 아주 다르게 부른 거지. 다 끝나고 식당 가서 뒷풀이를 하는데 그때 공연 손님으로 가수 김원중이 왔거든. '내가 사랑하는 사람'을 듣고 싶다고 했더니 곧바로 기타 꺼내 부르는 거야. 다 듣고는 그럼 내가 한번 부르겠노라 하고 불렀어. 백창우 왈, 노래가 전혀 다르네요, 했어. 그 노래 부른 프로 가수 앞에서 대놓고 노래했으니 건방지게 보였을 거야. 하긴 놀 때 어디 이것저것 생각하나, 그냥 마음 가는 대로 노는 건데 그래도 좀 미안한 생각이 들더라.

서천 와서는 여러 인연이 닿는 곳에서 노래를 했어. 공동체 가치를 내세우고 사랑방 '우리 동네 청파'를 여는 날에는 기타, 북 치며 분위기를 띄웠지. 서천 레츠 여는 날에, 노무현 대통령 추모하는 날에, 요가 단식원을 여는 날에 '대전 부르스', '한계령', '상록수', '노무현 추모가'를 부르고 작은 마을 여우네도서관 축제에서는 '엉겅퀴', '겨울 물오리', '초적

을 불며'를 불렀어. 마을 꼬마들이 아는 노래라 따라 부르기도 했어. 풀무 학부모가 여는 서천 '수선화 동백꽃 축제'에 가서는 수만 송이 수선화 꽃밭 가운데에서 '한계령', '새벽길', '초적을 불며'를 불렀어. 참 이렇게 아무 데서나 막 불러도 되는가 싶을 정도로 안 끼는 데가 없었어. 노래가 있는 곳에는 평화가 있으니 발길이 가는 모양이야.

  발길 닿는 대로 마음 가는 대로 시간 가는 대로 이제껏 난 노래 부르며 즐겁게 지냈어. 어떻게 여러 인연이 닿아 꾸준하게 노래하며 지냈는지 신비스럽기만 해. 내 삶 한쪽이 되었어. 잘하든 못하든 내 노래가 여기까지 온 건 오로지 둘레 벗들 덕이야. 얼마나 고맙고 귀한지 이제야 조금 알게 되었어. 철이 든 거지. 내 마음이 실린 노래가 벗들의 마음으로 스며드는 일은 참 벅찬 일이지. 어느 날 훌쩍 우리가 하나둘 세상을 떠나도 노래는 남을 것이고 벗들과 오래오래 함께 살아가겠지.

(2012년 1월)

턱별 성님, 노래 하나 해 줘

조용명 설악고등학교 교사, 〈글과 그림〉 동인

이 책은 재미있다. 사연도 구구절절 아름답지만 문장도 너무나 아름답다. 글을 읽다 보면 나도 모르게 글 읽는 재미에 빠져 발문 쓴다는 생각은 저 멀리 사라져 버린다. 그러곤 자꾸만 글에 빠져들게 된다. 방문밖엔 달이 휘영청 밝고, 불 땐 구들방에서 이불 속에 발을 넣고 옛날 이야기를 듣는 것 같다. 피난 가던 이야기, 고향에서 고생하며 살던 이야기, 나를 키우던 이야기, 그런 이야기를 할머니에게 듣는 기분이다. 아, 이 사람은 어쩜 이렇게 살았을까? 어쩜 이렇게 조곤조곤 재미나게 이야기를 할까?

언젠가 황금성 선생 집에 갔다가 일기를 프린트해 놓은 걸 보고 깜짝 놀란 적이 있다. A4 용지로 보통 책 서너 배 두께만 한 묶음들이 허벅지까지 쌓여 있었다. 평소 별로 말이 많지 않기도 하고 예민한 사람도 아니어서 그렇게까지 꼼꼼히 사는 걸 기록했으리라곤 상상도 하지 못했다. 그때 특별히 과거를 돌이켜 볼 필요가 있어서 그 부분만 인쇄한 것인데도 그 정도라니……. 이렇게 늘 자기를 살펴보면서 살았구나 하는 생각이 들었다. 여기 있는 글들도 아마 그 일기 가운데서 추려 내고 뽑은 것들이겠지. 그러니 모두 있는 사실 그대로고, 그래서 이렇게 실감이 나는 것이겠지.

교육 이야기를 들으면 나도 모르게 행복해진다. 내가 선생인 게 참 자랑스럽게 느껴진다. 그러다가 문득 '아, 나는 아무렇게나 선생 노릇 하는 건 아닌가.' 하는 생각이 들어 한없이 부끄러워지기도 한다. 황금성 선생이 담임을 맡은 부모들은 얼마나 안심이 될까. 황금성 선생이 학부모들에게 보낸 편지를 읽어 보면, 진정이란 게 뭔지 쉽게 알 수 있다. 어떤 때는 한 달 동안 있었던 일을 자세히 알려 주기도 하고, 어떤 편지엔 아이들이 커닝하는 이야기, 오토바이 타다가 사고 난 이야기 같은, 학교에선 숨기고 싶어 하는 이야기들도 솔직하게 썼고, 부모님들께 부탁하는 이야기도 썼다. 그러면서도 걱정하는 마음이 잘 나타나 있어, 편지를 받아 본 부모들은 절로 공감하고 아이들에게 오토바이 타지 않도록, 커닝하지 않도록 협조하게 될 것 같다. 그런 건 가식으로 위장할 수 있는 것도 아니고 억지로 쥐어 짜낸다고 나오는 것도 아니다. 늘 한결같이 아이들을 사랑하고 진심으로 대한 사람만이 할 수 있는 말이다.

요즘 아이들은 가슴 아픈 사연을 절대 남에게 내보이지 않는다. 안타깝게도 모두 다 혼자다. 슬픔을 가슴속에 묻어 두고 끙끙 앓으며 산다. 하지만 황금성 선생에게는 자기들의 절절한 사연을 내보이고, 아픔을 토로한다. 이 선생님은 믿을 만한 사람이고, 권위를 부리지 않는 사람이고, 이웃 아저씨처럼 다정한 사람이기 때문이다. 그러면서 아이들은 절로 크고, 남의 아픔과 어려움을 이해하게 된다. 황금성 선생처럼 따뜻한 사람이 되어간다. 영수, 현중이, 준형이부터 남수, 영란이, 상규, 개나리, 진달래까지, 많은 아이들의 사연이 모두 눈물 없이 읽을 수 없다. 그리고 그렇게 어려운 사연들을 전하는 황금성 선생의 말에서 조금도 절망의 그림자가 느껴지지 않는다. 희망을 놓지 않는다. 아이들은 모두 밝게 빛난다. 끝이 해피엔딩이다. 아, 다행이다. 다행이야. 절로 이런 말이 떠오른다.

흔히 말하기를 요즘 교육이 황폐화되었다고 한다. 교육 불가능의 시대라고 말하기도 한다. 인성 교육이니, 도덕 교육이니 하는 건 말로만 떠들 뿐, 교육 현장에서는 찾아보기 어렵게 된 지 오래다. 교육의 미래는 암울하다. 그런데 정부나 교육 관료들은 쓸모없는 과시용 교육 정책만 제시할 뿐이다. 그런 수십 가지 정책보다 이런 한 사람의 선생을 만드는 일이 더 소중하다. 이런 선생을 만들어 낼 수 없다면 숨어 있는 이런 선생을 찾아내어 섬기는 것이 교육을 살리는 길이다. 그런데 관료들은 선생을 섬기고 싶어 하지 않는다. 선생을 말 잘 듣는 부하로 여길 뿐이다. 말 안 들으면 꾀부리고 반항적이라고 문제 선생으로 분류해 버린다. 선생을 섬기다니? 하지만 선생을 빼고서 무슨 교육을 이야기하는가? 황금성 선생은 학급 아이들과 너무나 많은 활동을 한다. 소위 교육 정책과는 전혀 상관없는 일들이다.

아이들이 돌아가며 조회·종례하기, 동요 부르기, 아이들 스스로 게시판 만들기, 부소산 산책하기, 좋은 강사 불러서 이야기 듣기, 선배 언니 불러서 이야기 듣기, 글쓰기, 아이들 글 모음 책 내기, 좌담회, 아이들에게 편지 쓰기, 자전거 타고 출퇴근하며 아이들과 이야기하기, 아이들 가정을 방문하기, 봉사 동아리 지도교사로 아이들과 장애인 시설 방문하여 봉사하기, 기타 동아리 지도교사로 아이들과 노래 부르기……. 그러나 이런 좋은 활동들이 다른 선생이 한다고 똑같은 결과가 나올 수는 없다. 교육정책이란 게 꼭 이런 식이라서 아무리 좋은 것도 관료들 손에 넘어가면 엉뚱하게 바뀌어 실적 위주의 거짓 문서 덩어리로 변하게 마련이다. 황금성 선생은 바지런하다. 그런데 이렇게 많은 일을 하면서도 결코 바쁘지 않고 서두르지 않는다. 아이들을 닦달하거나 초조하게 만들거나 하지 않을 게 틀림없다. 운전할 때 보면 도덕군자가 따로 없다. 웬만해선 추월하지 않는다. 느릿느릿 차를 몬다. 운전할 땐 남을 욕하기 쉽고 초조해지기 쉬운데 절대 그런 적이 없다. 늘 느긋하고 여유를 잃지 않고 남들은 화낼 때 슬며시 농담을 한다.

황금성 선생은 남이 맡기는 일을 거절하지 못한다. 그래서 전국교직
원노동조합 부여지회장을 오랫동안 맡았다. 이 일은 사생활을 희생해야
하는 힘든 일이고, 특히 전교조 결성 초기에는 정부의 탄압을 받는 일
이었다. 그래도 마다하지 않았고, 결국은 해직되기도 했다. 남들은 귀찮
아하는 일, 예를 들면 모임의 사회를 보는 일이나 결혼식의 축가를 부르
는 일이나, 부여를 찾는 사람들의 길 안내나, 그밖에 어떤 일이든 부탁
을 하면 귀찮아하는 법이 없다. 전교조 충남지부에서 어려운 일이 있을
때는 비상대책위원장을 맡기도 했고, 한국글쓰기연구회의 회장 일도
맡아서 했다. 산너울마을을 건설할 때 그 대표를 맡기도 했고 산너울마
을이 내부 분란이 있어 어려울 때 다시 대표를 맡기도 했다. 결코 직책
을 좋아해서가 아니다. 그래서인지 화려하게 조명받는 일은 거의 없었
고, 어려울 때 그늘에서 묵묵히 성실하게 일할 뿐이다. 그래도 투정 한
번 한 적 없다. 나는 이 사람을 사귄 지 30년이 다 되어 가는데 화내거
나 큰소리 내는 걸 본 적이 없다. 누군가 부부 싸움을 해 본 적 있느냐고
물은 적이 있다. 있다고는 하는데 도무지 믿어지지 않는다. 오죽하면 그
런 질문을 했겠는가? 그래도 갖은 탄압이나 주변의 비난에도 굴하지 않
고 뚝심 있게 옳다고 믿는 대로 밀고 간다. 그래서 사람들이 따르고, 성
가신 직책을 계속 맡긴다.

이 사람은 남들처럼 돈을 모은다든가, 좀 더 넓은 아파트로 옮긴다든
가, 좋은 차나 좋은 옷을 산다든가 하는 욕심이 없는 사람이다. 작은 단

독주택을 사서 거기서 22년을 살았다. 방 2개에, 난방이 안 되는 마루 거실이 있는 집이었는데, 손님이 끝없이 와서 어떤 때는 38명이 와서 자기도 했다. 그래도 더 큰 집으로 이사 간다든가 아니면 거실만이라도 온돌로 개조한다든가 하는 욕심을 내지 않았다. 이사를 하게 된 건 순전히 "이웃과 함께 공동체를 이루고 살고 싶은" 바람 때문이다. 이 책의 '부여 집'과 '조그마한 내 꿈 하나'에 자세히 나와 있다. 정말 소박한 욕심밖엔 없는 사람이다. 옛 역사에 나오는 청빈한 선비와 어찌 그리 똑같은지. 노래하는 걸 좋아해서 기타 들고 노래할 수만 있다면 집이 춥든 좁든 상관없이 안분지족하는 모습이 꼭 백결선생 같기도 하고. 나는 노래와는 담 쌓고 지내던 사람이었는데 이제는 황금성 선생의 노래를 녹음하여 차에서 들으며 다닌다. 노래를 잘 부르기도 하지만 가사도 어찌나 마음에 와 닿는지 모른다. '아마도 이 사람의 삶이 아름다워서 노래도 아름다운 건 아닐까.' 하는 생각이 든다.

이 책의 2부와 3부인 '조그마한 내 꿈 하나'와 '거꾸로 가는 세상'에는 아름다운 삶의 이야기가 담겨 있다. 뜻이 맞는 좋은 이웃과 함께 텃밭을 가꾸고, 마을 공동 일을 하고, 면 체육대회에도 참가하고, 마을 사람들과 자전거도 함께 타고, 회관을 만들어 도서실도 운영하고, 탁구도 치고, 엔진 톱을 사서 나무를 해 오고, 장작도 팬다. 물론 노래도 하겠지. 이웃과 아름다운 저녁놀도 함께 보고, 달밤엔 술 마시며 마을 일 의논도 하고. 이 사람은 겉은 느긋하고 여유로운데 몸은 가만히 있지 않는다. 그 많은 일들을 쉬지 않고 웃으며 하고 있다.

황금성 선생은 털이 많다. 때론 수염을 깎지 않아서 털보로 지낼 때가 많다. 머리털은 많이 빠져서 모자를 즐겨 쓴다. 생활한복 입기를 좋아한다. 어떤 땐 덕이 높은 스님 같기도 하다. 나에겐 후배인데 생각 없이 행동해서 가끔 사고를 치는 내게 자상하게 대해 주어서 형님 같은 생각이 들 때도 있다. 나도 그러니 후배들이야 어떻겠나. 그래서 흔히들 '털보 성님'이라 부른다. 기타도 잘 치고 노래도 잘 부르지만 이 사람이 치는 북 장단이 또 기가 막힌다. 이 사람은 나와 함께 〈글과 그림〉 동인이다. 여기엔 공주 사대 연극반인 〈황토〉 동인이 여럿 있다. 이미 고인이 된 황시백을 비롯해서 최교진, 김명길, 홍경남, 김경희가 있다. 부인 계순옥도 〈황토〉 출신이다. 이들 모두 너무나 좋은 사람들이다. 한 핏줄은 아니지만 핏줄보다 더 끈끈한 가족이 된 사람들이다.

이 글을 쓰는 동안 황금성 털보 성님은 할아버지가 되었다. 아들 '바람'이가 올해 초에 결혼을 했는데 어제 아들을 낳았다. '바람'이와 '해원'이가 사고를 쳐서 부랴부랴 날을 잡고 결혼식을 했다. 사돈들은 아이들을 야단치지도 미워하지도 않았다. 이게 웬 축복인가 하는 마음으로 받아들였다. 하긴 요즘 젊은 부부들은 아이가 안 생겨서 고민인데 아이들이 얼마나 잘 컸는가. 그래 기쁘게 양쪽 사돈들이 만나 결혼식 절차를 의논했고 여러 차례 함께 자기도 했다. 원래 잘 아는 사이이기도 했지만 열린 마음이 아니라면 참 어려운 일이다. 낙성대 전통혼례식장에서 결혼식을 하던 날, 앞에 신랑 신부, 그 뒤에 사돈들이 사이좋게 손잡고 입장하며 시작된 결혼식은 신랑 아버지 노래로 이어지고 마지막에는 양쪽 사돈 가족들이 함께 나와서 춤추는 것으로 끝났다. 충격이고 신선했다. 황금성 선생은 폐백도 신랑 신부 부모가 함께 받자고 했다는데 어떻게 했는지 모르겠다. 요즘 드라마를 보면 사돈들은 서로 으르렁대고 아이들 결혼을 어떻게든 훼방 놓고 하는데 왜 드라마들이 그런지 모르겠다. 자본주의 사회에선 누구나 경쟁이 몸에 배어서 그런가. 어쨌든 드라마가 참 찌질하다는 생각이 들었다. 이렇게 재미나고 좋을 수가 있는데 왜 그런…….

얼마 뒤에 〈글과 그림〉 동인인 이데레사 선생의 딸이 결혼을 했다. 거기서도 사돈들이 함께 입장하고 하객들에게 함께 인사하고 신부 어머니의 친구가 성혼선언문을 읽었다. 아, 사돈들이 함께 입장하며 함께 하객들에게 인사하는 모습이 얼마나 보기 좋던지. 우리들의 삶과 풍습은 이렇게 개척해 가며 만들어 가는 것이 아닌가 싶다. 그 결혼식을 보며 '폐백은 전통을 따라야지…….' 했던 내 생각이 너무나 잘못됐다는 것을 깨달았다. 개혁은 생활에서 어느 순간이나 필요한 것이다. 개혁이 없는 삶은 죽은 삶이다. 황금성 선생은 날마다 새로운 생각으로 새로운 삶을 사는 사람이다.

그렇다고 해서 황금성이 빈틈이 없고 완벽하고 꼬장꼬장한 사람은 아니다. 3부 '거꾸로 가는 세상'에 실린 '국민교육헌장'을 읽다가 나는 웃음이 터져 한참 동안 밖에 나와서 서성대며 웃었다. 이렇게 재미있는 사람이 있나. 지금도 생각하면 웃음이 나온다. 한 번은 이런 일이 있었다. 내가 강화에 살 때 우리 집에서 〈글과 그림〉 편집부 모임이 있었다. 도착 예정 시간이 훨씬 지나 밤이 늦어서야 우리 집에 도착을 했다. 경기도와 인천 길이 복잡하여 길을 잃고 헤매다가 결국엔 길을 못 찾고 의정부에 가면 강화 가는 길을 찾을 수 있을 것 같아 의정부로 해서 오느라고 그렇게 늦었다는 것이다. 우리는 "지리 선생 맞아?" 하면서 얼마나 웃었는지 모른다. 지쳤을 텐데 여전히 웃으면서 신 나게 노래를 불러 주어 그날 우리는 얼마나 행복했던가? 황금성은 늘 기타와 악보를 들고 다닌다. 느릿느릿 차를 몰면서, 길도 헤매면서 부르는 곳이면 어디든 전국을 누비고 다닌다. 강의를 해 달라면 강의를 하고, 사회를 보아 달라면 사회를 보고, 노래를 불러 달라면 노래를 부르기도 하면서. 책은 '나와 노래'로 끝을 맺는다. 문득 노래 가사가 떠오른다.

"나는 피리 부는 사나이, 바람 따라 가는 떠돌이, 입에 피리 하나 물고서, 언제나 웃고 다닌다. 갈 길 멀어 우는 철부지 새야, 나의 피리 소릴 들으렴."

그래 우리는 모두 철부지다. 세상에 상처받고 투정하는 외로운 영혼들에게 이 사람이 있어서 얼마나 다행인가.